검은 고양이의 세레나데

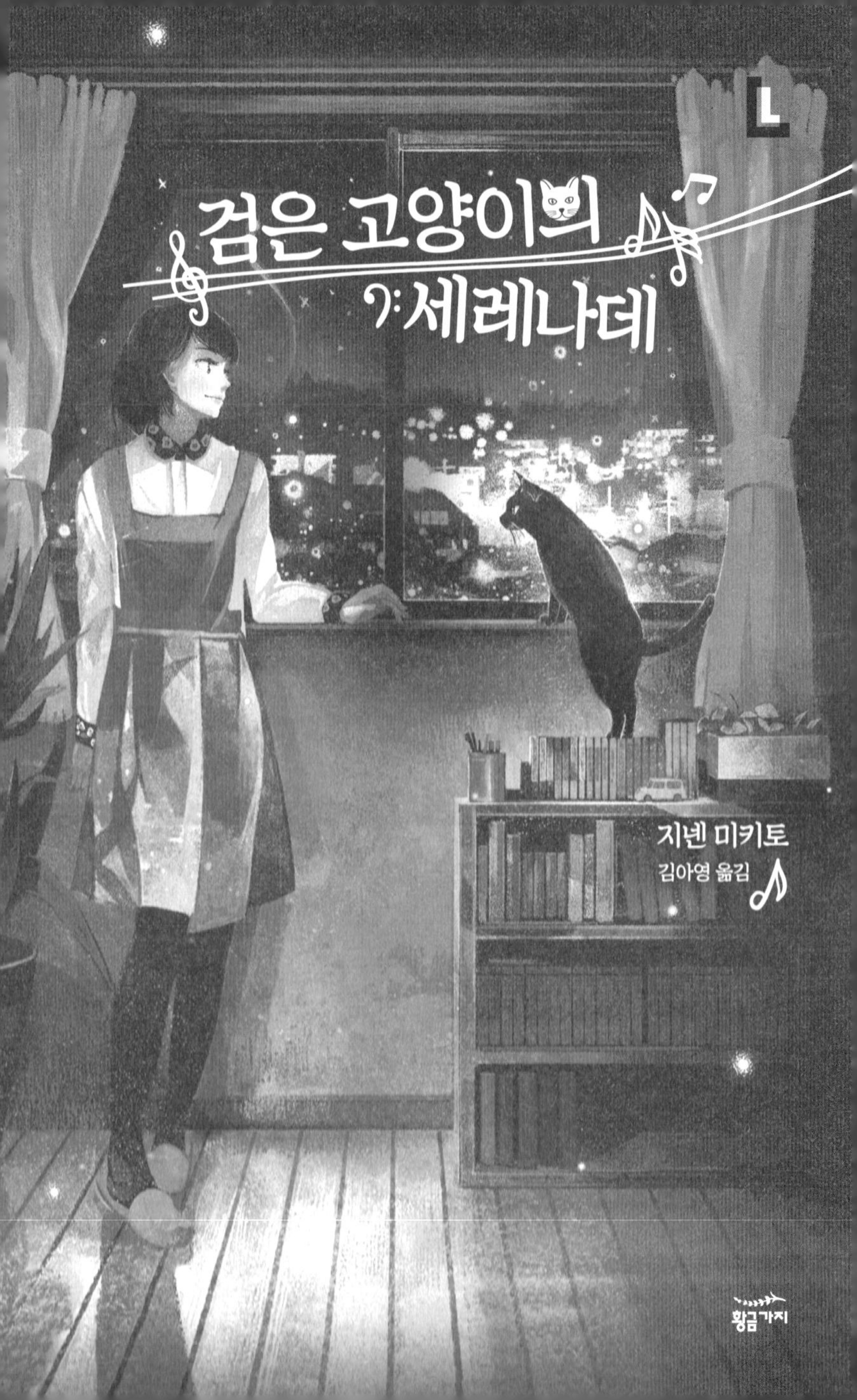
L
검은 고양이의 세레나데
지넨 미키토
김아영 옮김
황금가지

KURONEKO NO SERENADE

by Chinen Mikito

차례

프롤로그 —— 7

제1장 꽃 피는 계절의 유언장 —— 28
제2장 도플갱어의 연구실 —— 85
제3장 저주의 타투 —— 199
제4장 혼의 페르소나 —— 328

에필로그 —— 431

나는 고양이다. 이름은 아직 없다옹. ……다시, 없다.

뭐, 그렇다곤 하지만 사실 나는 평범한 고양이가 아니다. 내 외양은 분명 유연한 몸통과 윤기가 도는 털을 지닌 검은 수고양이로 보일 것이다. 그래도 내 본질은 고위의 영적 존재다. 인간들은 나 같은 존재를 '천사', '악마', '사신', '요괴' 기타 등등 제멋대로 부른다.

뭐, 인간들이 어찌 부르든 난 상관 않지만 말이지.

이름도 위대하신 '우리 주인님'으로부터 하사받은 무척 고운 진짜 이름이 있지만, 지상의 그 어떤 생물도 그 이름을 발음하지 못할뿐더러 듣는 것조차 불가능하다. 그러니 지상에 있는 지금의 내겐 어떤 의미로는 이름이 없다고 할 수 있다.

그렇다면 내가 왜 이런 지상에서 배회하고 있느냐면…… 실은 나 자신도 잘 모르겠다. 대체 왜 나는 이렇게 험한 취급을 받고 있는 걸까?

나는 원래 '길잡이'였다.

인간은 목숨을 잃으면 육체에 갇혀 있던 '혼'이 해방된다. 그 혼을 '우리 주인님'께 인도하는 게 우리들 '길잡이'가 긍지를 갖고 하는 일이다.

그러나 드물게 전생에 남긴 강한 상념(우리들은 그걸 '미련'이라고 부르고 있다.)에 얽매여 '우리 주인님' 곁으로 돌아가길 거부하는 혼이 있다. 우리들은 그렇게 지상에 얽매여 있는 혼을 인간들의 말을 빌려 '지박령'이라고 부르고 있었다.

인간의 혼은 너무나도 취약하다. 육체라는 갑옷에서 해방된 혼이 지상에 계속 머문다면 이윽고 바닷바람에 철이 녹스는 것처럼 열화해 더 나아가서는 소멸해 버린다. 혼을 소멸하게 두는 건 '길잡이'에게 수치 그 자체였다. 그래서 우리들은 필사적으로 지박령을 '우리 주인님' 곁으로 가도록 설득하지만, 한번 '미련'에 사로잡힌 그들은 좀처럼 설득을 받아들이지 못했다.

그리고 내가 담당했던 21세기 일본이라는 지역은 유감스럽게도 혼이 '지박령화'할 확률이 꽤나 높았다.

이 문제를 해결할 방법을 시험하기 위해, 얼마 전에 같은 '길잡이'를 하고 있던 친구가 개의 모습을 빌려 지상으로 내려갔다. 지상의 물질에는 거의 간섭할 수 없는 영적 존재인 우리들에게 물리적인 몸을 부여함으로써 보다 적극적으로 지박령화를 막겠다는 시험이었다.

꽤나 우수한(나 정도는 아니지만) 그는 여러 가지 사건을 거친 끝에 멋지게 지박령이 될 뻔한 여러 명을 구하는 데 성공했다.

뭐, 그것 자체로는 기뻐할 만한 일이다만 거기서 한 가지 프러블럼이 발생했다. 친구의 성공에 기분이 좋아진 내 직속 상사가 추가로 지상에 '길잡이'를 보내 보자는 얘기를 꺼낸 것이다.

그러나 그 얘길 들었을 때에도 딱히 신경 쓰지 않았다. 나는 무수히 많은 '길잡이' 중에서도 특히 월등한 존재였다. 그런 별 볼 일 없는 테스트에 지명될 리가 없었다. 그렇게 확신했다. 확신했었는데…….

전신주 그림자 속에서 몸을 웅크리고 있던 나는 바로 옆에 있는 물웅덩이를 흘끔 들여다봤다. 순수한 영적 존재였을 때 지상의 어떤 물질에도 내 모습이 비취질 일이 없었다. 그러나 지금, 물 표면에는 언짢은 표정을 띤 검은 고양이가 비취져 있었다.

"웅냐옹……."

목구멍에서 한심하기 짝이 없는 목소리가 새어 나왔다.

"자네가 지상에 내려가 주었으면 하는군."

나는 보스의 말을 떠올렸다. 영적 존재가 사용하는 언어인 '언령'으로 내뱉은 그 말을 들은 순간 내 사고는 멎어 버렸다.

"자, 잠깐만요. 저스트 어 모먼트. 왜 제가 그런 역할을 해야만 하는 겁니까!?"

제정신이 든 내가 황급히 반항하자 보스는 어쩐지 재미있다는 투로 흔들렸다.

"다음번에 지상에 내려가는 자가 있다면 반드시 자네가 좋겠다는 추천이 있었네."

"추천!? 대체 누가요!?"

"그건 비밀이야."

보스는 놀리듯이 언령을 던져 왔다.

"아무리 보스의 명령이라곤 하지만 거절하겠습니다. 저는 고귀한 '길잡이'이고, 그렇게 더티한 지상에 내려간다는 게 너무나도……."

"'우리 주인님'의 허가도 이미 받아 뒀네."

필사적으로 거부하려 드는 언령을 가로막힌 나는 아연실색했다.

어디까지 직속 상사밖에 안 되는 보스의 명령이라면 약간의 페널티를 각오하면 거절할 수 있었다. 그러나 우리들의 창조주인 '우리 주인님'의 말은 절대적이다. 우리들은 '우리 주인님'의 뜻을 행하기 위해 태어나 존재하고 있기 때문이다.

"그렇게 됐다. 지상에서의 임무, 인수인계 받도록."

진심으로 기뻐하듯 확인해 주는 보스에게 내가 할 수 있는 언령은 단 하나뿐이었다.

"……'우리 주인님' 뜻대로."

이러쿵저러쿵해서 나는 수십 분 전에 검은 고양이의 몸을 빌려 이 지상에 강림했다. 그렇지만…….

나는 전신주 그림자에서 목을 내밀고 구름 한 점 없이 맑게 갠 하늘을 살펴봤다.

……이제야 포기한 건가. 크게 안도의 한숨을 내쉰 순간 "까아아." 하는 굵은 목소리가 내 고막을 흔들었다. 꼬리털이 일어서서 크게 부풀어 올랐다.

주저주저 돌아보니 바로 등 뒤에 있는 벽돌 담장 위에 '그것'이 있었다. 칠흑의 날개를 가진 맹금, 두 마리의 까마귀가.

"지, 진정하자고. 좀 쿨다운하자고. 분명 너희들의 둥지를 부순 건 내 미스테이크야. 그래도 결코 일부러 그런 건……."

나는 쭈뼛쭈뼛 뒷걸음질 치면서 필사적으로 언령을 내뱉었다.

그렇다, 수십 분 전부터 나는 이 까마귀들에게 내몰리고 있었다. 뭐, 애들이 화내는 것도 이해할 수 있었다. 그래도 그건 내 책임은 아니었다. 보스가 잘못한 것이다.

내가 지상에 내려 보내진 장소, 그게 웬걸, 이 까마귀들의 둥지 바로 위였다.

처음 경험하는 육체의 감각으로 인해 패닉에 빠진 나는 그들의 둥지 위에서 크게 버둥거리다가 둥지째 지상에 낙하해 버렸다.

그렇게 해서 나는 미친 듯이 화를 내는 까마귀 한 쌍에게 내몰리는 신세가 되었다.

육체를 조작하는 데 갓은 애를 먹으며 상공에서 습격해 오는 부리를 피하고 있노라니 어느새 산림을 빠져나와 시가지에 들어서 있었다.

좁은 골목길을 필사적으로 회피하면서 어떻게든 도망치는 데 성공했다고 생각했는데…….

나는 몸을 낮추고 까마귀의 다음 행동을 기다렸다. 까마귀는 고개를 갸웃거리며 작은 유리공이라도 박혀 있는 듯 감정을 읽을 수 없는 눈으로 나를 내려다봤다.

설마하니 언령으로 한 설득이 먹힌 걸까?

"까아악."

다음 순간 한층 더 높은 울음소리를 내더니 수컷 까마귀가 날개를 크게 펼치고 벽돌담에서 낙하해 왔다. 예리한 부리가 다가오고 있었다.

아아, 역시 짐승에게 설득은 난센스였다. 어쩔 수 없다. 이건 '정당방위'인가 하는 그거다.

나는 네 다리를 깊숙이 구부렸다가 다가오는 까마귀를 향해 점프했다. 수십 분이나 뒤쫓긴 덕분에 이 몸을 조작하는 데도 꽤나 익숙해져 있었다.

"웅냐아!"

부리가 얼굴에 닿기 직전, 나는 있는 힘껏 앞발을 휘둘렀다. 앞발 젤리에 쥐가 나는 것 같은 감촉이 찌릿하게 느껴졌다.

공중에서 크게 균형을 잃은 까마귀는 "꾸아악!" 하고 비명을 지르더니 도망치듯이 날아서 자리를 떴다.

"냐아앙!" "해냈다!"

공중에서 울음소리와 언령으로 환호성을 지른 순간, 내 눈앞에 검은 덩어리가 다가왔다. 수컷에 이어 암컷 까마귀가 두 번째 칼날을 내리쳐 온 것이다.

고양이가 된 지 겨우 수십 분 지난 내게 그 공격을 피할 정도로 몸을 조작하는 일은 불가능했다. 몸통 박치기를 당한 나는 공중에서 필사적으로 몸을 비틀어 어떻게든 다리부터 착지했다.

황급히 고개를 드니 수 미터 앞에 착지한 암컷 까마귀가 노려보고 있었다. 하늘로 도망친 수컷 까마귀도 상공에서 크게 원을 그리더니 다시 이쪽으로 다가오고 있었다.

도망치는 게 이기는 거! 순간적으로 그렇게 판단한 나는 몸을 홱 돌려 아스팔트를 박차고 다시 전속력으로 도망치기 시작했다. 등 뒤에서 노기에 가득 찬 울음소리가 들려왔다.

이건 좋지 못했다. 이대로라면 정말로 살해당할지도 몰랐다. '우리 주인님'의 숭고한 오더를 받고 지상에 내려왔는데 단 수십 분 만에 살해당해서는 아무리 뭐라 해도 체면이 서질 않았다. 이렇게 된 것도……

"이렇게 된 것도, 전부 보스 탓이야!"

나는 달리면서 언령으로 험담을 했다. 고양이 몸은 장시간 질주하는 데 적합하지 않았는지 호흡이 괴로워지기 시작했다. 발은 무겁고, 아스팔트를 계속해 박차고 있는 발바닥 젤리가 아팠다.

"……이쪽."

갑자기 그런 목소리가, 아니, 언령이 들려왔다. 나는 눈을 부릅뜨고 그 자리에 급히 멈춰 섰다.

"바로 오른쪽에 있는 문을 통과해. 어서."

다시 언령이 들려왔다. 까마귀의 날갯짓 소리가 바로 등 뒤까지

다가왔다. 망설이고 있을 여유 따위 없었다. 나는 지시대로 바로 오른쪽에 있는 철책 모양 문 밑으로 빠져나갔다.

뒤에서 "까아아!" 하는 새된 소리가 들려왔다. 돌아보니 까마귀 두 마리가 철책 너머에서 나를 노려보고 있었다. 나를 공격하려다가 그 철책에 가로막힌 듯했다.

까마귀는 금세 퍼덕이며 날아오르더니 철책을 넘으려고 했다.

"이쪽이야. 정면의 구멍으로 뛰어들어."

세 번째로 들려온 언령. 나는 생각하기도 전에 내달려서는 민가의 벽에 뚫린 작은 구멍을 통해 처마 밑으로 미끄러져 들어갔다.

어둡고 눅눅한 공기가 몸을 감쌌다. 곰팡내 나는 흙 위에 지쳐서 주저앉자마자 필사적으로 산소를 들이마셨다.

바깥에서 까마귀의 분노에 찬 울음소리가 울려 퍼졌다. 아무래도 여기까지는 오지 못하는 모양이었다.

"……덕분에 살았어. 고마워."

크게 숨을 뱉은 나는 바로 옆으로 시선을 던졌다.

"별말씀을."

거기엔 소프트볼 크기 정도의 옅게 빛나는 빛 덩어리가 있었다. 지박령화한 혼이 둥실둥실 떠 있었다.

"너, 평범한 고양이 아니지."

내 곁에 떠 있는 혼은 흔들리면서 제법 유창한 언령을 구사했다. 육체에서 나온 혼은 일단은 언령을 다룰 능력을 얻지만 스무스하게

14

사용하는 경우는 드물었다. 아무래도 한동안 지박령으로 떠도는 중에 이렇게까지 유창하게 쓸 수 있게 된 거겠지.

나는 눈앞의 혼을 찬찬히 관찰했다. 보아하니 그렇게까지 열화한 기색은 없었다. 혼이 열화하는 스피드에는 꽤나 개체차가 있기 때문에 확실하진 않지만, 5년 이상 지박령으로서 떠돌아다니고 있지는 않을 터였다. 지박령이 된 지 수개월에서 2~3년 정도이려나.

"왜 그렇게 생각해?"

나는 진중하게 물었다. 기본적으로 인간에게 우리들의 존재를 알리는 것은 터부다. 그렇기 때문에 나는 일부러 이런 동물의 몸을 빌려 지상에 내려온 것이다.

"그도 그럴 게 '보스 탓이야!'라고 외치면서 달리고 있었잖아. 보통 고양이일 리가 없지."

"……"

지극히 정곡을 찌르는 지적에 찍소리도 못 하게 됐다. 변명을 하자면 그냥 내뱉어진 언령은 육체가 차폐물이 되는 탓에 인간에게는 들리지 않는다.(뭐, 이쪽이 의식적으로 육체 안에 있는 혼에 말을 걸면 들리게 할 수는 있지만.) 눈앞의 혼에게 들린 건 육체가 없기 때문이다.

나는 이 자리를 타개하기 위해 허로 몸을 핥으며 몸단장을 시작했다. 왜인지 기분이 안정됐다.

"그건 그렇고, 너 '지박령'이지?"

2~3분에 걸쳐 몸단장을 끝낸 나는 재차 언령으로 말을 걸었다.

"지박령?"

"그래. 이 세상에 대한 '미련'에 묶여, 우리들의 안내를 거부하는 혼 말이야."

"'우리들'이라니, 너 혹시 '우리 주인님'의 곁으로 가자는 둥 말하는 녀석들의 동료야?"

혼은 어딘지 불쾌하다는 듯이 흔들렸다.

"응, 그래. 나는 너 같은 '지박령'을 최대한 줄이기 위해 이런 모습으로 지상에 강림했지."

가슴을 쫙 편 나는 좋은 아이디어가 떠올랐다.

"그래, 날 도와줬으니 사례로 우선 네 미련부터 해결해 주지."

"미련? 해결?"

"그래. 내가 받은 오더는 너 같은 지박령의 '미련'을 해결해서 지상에 머무르지 않게 하는 거니까. 그러니 내게 너의 '미련'을 알려줘. 그러면 '길잡이' 중에서도 특별히 우수한 내가 멋지게 그걸 해소해 줄 테니."

처음엔 대체 어찌되려나 싶었는데, 지상에 내려온 지 채 한 시간도 안 되어 첫 일을 맡게 되다니 꽤나 운이 좋지 않은가. 이대로라면 팍팍 오더를 수행하고 다시 금세 '길잡이'로 복귀할 수 있을 것이다.

"……모르겠는데."

혼은 희미하게 언령을 내뱉었다. 나는 "야옹?" 하고 고개를 갸웃했다.

"그러니까, 나는 전혀 기억이 나지 않아. 생전의 일이. 내가 누구고 어떤 인생을 보냈고 왜 죽었는지."

"뭐냐옹, 그게!?"

나도 모르게 언령으로 외쳐 버렸다.

"그렇게 말하더라도 기억을 못 하는 건 어쩔 수 없잖아."

혼은 불만스럽다는 듯 점멸했다.

혼이 기억상실이라니, 이런 일이 있을 수 있는 걸까? 인간의 기억이라는 건 뇌뿐만 아니라 혼에도 새겨지는 것이다. 그래서 육체가 스러져 혼이라는 영적 존재가 되더라도 보통은 생전의 기억을 가지고 있다. 그러나 분명 큰 사고 같은 걸로 충격적인 죽음을 맞이한 혼이 패닉 상태에 빠져서 인도하는 데 어려움을 겪는 케이스도 있으니, 그런 일이 없다고 단언할 수는 없지만······.

기본적으로 '길잡이' 일이라는 게 컨베이어 시스템 같은 것이라서 혼이 어느 정도 생전의 기억을 킵하고 있는지 잘은 알지 못했다.

"딱히 '미련'이 있는 게 아니라면 왜 이 지상에 머물고 있는 건데?"

"당연히 기억이 없기 때문 아니겠어? 자기가 누구인지도 모르는 상태로 성불한다니 싫잖아."

성불? 아아, 이 나라 사람들은 '우리 주인님' 곁으로 가는 걸 그렇게 표현한댔지. 그렇다면 이건 곤란한 일이다. 이렇게 되면 이 지박령을 '우리 주인님' 곁으로 이끌기 위해서는 기억을 되살려내는 수밖에 없는 건가. 어떻게 하면 그런 게······.

"앗, 그래. 저기, 나를 되살아나게 해 주지 않을래? 그러면 뭔가를 기억해 낼지도 모르잖아."

"무슨 말도 안 되는 소릴 하는 거야. 너, 그런 게 가능할 리가 없잖

아. 네 혼을 담을 '그릇'이 없으니까."

말도 안 되게 얄팍한 소원에 나는 질리고 말았다.

"그렇다는 건 '그릇'이라는 것만 있으면 된다는 거야?"

틈새를 놓치지 않고 혼이 추궁해 들어왔다.

"뭐, 혼이 들어 있지 않은 육체의 '그릇'이 있다면 가능할지도 모르지. 다만 그런 게 어디 있다는⋯⋯."

"따라와 봐."

혼은 내 언령을 끊더니 혼은 바다 속을 떠도는 해파리 같은 움직임으로 좀 전에 내가 들어온 틈새를 통해 바깥으로 나갔다. 나는 "웅냥?" 하고 울고는 별수 없이 혼의 뒤를 쫓았다.

까마귀가 없는 걸 확인하고 바깥으로 기어 나가니 혼은 손을 떠난 풍선처럼 민가 지붕 위로 떠올라 있었다.

저기까지 가야만 하는 건가⋯⋯.

아직 육체를 조작하는 데 다소 불안한 감이 있으나, 이 고양이라는 짐승은 꽤나 운동 능력이 높은 듯했다. 아마 어떻게든 되겠지.

나는 그다지 넓지 않은 정원에 자라난 나무에 다가서서는 발톱을 세우고 그 몸통에 박아 넣었다.

"냐냐아!"

기합을 넣으면서 단숨에 나무를 기어 올라갔다. 2층 높이까지 올라간 나는 몸의 탄력을 사용해 나무에서 지붕으로 뛰어 옮겨서 검은 타일 위에 멋지게 착지했다.

역시나 나답다. 고양이가 된 지 한 시간 정도밖에 안 되었는데 이렇게까지 이 몸의 잠재 능력을 이끌어 내다니 말이다.

만족하면서 고개를 드니 혼은 수 미터 앞에 떠다니고 있었다. 나는 가볍게 경사가 진 지붕 위를 걸어갔다. 수 미터 나아가자 이 집의 2층 부분에 내닫이창이 있었다. 아무래도 이 집은 2층 건물인 것 같았다.

"창문 안을 봐 봐."

혼이 언령을 던져 왔다. 나는 창틀에 앞발을 얹고 안을 들여다봤다. 책상, 책꽂이, TV, 침대 등이 놓인 다다미 여덟 장 정도 크기의 방이었다. 귀여운 소품들이 가득 놓인 인테리어를 보아하니, 아마도 젊은 여자의 방이리라. 왜인지 방 안엔 침대가 두 개 놓여 있었다.

나는 실눈을 뜨고 방구석에 놓인 침대를 봤다. 일반 집이 아니라, 주로 병원 등에 있을 법한 침대였다. 그 위엔 젊은 여자가 누워서 눈을 감고 있었다. 옅은 갈색으로 염색한 긴 머리, 그렇게까지 높지는 않지만 형태가 잘 잡힌 코, 옅은 벚꽃색 입술, 시원한 눈매. 오랫동안 '길잡이'로서 인간을 봐 온 내게는 그녀가 '꽤나 귀엽다'라고 말할 수 있는 얼굴을 갖고 있다고 판단할 수 있었다. 나이는 20대 중후반 정도 됐을까?

이런 대낮에 자고 있는 건가? ……아니, 아니겠지.

응시하던 내 눈에 여자의 코에 가느다란 플라스틱 튜브가 꽂혀 있는 게 들어왔다. 의식이 없는 인간의 위에 직접 영양을 주입하기 위해 사용되는 물건일 터다. 그렇다는 건, 이 여자는 어느 정도 긴 시간 동안 혼수상태에 빠져 있다는 거겠지. '길잡이'라는 직업 특성

상 내 주된 일터는 병원이었다. 그렇기 때문에 인간의 병에 대해서
는 꽤나 상세히 알고 있었다.

"저 레이디가 뭐 어쨌다는 건데?"

나는 혼에게 물었다.

"저 애 말인데, 2개월쯤 전에 사고를 당한 뒤로 쭉 혼수상태야. 뭐
랄까, 뇌에 커다란 장애가 있는 건 아닌데, 의식이 돌아오지 않는데."

"……잘도 알고 있네."

"나, 이 거리를 돌아다니면서 사람들 소문 같은 거 듣고 있으니까.
꽤나 정보통이라고."

……특이한 혼이구먼.

"그래서, 저 몸, 내가 빌릴 수는 없을까?"

"냐옹?"

영문 모를 말에 나는 고개를 갸웃거렸다.

"아까 '그릇'이 필요하다고 했잖아. 그러니까 저 여자의 몸을 '그
릇'으로 삼아 다시 살아나고 싶달까, 뭐 그런 생각을 해서."

"그런 게 가능할 리가 없잖아."

"왜 안 돼? 지금은 아무도 안 쓰니까 일시적으로 빌려도 되잖아."

"아무도 안 쓰고 있더라도 저 몸은 네 것이 아냐. 저 몸 안에는 다
른 혼이 깃들어 있으니까."

나는 질린다는 투로 언령을 내뱉었다.

"정말로 그래? 2개월이나 혼수상태가 지속되고 있는데 혼이 어디
론가 사라져 버린 거 아냐?"

"그런 일은 없어. 완전히 육체가 '죽음'을 맞이하지 않는 이상, 혼이 육체라는 우리에서 나오는 일 같은 건 없단 말이야."

나는 설명하면서 응시했다. 고양이의 눈이 아닌 영적인 눈으로. 여자의 몸 안 깊숙이 희미하게 혼이 빛나는 게 보였다.

"역시 저 몸 안에는 혼이 있어. 몸 안 깊숙이 껍질에 틀어박혀서 자고 있다고. 분명 그 '사고'를 당했을 때 강한 정신적인 대미지를 입었겠지. 그래서 계속해서 자고 있는 거라고."

"그렇다는 건 지금 그 혼, 몸을 안 쓴다는 거잖아. 그 혼의 눈이 뜨일 때까지 내가 잠깐 세 들어 살아도 괜찮잖아. 그런 거 안 돼?"

혼이 잠들어 있는 동안, 몸에 세 들어 산다고? 고양이의 육체에 봉해졌다고는 하지만 내겐 고위 영적 존재로서의 능력이 있었다. 혼을 '그릇'에 넣는 것 정도는 할 수 있겠지. 그렇지만 한편으로는 잠들어 있다고는 하지만 하나의 몸에 두 혼을 봉하는 게 가능한 걸까. 그런 일은 해 본 적이 없어서 알 수가 없었다.

"설령 가능하다고 할지라도 내가 왜 일부러 그런 일을 해 줘야 하는 거지?"

"그게 너, 나를 성불시키고 싶은 거잖아. 저 아이의 몸을 사용해 되살아난다면 내가 누구였는지 기억이 날지도 몰라. 게다가 잠시 동안이더라도 되살아나는 게 가능해진다면 '미련'이라는 게 없어질지도 모르고."

혼은 어딘지 아양을 떨듯이 언령을 뺐다.

으음, 잠시 동안이더라도 되살아난다면 미련이 사라져 '우리 주인님'의 곁으로 갈 수 있다는 건가. 만약 성공한다면 내 업적이 되어 '길잡이'로 돌아가는 데 한발 더 가까이 다가설 수 있을지도 몰랐다. 다만 말이지…….

내가 입안으로 웅냥거리면서 꾸물대고 있으니 혼은 재촉하듯이 흔들렸다.

"내가 되살아난다면 당신 서포트도 해 줄 수 있다고. 나, 꽤 오랫동안 이 거리를 떠돌아다녔으니까 나 말고 다른, 뭐였지…… 지박령이라는 게 어디 있는지도 알고 있고. 당신한테 밥도 줄 수 있어."

"밥?"

"어라, 밥 안 먹어도 괜찮아? 배고프지 않아?"

그러고 보니 아까 전부터 왠지 모르게 배 근처가 허전하다는 느낌이 들었다. 설마하니 이게 '공복'이라는 감각일까?

"나를 되살아나게 해 준다면, 여기에 살게 해 줄 수 있다고. 그러면 식사나 잠자리 걱정은 없을 테고. 그러는 편이 당신 일도 스무스하게 흘러가지 않을까?"

내가 망설이는 걸 보고 혼은 추격이라도 하듯 언령을 날려 왔다.

분명 일을 하는 데 베이스캠프를 갖는 건 나쁘지 않을지도 모른다. 실패하더라도 그릇에 들여보내지 못하는 것뿐으로, 이 혼이 치명적인 대미지를 입지도 않을 테고…….

"……알겠어, 해 보지."

내가 그렇게 언령을 날리자 혼은 기쁘다는 듯이 더욱 밝게 빛났다.

"다만, 성공하더라도 오랫동안 지속되지는 못 할 거야. 너는 저

레이디의 진짜 혼이 아니야. 그녀의 진짜 혼이 각성하면 넌 아마 몸 바깥으로 밀려나게 되겠지. 아까 본 대로라면, 저 몸으로 네가 활동할 수 있는 건 길어야 두세 달남짓이야. 그래도 상관없다는 거지."

"두세 달 남짓 말이지. ……알았어."

혼은 유리창을 통과해 방 안으로 들어갔다. 여자의 몸에 혼이 근접한 것을 확인한 나는 정신을 집중해 혼을 '그릇' 안으로 인도하기 시작했다.

혼이 *"와, 와앗!"* 하고 초조함이 배어나는 언령을 내뱉었다.

"저항하지 말고 힘을 빼. 릴랙스하라고."

내 언령을 듣자 혼은 불안하게 흔들리면서도 내 컨트롤에 몸을 내맡겼다.

"냐아아아!"

나는 있는 힘껏 소리를 질렀다. 그 순간 여자의 몸으로 혼이 빨려들어갔다.

그렇다면 성공한 걸까? 나는 여자에게 시선을 쏟았다. 희미하게 그 몸이 움직였다.

"우와아!"

다음 순간 여자는 비명 같은 소리를 지르더니 기세 좋게 상반신을 일으켰다. 크게 기침을 하면서 코에 꽂혀 있던 튜브를 양손으로 잡아당겨 빼내기 시작했다. 수십 센티미터는 되는 튜브를 억지로 다 빼낸 뒤, 이번에는 격렬하게 구역질을 하기 시작했다.

혼란스러운 건지 격렬하게 머리를 흔든 다음, 여자는 두리번두리번 실내를 돌아봤다.

그렇다면 지금 여자의 몸을 조종하고 있는 건 그 혼인 걸까?

내가 상태를 살펴보고 있노라니, 여자는 완만한 움직임으로 침대에서 내려와 이쪽을 향해 걸어오기 시작했다. 2개월이나 계속 자고 있던 탓에 꽤나 근력이 떨어져 있을 터였다. 그 움직임은 어색하고, 당장이라도 넘어질 것 같았다.

창가로 다가온 그녀는 떨리는 손을 뻗어 창을 열었다. 나는 앞발에 힘을 싣고는 점프해 내닫이창의 창틀에 올라섰다.

"어때?"

그녀에게 언령을 날려 봤다. 영체靈體에 직접 말을 거는 언령은 노린 상대에게만 들리게 할 수 있어서 이런 때에는 편리했다. 여자는 중증의 숙취를 겪는 듯한 표정으로 고개를 끄덕였다.

"성공한 것 같아. 그래도, 엄청 몸 상태가 안 좋아……."

"몸을 갖는 게 오랜만인 데다, 그 몸 자체도 꽤나 오랫동안 움직이지 않았을 테니까 말이지. 뭐, 아마 금세 적응할 거야."

나는 창틀에서 바로 옆에 있는 책상 위로 뛰어 올랐다. 책상 끝에 운전면허증이 놓여 있었다. 거기에는 '시라키 마야白木麻矢'라는 이름이 쓰여 있었다.

"아무래도 그 몸의 이름은 '시라키 마야'인 것 같군."

"아아, 그렇구나. 그럼 지금 나는 마야인 거네."

그녀는 비실비실한 어투이지만 익살스럽게 말했다.

"……그건 그 몸의 이름이지, 네 진짜 이름이 아니야."

"뭐 어때, 당분간 이 몸을 빌릴 거니까 내친 김에 이름까지 빌려도 되잖아. 아, 그러고 보니 너, 이름이 뭐야?"

"응? 내 이름은……."

나는 언령에 내 진짜 이름을 실어 말했다. 그 순간 자신을 마야라고 이름 붙인 여자가 눈썹을 찌푸렸다.

"어…… 지금 이상한 소리, 뭐야……?"

"이상한 소리라니 무례하기는. 지상의 생물은 내 이름을 들을 수 없다고."

"그렇구나. 그럼 여기서 쓸 이름을 붙여야겠네. 으음, 검은 고양이니까…… '까망'이라는 이름은 어때?"

"너무 막 짓는 거 아냐!"

나는 눈을 번뜩이며 "냐옹." 하고 항의의 목소리를 높였다.

"어, 안 되나? 귀엽다고 생각했는데."

마야는 살짝 고개를 갸웃했다.

"좀 더 고귀한 내게 어울리는, 멋진 이름으로 해 달라고. 내 털색을 따서 지을 거라면, 이를테면…… 블랙선더라든지."

"분명 그런 이름의 과자가 있긴 했는데……."

"그, 그렇다면 블랙타이거……."

"그거 새우 이름이었던 거 같은데……."

서늘한 침묵이 방 안을 채웠다.

"저기, 이름에 '블랙' 같은 말이 들어가는 거 미묘하게 촌스러운 것 같아. 뭐랄까, 아까부터 좀 생각했던 긴데, 너 말하는 중간중간 이상한 영어를 쓰더라. 그거 왠지 이상하다고나 할까……."

마야의 지적에 꼬리가 축 늘어졌다. 분명 나는 외국 말을 많이 사용했다. 그러는 쪽이 뭐랄까…… 좀 더 트렌디하다고 생각했기 때문이다. 예전엔 더 빈번하게 사용했었다. 그저 최근 들어 친구나 보스에게 *"그거, 좀 흉하니까 그만두는 게 좋을 것 같아."*라는 원치 않는 지적을 많이 받아서, 이래 봬도 꽤나 많이 줄인 것이다.

……왜 다들, 내 하이센스인 언어생활을 이해하지 못하는 걸까?

"……됐어, '까망'으로 하자."

내가 토라져서 언령을 내던지자 마야는 얼굴 가득 웃음을 지으며 손을 뻗어 왔다.

"그럼 잘 부탁해, 까망아."

나는 마야가 내민 손에 앞발 젤리를 가져다 댔다. 그때 방문이 천천히 열렸다.

"마야, 몸 닦을 시간이다."

양손으로 대야를 든 중년 여성이 방으로 들어왔다. 아마도 '시라키 마야'의 엄마가 계속 잠들어 있는 딸의 몸을 닦아 주기 위해 온 거겠지.

방에 들어온 여자는, 책상 앞에서 악수하는 우리들을 보고 얼어붙은 듯이 움직임을 멈췄다. 그 손에서 대야가 떨어지면서 안에 들어 있던 따뜻한 물이 흩날렸다. 나는 앞발을 탈탈탈 흔들어서 날아온 물방울을 털어냈다.

"마야!"

여자는 그렇게 외치더니, 달려와서 마야를 꼭 끌어안았다.

어깨를 들썩이고 있는 여자의 등을 마야가 조금 곤란하다는 미소를 지으며 쓰다듬는 모습을 바라보면서, 나는 앞발을 할짝할짝 핥았다.

그렇다면 이제 재차 자기소개를 하지.

나는 고양이의 몸에 깃든 고위의 영적 존재다.

이름은 까망이 된 것 같다.

제1장
벚꽃 피는 계절의 유언장

1

지붕 위를 터벅터벅 걸어 창문에 가까이 다가간 뒤 점프해서 열린 창문을 통해 실내로 들어왔다. 내닫이창에서 바닥으로 뛰어내리자 부드러운 카펫과 발바닥 젤리가 충격을 없애 주었다.

목덜미에서 딸랑하는 소리가 울렸다. 목걸이가 울린 거겠지. 사흘 전 마야가 준 꽤나 패셔너블한 빨간 목걸이에는 '까망'이라고 새겨진 플라스틱 명찰이 대롱거리고 있었다.

"아, 어서 와, 까망아."

위쪽에서 들려온 목소리에 "냐아." 하고 한 번 울어 대답을 했다. 잠옷 차림을 한 마야가 나를 내려다보고 있었다.

"아침 산책은 끝난 거야?"

"응. 마을을 한 바퀴 돌고 왔더니 배가 고프네. 어쨌든 사료 좀."

"네네."

마야는 쓴웃음을 짓더니 책상 서랍에서 봉투를 꺼내 그 내용물을 내 전용 그릇 안에 부어 주었다. 작은 입자 모양의 먹이가 까랑까랑 식욕을 돋우는 소리를 내면서 낙하했다. 마야가 그릇을 카펫 위에 놓자 나는 거기에 얼굴을 파묻고 사료를 혀로 감아 올려 입안으로 옮겼다. 씹을 때마다 약간 기분 좋은 소리와 함께 농후한 감칠맛이 혓바닥 위로 펼쳐졌다.

수십 초에 걸쳐 사료를 전부 위 속에 밀어 넣은 나는 크게 트림을 했다.

"맛있었어?"

"응. 꽤 맛이 좋던데. 잘 먹었어."

나는 입 주변을 핥으면서 언령을 날렸다.

이 지상에 내려온 2주 동안, 나는 시라키 집안의 반려동물로서 위치를 굳혔다.

2주 전, 두 달 이상 지속되던 혼수상태에서 깨어난 마야와 있던 날 보고 마야의 어머니는 '이 고양이 덕분에 딸이 눈을 뜬 걸지도 몰라.'라고 생각이라도 한 듯, 마야가 "애 키우고 싶은데."라고 제안 했을 때 적극적으로 찬성해 주었다. 그리하여 잠자리와 먹이 걱정 이 없어진 나는 요 2주를 고양이로서의 활동을 마스터하는 데 쏟았 다. 이미 달리기, 점프, 발톱 내밀기 등의 기본 동작에 더해 허를 사 용한 전신의 털 정리와 배설 후 모래 덮기, 그리고 이 마을의 고양 이들이 모이는 집회 참가까지 완벽하게 수행하고 있었다.

"이제 고양이로 지내는 건 익숙해졌어?"

"응, 당연하지. 그건 그렇고 마야는 어때? 그 몸으로 지내는 생활
엔 익숙해졌어? 그리고 자신이 누구인지 생각이 났으려나?"

"으음, 이 몸엔 익숙해진 것 같아. 꽤나 근력이 떨어져 있지만, 혼
수상태에 빠져 있던 동안에도 부모님께서 철저히 재활 운동을 시켜
주셨는지 일상적인 동작에는 문제없어. 다만 진짜 내가 누구인지에
대해서는 뭐라고 할 수가……."

마야는 입술을 삐죽였다.

"이대로 시라키 마야를 연기할 수 있을 것 같아?"

"그건 어떻게든 될 것 같아. 뭐랄까…… 사고의 충격으로 기억이
꽤나 애매한 상태인 척하고 있으니까. 은행에서 일했다는 것 같은
데, 그쪽도 당분간 휴직 상태고. 그리고 부모님과 이야기하거나 이
방에 있는 것들을 보면서 조금씩 정보를 수집하는 중이야."

마야의 입가에 힘이 들어갔다. 이 집에는 마야 외에도 '시라키 마
야'의 부모님이 살고 있었다. 이들을 속이고 있는 것에 대해 죄책감
을 느끼고 있는 걸지도 몰랐다.

"딱히 어딘가 켕기는 구석이 있다고 생각할 필요는 없다고 봐. 앞
으로 두세 달 후면 진짜 '시라키 마야'가 눈을 뜰 테니 말이지. 그때
까지 네가 그 몸을 사용해서 재활 운동도 될 거야."

"……그렇겠지."

마야는 왠지 모르게 쓸쓸해 보이는 미소를 지었다.

"그보다도, 나는 슬슬 '일'에 나서 볼까 하는데."

"일이라고?"

마야는 신기하다는 듯이 고개를 갸웃거렸다.

"지박령의 '미련'을 해결해서 '우리 주인님' 곁으로 이끄는 일 말이야. 그걸 돕는 대신 일시적으로 되살아나게 해 준다는 약속이었잖아. 이 마을 어디에 지박령이 있는지 알려 줬댔잖아."

"아아, 그러고 보니……."

"설마하니 잊어버렸다든가?"

내가 실눈을 뜨자 마야는 가슴 앞에서 양손을 내저으며 "그럴 리 없잖아." 하고 말했다. 그러나 그 웃는 얼굴이 굳어 있는 것을 나는 놓치지 않았다.

"어쨌든 오늘에라도 근처에 지박령이 있는 곳으로 안내해 줬으면 하는데."

"응, 그래. 재활 운동 차원에서 무리하지 않는 범위 내에서 걷는 게 좋다고도 하고. 그러면 조금만 있다가 나갈까."

마야는 손을 뻗어 내 턱 아래를 손가락으로 쓸었다. 하여간 친한 척하기는. 원래 나는 인간이 쉽게 만질 수 있는 존재가……. 아, 거기…….

왜인지 내 의사와는 관계없이 목구멍에서 갸릉갸릉 하는 소리가 울리기 시작했다.

"아, 여기가 기분 좋은 거로구나? 만져 줬으면 좋겠구나?"

마야는 의기양양한 어조로 말했다. 아니, 딱히 만져 줬으면 하는 건…….

아아, 거긴 좀 더…….

갸릉갸릉갸릉갸릉.

"아직이야?"

벽돌 담장 위를 걸으면서 나는 옆의 인도를 걷는 마야에게 언령을 날렸다.

"금방이야."

마야는 다소 거칠게 숨을 쉬면서 대답했다. 일주일 전에 비해 체력이 돌아왔다고는 해도 제법 오랫동안 혼수상태에 빠졌던 몸이다. 그냥 걷는 것도 큰일일 테지. 집을 나서서 벌써 20분 정도 걷고 있었다.

벽돌 담장 위에서 나는 주변을 둘러봤다. 멀리까지 주택가가 펼쳐져 있었고, 그 너머에 언덕이 보였다. 자연스럽게 입꼬리가 올라갔다. 저 언덕 위에 있는 양옥과는 약간의 인연이 있었다.

그도 지금쯤 나와 마찬가지로 열심일까.

"어디 멀리를 보고 있는 거야."

상념에 빠져 있던 나는 마야의 말에 정신이 들었다.

"응? 아니, 아무것도 아니다옹…… 아니야. 잠깐 친구 생각이 나서 말이야."

"친구?"

"아니, 이쪽 얘기야. 그건 그렇고 이 주변엔 큰 집이 많네."

"응, 이 주변은 동네에서 제일 비싼 고급 주택지니까. 슈퍼도 가깝고 큰 공원도 있고 치안도 좋고……."

마야가 거기까지 말했을 때 앞쪽 전신주에 붙은 '치한·날치기 다발 지역! 밤길 주의할 것!'이라는 간판이 눈에 들어왔다.

"……그러니까, 비교적 치안도 괜찮은 편일 거야."

마야는 얼굴을 약간 굳히더니 걸음을 계속했다. 벽돌 담장이 도중에 끊기고, 눈앞에 20미터 정도 길이의 다리가 나타났다. 다리 아래로는 꽤나 폭이 넓은 강이 흐르고 있었다.

벽돌담에서 내려온 나는 이번엔 다리 난간으로 뛰어올라, 아래를 흐르는 강에 시선을 던졌다. 흐름은 완만하고 제법 탁했다. 강의 양안에 펼쳐진 강둑에는 길쭉한 잡초가 무성했다.

"꽤나 큰 강이네."

"이 동네의 중심을 세로로 똑바로 흐르는 강이야. 동네 바깥에 있는 못에서부터 흘러왔지."

마야의 설명을 들은 나는 난간에서 내려와 마야의 발치에 붙어 다리를 건넜다. 다리 건너편에는 편도 2차선의 커다란 차도가 깔려 있었다. 횡단보도 앞에서 마야와 나란히 신호를 기다리고 있자니 쇳덩이가 눈앞을 맹렬한 스피드로 달려서 지나갔다. 배기가스 악취에 기침이 났다.

"저기, 저쪽 집 근처."

"응나?"

고개를 드니 마야는 차도 너머로 보이는 집을 가리키고 있었다. 여기서는 주위를 감싼 벽돌담이 방해가 돼서 기와가 놓인 지붕이 거우 보일 정도였으나, 부지는 꽤나 넓은 듯했다. 담장 위로 푸릇푸

룻한 잎이 무성한 큰 나무가 얼굴을 내비치고 있었다. 아마도 벚나
무인 듯했다.

신호가 청색으로 바뀌어서 마야와 함께 그 집 정문까지 간 나는
중후한 좌우 여닫이문을 올려다봤다.

"여기에 지박령이 있는 거야?"

"응, 이 저택 근처에 언제나 혼이 둥실둥실 떠 있는 게 보였었어."

"그렇군……. 마야, 잠깐 어깨 좀 빌릴게."

나는 마야의 어깨를 향해 점프한 뒤, 거길 발 디딤대로 삼아 삼단
뛰기로 벽돌담 위에 올라섰다.

"……사람 어깨를 점프대로 삼지 말아 줄래?"

마야가 뭐라고 투덜투덜 말하고 있으나 들리지 않는 척을 하면
서 주위를 둘러봤다. 생각한 것 이상으로 큰 저택이었다. 널찍한 일
본식 정원이 펼쳐져 있고, 그 안에 단층 구조물의 저택이 있었다.

살짝 숨을 내쉬고 응시했다. 육체의 눈이 아닌 영적인 눈으로. 이
몸에 봉인되기 전에는 이렇게 하지 않아도 혼을 볼 수 있었는데, 성
가신 일이다.

정신을 집중하고 있자니, 저택 바로 앞에 옅은 빛의 덩어리가 떠
다니는 게 보이기 시작했다.

나도 모르게 "냐아." 하고 소리를 내 버렸다.

"찾았어?"

마야가 말을 걸었다.

"응, 찾았어. 분명히 지박령이야. 잠깐 얘기를 듣고 오지."

"어, 안에 들어가는 거야?"

"*당연하잖아.*"

"그런데, 나는 안에 못 들어간단 말이야. 멋대로 들어가면 불법 침입이 된다고."

아아, 그러고 보니 인간은 맘대로 땅을 팔거나 사서 자신의 테리토리를 주장한다고 하던가. 정말 바보 같다. 이 지상을 자기네 소유물이라도 되는 양 생각하는 건가.

"*못 들어가면 어쩔 수 없지. 나만 다녀올 테니까, 거기서 기다리고 있어.*"

"기다리고 있으라니, 그런 택시 같은 취급……."

불만스럽게 말하는 마야를 무시하고 나는 담장 맞은편으로 내려갔다. 땅의 차가운 감촉이 발 젤리에 와 닿는 게 기분이 좋았다.

깔끔하게 잘려 정돈된 나무들이 우거진 정원을 수 미터 나아가자 표주박 모양의 작은 못이 보였다. 안에는 선명한 색의 잉어가 헤엄치고 있었다. 나는 빨려 들어가듯 연못에 다가서서 몸을 굽히고 수면을 들여다보았다. 그때 10센티미터 정도 되는 작은 잉어가 눈앞을 스쳐 지나갔다.

"우냐아!"

거의 무의식적으로 나는 앞발을 휘두르고 있었다. 물보라가 쳤으나 잉어는 몸을 비틀어 내 발톱을 피했다.

제길, 놓친 건가. 이번에야말로……. 대체 나 뭐하고 있는 거지?

엉덩이를 씰룩거리며 세컨드어택 준비를 하던 차에 나는 제정신을 차렸다.

가볍게 머리를 흔들고 다시 저택을 향해 걷기 시작했다. 시야의 끝자락에서 얼핏얼핏 보이는 잉어가 요사스럽게 본능을 자극했지만, 필사적으로 그 유혹을 견뎌 냈다.

저택 앞까지 가서 고개를 들었다. 바로 눈앞에 옅고 흐린 빛, 지박령으로 화한 혼이 떠다니고 있었다.

"어서 '우리 주인님' 곁으로 가자. 이런 곳에 머무르는 건 난센스야. 네 몸은 이미 죽어 더 이상 이 세계에 영향을 미치지 못하니까. 지상에 계속 있다가는 넌 소멸하고 말 거야."

내가 언령을 날리자 혼은 도망치듯이 둥실둥실 떠오르기 시작했다.

"아아, 아냐아냐. 기다려. 웨이트 어 모먼트!"

나는 초조하게 언령을 날렸다. '길잡이'를 하고 있을 때의 습관대로 정론을 펼치고 말았다.

"방금 전 건 잊어 줘. 그러니까 말이지, 네 '미련'을 알려 주지 않겠어? 너는 더 이상 이 세계에 간섭할 수 없지만, 대신 내가 네 '미련'을 해결해 줄 테니까."

이 정도 설명으로 된 걸까? 처음이라서 먹혔는지 알 수가 없었다.

한 번 멀어졌던 혼은 천천히 내 근처로 돌아왔다.

"좋았어, 그럼 네 '미련'에 대해 얘기해 주지 않을래?"

나는 가슴을 젖히고 언령을 날렸다.

"가……."

혼에게서 엄청나게 알아듣기 어려운 언령이 떠밀려 왔다.

"응? 뭐라고 했어? 잘 안 들려서 그러니까, 한 번 더."

"가……지키."

가지키? 청새치かじき라면 참치의 한 종류가 아니던가? 분명 청새치로 만든 고양이 캔도 있다고 요전에 마야가 말한 것 같은데. 한번 먹어 보고 싶…… 아니, 이게 아니라!

"설마하니 너…… 언령을 제대로 못 쓰는 거야?"

머리를 흔들고 뇌에 끓어오른 식욕을 내쫓은 내가 조심스럽게 묻자 혼은 크게 떨렸다. 아마도 '예스'라는 의사 표시겠지. 빰이 굳었다. 긴 수염이 크게 흔들렸다.

그랬다. 언령을 다루는 능력은 혼에 따라 크게 개체차가 있었다. 마야처럼 유창하게 언령을 말하는 혼이 드문 편이었다. 이 혼처럼 거의 언령을 다루지 못하는 혼도 많았다.

어떻게 하지? 갑작스러운 난제에 나는 몸을 납작 엎드려 양손으로 머리를 감쌌다.

이 혼에게 간섭해서 그 기억을 들여다봐 버릴까? 하지만 육체에서 나온 혼은 껍질로 안 덮여 있는 달걀의 내용물처럼 취약하다. 약해진 혼이 고위 영적 존재인 내 간섭을 받으면 치명적인 대미지를 입을 가능성도 있다.

나는 눈앞에 떠 있는 혼을 관찰했다. 지박령화한 지 오래 지나지는 않은 모양인지 그렇게까지 열화된 것 같지는 않으나, 그 빛이 그다지 강하지 못했다. 강인한 혼 같아 보이진 않았다. 역시나 이 혼의 기억을 들여다보는 것은 위험하다.

내가 고민하고 있으니, 혼이 둥실둥실 이동하기 시작해 툇마루의 유리문을 통과해 저택 안으로 들어갔다.

뭘 하는 거지? 나는 혼의 뒤를 좇아 유리문에 다가서서 안을 들여다봤다. 툇마루 안으로 보이는 와실에 여자가 정좌하고 있는 게 보였다. 연령은 60세 전후이려나. 허리를 굽히고 눈을 치뜬 채 정면을 보고 있었다. 그 눈은 죽은 물고기처럼 텅 비어 의사의 빛이 없었다. 혼은 여자에게 다가서더니 원을 그리듯이 그 주변을 떠돌기 시작했다.

나는 두세 번 눈을 깜빡이고는 여자의 앞에 놓인 걸 봤다. 불단이었다. 안에는 딱딱한 표정을 한 초로의 남자 흑백사진이 놓여 있었다. 거기 있는 여자의 남편일까? 설마하니…….

"설마하니, 저 사진에 찍힌 남자의 혼이야?"

내가 묻자 혼은 순간 더 밝게 빛났다.

"그렇다는 건 거기 있는 여자는 네 와이프라는 얘기네? 네 미련은 그녀와 관련이 있는 거야?"

내 질문에 다시 혼이 더 밝게 빛났다. 과연, 그렇다면…….

"웅냐아!"

나는 뱃심을 끌어올려 크게 울고는 두 앞발 젤리로 기세 좋게 유리문을 두드렸다. 덜컹덜컹하고 소란스러운 소리가 울렸다.

불단 앞에 앉아 있던 여자는 퍼뜩 몸을 떨더니 겁먹은 표정으로 이쪽을 봤다. 그 시선이 내 모습을 포착한 순간, 그녀의 표정이 풀렸다.

"어머어머, 어디에서 왔니."

여자는 완만한 움직임으로 일어서더니 말을 걸면서 다가왔다. 왜이 여자는 내게 말을 거는 걸까. 보통, 고양이는 사람이 하는 말을 이해하지 못한다. 말을 건다는 게 난센스이지 않은가. 뭐, 나는 그냥 고양이가 아니긴 하지만.

"귀여운 고양이네."

유리문이 옆으로 열리자 나는 툇마루로 폴짝 올라섰다. 여자는 웃는 얼굴로 내 머리를 쓰다듬었다. 아무래도 내 귀여움에 완전히 녹아 버린 것 같았다. 분명 그것도 내 고귀한 내면이 배어 나오기 때문이……. 아니, 거기가 아니라, 좀 더 귀가 있는 쪽 부근을……. 그래, 거기…….

"너, 까망이니? 어느 집 아이이려나. 나는 기쿠코, 난고 기쿠코라고 한단다."

기쿠코라고 이름을 밝힌 여자는 내 목걸이에 붙어 있는 명찰을 보며 말했다. 그러나저러나 고양이에게 일부러 이름을 밝히다니, 점점 더 이상한 행동을 하는 게 아닌가.

나는 질려서는 고개를 들고 기쿠코와 시선을 맞췄다. 그 순간 기쿠코의 눈이 초점을 잃었다. 물론 내가 고위 영적 존재로서의 능력을 사용했기 때문이다. 육체의 보호를 받는 혼에게라면 어느 정도 간섭하더라도 문제가 없었다.

뭐, 인간들이 말하는 '최면술'이라는 것에 가까운데, 우리들이 혼에게 하는 간섭은 인간 최면술사 따위보다도 훨씬 강력하고 범용성이 높다. 상대방의 머릿속에 떠올라 있는 기억을 하나도 빠짐없이 읽어 낼 수도 있었고, 행동을 어느 정도 조작하는 것도 가능했다. 극도로 간섭을 받기 쉬운 혼을 지닌 인간이라면 인형극에 쓰는 인형처럼 그 행동을 전부 컨트롤하는 일도 가능했다.(뭐, 그렇게까지 간섭을 받기 쉬운 인간은 거의 없지만 말이지.)

불단 앞에 있던 걸 보면 분명 기쿠코는 죽은 남편을 생각하고 있었을 것이다. 그 기억은 분명 지금, 기쿠코의 혼 표면에 떠올라 있을 터였다. 그걸 조금 들여다보도록 하지.

나는 그 자리에서 식빵을 굽는 자세로 앉아 천천히 눈꺼풀을 감으면서 기쿠코와 정신의 파장을 싱크로시켜 갔다. 다음 순간, 내 머릿속에 기쿠코의 기억이 흘러 들어왔다.

"다녀와요."

기쿠코가 말을 걸자 현관에서 구두를 신은 남편, 난고 준타로는 "그래……." 하고 맥없이 속삭였다. 평소와 다름없이 40년간 이어져 온 아침 일과였다.

"오늘은 늦는다고 그랬지요?"

기쿠코의 질문에 준타로는 별말 없이 고개만 끄덕이더니 현관문을 열었다. 문 너머로 펼쳐진 정원 안쪽으로 활짝 핀 벚꽃이 보였다. 20년도 더 전에 이 집에서 살기 시작할 때 심은 벚나무는 지금은 정원의 주인과 같은 관록을 자아내고 있었다.

"벚꽃, 예쁘네요."

기쿠코는 눈을 가늘게 떴다. 준타로는 돌아보지도 않고 다시 "그래……." 하고 중얼거리더니 현관을 나섰다.

기쿠코는 닫힌 문에 시선을 계속 쏟았다. 원래 별말이 없는 남편이지만 근래에는 더욱 말수가 줄어든 것 같았다. 게다가 최근 꽤나 지쳐 있는 듯했다. 아무래도 일이 바빠서겠지. 늦게 돌아오는 일이 많아졌고, 집에서도 무언가 고민하고 있는 것 같은 모습을 보일 때도 많았다.

결혼한 지 40년, 일에 참견하지 않고 그저 집을 지켜 왔다. 남편에게 집안일 걱정을 시키지 않고 일에 집중할 수 있게 해 준다. 그게 기쿠코가 갖고 있는 주부로서의 방침이었다. 그러나 남편의 최근 모습을 보면 그 결의가 흔들릴 것만 같았다.

얼마 전 딸인 아키코에게 이 일을 상담했는데, 낙천적인 딸은 파닥파닥 손을 저으며 "아빠가 말수가 적고 붙임성이 없는 건 예전부터 그랬잖아. 신경 안 써도 괜찮아."라고 응수했다.

딸의 말도 일리가 있었다. 40년 전, 제약회사 사장의 장남이자 회사에서 약학 연구원을 하고 있다는 준타로를 만났을 때 기쿠코는 '지나치게 성실해서 의지하기 어려울 것 같은 사람'이라는 인상을 받았다. 아마도 준타로를 만나는 사람은 백이면 백, 같은 인상을 받으리라.

지금까지 생일도 결혼기념일도 한 번도 축하받은 일이 없다는 걸 친구에게 얘기했을 때, 대부분은 부부관계를 걱정해 줬다. 그래도 40년간 함께 인생을 보내온 기쿠코는 알고 있었다. 남편이 그저 요령이 없을 뿐이란 것을. 사실은 우리 가족을 사랑하고 있다는 사실을 말이다.

현관으로 내려서서 문을 살짝 열고 벚꽃을 바라보며 기쿠코는 떠올렸다. 맞선을 볼 때 단둘이서 호텔 정원을 산책하게 되었을 무렵, 거의 말이 없는 준타로에게 당혹감을 느꼈었다. 활짝 핀 벚꽃 아래에서 어떻게든 화제를 찾으려던 기쿠코는 "어떤 연구를 하고 계신가요?" 하고 말문을 텄다. 그러자 준타로는 마치 사람이 변한 듯이 기쿠코는 전혀 이해할 수 없는 연구 내용에 대해 속사포처럼 얘기하기 시작했다. 그 눈이 소년처럼 빛나는 것을 보고 기쿠코는 준타로와 결혼하기로 결심했다. 그날, 머리와 어깨에 떨어진 꽃잎을 털어내지도 않고 자신의 연구에 대해 계속해 이야기하던 남편을 생각할 때마다 기쿠코의 표정은 온화해졌다.

30년 전쯤 갑자기 돌아가신 아버지의 뒤를 이어 작은 제약회사의 사장이 된 준타로는 그로부터 거의 쉬는 일 없이 일해서 회사를 키워 나갔다. 특히 몇 년 전부터는 제네릭 의약품이라는, 특허가 만료된 약을 저렴하게 만드는 작업이 호조를 보여서 회사는 순조롭게 성장해 가고 있는 듯했다.

그러나 회사 규모가 커지고 사원이 늘어남에 따라 준타로에게 가해지는 압박이 늘어 가는 걸 기쿠코는 손으로 만지듯이 알 수 있었다.

사실은 회사 경영보다 시험관을 흔들며 연구하는 쪽이 성격에 맞는 거죠.

기쿠코는 예전에 살던 집을 떠올렸다. 회사 지척에 있던 그 집 정원에는 전시 중에 판 커다란 방공호가 있었다. 준타로는 그걸 개인용 연구실로 개조해서 친구들과 밤늦게까지 연구를 하곤 했다.

회사를 이어 받아야만 할 때가 왔을 때 분명 준타로는 괴로웠을 것이다. 삶의 보람이던 연구를 접어야만 했으니까.

그래도 준타로는 불만을 일언반구도 하지 않고 회사를 위해, 그리고 가족을 위해 몸이 가루가 되도록 일해 주었다.

이젠 자신이 하고 싶은 일을 해도 될 텐데…….

자물쇠를 잠그고 집 안으로 돌아가 아침식사를 한 식기를 치우기 시작하면서 기쿠코는 힘없이 미소 지었다. 3년 전 준타로는 사장직을 장남에게 물려주고 회장이 되었다. 그러나 경영 일선에서 물러나도 좋을 법한데도 지금도 장남을 서포트하기 위해 활동하고 있었다.

책임감이 지나치게 강한 것도 깊이 생각해 볼 일이네요. 기쿠코는 작게 한숨을 쉬더니 식기를 싱크대에서 헹구기 시작했다.

가사를 대충 끝낸 다음 근처에 사는 장녀 아키코가 데려온 유치원생 손자의 뒷바라지를 하고 있으니, 어느샌가 오후 5시가 지나 있었다.

아, 슬슬 저녁밥 준비를 해야지.

딸과 손자를 배웅한 뒤 소파에 앉아 휴식을 취하고 있던 기쿠코는 천천히 일어서더니 부엌으로 향했다.

오늘은 남편이 늦는다는 것 같으니까 간단히 해 먹어도 되겠지. 그런 생각을 하면서 부엌에 들어선 순간, 다이닝룸에 놓인 전화가 울리기 시작했다.

"네네."

기쿠코는 빠른 걸음으로 전화기에 다가가서 수화기를 집어 들었다.

"네, 난고입니다."

"……기쿠코야?"

"어머, 여보? 무슨 일이에요?"

들려온 건 남편 목소리였다.

"아니…… 그게 말이지……."

준타로는 속닥속닥 알아듣기 어려운 목소리로 중얼거렸다.

"혹시 일찍 돌아올 수 있게 됐나요? 저녁밥 차려 둘까요?"

"아냐, 그건 괜찮아. 그것보다도…… 지금 집에 있는 거지? 저녁밥은 먹은 거야?"

"물론 있지요? 지금부터 저녁밥 하려던 참이었어요."

기쿠코는 고개를 갸웃했다. 남편이 전화로 말을 잘 못하는 건 늘 그랬던 일이지만, 오늘따라 유난히 얼버무리는 게 심한 것 같은 기분이 들었다.

"그럼 됐어. 그대로 집에 있어 줘. ……하고 싶은 말이 있어."

다음 순간 갑자기 전화가 끊겼다. 기쿠코는 삐삐거리며 넋 나간 소리를 내는 수화기를 바라봤다.

대체 무슨 말을 하고 싶던 걸까? 남편의 어조는 평소와는 분명히 달랐다. 무언가 중대한 결의를 품고 있는 것 같은…….

막연한 불안이 마음속에 퍼져 갔다. 그때 쏴아 하는 소리가 들려왔다. 창밖을 보니 어느새인가 비가 내리고 있었다.

"어머어머, 큰일이네, 큰일이야."

기쿠코는 허둥지둥 다이닝룸을 나서 툇마루에 있는 와실로 들어갔다. 바깥에 세탁물이 널린 채로 있었다.

비를 맞으며 기쿠코는 세탁물을 걷어 들였다. 그때 날카로운 브레이크 소리가 고막을 흔들었다. 기쿠코는 반사적으로 담 너머로 시선을 향했다.

집 바로 옆을 지나는 국도는 교통량이 많고, 종종 트럭이 맹렬한 속도를 내는 경우가 있었다. 어쩌면 사고라도 났을지도 모른다.

세탁물을 전부 툇마루에 거두어들인 기쿠코는 흠뻑 젖은 몸을 떨었다.

기껏 세탁했더니 전부 젖어 버렸다. 다시 세탁해야 했다. 게다가 이대로 있다간 감기에 걸릴 듯했다. 어쨌든 욕조에서 몸을 녹이자.

욕실로 가고 있는데 멀리서 사이렌 소리가 들려왔다. '욕조 자동' 버튼을 누른 기쿠코는 고개를 들었다. 아무래도 정말로 사고가 난 모양이었다.

이렇게나 근처에서 소동이네. 욕조에서 피어오르는 증기를 바라보면서 기쿠코는 표정을 찡그렸다.

욕조에 들어간 뒤, 다시 세탁을 마치니 시각은 벌써 오후 7시가 가까워졌다. 해가 완전히 저물어서 창밖은 어두웠다. 공복감을 느낀 기쿠코는 한 시간 반쯤 전에 걸려온 남편의 전화를 떠올렸다.

그러고 보니 "그대로 집에 있어 줘."라고는 했다지만, 그 사람은 돌아올 생각인 걸까? 만일 그렇다면 그 사람 몫의 저녁밥도 준비해야겠네. 게다가 하고 싶은 말이라는 건······?

다시금 기쿠코가 고개를 갸웃거리고 있자니 전화가 걸려 왔다.

아, 남편 전화인가? 기쿠코는 타박타박 슬리퍼 소리를 내면서 전화기에 다가섰다.

"엄마!"

수화기에서 들려온 목소리는 남편이 아니었으나 귀에 익었다.

"준야? 무슨 일이니, 소리를 다 지르고."

남편의 뒤를 이어 지금은 회사 사장으로 부임한 아들의 호통치는 듯한 목소리에 기쿠코는 눈썹을 찌푸렸다.

"······큰일이 났어. 엄마, 진정하고 들어."

준야의 목소리가 갑자기 속삭이듯이 변했다. 그 격차가 불안감을 불러일으켰다.

"겁주지 마. 대체 무슨 일이 있었는데?"

기쿠코는 능청스럽게 말하면서 손으로 가슴을 내리눌렀다. 말투와는 달리 심장박동은 점점 빨라졌다. 뭔가 안 좋은 일이 벌어졌다. 그 예감은 확신에 가까운 게 되어 있었다.

"엄마, 지금 회사로 연락이 들어왔어. 아까 아빠가 집 근처에서 트럭에 치여서······ 병원으로 이송되셨다는 것 같아."

기쿠코의 손에서 미끄러져 떨어진 수화기가 바닥에서 튕겨 마른 소리를 냈다.

"사고 현장에 구급대가 달려간 시점에는 이미 심폐 정지 상태였고, 구급대원의 소생술을 받으면서 이 병원으로 이송되셨습니다. 여기 도착한 이후로는 저희들이 치료를 이어받아 심장 마사지, 링거, 강심제 투여, 삽관 후 인공호흡 등을 실시했습니다만, 안타깝게도 소생에 실패했습니다. 여기로 이송된 지 45분이 경과한 시점에서 이 이상의 소생술을 계속하는 것은 몸에 상처를 입힐 뿐이라고 판단해……."

푸르스름한 유니폼을 입은 중년 응급실 의사의 설명을 기쿠코는 멍하게 서서 들었다.

전화를 받고 30분 뒤, 기쿠코는 아들딸과 함께 남편이 이송되었다는 종합병원에 도착했다. 아들인 준야의 손에 이끌려 응급실 접수대 앞까지 가니 남편 치료를 맡았던 응급실 의사가 나와서 설명을 시작했다. 그러나 응급실 의사가 하는 말이 기쿠코에게는 마치 외국어를 듣는 것처럼 이해가 되지 않았다.

"그럼, 안내해 드리죠."

응급실 의사는 음울한 어투로 말하더니 등 뒤에 있는 자동문을 열고 응급실 안으로 들어갔다.

"……엄마, 가자."

준야의 재촉을 받은 기쿠코는 애매하게 끄덕이더니 발걸음을 내딛었다.

간다니 어딜? 안에 뭐가 있는데?

앞서 걷는 아들과 딸의 뒤를 기쿠코는 불안정한 발걸음으로 뒤따랐다. 앞의 두 사람이 걸음을 멈췄다.

"아빠. 왜…….."

아키코의 입에서 오열에 가까운 흐느낌이 새어 나왔다. 고개를 숙이고 있던 기쿠코는 시선을 들었다. 그 순간 가슴 속에서 심장이 크게 뛰었다.

침대 위에 남편이 누워 있었다. 그 상반신은 벌거벗고 있었고, 가슴 아래로는 흰 시트가 덮여 있었다. 얼굴 왼쪽은 크게 부풀어 올라 짙은 자줏빛으로 변해 있었다. 그러나 오른쪽은 평소와 다를 게 없어, 마치 낮잠을 자고 있는 것처럼 보였다.

"그럼 확인해 주십시오."

응급실 의사는 펜라이트를 꺼내더니 "실례하겠습니다."라고 중얼거리며 준타로의 눈꺼풀을 들어 올려 눈에 빛을 쏘았다. 드라마 같은 데서 몇 번인가 본 적이 있는 장면이었다.

기쿠코는 이끌리기라도 한 듯이 터덜터덜 침대로 다가섰다.

"아, 엄마!"

등 뒤에서 준야의 목소리가 들려왔다. 그러나 걸음을 멈출 수가 없었다. 돌아본 응급실 의사가 기쿠코를 보고 순간 놀란 표정을 지었으나, 금세 정중하게 가벼운 인사를 하더니 한 발 물러서서 공간을 비워 줬다.

"여보……?"

기쿠코는 누워 있는 남편에게 떨리는 손을 내밀었다. 손끝이 준타로의 뺨에 닿은 순간, 기쿠코는 뜨거운 물에라도 닿은 것처럼 손을 내뺐다. 남편의 뺨은 차갑고 딱딱했다.

온몸의 혈액이 역류한 것 같았다.

"거짓말, 거짓말이야……. 이런 거 거짓말이야……."

기쿠코는 준타로의 몸에 매달렸다. 그러나 남편이 평소처럼 께느른한 어투로 대답을 하는 일은 없었다.

시야 위쪽으로 흰 커튼이 내려왔다.

기쿠코는 남편의 이름을 중얼거리면서 그 자리에 무너져 내렸다.

"엄마, 괜찮아?"

아키코가 쭈뼛쭈뼛 말을 걸어왔다. 기쿠코는 희미하게 턱을 끌어당겨 고개를 끄덕였다.

이미 혼란스러운 건 가라앉아 있었다. 그러나 그건 충격에서 회복해서가 아니라 아무것도 느끼지 못하게 되었기 때문이었다. 아까부터 흉강 안쪽이 빼내어진 것 같은 허탈감이 온몸을 지배하고 있었다.

십수 분 전에 뇌빈혈을 일으켜 쓰러진 기쿠코는 자식들에게 이끌려 응급실을 나와 복도에 놓인 벤치에 걸터앉아 있었다. 아키코가 옆에 함께 있어 주고, 응급실 안으로는 준야만이 돌아갔다.

고개를 떨어뜨린 기쿠코의 시야에 가죽구두가 들어왔다. 고개를 드니 눈앞에 제복을 입은 중년의 경찰관이 서 있었다.

"으음, 난고 준타로 씨의 사모님이라고 불러도 되겠지요?"

기쿠코는 "예에……." 하고 한숨에 가까운 대답을 했다.

경찰관은 진혀 마음이 담기지 않은 어조로 "얼마나 상심이 크시겠습니까."라고 말하고는 기쿠코의 얼굴을 들여다봤다.

"잠시 여쭙겠는데요, 남편분께서 최근에 뭔가 고민하고 계신 듯한 모습을 보이지는 않으셨나요?"

"……네?"

질문의 의미를 알 수 없어 기쿠코는 넋이 나간 듯한 소리를 냈다.

"그러니까 사업이 잘 안 된다든가, 건강상의 문제가 있다거나, 그런 류의 고민은 없으셨나요?"

반응이 둔한 기쿠코에게 짜증이 났는지 경찰관이 빠르게 말했다.

"대체 무슨 말씀이시죠? 엄마는 쇼크를 받고 계시다고요. 그냥 내버려 두시면 안 되나요?"

옆에 앉아 있던 아키코가 기쿠코의 어깨를 감싸면서 경찰을 향해 대들듯이 말했다.

"심경은 잘 알겠습니다만, 저희로서도 사고의 원인을 조사해야 해서요."

"원인? 아빠 트럭에 치였다고요. 원인이라면 운전수에게 있겠죠."

흥분하는 아키코 앞에서 경찰관은 머리를 긁적였다.

"그게, 서에서 사정 청취 중인 트럭 운전수는 난고 씨가 적신호에서 갑자기 뛰어들었다고 말하고 있는 듯하던데요. 아마도 그건…… 자살이라고 말이죠."

경찰을 스윽 실눈을 뜨더니 기쿠코와 아키코를 내려다봤다.

……ㅈㅏㅅㅏㄹ? 그 단어가 기쿠코의 뇌 속에서 곧장 '자살'로 변환되지 않았다.

"대, 대체 무슨 말씀이에요? 아빠가 자살 같은 걸 하실 리가 없어요. 그 사람이 거짓말하는 거라고요!"

잠깐 할 말을 잃었던 아키코는 목소리를 높였다.

"뭐, 그럴 가능성도 물론 있지요. 근데 반대 차선에서 운전해 오다가 사고를 목격했다는 사람이 있습니다. 그 목격자 역시 난고 씨가 적신호인데도 갑자기 차도에 뛰어들어 트럭에 치였다더군요."

"그런……."

아키코는 한 손으로 입을 틀어막았다.

자살. 그 사람이 자살을 했다?

둥실둥실 공중에 떠오른 것 같은 기분으로 기쿠코는 오늘 있었던 일을 생각하고 있었다. 분명 오늘 아침 집을 나설 때, 남편은 어딘지 이상했다. 그리고 저녁나절에 걸려 온 이해할 수 없는 전화. 그 뒤 곧 그 사람은 트럭에 치였다.

그게 자살의 전조였나……? 나는 그걸 눈치 채지 못한 걸까? 40년 동안이나 부부로 지내 왔는데…….

"분명 뭔가 잘못된 거예요! 아빠는…… 아빠는 스스로……."

아키코가 헐떡이듯 단어를 쥐어짰다. 경찰관은 여봐란 듯이 크게 한숨을 쉬더니 입꼬리 한쪽을 올렸다.

"그렇게 말씀하셔도요, 유서 같은 것까지 있다고요."

"유, 유서……?"

아키코는 말을 잃었다.

"예, 그렇습니다. 난고 씨는 빈손으로 치이신 것 같은데 정장 주머니에서 유서 같은 게 발견되었습니다. 아직 건네 드릴 수는 없지만 보여 드리는 정도라면 상관없습니다. 이겁니다."

경찰관은 주머니에서 비닐봉투에 담긴 메모지를 꺼내 내밀었다.

빈손? 남편은 언제나 작은 크로스백을 가지고 다니는데?

그런 생각을 하면서 기쿠코는 조심조심 그 종이로 시선을 던졌다. 거기에 쓰인 문자를 본 순간 격렬한 현기증이 덮쳐 왔다. 시야에서 원근감이 사라지고 문자가 다가왔다.

메모지에는 꽤나 흐트러진 문자가 늘어서 있었다. 무언가 문자를 썼다가 그걸 위에서 칠해 지운 흔적도 있어, 그걸 썼을 때 준타로의 정신 상태가 불안정했다는 걸 짐작할 수 있었다.

수성펜으로 쓴 것 같은 그 문자들은 종이가 젖은 탓에 상당 부분이 번져, 읽을 수 없는 상태였다. 그러나 희미하게 읽어 낼 수 있는 문자만으로도 거기에 뭐가 쓰여 있었는지 충분히 추측이 됐다.

기쿠코

40년간 제멋대로 구는   견디며

분명   원망한

            부탁해.

                              준

내가 제멋대로 구는 거? 그 사람이 내 이기적인 행동을 견디며 날

원망하고 있었다고?

대화가 적더라도, 기념일을 축하해 주지 않더라도 마음은 통하고 있다고 생각했었다. 남편을 받쳐 주고 있다는 자부심이 있었다. 그랬는데 그 사람은 나를 지긋지긋하게 여기고 원망하고 있었다?

기쿠코는 가슴을 누르면서 신음을 했다.

전화가 걸려 온 직후, 그 사람은 눈앞의 도로에서 치였다.

설마하니 그 사람은 내가 집에 있는 것을, 바로 곁에 있는 것을 확인하고 나서 트럭 앞으로 뛰어든 건가? '너 때문에 죽는 거야.'라는 걸 암암리에 전하기 위해서.

머릿속에서 무언가가 무너져 내리는 소리가 울렸다.

기쿠코는 양손으로 머리를 감싸고 몸을 웅크렸다. 너무나도 잔혹한 현실로부터 자신을 지키기 위해서.

결국 준타로의 죽음은 자살로 처리되었다.

장례식을 비롯한 그 밖의 사무 처리는 준야와 아키코가 전부 도맡아 준 덕분에 무탈히 진행할 수 있었다. 그러나 기쿠코는 이전의 일상으로 돌아가지는 못했다.

자신의 40년이 부정당해서 마음이 산산조각 난 기쿠코는 괜스레 널찍하게 느껴지는 집에서 넋이 나간 듯 매일을 보내기 시작했다. 집안일도 거의 하지 않고, 식사도 생명 유지에 필요한 최저한의 양밖에 섭취하지 않고, 하루의 대부분을 남편의 불단 앞에서 보내고 있었다. 자신이 무엇을 잘못한 건지, 대답이 돌아올 리가 없는 질문을 남편의 영정을 향해 계속해 되물으며.

그런 기쿠코가 걱정이 된 아키코는 빈번하게 집을 찾아와 자기네 집으로 이사를 오지 않겠느냐고 권유했다. 그러나 그런 권유를 받을 때마다 기쿠코는 힘없이 웃으며 고개를 좌우로 저었다.

이 텅 빈 집에서 썩어 문드러져 가는 게 자신의 의무라고 생각하고 있었다. 남편을 자살까지 내몰아 버린 자신의.

그렇게 2개월이 지난 어느 날, 평소처럼 불단 앞에 멍하게 앉아 있으니 갑자기 유리를 두드리는 소리가 울렸다. 놀라서 그쪽으로 시선을 던지니, 귀여운 검은 고양이가…….

나는 천천히 눈꺼풀을 떴다. 보아하니 기쿠코의 눈에서 눈물이 흘러 뺨을 타고 내리고 있었다. 내가 간섭한 탓에 괴로운 기억이 선명하게 되살아난 탓이겠지. 이것 참 미안한 짓을 해 버렸네.

크게 숨을 내쉬고 나는 기쿠코의 정신을 향한 간섭을 멈췄다. 기쿠코의 눈에 급속도로 의사의 빛이 돌아왔다.

"어머, 나……."

기쿠코는 몇 번인가 눈을 깜빡이더니 눈가를 닦았다.

"미안, 멍하게 있었네."

쪼그려 앉은 기쿠코는 다시 내 이마를 쓰다듬기 시작했다.

목울대를 그릉그릉 울릴 뻔한 나는 문득 정신을 차리고 기세 좋게 머리를 흔들었다.

"기분이 안 좋았니? 미안하구나."

아니, 그건 아닌데. 그래도 일하는 중이라서. 식빵을 굽고 있던 나는 일어서서 앞발을 있는 힘껏 앞으로 뻗어 전신 스트레치를 하면서 크게 하품을 했다. 굳은 몸을 릴랙스시킨 나는 기쿠코에게 뒤를 보이고 툇마루에서 정원으로 내려섰다.

"어머, 벌써 가는 거니?"

어딘지 아쉽다는 듯한 기쿠코의 목소리가 뒤따라왔다. 이 넓은 집에서 혼자, 자신에게 지운 '벌'을 받고 있는 기쿠코에게 나처럼 용모가 수려한 고양이가 잠시나마 외로움을 무마시켜 줬을 테지.

나는 고개만 돌려서 애처롭게 미소 짓는 기쿠코를 봤다.

그렇게 쓸쓸해하지 않아도 돼. 또 금방 들를 테니까.

나는 마음속으로 말을 걸었다. 기쿠코와, 그 바로 옆을 뒤따르듯 떠도는 지박령에게.

경쾌한 발걸음으로 정원을 가로질러서 정원 끄트머리에 선 큰 벚나무를 거침없이 올랐다. 담 너머에 불만스런 표정으로 서 있는 마야의 모습이 보였다.

나뭇가지에서 뛰어내린 나는 일단 담 위에 착지해 한 발 딛고 마야의 어깨 위로 뛰어올랐다.

마야는 "우와아!" 하고 새된 비명을 질렀다.

"왜 그래, 이상한 소리를 내고."

고개를 갸웃하는 나를 마야는 험한 눈길로 노려봤다.

"'왜 그래'가 아니잖아. 갑자기 어깨 위에 낙하하다니. 아프잖아."

"그런가, 그건 미안해. 뭐, 그런 것보다도 어서 집에 돌아가자고."

"'그런 것보다도'라니……. 그래서 '미련'이란 건 해결했어?"

"그렇게 간단히 해결할 수 있으면 고생할 일도 없겠지. 어쨌든 무슨 일이 벌어졌는지는 알았으니까, 앞으론 해결법을 생각하기만 하면 돼."

나는 마야의 몸에서 내려와 걷기 시작했다. 기쿠코의 기억을 들여다보고 여러 모로 신경이 쓰이는 게 있었다. 집에 돌아가서 좀 생각해 보자.

뒤를 돌아 담 위로 얼핏 보이는 벚나무 가지를 봤다.

그렇다면, 기념할 만한 최초의 일, 훌륭하게 해내자고.

나는 한 번 "냐옹." 하고 큰 소리로 울었다.

2

"그러니까, 그 지박령은 부인을 지금도 원망하고 있고, 그래서 성불을 못 하고 있다는 거야?"

의자에 반대 방향으로 앉은 마야가 등받이에 턱을 괴면서 말했다. 난고네 저택에서 돌아온 나는 그 집에서 본 걸 마야에게 얘기하고 있었다. 딱히 마야에게 알려 줄 필요는 없었으나 "협력하고 있으니까 무슨 일이 벌어지고 있는지 정도는 알려 줘도 되잖아. 아, 좀." 이라며 집요하게 추궁당해 결국 꼬리를 내리고 말았다.

"뭐, 그럴 가능성도 있지."

나는 탁구공을 좌우 앞발 사이로 통통 튕기며 언령을 내뱉었다.

"있지, 놀지만 말고 제대로 대답해 줘."

마야는 불만스럽다는 듯이 입술을 삐죽였다.

"딱히 놀고 있는 건 아니야. 이러고 있으면 뭐랄까, 집중이 된다고 나 할까 마음이 비워진다고나 할까⋯⋯. 알겠어, 그만할게."

마야가 의심스럽다는 시선을 던지는 탓에 나는 별수 없이 앞발 젤리로 탁구공을 잠자리인 침대 밑으로 통겨 날렸다.

"'그럴 가능성도 있지'라는 건 다른 가능성도 있다는 소리야?"

"어, 그래. 분명 누군가를 원망하면서 자살한 인간이 지박령이 되는 건 드물지 않아. 그래도 그런 경우에는 어느 정도 시간이 지나면 '길잡이'의 설득에 따라 '우리 주인님'의 곁으로 가는 게 일반적이야. 원한이라는 감정은 시간으로 비교적 풍화되기 쉬우니까. 게다가 기쿠코의 기억을 뒤져 본 한으로는, 남편에게 그 정도까지 강렬한 원망을 살 만한 행동을 한 것 같지도 않고."

"그런 건 알 수 없는 거야. 인간이란 게 어떤 사소한 일로 원망을 살지 알 수 없는 거라고."

마야의 목소리가 낮아지더니 미간에 깊은 주름이 잡혔다. 그 모습을 보고 나는 "냐?" 하고 울었다.

"설마하니 마야, 생전의 기억이 돌아온 거⋯⋯."

"응? 아아, 그런 게 아니라 어디까지나 일반론인데."

황급히 가슴 앞에서 양손을 내젓는 마야를 보면서 나는 고개를 가웃했다.

정말로 그뿐인 걸까? 어쩌면 자기도 모르는 새 마야는 기억을 되 찾고 있는 건 아닐까?

"그럼 지금부터 어떻게 할 거야? 부인에 대한 원망이 아니라면 그 남편의 혼은 왜 지박령이 된 거야?"

마야는 무마시키려는 듯 속사포로 말했다.

"그걸 지금부터 천천히 생각할 거야."

나는 지정석인 내닫이창의 창틀로 이동해서 몸을 둥글게 말았다. 쏟아져 들어오는 아름다운 햇살이 털을 부드럽게 데웠다. 곧장 수마 가 덮쳐 왔다. 나는 거기에 저항하지 않고 눈꺼풀을 닫았다.

"그거, 생각하는 게 아니라 그냥 자고 있는 거 아냐?"

마야는 질린다는 목소리로 중얼거렸다.

재빨리 좌우를 둘러보고 차가 오지 않는 걸 확인한 뒤 지면을 박 차고 차도를 건넜다. 난고 준타로가 트럭에 치인 차도를.

차도를 건너 난고네 저택 앞까지 온 나는 크게 점프를 해서 벽돌 담에 예리한 발톱을 걸고, 뛰어 올라가듯이 그 위까지 올랐다. 조용 하게 밤의 장막이 내린 주변에는 인기척이 없었다. 그도 그럴 게 지 금 시각은 오전 2시를 넘긴 한밤중이다.

오후에 집에 돌아온 이후 계속해 창가에서 몸을 말고(마야에게 잔 소리를 들으면서) 기쿠코의 기억에 대해 계속 생각해 오다가 한 가지 가설을 떠올렸다. 모든 상황을 설명할 수 있는 가설을.

심야에 마야가 깊이 잠든 뒤, 침대 아래 잠자리에서 기어 나와서

창 틈새를 통해 바깥으로 빠져나와 여기 난고네 저택으로 향했다.

　나는 난고네 저택 정원으로 내려왔다. 수풀이 많은 이 정원은 가로등 불빛도 잘 닿지 않아 어둠으로 덮여 있었으나, 야행성인 고양이의 눈은 그 어둠을 똑바로 꿰뚫어 보고 있었다.

　연못의 잉어를 사냥하고 싶은 충동을 견디면서 나는 저택으로 다가갔다. 툇마루는 덧문이 굳게 닫혀 있어 비집고 들어갈 틈이 없었다. 뭐, 여기까진 생각했던 일이었다.

　분명히 이쪽으로……. 나는 저택 뒤쪽으로 돌아갔다.

　있었다. 뒤쪽 벽 위로 작은 창문이 열려 있었다. 인간이라면 아마도 지날 수 없을 정도로 작은 창문. 그러나 내 몸이라면 충분히 빠져나갈 수 있었다.

　근처에 있는 낮은 나무를 기어올라 창문 옆까지 뻗은 가지를 타고 간 다음 있는 힘껏 점프했다.

　"우냐나아!?"

　창틀에 매달릴 계획이었는데 너무 힘을 주었는지 창문 안쪽으로 날아들어 버렸다. 눈앞으로 벽이 다가왔다. 나는 황급히 네 발 젤리를 눈앞의 벽으로 향했다. 젤리 쿠션 덕분에 충돌의 충격은 거의 완화되었지만, 그럼에도 발에 통증이 느껴졌다. 다음 순간 중력에 이끌린 내 몸은 낙하하기 시작했다. 나는 무아지경 속에서 사지를 움직여 무언가 잡을 것을 찾았다.

　낙하하는 도중에 앞발에 닿은 것에 필사적으로 매달렸다.

　크게 숨을 내쉰 나는 고개만을 돌려 상황 파악에 나섰다. 내 등 뒤에는 서양식 변기가 놓여 있었다. 아무래도 화장실로 뛰어든 것 같았다.

다음으로 고개를 원래대로 돌려 앞발 사이에 있는 것을 봤다. 초승달 모양 문손잡이였다. 그걸 알아챈 것과 거의 동시에 내 체중을 버티고 있던 문손잡이가 천천히 기울기 시작했다. 달칵하는 소리와 함께 문이 약간 열렸다.

오, 뭔지는 모르겠지만 잘됐군. 역시 나답다. 문고리를 놓고 착지한 뒤, 문틈 사이로 몸을 스윽 미끄러뜨렸다.

계획대로 저택 안으로 침입한 나는 난고 기쿠코를 찾았다. 금방 찾을 수 있었다. 낮 동안에 있던 불단이 놓인 와실, 거기에 깐 이불에서 기쿠코는 자고 있었다.

하필이면 남편 불단 앞에서 자는 건가. 기가 찼다.

만일 이 상태로 기쿠코가 죽기라도 한다면, 또 새로운 지박령이 생겨나고 말겠지. 귀찮은 일이다. 뭐, 그렇게 안 되게 하려고 내가 온 거지만.

나는 타박타박 기쿠코에게 다가갔다. 발 젤리가 발걸음 소리를 없애 준 덕분에 기쿠코를 깨울 염려는 없었다. 이불 바로 옆까지 가서 기쿠코의 얼굴을 들여다봤다.

기쿠코의 잠든 얼굴은 통증을 참고 있는 듯이 험했다. 미간에는 깊은 주름이 잡혀 있었고 입은 삐죽한 모양이었다. 때때로 신음하는 듯한 소리가 그 입에서 새어 나왔다.

아마도 꿈을 꾸고 있는 거겠지. 좋지 못한 꿈을.

딱 좋다. 나는 입꼬리를 들어 올렸다. 애초에 꿈에 침입할 생각으로 이런 야밤에 찾아온 것이다.

고위의 영적 존재인 내게 인간의 꿈에 기어 들어가는 일 따위는 쉬운 일이다. 의식을 싱크로시켜 내 정신을 거기에 투영하기만 하면 되니까.

나보다 앞서 지상에 보내진 친구도 이 방법으로 성과를 차차 올렸다. 그 흉내를 좀 내도록 하지.

베갯머리에서 식빵 굽는 자세로 앉아 눈꺼풀을 감고 기쿠코의 정신과 파장을 맞춰 갔다. 파장이 맞은 순간, 기쿠코의 의식 안으로 뛰어 들어갔다.

정신을 차리니 나는 인도 위에 서 있었다. 본 적이 있는 인도였다. 난고네 저택 정문 앞이다.

하늘을 올려다봤다. 빨려 들어갈 것 같은 시커먼 하늘에서 굵은 비가 내리고 있었다. 내 몸에 쏟아지는 비는 내가 자랑스럽게 여기는 검은 광택이 나는 모피를 적시지 않고 통과해 갔다.

여기는 기쿠코가 꾸는 꿈의 세계. 여기에 있는 나는 꿈속에 투영된 사념체에 불과하다. 때문에 이 세계의 무엇도 내게 간섭할 수 없고, 내가 원하기만 한다면 어떤 모습으로도 변할 수 있었다. 지금 검은 고양이의 모습을 하고 있는 것은, 그러는 편이 옆에 선 인물에게 받아들여지기 쉽다고 생각했기 때문에 지나지 않았다.

바로 옆을 보았다. 거기엔 온몸이 비에 젖은 기쿠코가 허수아비처럼 멀거니 서서 정면을 보고 있었다.

"냐아!"

어쨌든 큰 소리로 울어 봤다. 기쿠코는 퍼뜩 몸을 떨더니 나를 내려다봤다.

"야옹……이?"

기쿠코는 의아하다는 듯 중얼거렸다.

"야옹이가 아니야. 까망이야."

내가 말을 걸자 기쿠코가 눈을 크게 떴다.

"어째서…… 고양이가 말을 하고 있는 거지?"

"여긴 꿈속 세계야. 꿈속이니까 무슨 일이든 있을 수 있지. 고양이가 말을 하는 것쯤은 아무것도 아니야."

"아아…… 이건 꿈이로구나. 어머, 너, 낮에 왔던 야옹이로구나."

기쿠코의 표정이 순간 풀어졌다. 역시 이 모습이길 잘했다. 얘기가 빨라.

"그러니까 야옹이가 아니라, 나한테는 까망이라는 지상에서 쓰는 이름이……. 뭐, 그건 상관없나. 그보다도 넌 뭘 하고 있는 거야?"

내가 묻자 기쿠코의 얼굴에서 썰물이 빠져나가듯이 표정이 사라져 갔다.

"……남편을 기다린단다."

기쿠코는 모기 소리만큼 작은 목소리로 중얼거리고는 퍼뜩 정면을 봤다. 나도 덩달아 시선을 앞으로 향했다. 횡단보도 너머, 거기에 연배가 있는 남자가 나타났다. 풀 먹인 정장을 차려입은 백발의 남자, 난고 준타로였다.

"여보!"

기쿠코가 큰 소리로 외쳤다. 그러나 고개 숙인 준타로는 그 목소리에 반응하지 않았다. 멀리에서 낮게 웅웅거리는 소리가 들려왔다. 트럭의 엔진 소리.

"여보! 부탁이에요, 그러지 말아요!"

기쿠코의 목소리는 세찬 빗소리에 쓸려 사라졌다.

고개를 숙인 채로 있던 준타로는 쓰러지듯이 차도로 발을 내딛었다. 다음 순간 거기로 대형 트럭이 달려들었다. 준타로의 몸은 라켓으로 친 테니스공처럼 가볍게 붕 뜨더니 시야에서 사라져 갔다.

"안돼애애애애!"

기쿠코는 머리를 감싸고 그 자리에 주저앉았다. 나는 그 모습을 냉담하게 바라보고 있었다.

사고 광경을 기쿠코는 보지 못했을 터였다. 다시 말해 이 꿈은 기쿠코의 상상이 만들어 낸 게 되었다. 참나, 꿈에서 반복해서 이런 장면을 보고 있던 건가. 소모되는 것도 당연했다.

"괜찮아?"

주저앉은 채로 나는 바들바들 떨고 있는 기쿠코에게 말을 걸었다.

"미안해요, 미안해요, 미안해요……."

기쿠코는 내 목소리가 들리지 않는 건지, 주문이라도 읊듯이 입 안에서 사죄의 말을 계속해 반복했다.

……별수가 없구먼.

"냐오오오오오옹!"

나는 있는 힘껏 울었다. 기쿠코는 "히익." 하고 작게 비명을 지르더니 겁먹은 표정으로 날 봤다.

"아까부터 뭘 하고 있는 거야? 그런 곳에 주저앉아서."

나는 질린다는 투로 말했다.

"뭐라니…… 방금 남편이…… 준타로가……."

"어, 트럭에 치여 날아갔지. 코믹할 정도로 뻥 하고. 그게 어쨌단 건데?"

내가 일부러 고개를 갸웃거리자, 기쿠코의 표정이 구깃 하고 일그러졌다.

"어쨌냐고? 어쨌느냐니, 남편이 죽었다고. 나 때문에 저 사람이! 스스로!"

기쿠코는 붉게 달아오른 얼굴을 들이밀며 히스테릭하게 외쳤다. 분노로 혀가 굳었는지 말이 드문드문 이어졌다.

"지금 본 광경은 실제로 있던 일이 아냐. 네 뇌가 멋대로 만들어낸 상상에 지나지 않는다고."

"그딴 거 상관없어! 그 사람이 나 때문에 자살한 건 분명하니까!"

"정말로 그럴까?"

당장에라도 달려들 듯한 기쿠코 앞에서 나는 콧방귀를 뀌었다.

"어? 무슨……?"

기쿠코의 표정에 동요의 빛이 비쳤다.

"넌 너 때문에 남편이 자살했다고 하는데, 왜 그렇게 단언할 수 있지?"

"그렇지만 갑작스럽게 트럭 앞으로 뛰어들었다던걸. 게다가 늘 들고 다니던 가방도 안 가지고 있었다지, 유서도……."

"네 말대로 난고 준타로는 트럭 앞에 뛰어들었어. 그리고 짐도 없었고, 뭣보다 원망의 말 같은 게 쓰여 있던 메모지도 가지고 있었지. 그래도, 그렇다고 해서 자살했다고 단정할 수 있을까?"

내 질문에 기쿠코는 입을 닫았다. 그 표정에 희미하게, 아주 희미하게였으나, 희망의 빛이 커지기 시작하고 있었다.

"너는 자살설을 뒷받침하는 듯한 사실만을 늘어놓고 있지만, 그날엔 그것 말고도 조금 이상한 일이 있었잖아. 이를테면 남편이 치이기 직전에 전화를 걸었다든가."

"그건 분명 자기가 자살하는 걸 내게 보일 심산으로……."

"응냐아!"

달싹달싹 작은 목소리로 중얼거리기 시작한 기쿠코의 말을 큰 소리로 가로막았다. 기쿠코의 얼굴에 겁먹은 표정이 떠올랐다.

"나 참, 왜 그렇게 네거티브하게 생각하는 거냐."

내가 눈을 들여다보자 기쿠코는 얼핏 눈을 피했다.

"그때 일을 잘 생각해 보라고. 난고 준타로는 전화를 끊기 전, 너에게 무슨 말을 하지 않았어?"

"무언가……?"

기쿠코의 시선은 방황했다.

"……분명히 벌써 식사는 했는지 같은 거……."

"그래, 그 말대로야."

나는 입꼬리를 들어 올려, 현실의 고양이라면 아마도 지을 수 없을 웃음을 만면에 폈다.

"그게 어쨌다는 건데? 그렇다고 해서……."

아, 정말 귀찮네. 다시 무언가를 우물쭈물 말하려는 기쿠코를 노려봤다.

"왜 앞으로 자살하려는 남자가, 아내가 식사를 했는지 어쨌는지를 신경 쓰겠어?"

"그건……."

기쿠코는 말문이 막혔다.

"네 남편이 자살을 하려고 했더라면, 그 행동은 정말로 이상한 게 되지. 그렇지만 만일 그 전제 조건이 틀렸다면 딱히 이상할 것도 뭣도 없지."

"전제조건이……?"

"아침에 늦을 테니 식사 준비는 할 필요가 없다던 남자가 저녁 무렵에 집 근처에 돌아와 아내에게 전화를 걸어 식사를 안 한 것을 확인한다. 일반적으로 생각하면, 이건 어떤 상황인 것 같아?"

수십 초 생각에 빠졌던 기쿠코는 마치 내 눈치를 살피듯 작은 목소리로 중얼거렸다.

"……외식? 나랑 외식을 할 생각이었어……?"

"빙고!"

나는 뒷발로 일어서서 두 앞발 젤리를 맞대 박수를 쳤다. 왜인지 기쿠코는 기분이 나쁘다는 듯이 나를 봤다. 아무래도 좋지 못한 평을 받은 것 같았다. 나는 사족보행으로 돌아갔다.

"그래도 그럴 리 없어……. 나랑 외식할 때에 남편은 항상 앞서 예약을 하고 시간에 맞춰 레스토랑에 갔는걸."

"서프라이즈였다면?"

"뭐, 서프……."

"만약 난고 준타로가 너를 놀라게 하려고 생각했다면 어떨까. 기념일에 서프라이즌 일은 바늘 가는 데 실 가는 격 아니겠어?"

내 말에 기쿠코는 슬프게 미소 지으며 고개를 좌우로 저었다.

"그 사람이 그런 일을 할 리가 없어. 지금까지 그런 일은 한 번도 없었으니까. 게다가 그날은 딱히 기념일도 뭣도……."

"……벚꽃."

나는 조근조근 중얼거리며 자학적인 어조로 말하는 기쿠코의 말을 가로막았다. 기쿠코는 "뭐?" 하고 멍한 소리를 냈다.

"벚꽃 말이야. 그날 아침, 네가 남편을 배웅할 때 정원에 벚꽃이 활짝 피었잖아."

"……응, 그러고 보니 분명 그랬지."

기쿠코는 기억을 탐색하듯이 시선을 이리저리 던졌다.

"벚꽃은 비교적 빨리 지지. 활짝 피어 있는 기간이라고 해 봐야 며칠 안 돼. 그리고 매년 거의 같은 시기에 피어나지."

의아하다는 표정을 지으며 내 이야기를 듣고 있던 기쿠코였으나 갑자기 그 눈이 크게 뜨였다.

"거짓말……."

떨리는 입술에서 갈라진 목소리가 새어 나왔다. 아무래도 눈치 챈 것 같았다.

"40년 전, 너와 난고 준타로가 선을 봤을 때에도 벚꽃이 활짝 피 었던 것 같은데."

내가 천천히 말하자 갑자기 줄곧 내리던 굵은 빗줄기가 멈췄다. 그와 동시에 시야 구석에 선연한 색이 들어오기 시작했다. 그쪽으 로 시선을 돌리자 벽돌담 위로 보이는 벚나무가 만개한 꽃을 뽐내 고 있었다. 어느샌가 비는 그치고 하늘에는 보름달이 떠 있었다. 달 빛에 비춰진 밤 벚꽃의 아름다움에 나는 순간 눈을 사로잡혔다.

방금 전까지는 말라붙은 나무처럼 잎도 없었는데, 꿈이란 건 편 리한 거로군.

"그 사람은 처음 만난 날을……."

벚꽃을 올려다보면서 기쿠코는 멍하게 중얼거렸다.

"아마도 그랬겠지. 난고 준타로에게 결혼기념일이나 생일 같은 것보다 너와 처음 만난 날 쪽이 훨씬 더 중요했던 거야. 그리고 너 와 만난 지 40년이 된 시점이 온 날, 그는 결의를 다지고 익숙지 않 은 서프라이즈 디너를 계획하고 있었던 거야."

나는 웃음을 지으며 말했다. 분명 그날 전화를 건 난고 준타로의 상태가 이상했던 건 긴장했기 때문이겠지.

"그래도…… 그래도…… 그럼 왜 준타로는 자살 같은 걸……."

밤 벚꽃을 바라본 채 기쿠코는 혼잣말처럼 말했다.

"아까부터 말하고 있잖아. 난고 준타로는 정말로 자살한 걸까?"

"그렇지만, 그 사람은 트럭 앞으로 뛰어들었다니까."

기쿠코는 시선을 벚꽃에서 내게로 돌렸다.

"난고 준타로는 트럭 앞으로 뛰어들었지. 그는 가방을 가지고 있지 않았어. 그리고 서프라이즈 디너를 계획하고 있었고, 죽을 이유 따윈 없었어. 이상의 사항에서 끌어낼 수 있는 결론이 있지 않아?"

"결론……."

기쿠코는 넋이 나간 듯 내가 입에 올린 단어를 되뇌었다. 지독하게 충격적인 정보가 연속으로 쏟아진 탓에 사고가 제대로 돌아가고 있지 않은 건지도 몰랐다.

별수 없군. 내막을 밝혀 줄까. 나는 천천히 입을 뗐다.

"날치기야."

"날치기?"

이상하다는 듯 기쿠코는 거듭 눈을 깜빡였다.

"그래, 이 인근에서는 주의를 환기하는 간판이 내걸릴 정도로 치한이나 날치기가 벌어지잖아. 분명 그날 집 근처에서 너한테 전화를 한 다음에 난고 준타로는 저 도로 너머, 다리 위에서 가방을 날치기당한 거야. 그리고 가방을 빼앗은 범인은 그대로 차도를 가로질러 이쪽으로 도망쳐 온 거지. 내 남편은 그 범인을 쫓은 거야. 곁눈질도 하지 않고…… 트럭이 달려오고 있는 줄도 모르고."

나는 시선을 횡단보도 너머, 다리 위로 향했다. 거기에는 휴대전화를 품에 넣고 있는 난고 준타로가 서 있었다. 다음 순간 검은 그림자가 등 뒤에서 준타로에게 접근해 그가 손에 들고 있던 가방을 빼앗아 이쪽을 향해 달려왔다. 그 그림자는 우리 옆을 달려 지나쳐 갔다.

순간 균형을 잃고 무릎을 찧은 준타로는 무언가 외치더니 차도로 달려 나왔다. 그때 그곳에 트럭이…….

"안 돼!"

기쿠코가 소리를 지르며 얼굴을 손으로 덮는 것과 동시에 준타로, 트럭, 그리고 이쪽을 지나쳐 간 그림자도 사라져 갔다.

방금 광경은 내 설명이 기쿠코의 꿈에 투영된 것에 지나지 않았다. 기쿠코가 그럴 마음만 먹는다면 지우는 일도 가능하겠지.

분명 방금 펼쳐진 것 같은 광경이 2개월 정도 전에 현실에서 벌어져서 난고 준타로는 목숨을 잃었을 것이다.

"……왜 뒤쫓은 거야."

얼굴을 손으로 덮은 채 기쿠코는 떨리는 목소리로 중얼거렸다.

"그 사람은 가방에 중요한 걸 넣고 다니지 않았어. 지갑은 정장 주머니에 넣고 다녔고, 가방에는 신문이나 책, 나머지는 업무 서류 정도였을 텐데. 그렇게 필사적으로 돌려받으려 하지 않았어도……."

"기프트."

기쿠코의 발치에 다가선 나는 나직이 말했다.

"기프트?"

기쿠코가 미간을 좁혔다.

"그래, 기프트. 만난 지 40년이 된 서프라이즈 디너를 계획하고 있으니 그 정도쯤 준비해도 이상할 게 없지. 난고 준타로는 40년의 고마움을 담아 네게 줄 기프트를 샀던 게 아닐까. 익숙하지 않은 일이었으니 분명 필사적으로 골랐겠지. 그런데 그 기프트가 들어 있는 가방을 날치기당한 거야. 그러니까 그는 필사적으로 쫓으려고 생각했을 거야. 주변이 안 보일 정도로 필사적으로 말이지."

기쿠코의 손이 가늘게 떨리기 시작했다. 그 떨림은 손에서 팔, 몸통, 그리고 온몸으로 확장되어 갔다.

"그게 2개월 전, 네 남편에게 벌어진 일이야."

내가 그렇게 말한 순간 세계가 무너지기 시작했다. 유리에 금이 가듯 공간에 균열이 생기더니 무너져 내려갔다. 아무래도 꿈이 붕괴하기 시작한 것 같았다. 분명 기쿠코가 눈을 뜨겠지.

이 이상 이 세계에 있는 건 불가능할 것 같군.

나는 아름다운 밤 벚꽃이 무너져 내리는 걸 바라보면서 천천히 눈을 감았다.

눈꺼풀을 뜨자 눈앞에 기쿠코의 얼굴이 보였다. 그 표정은 방금까지 고녀를 짙게 띠고 있던 것과는 크게 달라져, 당혹스러워하는 것처럼 보였다.

아마도 내 설명 때문에 남편이 자살하지 않았을 가능성이 높다는 걸 깨달으면서도, 2개월 이상 자신을 옭아매던 생각을 쉽게는 버릴 수가 없기 때문이겠지.

"아앗!"

눈을 뜬 기쿠코는 상체를 벌떡 일으키더니, 비명 같은 소리를 질렀다.

숨을 거칠게 쉬는 기쿠코는 두리번거리며 주위를 둘러봤다. 아무래도 꿈에서 현실로 돌아오면서 혼란스러워하는 것 같았다. 바로 옆에 앉아 있는 내 모습을 포착한 기쿠코의 얼굴이 노골적으로 굳었다.

"냐아."

어쨌든 인사 대신 한 번 울어 봤다.

"까망아…… 너, 꿈속에서 나랑 얘기를……."

"웅냐?"

나는 고개를 갸웃거리며 모른 척하고는 애써 평범한 고양이인 척 앞발로 얼굴을 문질렀다.

"그렇지, 그저 꿈일 뿐이겠지……. 너, 대체 어떻게 들어온 거니?"

기쿠코는 힘없이 미소 짓더니 손바닥으로 내 머리를 쓰다듬기 시작했다. 쓰다듬을 받으며 나는 시선을 방구석으로 향했다. 거기엔 난고 준타로의 혼이 둥실둥실 떠 있었다.

"네 아내의 오해를 풀어 줬어. 이걸로 '미련'은 해결됐겠지. '우리 주인님'의 곁으로 가는 게 어때?"

나는 혼을 향해 언령을 날렸다. 그러나 반응은 좋지 못했다. 혼은 마치 내 언령이 들리지 않는다는 듯이 계속 떠다녔다.

아직 뭔가 불만이 있는 건가? 분명 기쿠코는 아직 완전히 내 설명을 받아들인 것 같지 않았다. 그렇지만 시간이 지나면 분명 그 외의 가능성은 낮다고…….

내가 그런 생각을 하고 있노라니 갑자기 기쿠코가 이불을 박차고 일어났다.

"……확인해야만 해."

기쿠코는 잠옷 위에 코트를 걸쳤다.

확인한다고? 내가 당황하는 사이에 기쿠코는 방에서 나서 현관으로 향했다. 별수 없이 나는 기쿠코의 뒤를 쫓았다.

샌들을 신고 바깥으로 나선 기쿠코는 정원을 가로질러 정문을 통해 나섰다. 그리고 남편이 치인 횡단보도와 그 너머에 있는 다리를 건너더니 다리 옆에 있는 계단을 이용해 하천 부지로 내려갔다.

내가 바라보는 앞에서, 가로등 빛도 충분히는 닿지 않는 어두운 하천 부지로 내려간 기쿠코는 양손으로 잡초를 헤치기 시작했다.

키가 높은 잡초를 헤쳐 들여다보고는 점점 더 안으로 나아갔다. 그 행동을 보고 나는 기쿠코의 의도를 겨우 파악했다. 기쿠코는 찾고 있는 것이다. 날치기에게 빼앗긴 남편의 가방을.

어쩜 이렇게 소용없는 짓을. 일심불란으로 잡초를 헤치고 있는 기쿠코를 바라보면서 나는 한숨을 쉬었다. 값나갈 만한 것을 빼낸 범인이 이 하천 부지에 가방을 버렸을 것이라고 생각하고 있는지도 모르지만, 그럴 가능성은 낮을 터였다.

아마도 날치기 범인은 다리 위에서 준타로의 가방을 빼앗아 횡단 보도를 건너 난고네 저택 방향으로 달려 사라졌을 것이다. 볼일이 끝난 가방을 버렸다고 할지라도 이 하천 부지엔 없을 것이다.

그 정도는 조금만 생각하면 알 것 같은데, 왜 기쿠코는 갑자기 하천 부지를 뒤지기 시작한 걸까. 인간 같은 하등생물의 생각은 나 같은 고위 존재에겐 잘 알 수가 없었다.

응? 하천 부지? 나는 문득 고개를 들었다. 다리 위에 난고 준타로의 혼이 둥실둥실 떠 있었다. 아무래도 우리를 따라온 것 같았다.

그러고 보니 처음 만났을 때, 그 혼을 내게 *"가……지키."*였었나, 명료하지 못한 언령을 날렸다. 설마하니 그건 청새치가 아니라 '가센지키(하천 부지)'라고 전하고 싶었던 걸까?

이 2개월 이상 '미련'에 사로잡혀 아내의 곁을 떠돌던 그 혼은 계속해 '하천 부지'라는 언령을 내뱉어 왔을지도 모른다. 우리 같은 고위 영적 존재가 내뱉는 언령은 원한다면 인간에게도 닿을 수가 있지만, 인간의 혼이 내뱉는 언령은 약하기 그지없어 육체라는 차폐물에 감싸여 있는 인간의 마음까지는 본디 닿을 리가 없다. 그런데도 매일같이 반복해 언령을 듣는 사이에 기쿠코의 잠재의식에 그 언령이 닿았던 걸까? 그렇기 때문에 기쿠코는 일어나자마자 곧장 이곳을 향해 온 것인가?

"이 하천 부지에 뭐가 있는 거야? 널 '미련'에서 해방시켜 줄 무언가가?"

내가 언령으로 묻자 준타로의 혼은 더없이 밝게 빛났다. 명확한 '예스'였다.

나는 기쿠코에게 시선을 되돌렸다. 어두운 하천 부지에서 기쿠코는 일심불란하게 잡초를 계속해 헤치고 있었다. 양손은 날카로운 잎에 베였는지 몇 번이고 상처가 나서 피가 배어 있었다.

하천 부지로 내려간 혼은 어딘지 걱정스럽다는 듯 기쿠코의 주변을 맴돈 뒤, 기쿠코에게서 수 미터 떨어진 수풀 속으로 빨려 들어 갔다.

……귀찮구머언.

나는 한숨을 쉬면서 계단을 타고 하천 부지로 내려섰다. 발 젤리에 와 닿는 습한 땅의 감촉이 불쾌했다. 나는 몸을 낮추고 혼이 사라져 간 수풀로 향했다. 단단한 잡초의 잎이 얼굴과 몸에 닿아 아팠다. 땅바닥은 질퍽거려서 자랑스러운 모피에 진흙이 묻었다.

아, 왜 내가 이런 처지에 놓여야만 하는가! 대체 누구야, 나를 지상 업무에 추천한 건!

나는 화를 섞어 가며 앞발로 잡초를 쳐 쓰러뜨렸다. 땅바닥에 닿을 듯이 떠 있는 혼이 눈앞에 나타났다.

나는 입꼬리를 올렸다. 혼 옆에는 진흙과 풀로 덮여 반쯤 땅속으로 묻힌 가방이 떨어져 있었다.

"나오오오오옹!"

뒤를 돌아 기쿠코를 향해 있는 힘껏 소리쳤다. 기쿠코는 땅바닥을 보고 있던 고개를 들더니 기대와 불안이 섞인 눈길을 던졌다. 나는 한 번 고개를 위아래로 끄덕였다.

질퍽거리는 지면에 발목을 잡혀 몇 번이고 넘어질 뻔하면서 내바로 옆까지 온 기쿠코는 가방을 보고 작게 소리를 질렀다. 두 달

넘게 열악한 환경에 놓여 너덜너덜해진 가방을 손에 쥔 기쿠코는 조심조심 그 안으로 손을 넣었다. 나는 기쿠코의 몸을 타고 올라 어깨 위에 올라섰다.

가방에서 나온 기쿠코의 손에는 작은 상자가 쥐어져 있었다. 손바닥 위에 올라오는 사이즈의 작은 상자. 기쿠코는 가방을 겨드랑이에 끼더니 조심스레 상자를 열기 시작했다. 다음 순간, 기쿠코의 목에서 "아앗." 하는 소리가 새어 나왔다.

상자 속에는 은색으로 빛나는 반지가 들어 있었다. 아마도 백금으로 만든 것 같은 그 반지는, 달빛의 옅은 빛을 반사해 희고 아름답게 빛나고 있었다.

이게 난고 준타로의 기프트. 그는 날치기 범인에게서 이걸 돌려받으려다가 트럭에 치였다. 분명 그럴 것이었다.

그래도 반대 방향으로 달려갔을 터인 날치기 범인이 왜 가방을 이 하천 부지에 버렸을까? 게다가 이렇게 비싸 보이는 반지를 가져가지 않고 버리다니?

내가 고개를 갸웃거리고 있는데, 기쿠코가 상자 안쪽으로 손을 뻗었다. 잘 보니 거기에 종이가 끼워져 있었다. 네모나게 접힌 그 종이를 펼친 기쿠코는 크게 숨을 들이쉬었다.

기쿠코에게

40년간 제멋대로 구는 나를 견디며, 따라와 줘서 정말로 고마워.

분명 내 태도를 원망한 적도 있었겠지. 부디 용서해 주길 바라.

당신이 받쳐 줬기 때문에 나는 여기까지 해낼 수 있었어.

얼마 남지 않은 인생, 당신과 함께 보내게 된 걸 행복하게 생각하고 있어.

모쪼록 앞으로도 잘 부탁해.

준타로

거기에는 요령 없는 남편이 아내에게 바치는 감사의 글이 적혀 있었다.

과연, 이게 '유서'의 정체인가. 분명 난고 준타로는 필사적으로 몇 번이고 초고를 쓰면서 문면을 다듬었겠지. 그 초고를 쓴 메모지가, 준타로가 트럭에 치일 때 정장 주머니에 남아 있던 것이다. 그리고 비에 젖어 잉크가 번져 버린 그 문면은 마치 아내를 향해 원망의 말을 늘어놓은 유서처럼 보였던 것이다.

기쿠코는 그 종이를 품에 안듯 가슴에 가져다 대고는 그 자리에 무릎을 꿇었다. 열린 입에서는 커다란 오열이 새어 나왔고, 두 눈에서는 멈출 줄 모르고 눈물이 흘러 떨어졌다.

"준타로…… 준타로……."

몇 번이고 기침을 하면서 기쿠코는 남편의 이름을 계속해 불렀다. 2개월 동안 가슴 깊은 곳에 쌓이고 쌓인 감정을 뱉어 가는 듯 기쿠코는 계속 울었다.

그때 가방이 떨어져 있던 부근에 머물러 있던 난고 준타로의 혼이, 둥실둥실 떠올라 기쿠코의 눈앞에 왔다.

"준타로?"

기쿠코가 고개를 들어 몇 번이고 눈을 깜빡이면서 바로 눈앞을 봤다. 그건 마치 부부가 서로를 바라보고 있는 것 같았다.

"준타로…… 나야말로 고마워요."

눈에 눈물이 맺힌 채 기쿠코는 고마움의 말을 입에 올렸다.

어라? 인간에게 혼이 보일 리가 없는데 어째서 평범하게 말을 걸고 있는 거지?

설마하니 오랜 세월 함께한 부부의 연 같은 건가? ……에이, 설마.

나는 기쿠코의 어깨에서 내려와 다시 잡초를 헤치면서 하천 부지에서 올라가는 계단으로 향했다. 아무래도 저 부부에게는 감동의 한 장면인 것 같았다. 부부란 건 단순히 자손을 남기기 위해 역할 분담을 하는 계약이라고 생각하지만, 저기 있는 두 사람에게는 아무래도 그 이상의 의미가 있는 듯했다.

뭐, 인간이 하는 생각은 잘 모르겠지만, 훼방꾼은 사라져 준다는 정도의 섬세함은 가지고 있다고.

계단을 반쯤 오른 나는 난고 준타로의 혼과 기쿠코가 바싹 붙어 있는 것을 바라보면서 몸을 둥글게 말고는 큰 하품을 했다.

"이상이 사건의 전말…… 앗, 뜨."

뜨거운 바람이 꼬리 시작 부분에 닿은 나는 언령으로 비명을 지르며 "나옹!" 하고 울었다.

"아, 미안. 너무 가까이 가져다 댔나."

드라이어를 한 손에 든 마야가 사과했다.

"……조심 좀 하라고. 내 몸은 센서티브하니까."

꼬리를 크게 흔들며 언령을 날렸다.

"그래도 기분 좋았던 거 아니야? 꼬리 흔들고 있고."

"기쁠 때 꼬리를 흔드는 건 개야. 고양이는 짜증날 때 흔든다고."

2주 이상 고양이로 생활하면서 나는 그런 사실을 알게 됐다.

"그렇구나. 고양이는 키우는 게 처음이다 보니 잘 몰라서."

투덜거리면서 마야는 다시 뜨거운 바람을 쐬었다. 이번엔 어느 정도 떨어져 있던 덕택에 딱 좋은 온도였다.

"……그 정도는 상식이라고."

"뭐야, 아직도 기분 안 푼 거야? 별수 없잖아, 그렇게나 몸이 더러워져 있었는걸."

마야는 쓴웃음을 지으며 내 목울대를 쓰다듬기 시작했다.

미명에 난고 준타로의 '미련'을 해결한 뒤, 이 방에 돌아와서 마야가 새근거리며 잠들어 있는 침대 밑으로 기어 들어가 몸을 둥글게 말았다. 몸에 붙은 진흙이 불쾌했으나, 그보다도 피로감이 강해 털 정리도 않고 잠에 빠져 버렸다.

아침이 되어 마야가 침대에서 일어나는 소리에 눈을 떴지만 아직 충분히 수면을 취하지 못하고 실눈만 뜬 채 움직이지 않았다. 침대 아래를 들여다본 마야는 내게 "까망아, 안녀……." 하고 인사를 하려다 비명을 질렀다.

"왜 진흙투성이야!?"

"……밤에 일이 좀 있었거든."

적당히 대답하고 다시 수면을 취하려던 나는 침대 밑으로 들어온 마야의 손에 포획당했다.

"응? 뭐 하는 거야!?"

마야는 초조함에 몸을 비트는 나를 양손으로 꽉 홀드하고 말없이 방을 나서 계단을 내려가더니, 발칙하게도 내게 고문을 가했다. 샤워라는 이름의 고문을.

고양이에게 몸이 젖는 일은 더 없는 스트레스다. 그런데 그렇게 기세 좋게 온몸에 따뜻한 물을 끼얹다니, 아무리 진흙을 털어내기 위해서라곤 하지만 도가 지나쳤다. 진흙 같은 건 털 정리를 하면서 핥아서 떨어뜨릴 수 있는데 말이다.

욕실 문을 필사적으로 벅벅 긁으면서 도망치려 바둥대며 수 분간 악몽 같은 시간을 견뎌 낸 나는, 다시금 마야의 방으로 끌려가 타월과 드라이어로 몸을 말리면서 어젯밤 있었던 일을 얘기했다.

"좋았어, 이 정도면 되려나. 응, 깔끔해졌다."

마야는 드라이어의 스위치를 끄더니, 내 머리부터 꼬리까지 쓰다듬었다.

"그래서 그 난고 준타로라는 사람의 혼은 성불을 해서 일단은 한 건 종지부를 찍었다는 거네."

"으응, 그렇지……."

나는 애매하게 대답하면서 간밤의 일을 생각했다.

하천 부지에서 준타로와 기쿠코가 바싹 붙어 있는 것을 하품을 해 가며 십수 분 정도 바라보고 있던 나는 등 근육이 찌릿찌릿한 감각을 느끼고 고개를 들었다.

"거기에 있는 게로군……."

언령으로 중얼거리자 내 수 미터 정도 앞에 윤곽이 흐린 옅은 빛이 나타났다. '길잡이', 다시 말하자면 내 동업자였다.

"어어, 한동안 못 본 사이에 꽤나 귀여워졌는걸."

그 빛이 내뱉은 언령을 듣자 내 꼬리가 좌우로 크게 흔들렸다. '길잡이'는 그 수가 많으나, 나는 눈앞에 있는 이 녀석이 버거웠다. 나와 같은 고위의 영적 존재임에도, 언동이 극히 조야하고, 엘레강스의 조각이라곤 찾아볼 수조차 없는 녀석이다.

이 녀석에 비하면 내 이전에 개에 봉해져 지상에 내려온 그 녀석은(꽤나 고지식한 녀석이었으나) 자신의 일에 진지하게 몰두하는 편이라 호감이 갔다.

"……뭐야, 너냐."

"뭐냐고 할 것까지는 없잖아. 오랜만에 만났는데."

"딱히 안 만나고 싶었는데."

나는 콧방귀를 뀌었다.

"뭐야, 정 없는 녀석이군. 모처럼 내 '일'을 도우러 왔는데 말이지."

"도와?"

"어어, 그래. 너지, 저기 있는 혼의 '미련'을 해결한 녀석. 저 녀석을 '우리 주인님' 곁으로 안내할 거야."

동업자는 득의양양하게 언령을 날려 왔다. 하여간, 지금까지 저 혼을 설득하지 못했던 주제에 잘난 척은. 질린 나는 "냐아." 하고 울고는 고개를 돌렸다.

나에게 별반 흥미가 있던 게 아닐 터인 동업자는 준타로의 혼에게 다가가더니 뭐라고 언령을 날렸다. 준타로의 혼은 못내 애석하다는 듯이 기쿠코의 이마를 만지더니 천천히 하늘을 향해 상승하기 시작했다.

기쿠코에게 감사와 사랑을 전한 지금, 그의 '미련'은 사라진 것이다. 나는 준타로의 혼이 천천히 상승하는 것을 실눈을 뜨고 배웅했다.

기쿠코도 어느샌가 고개를 들고 있었다. 보일 리가 없는데 그 시선을 확실히 남편의 혼을 포착하고 있었다. 신기한 일이었다.

"그럼 이만 가지. 있는 힘껏 열심히 해 보라고."

그 언령을 남기고 동업자의 모습은 밤바람에 지워졌다. 어느 틈엔가 난고 준타로의 혼도 보이지 않았다. 하여간 바쁜 놈이다.

이걸로 일은 완료로군. 나는 크게 숨을 토해 내고는 몸을 돌려 걷기 시작했다.

문득 뒤를 돌아 하천 부지를 내려다봤다. 거기에는 슬픈 듯하면서도 또 행복한 것 같은 웃음을 띤 기쿠코가 계속해 하늘을 올려다보고 있었다.

분명 나는 난고 준타로를 '미련'에서 해방시켜 '우리 주인님'의 곁으로 떠나보냈다. 일은 성공했다고 할 수 있겠지. 그래도 아무래도 가방이 하천 부지에 떨어져 있던 게 신경이 쓰였다. 논리적으로 말하자면 날치기 범인이 거기에 가방을 방치할 리가 없는데…….

"좋았어, 몸도 말랐겠다. 일단 밥을 먹을까."

마야는 일어서더니 책상 서랍에서 사료가 든 봉투를 꺼내기 시작했다. 브랙퍼스트 시간이다. 그러고 보니 간밤에 돌아다녀서 배가 꺼져 있었다.

나는 머릿속에 샘솟던 의문을 일단 한쪽으로 치워 놓고 마야의 발치에 바싹 다가섰다.

"그래도 좀 부럽네."

사료를 접시에 담으면서 마야는 중얼거렸다.

"부럽다고?"

"봐 봐, 그 준타로라는 사람, 정말로 부인을 사랑한 탓에 지박령이 된 거잖아? 그런 순수한 사랑이란 거 아름답다고 생각해서."

마야는 어딘지 먼 곳을 보는 듯한 눈을 하며 말했다.

사랑? 사랑이라는 건 성욕과 소유욕 같은 게 복잡하게 얽힌 게 아니었던가? 그게 순수하고 아름답다니, 잘 알 수가 없었다.

"그리고 아내한테 그 사랑이 전해진 건 까망이 덕분이잖아. 그러니 분명 까망이는 멋진 일을 해낸 거라고."

마야는 미소를 지으며 말했다.

뭐, 듣고 보면 분명 나는 그 혼을 '미련'으로부터 해방시켰다. 그렇게 세세한 부분까지 신경 쓸 필요는 없을지도 몰랐다.

"어쨌든, 첫 일 하느라 수고했어. 오늘은 축하의 의미를 고양이용

가쓰오부시 뿌려 줬어."

　마야는 가쓰오부시를 올린 사료가 담긴 그릇을 바닥 위에 놓았다. 나는 꼬리를 바짝 세우고 그 내용물을 덥석 물었다.

　입안에 가쓰오부시의 훌륭한 풍미가 퍼졌다.

제2장
도플갱어의 연구실

1

"아직도 도착 못 한 거야?"

옆을 걷고 있는 마야에게 언령으로 말을 걸었다.

"그러니까, 조금만 더 가면 된다고 아까부터 말했잖아. 그렇게 안
달복달하지 말라고."

마야는 나를 내려다보더니 입술을 삐죽거렸다. 그 이마에는 어렴
풋이 땀이 배어 나와 있었다. 표정도 기분 탓인지 괴로워 보였다.

집을 나서서 30분 정도를 계속 걸었다. 체력이 쇠한 몸에는 힘든
일이리라.

"안달복달하는 것도 별수 없잖아. 나는 빨리 이 지상에서의 '일'을
수행해서 이런 불편한 육체와는 이별하고 싶거든?"

"그런 것치고는 사흘이나 의욕 없이 농땡이 쳤잖아."

마야의 시선의 온도가 올라갔다.

"그, 그건 딱히 농땡이가 아니라…… 그저 몸이 께느른해서……."

나는 황급히 반론했다. 그렇다, 난고 준타로의 미련을 해결하고 나서 벌써 사흘이나 경과했다. 그간 내가 무엇을 했느냐면…… 실은 아무것도 하지 않았다. 그렇다기보다는 아무것도 할 수 없었다.

준타로의 혼이 동업자에게 이끌려 '우리 주인님'의 곁으로 간 걸 확인한 이튿날, 마야가 준 가쓰오부시가 들어간 사료를 먹은 뒤 괜스레 몸이 무거워졌다.

처음엔 조금 쉬면 금방 회복하겠거니 생각했으나, 시간이 지날수록 전신을 덮쳐 오는 권태감은 견디기 힘들 정도로 강해졌다.

아마도 연속해서 영적인 파워를 사용한 것이 원인이겠지. 아무래도 영적인 파워를 사용하는 건 이 고양이의 몸에 꽤나 부담을 안기는 것 같았다. 그런 이유로 나는 요 사흘간 거의 창가에서 몸을 둥글게 말고, 때때로 청소하는 마야에게 거칠게 취급을 당하면서 일광욕을 계속해 왔다.

하여간 육체에 봉해진다는 건 정말로 불편한 것이다. 순수한 영적 존재였을 땐 피로 따위 느끼는 일 없이 얼마든 능력을 쓸 수 있었는데 말이다.

"정말로 그렇게 상태가 안 좋았어? 한번 동물병원에서 진찰받는 게 좋으려나?"

마야가 턱 끝에 손가락을 대고 그렇게 말한 순간 털이 거꾸로 서고 꼬리가 엄청나게 커졌다. 그런 날 보고 마야는 어딘지 기분 나쁘게 실눈을 떴다.

"어라, 까망아. 설마하니 동물병원이 무서운 거야?"

"그, 그럴 리가. 동물병원은 고양이나 개의 몸을 수리하는 곳이잖아? 왜 그런 곳을 겁낼 거라고……."

왜인지 언령이 떨리고 말았다. 왜 이렇게까지 냉정함을 잃은 건지 나 스스로도 잘 알 수가 없었다.

"아, 안 무섭구나. 그러면 우연이긴 한데 조금 더 가면 동물병원이 있잖아. 거기서 잠깐 진료 받아 볼까?"

마야의 입술 끝이 올라갔다.

"노, 노 생큐! 지금은 엄청 건강해. 딱히 치료받을 데 없다고."

나는 절레절레 고개를 좌우로 저었다. 설마하니 마야는 처음부터 나를 동물병원에 데리고 갈 심산이었던 건가……?

언제라도 도망칠 수 있게 마야에게서 조금 거리를 두고 걸음을 계속했다. 그때 나는 귀를 푸드득 털고는 그 자리에 멈춰 섰다.

"응? 까망아, 왜 그래?"

"아니, 방금 언령이 들린 것 같은 기분이……."

기분 탓이었던 걸까? 나는 눈을 감고 의식을 집중했다.

"싫어! 산책이래 놓고는 거짓말쟁이!"

이번엔 확실히 언령이 들렸다. 그것도 귀에 익은 언령이.

……아아, 그인가. 나는 아스팔트를 박차고 달려 나갔다.

"앗, 까망아. 어딜 가는 거야? 아까 한 말은 농담이었어. 도망 안쳐도 돼. 게다가 동물병원이 있는 건 그쪽이라고."

등 뒤에서 들리는 마야의 목소리를 무시하고 달려 코너에서 오른쪽으로 꺾었다. 수 미터 앞에 '하야마 동물병원'이라는 간판이 걸린 건물이 있었고, 그 앞에 커다란 개와 중년의 여자가 있었다. 여자는 개의 목걸이에 이어진 끈을 당기려 하고 있으나 골드색 털의 대형 견은 엉덩이를 땅바닥에 붙이고 완강히 움직이지 않았다.

"자, 레오. 이젠 그만하렴. 오늘은 건강 검진만 할 거라, 딱히 아픈 거 없으니까."

다소 통통한 여자는 얼굴에 홍조를 띠고 개에게 말을 걸었다.

"그런 거 못 믿겠어! 전에도 그렇게 말하고 예방접종 주사 맞혔잖아. 나는 단호히, 그런 악마의 공간에 들어가는 걸 거부한다."

목걸이가 너무 당겨진 탓에 얼굴 주변의 털이 엉망이 된 '그'는 필사적으로 언령을 내뱉었다. 그러나 그 언령은 딱히 여자에게 들려주기 위한 것은 아닌 것 같았다. 여자가 언령에 반응하지 않는 것이 그 증거였다. 아무래도 한 사람……이 아니라 한 마리가 언령을 쓰면서 소동을 벌이고 있을 뿐인 듯했다.

……무슨 보기 흉한 짓을 하고 있는 거야, 그는.

나는 질려서는 골드색 털을 가진 개(분명 골든레트리버인가 하는 견종이던가?)에게 다가갔다.

"응? 뭐야, 이 고양이는?"

눈앞까지 온 나를, 그는 신기하다는 듯이 바라봤다.

"오랜만이야, 마이 프렌드."

내가 언령으로 말을 건 순간, 그는 크게 눈을 뜨고 입을 벌렸다. 아무래도 너무 놀란 나머지 버티는 것도 잊어버린 듯, 수십 센티미터를 질질 앉은 채 끌려갔다. 그는 황급히 땅바닥에 엎드리더니 찬찬히 나를 바라보기 시작했다.

"너…… 설마하니."

"그래, 나야."

나는 가볍게 한 발을 들어 인사를 했다.

"그런데, 그 꼴은……?"

"너랑 마찬가지야. 보스의 명령……이랄까 생각으로 이런 몸에 갇혀 지상에 파견 나왔어."

나는 "웅냥." 하고 약한 소리로 울면서 그에게 언령을 날렸다.

그렇다, 눈앞에 있는 이 개는 그냥 개가 아니었다. 동물의 몸을 빌린 내 동류다. 2년 정도 전에 지상에 내려온 그는 '레오'라는 이름을 얻어, 여기에서 수 킬로미터 떨어진 언덕 위에 있는 호스피스에 정착했다. 그리고 거기에서 환자들이 품은 과거의 '미련'을 해결하여 그들이 지박령화하는 걸 막는 데 성공했다. 그때, 그 무렵 이 지역 '길잡이'를 하고 있던 나도 조금 도움을 제공하곤 했다.

보스가 지상에 '길잡이'를 파견하는 것을 계속하기로 결정한 것도, 그가 성공한 공이 컸다.

……웅? 그러니까 그가 실패했더라면 내가 이런 더러운 지상에 파견될 일도 없었던 건가? 그때 여러모로 도와줬던 게 실수였나?

곧장은 상황 파악이 안 된 건지, 명해 있던 그의 눈이 천천히 가늘어졌다.

"뭐야. 그렇게나 나를 멍청이 취급하더니, 너도 지상으로 좌천돼

온 거냐."

"좌천이 아냥!" "냐아!"

나도 모르게 항의하는 언령과 울음소리가 겹치고 말았다. 눈앞의 그는 더욱 눈을 가늘게 떴다.

"무슨 말이야, 훌륭하게 좌천당한 거지. 너도 내가 지상에 내려왔을 때 여러모로 바보 취급을 했었잖아."

그는 의기양양하게 언령을 날려 왔다. 그 말 그대로였던지라 반론할 수조차 없었다. 꼬리가 좌우로 크게 흔들렸다.

"응? 왜 꼬리를 흔들고 있는 거야? 뭐가 기뻐서?"

"고양이 몸은 개랑은 다르다고! 짜증날 때 꼬리가 크게 움직인단 말이다, 마이 프렌드."

이상하다는 듯 고개를 갸웃거리는 그에게 나는 언령을 날렸다.

"그 '마이 프렌드'인가 하는 건 좀 그만둬 줄래. 오랜만에 들으니 왠지 모르게 아니꼽단 말이지. 나는 이 지상에서는 '레오'라고. 그렇게 불러 줘."

"뭐, 상관없다만……."

하여간 왜 다들 내 트렌디한 언어 사용을 이해해 주지 않는 걸까.

"그건 그렇고, 뭐랄까…… 빈약한 몸을 받았네. 검고 작고. 그에 비하면 내 황금색으로 빛나는 털을 좀 보라고."

레오는 의기양양하게 가슴을 활짝 젖혔다.

"무슨 말을 하고 있는 거야, 너는. 이 까마귀 날개처럼 윤기 있는 털, 그리고 이 탄력 있는 몸의 아름다움을 모르겠는 거야?"

"뭐, 네가 맘에 든다면 그걸로 됐지. 그건 그렇다 치고, 설마하니 정말로 네가 지상에 파견돼 올 줄이야. 나도 추천을 한 보람이 있는걸."

레오는 기분 좋다는 듯 언령을 날려 왔다.

……뭐? 추천?

뇌리에 왜 내가 지상에 내려가지 않으면 안 되는지 물었을 때 보스가 했던 말이 되살아났다.

"다음번에 지상에 내려가는 자가 있다면 반드시 자네가 좋겠다는 추천이 있었네."

설마하니…….

"네 짓이구나!!" "냐냐냐아!"

다시금 내 언령과 울음소리가 겹쳤다.

"뭐, 뭐야?"

깜짝 놀라 눈을 깜빡거리는 레오를 향해 나는 달려들었다.

"네 탓에, 네 탓에 내가 이런 꼴이!"

나는 레오의 얼굴에 앞발 젤리를 있는 힘껏 부딪혔다.

"무슨 짓이야!? 아프잖아. 그만둬!"

"이 정도로 끝내는 걸 고맙게 생각하라고! 만약 발톱을 세웠더라면 너 같은 건 간단히 찢어 버릴 수도 있으니까!"

레오에게서 떨어진 나는 엉덩이를 높이 들고 온몸의 털을 거꾸로 세웠다.

"무슨 소리야, 너. 고양이가 발톱을 세운 정도로 내 이 날카로운 이빨에 댈 리가 없잖아."

레오는 낮게 으르렁대면서 이를 드러냈다.

"하아악!"

"그르르르."

나와 그는 수십 센티미터의 간격을 두고 서로 노려봤다.

"레오, 뭘 하는 거니. 고양이랑 싸우면 어떡하니."

"까망아. 달려간 줄 알았더니 뭘 강아지랑 노려보고 있는 거야."

나와 레오는 동시에 안아 올려졌다. 레오는 리드 줄을 쥐고 있던 중년의 여자에게, 그리고 나는 가까스로 따라온 마야에게.

"미안해요, 이 아이, 보통은 어른스러운데."

레오를 낑낑거리며 들어 올린 채, 여자는 어깨를 으쓱거리듯이 고개를 숙였다.

"아뇨, 저야말로 죄송합니다."

마야가 가볍게 고개를 숙이자, 여자는 레오를 들어 올린 채 질질 끌듯이 동물병원으로 향했다.

"우와, 놔 줘. 병원은 싫다고!"

레오는 언령을 날리면서 버둥버둥 난동을 피웠지만, 여자의 힘이 센 건지 그대로 실려 갔다. 동물병원의 자동문이 열리고 그 안으로 사라져 가는 순간, 레오는 "커엉." 하고 정말 한심한 소리로 울었다. 그 소리를 듣고 약간이나마 속이 후련해졌다.

"설마하니 쟤……."

마야가 중얼거렸다. 인간의 몸에 들어가 있는 마야에게 레오의 언령은 들리지 않을 터였으나, 아무래도 분위기를 보고 무언가를 느낀 것 같았다.

"어, 맞아. 내 동류야."

나는 몸을 비틀어 마야의 품에서 빠져나왔다.

"그렇구나. 설마하니 까망이 같은 아이가 사실은 알지 못할 뿐이지 꽤나 있는 거 아냐?"

"……내가 아는 한은 나랑 그 녀석뿐이야. 뭐, 혹시 다른 지역에도 파견됐을 가능성은 있지만."

"그래도 동류라는 건 친구란 소리잖아. 싸우면 안 되지."

"저딴 녀석, 이젠 친구 같은 거 아냐!"

나는 언령을 내뱉었다. 그 때문에 나는 지상 따위에 내려오는 처지가 됐다. 애초에 '길잡이'끼리의 친구 관계는 인간의 것처럼 질척거리지 않는다. 어디까지나 '때때로 정보 교환을 하는 업무 동료'정도의 관계다.

레오를 생각하니 다시금 짜증이 나서 나는 아스팔트에 벅벅 발톱을 갈았다.

"그보다 까망아, 지박령이 있는 곳으로 안내 안 해도 돼? 그렇다면 나, 피곤하니까 돌아가고 싶은데."

"아, 아니, 부디 안내해 줘."

"예에, 정말로 조금만 더 가면 도착하니까."

내가 황급히 말하자 마야는 가볍게 어깨를 으쓱하더니 걷기 시작했다. 나는 그 발치에 바싹 붙어 걸음을 내딛었다.

"분명 이 근처였을 텐데."

동물병원이 있던 곳에서 10분 정도 걸은 우리들은 오래된 주택지에 들어섰다. 꽤나 케케묵은 집이 늘어서 있었다. 개중에는 보기에도 수년 이상 사람이 살지 않은 것 같은 민가도 있었다.

"……왠지 모르게 적적한 곳이네."

"응. 이 마을 자체가 조금 과소화하는 추세고 이 부근은 역이나 슈퍼에서 떨어져 있어 조금 불편하니까, 차츰 사는 사람이 줄어들고 있어. 이런 분위기니까 애들이 담력 시험하는 장소 같은 게 되기도 하고."

"담력 시험? 아무리 쇠락했다고는 하지만 이런 주택지에서?"

내가 묻자 마야는 갑자기 목소리를 죽였다.

"그게 말이야, 괴담이 있어."

"괴담?"

"응. '사람 잡아먹는 폐허'라고 말이지. 이 부근에 있는 폐가가 지나가던 사람을 안으로 꾀어 그대로 잡아먹어 버린대."

"바보 같군. 그런 일이 있을 리가 없잖아."

내가 어이없어하자 마야는 진지한 표정을 지었다.

"뭐, 그렇게 말하면 그럴 수도 있겠지만, 이 마을엔 그런 괴담이 많아. 언덕 위에 흡혈귀 집이 한 채 있다거나, 병원에 살면서 사람이랑 이야기하는 개라든가. ……어라, 설마하니 그 개가."

고개를 갸웃거리는 마야 앞에서 나는 뺨 언저리가 굳어지는 걸 느꼈다.

사람을 잡아먹는 폐허라는 둥 하는 건 바보 같다고 생각하지만,

그 외의 두 가지에 관해서는 다소 짚이는 데가 있었다. 특히 '사람이랑 이야기하는 개'는.

하여간 뭘 하는 거람, 그는. 이렇게 소문을 탈 줄이야……

그런 얘기를 하고 있는 중에, 마야가 걸음을 멈췄다.

"도착했어."

살펴보니 눈앞에 차가 한 대 겨우 지날 정도의 길이 있었고, 그 끝에 높이 3미터 정도의 철망 펜스가 있었다.

펜스는 좌우로 수백 미터 정도는 이어져 있었다. 철망 너머 부지를 들여다보니 밖에서 안을 들여다보지 못하게 할 요량으로 심어둔 수목과 그 너머 10미터 정도 펼쳐진 잔디밭 안쪽으로 직육면체형의 건물이 있었다. 여기에서 보이는 건 뒤편인지, 창문도 출입구도 보이지 않았다. 건물의 수십 미터 안쪽으로는 공장과 빌딩 같은 게 늘어서 있었다.

"여기에 지박령이 있는 거야?"

"응. 이 주변을 자주 떠다니곤 했어."

마야의 대답을 들은 나는 미세하게 숨을 내쉬고 정신을 집중하고는 눈을 가늘게 뜨고 일대를 둘러봤다.

"어때? 찾았어?"

"그렇게 금방은 안 찾아진다고. 잠깐만 조용히 해 봐."

내 말에 마야는 불만스럽다는 듯 볼에 바람을 넣었다.

응시하면서 주위를 둘러봤지만, 떠다니는 혼은 보이지 않았다. 설마하니 이미 '길잡이'의 설득에 따라 '우리 주인님'의 곁으로 간 걸까? 아니면 어딘가로 이동했다든지…….

지박령이라고 해서 한곳에 머물라는 법은 없었다. 분명 자신을 옭아매는 '미련'에 관련된 장소에서 움직이지 않는 지박령은 많지만, 흔들흔들 이동하는 지박령도 적지는 않다.

여긴 꽝인가? 그렇게 생각한 순간, 시야 끝에서 무언가가 움직였다. 나는 재빨리 고개를 그쪽으로 움직였다.

2층 건물의 옥상 근처, 그곳에 흐릿하게 빛나는 구형의 덩어리가 보였다. 분명히 인간의 혼이다. 나도 모르게 "냐앗." 하는 소리를 내고 말았다.

"찾았어?"

"응, 찾았어. 저 건물 주변을 둥실둥실 떠다니고 있어. 그럼 다녀올게."

"뭐? 다녀온다니…….."

"마야는 여기서 기다리고 있어."

나는 그렇게 말하고는 몸을 숙여 펜스 밑 틈새로 미끄러지듯 빠져나갔다.

"뭐야, 또 나는 내버려 두고 가 버리는 거야?"

"그렇지만 마야의 몸으론 못 들어오잖아. 별수 없지."

내가 언령을 날리니, 마야는 입을 꾹 다물었다. 불만스러운 표정은 여전했으나, 반론의 여지가 없다는 건 납득해 준 것이리라. 나는 그렇게 판단하고는 잔디밭을 가로질러 나아가 건물을 빙 둘러 갔다. 금방 출입구가 보였다. 자동문 같아 보이는 건 닫혀 있었고 그 옆에 '연구동'이라는 표지판이 걸려 있었다.

나는 다시금 시선을 들었다. 2층에 있는 창문 언저리에 지박령이 떠다니고 있었다.

아무리 가벼운 고양이의 몸이라고 해도, 수직으로 솟은 벽을 저기까지 오르는 건 무리였다. 주변에 타고 오르기 좋은 나무라도 없나 찾았으나, 거기까지 자란 나무는 보이지 않았다.

별수 없나…….

"헬로. 너는 이런 곳에서 무얼 하고 있는 거지? 잠깐 내려와서 얘기를 들려주지 않을래?"

나는 지박령을 향해 언령을 날렸다. 지박령은 집요하게 '우리 주인님' 곁으로 돌아가라는 설득을 당한 터라 '길잡이'를 경원시하는 경우가 많았다. 그러나 지금 나는 엄청 큐트한 검은 고양이의 모습이다. 잘 되면 흥미를 가지고 다가와 줄지도 몰랐다.

내 언령을 알아차린 혼은 당혹스럽다는 듯이 흔들린 뒤 천천히 내려왔다. 아무래도 작전 성공인 듯했다.

"아이고아이고, 처음 뵙겠습니다."

나는 최대한 우호적으로 말을 걸면서 혼을 관찰했다. 뿜고 있는 빛은 꽤나 강하고, 표면의 거무스름한 빛깔도 꽤나 옅었다. 별로 열화하지 않은 것 같았다. 혼이 된 지 별로 시간이 안 지난 건지, 아니면 간단히는 열화하지 않는 강인한 정신력의 소유주인가? 아마도 둘 다겠지.

"너는…… 늘 설득…… 오는 녀석, 동료인가?"

혼은 툭툭 끊어지듯 언령을 날려왔다. 아무래도 조금은 언령을 쓸 수 있는 것 같았다.

방금 어투에서 보건대, 이 혼은 생전에 남자였던 걸까? 언령은 육체의 목소리 같은 성별 차이가 없어 좀처럼 판단하기가 쉽지 않았다.

"뭐, 동료라면 동료겠지."

내가 애매하게 대답하자, 혼은 아무 말 없이 상승하기 시작했다.

"아아, 잠깐 기다려. 딱히 널 설득하려고 온 게 아니야. 네 '미련'을 해결하기 위해 온 거야."

"······미련?"

혼은 상승을 멈추고, 의심스럽다는 듯이 언령을 날렸다.

"어, 그래. 네가 이 세상에 머물러 있는 건 마음에 남는 일이 있기 때문이잖아. 괜찮다면 그걸 나한테 얘기해 주지 않을래? 그렇게 하면 가능한 한 그 '미련'을 지울 수 있게 협력할 테니까."

나는 (고양이임에도) 고양이를 어르는 듯한 투로 언령을 날렸다. 혼은 다시금 다가와 췄다. 나는 작게 안도의 숨을 쉬었다.

"내 이름은 까망이야. 너는?"

상대의 경계심을 누그러뜨리기 위해 되도록 가벼운 투로 말을 걸었다.

"나는······ 센자키, 센자키 류타······였어."

"센자키로군. 그래서, 너를 이 세계에 옭아매고 있는 '미련'은 이 장소와 뭔가 관계가 있는 거야?"

"나는······ 형사······. 그래서 1년 반 전······ 이 건물 안, 용의자를…… 용의자라고는 해도, 나는 실은…… 아니, 실은 어느 쪽이……."

혼은 주문이라도 읊는 듯이 정말이지 의미를 알 수 없는 설명을 시작했다.

"오케이. 스톱, 스톱."

나는 한쪽 앞발을 들어 올렸다. 혼은 어딘지 불만스럽다는 듯 흔들렸다.

"말로 설명을 듣는 것보다 네 기억을 직접 들여다보도록 하지. 그편이 상세한 걸 알 수 있으니까."

이 정도로 제대로 된 혼이라면 내가 간섭하더라도 (아마) 문제없겠지.

"너는 네 '미련'을 떠올려 줘. 그렇게 하면 내가 정신을 동조해서 네 기억을 볼 테니까. 그럼 됐지?"

내가 문자 센자키가 뿜는 빛이 희미하게 강해졌다. 나는 잔디밭 위에서 식빵 굽는 자세로 앉아 천천히 눈꺼풀을 떨어뜨리고, 바로 옆에 있는 혼에게 정신의 파장을 튜닝해 갔다.

천천히 머릿속으로 기억이 흘러 들어왔다.

이 혼을 여기에 붙들어 매고 있는 '미련'의 기억이…….

2

이 녀석은 결백하군.

책상을 사이에 끼고 맞은편에 앉아 있는 남자를 바라보면서 센자키 류타는 의자 위에서 몸을 비틀었다. 장시간 앉아 있던 탓인지, 수주 전부터 그를 괴롭혀 오던 요통이 악화한 것 같은 기분이 들었다.

고이즈미 아키요시, 28세, 지난주 이 마을 구석에서 일어난 살인사건의 용의자였다.

의지가 강해 보이는 굵은 눈썹, 속쌍꺼풀이 있는 가볍게 내리깐 눈, 굳게 닫힌 입술. 턱을 당긴 센자키는 눈을 치뜨고 고이즈미를 계속해 관찰했다.

"그러니까 몇 번이나 말씀드리지 않았습니까! 난 아무것도 몰라요!"

고이즈미는 거칠게 말하더니 입술을 깨물었다.

"아무것도 모를 리가 없잖습니까. 뭐라도 좋으니까 생각을 좀 해 보세요. 피해자는 당신 아내라고요."

센자키 옆에 앉은 구즈미 준이 고지식하게 말했다. 센자키는 곁눈질로 구즈미에게 시선을 던졌다. 이 20대 중반의 관할서 형사가, 센자키는 아무래도 상대하기 어려웠다.

지난주, 이 관할서에 수사본부가 세워졌다. 현경수사 1과에서 파견 나온 센자키는 구즈미와 팀을 짜게 됐다. 관할서 형사는 현경수사 1과 형사로서 20년 이상 경력의 꽤나 강경한 편인 센자키와 팀을 짜면 위축돼서 거리를 두려는 경우가 많았다. 센자키로서도 그쪽이 편했다. 젊은 관할서 형사 따위는 길 안내를 해 주는 정도밖에 도움이 안 됐으니까. 센자키는 늘 그렇게 생각해 왔다.

팀이 될 상대가 자신을 멀리 대해 준다면, 단독으로 수사를 행하는 게 용이해진다. 본디 수사본부가 세워진 사건은 현 경찰과 관할서의 형사가 팀으로 수사에 나서지만, 센자키는 뭐든 이유를 붙여서 자주 단독으로 수사를 행했다. 센자키를 어렵게 느낀 관할서 형사들도 많은 경우 그에 동의해 주었다.

그러나 이 구즈미는 전혀 겁을 먹질 않고 찰거머리처럼 따라붙어서는 눈을 빛내며 수사 방법을 배우려 들었다. 덕분에 단독으로 움직이는 일이 불가능해서 행동하는 게 불편하기 짝이 없었다.

"그럼 한 번 더 묻지요. 사건이 발생한 날 밤, 어디에 있었죠?"

"몇 번이나 같은 걸 묻는 겁니까. 집에 있었다고 몇 번이고 말했잖아요."

구즈미의 질문에 고이즈미는 짜증이 난다는 듯 고개를 저었다.

"아아, 그렇죠. 그래서, 그걸 증명해 줄 사람은 있나요?"

구즈미는 가볍게 턱을 잡아당기고, 눈을 치뜬 상태로 고이즈미에게 질문을 이어 나갔다.

"그것도 몇 번이고 대답했을 겁니다. 집에 혼자 있었기 때문에 증인 같은 건 아무도 없습니다."

고이즈미는 피로가 짙게 묻어나는 어조로 대답했다.

"그렇군요, 증인이 아무도 없다고요."

"그렇다고요, 당연하잖아요. 나는 아내랑 둘이 살고 있었고, 피해 자가…… 아내니까요."

"알겠습니다. 그건 그렇고 고이즈미 씨가 살고 계신 맨션에서 사 건 현장인 쓰바키바시까지 빠르면 15분 정도 걸리지요?"

"그러니까, 왜 당신들은 내가 사야카를 죽였다고 정해 버린 겁니 까! 범인은 내가 아니라고요! 아내를 죽인 놈을 빨리 찾아내 달란 말입니다!"

책상 위에 올려 둔 주먹 쥔 두 손을 더욱 꽈악 쥐는 고이즈미를, 센자키는 아무렇게나 수염이 자란 턱을 쓸면서 바라봤다.

이 남자의 분노는 진짜였다. 처음 만났을 때부터 센자키는 그것 을 눈치채고 있었다. 지금까지 셀 수 없을 정도로 많은 범죄자와 대 치해 왔다. 개중에는 지금의 고이즈미처럼 분노를 보이는 자들이 많았다. 그래도 자신의 범행을 숨기기 위한 가짜 분노는 어딘가 무 미건조하고, 마음에 와 닿는 게 없었다.

이 남자는 마음 깊은 곳에서부터 화를 내고 있었다. 자신의 아내 를 참살한 범인에 대한 용솟음치는 분노가 마음속까지 침투했다. 센자키는 무표정하게 고이즈미를 바라본 채 머릿속으로 사건의 개 요를 반추했다.

7일 전 이른 아침, 고이즈미 아키요시의 아내인 고이즈미 사야카 가 시내를 흐르는 강에 놓인 쓰바키바시라는 다리 밑에서 시체로 발견됐다. 시신의 등에는 예리한 칼로 찔린 자국이 있었고, 상처는 폐를 찢어 놓고 심장까지 닿아 있었다. 검시를 한 의사의 소견으로는 아마 즉사했을 것으로 추정된다고 했다. 다리 위에서 혈흔이 발견된 점으로 보아, 고이즈미 사야카는 다리를 건너고 있던 중에 등 뒤에서 누군가에게 찔려 다리 밑으로 떨어진 것으로 추측됐다.

사야카의 가방이 현장에 남아 있었고, 성폭력이 가해진 흔적도 없었기에 원한으로 인한 사건일 가능성이 높아 보였다. 그리고 수사본부가 세워져, 수사를 진행해 나가던 차에 용의자로서 물망에 오른 게 사야카의 남편인 고이즈미 아키요시였다.

고이즈미와 사야카는 대학교 동창으로, 3년 정도 전 재학 중에 결혼해 현재는 둘 다 이 마을에 있는 사우스 제약이라는 회사에 다니고 있었다. 이웃들에 따르면 사이좋은 부부로 보였다는 것 같지만, 두 사람의 주변 사람들 얘기를 들으면 고이즈미에게 불리한 증언이 몇 가지 나왔다.

수개월 전부터 부부 관계가 나빠지기 시작해 최근 이혼 얘기도 나왔다. 두 사람이 심하게 말다툼을 하는 것을 목격했다. 고이즈미의 씀씀이가 헤퍼서 사야카가 고민을 하고 있었다 등등.

그리고 고이즈미 사야카의 명의로 3000만 엔의 생명보험이 가입되어 있었고, 그 수취인이 남편이었다는 사실이 분명해지자 수사본부는 고이즈미를 제1용의자로 굳히고 있었다.

고이즈미의 심문은 센자키와 구즈미에게 맡겨졌다. 이리하여 센자키는 어제부터 고이즈미의 심문을 담당하고 있었다. 그러나 얼굴을 마주하자마자 고이즈미가 범인이 아니라고 확신한 센자키는 심문을 거의 구즈미에게 맡기고, 그 사이에 계속해 사건에 대한 생각을 다듬고 있었다.

"그렇게는 말씀하시고 계시지만, 당신은 의심을 받아도 별수 없는 상황이라고요. 그렇죠, 센자키 씨."

자기 이름을 듣고는 센자키는 정신을 차렸다.

"아, 아아, 그렇지. 고이즈미 씨, 분명히 당신은 의심을 받아도 별수 없는 상황입니다. 그건 알고 있는지 모르겠네."

센자키는 정신을 딴 데 팔고 있었다는 걸 무마하기 위해서 속사포로 말했다.

"뭐라고 말씀하시든, 나는 아내를 살해하지 않았습니다! 왜 알아주지 않는 겁니까. 일본 경찰은 그 정도로 무능한 겁니까!?"

고이즈미는 벅벅 머리를 긁어 댔다.

"무능……?"

센자키는 낮은 목소리로 중얼거렸다. 형사로서의 자존심이 그 단어에 반응했다.

센자키는 입꼬리를 미묘하게 끌어 올리고는 옆에 앉은 구즈미를 바라봤다.

조금은 이 애송이한테 진짜 심문이라는 걸 보여줘 볼까.

위쪽에서 자신과 구즈미를 팀으로 묶은 것도 모자라 고이즈미의 심문을 맡긴 이유를, 센자키는 어렴풋이 알고 있었다. 이 녀석에게 경험과 실적을 쌓아 주려는 목적이었다.

소문에 따르면 구즈미는 경찰청 높으신 분의 친척이라는 것 같았다. 이렇게 젊은데 관할청이라고는 하나 형사과에 소속된 것도 그런 연줄이 있었기 때문이리라.

다시 말해 현 경찰로서도 구즈미에게 경험을 쌓게 해서 그 높으신 분과의 연줄을 만들고 싶은 것이다. 그렇기 때문에 가장 경험이 있는 자신과 팀을 엮어 심문을 시작으로 수사의 가나다를 가르칠 심산일 터였다.

형사의 업무 중에서도 심문은 가장 경험이 자산인 기술 중 하나다. 그리고 센자키는 심문의 달인으로 유명했다.

표정, 시선, 어조, 몸의 움직임, 그 모든 것을 관찰해 용의자의 약점을 찾아서 발견한 급소를 적확하게 꿰뚫고 들어간다. 그렇게 함으로써 용의자를 조금씩 소모시켜 입에서 정보를 끌어내는 것이다.

무죄라고 확신하고 있는 고이즈미에게 그 기술을 사용할 생각은 없었다. 그러나 무능하다고 매도당해서야 심문 기술의 편린을 보여주는 것도 나쁘지는 않을지도 몰랐다.

게다가 이 고이즈미라는 남자는 아내를 살해하지는 않았으나 무언가를 숨기고 있다는 느낌이 왔다. 어차피 사건과는 관계없는 것이라고 생각했기 때문에 지금까지는 추궁하지 않았지만 무언가 단서가 될 가능성도 있었다.

센자키는 의자 위에서 몸을 움직여 둔부의 위치를 고쳤다. 분위기의 변화를 느낀 건지 고이즈미의 표정에 긴장감이 돌았다.

"……고이즈미 씨."

센자키는 고이즈미의 눈에 시선을 맞추고 낮은 목소리로 말했다.

"뭐, 뭡니까……?"

고이즈미의 목소리는 희미하게 흥분한 기색을 띠었다.

"당신 말인데, 왜 신고서를 안 내고 있는 거지요?"

"신고서……?"

"그래. 나도 아내가 밤에 안 돌아왔으면 걱정이 돼서 몇 번이고 휴대전화에 전화를 한다고. 그리고 아침이 되도록 안 돌아오면 수색신청서를 제출해서 찾아 달라고 할 거란 말이야. 나처럼 결혼해서 20년 이상 지나서 싸늘하게 식어 버린 부부라도 그렇게 한다고. 그래도 당신네는 아직 결혼하고 3년밖에 안 지났잖아. 이상하지 않아?"

10년도 더 전에 이혼해서 지금은 홀몸이 된 것을 언급조차 않고 센자키는 물었다. 수색원은 차치하고 고이즈미가 아내의 휴대전화로 심야와 아침나절에 전화를 걸었을 뿐이라는 것은 조사를 통해 알고 있었다.

"사야카는 심야까지 일하는 경우도 많았습니다. 그래서 이번에도 그럴 거라고 생각했어요. 저는 다음 날 아침 일찍 일어나야만 했기 때문에 먼저 잔 겁니다."

고이즈미는 불쾌하다는 듯이 대답했다.

"그래도 말이지, 심야에 휴대전화로 연락했을 때 아내는 전화를 안 받았을 거 아닙니까. 그랬다면 걱정이 되는 게 일반적이지 않나?"

"그러니까 아내는……."

"일을 하고 있었을 거라고 생각했다는 거지. 그건 들었잖습니까. 그래도 불안해지지 않았습니까? 아내가 다른 남자의 집에 갔을지도 모르는데."

센자키는 일부러 기분 나쁜 웃음을 지었다. 고이즈미 사야카는 사우스 제약 회장의 비서였다. 그러나 수사를 진행하는 도중에 그녀가 회장의 출장 등에 동행하는 일이 거의 없다는 것을 파악했다. 그런 것도 있고 해서 사실은 회장의 애인이 아니냐는 소문이 사내에서 떠다녔다는 모양이었다.

"사야카가 그런 짓을 할 리 없어요!"

고이즈미는 양손으로 책상을 내리쳤다. 센자키는 그런 고이즈미를 계속해 관찰했다.

지금 한 말에 거짓은 없는 것 같았다. 아무래도 고이즈미는 아내를 신뢰하고 있던 듯했다. 소문대로 부부 관계가 파탄이 났었더라면 이런 반응은 보이지 않았으리라. 그렇다면 소문은 어떻게 된 일이지?

흥미가 생긴 센자키는 얼굴이 삶은 문어처럼 새빨개진 고이즈미에게 계속해 질문을 던졌다.

"있잖아요, 고이즈미 씨. 당신과 아내분이 최근 자주 언쟁을 벌였다든지, 이혼할 것 같다는 소문을 들었는데. 그건 사실인가?"

"누가 그런 말도 안 되는 소리를!? 전부 지어낸 겁니다!"

고이즈미는 눈을 부라리며 외쳤다.

"그러니까 부부 관계는 그 정도로 나쁘지 않았다고?"

"사이는 좋았다고요. 지금 하는 일이 일단락되면 슬슬 아이도 갖자고 얘기도 했었단 말입니다. 그랬는데⋯⋯."

고개를 숙인 고이즈미의 어깨가 희미하게 떨리기 시작했다. 센자키는 코끝을 긁었다.

"그러고 보니 고이즈미 씨, 아내분은 생명보험에 들어 있었죠?"

"……그게 뭐 어쨌다는 겁니까?"

천천히 고개를 들더니, 고이즈미는 충혈된 눈으로 노려봤다.

"아니아니, 그냥 잡담입니다. 그건 그렇고 당신이 빚을 지고 있다는 건 사실입니까?"

"……빚이라고 해도 학자금이랑 맨션 대출금이 남아 있을 뿐입니다."

"아아, 그런가. 그래도 이렇게 젊은데 대출을 계속해 갚아 나가는 건 힘들 텐데요? 자기가 쓸 수 있는 돈도 별로 없을 테고? 아내분의 생명보험금이 들어오면 그 문제도 해결될지 모르고."

"돈 때문에 내가 사야카를 죽였다는 겁니까!"

고이즈미가 벌떡 일어섰다. 그 기세에 의자가 넘어져 큰 소리가 났다. 구즈미가 황급히 일어서서 고이즈미를 진정시키려고 했다. 고이즈미는 크게 혀를 차더니, 센자키를 향해 뻗을 뻔했던 손을 멈췄다.

단순한 남자로군. 험악한 표정으로 넘어진 의자를 세우는 고이즈미를 바라보면서 센자키는 생각했다.

이번 사건은 이렇게 감정이 먼저 치고 나오는 남자가 할 수 있는 게 아니었다. 좀 더 냉정하고 침착하게 계획을 다듬을 수 있는 인물이 저지른 범행일 것이다. 역시 이 남자는 무죄다.

범행 현장 주변의 CCTV에 찍힌 고이즈미 사야카의 영상을 보고, 범행 시간은 오전 0시 전후임을 파악한 상태였다. 현장인 쓰바키바시는 주택지에서 떨어져 있어 인적이 드물고, 그마저도 주위의 주택에서 완전히 사각에 놓여 있었다. 그 때문에 현재로서는 유력한 목격 정보가 보고되지 않고 있었다. 게다가 주변의 CCTV 영상에도 범인 같은 인물은 전혀 찍혀 있지 않았다.

범인은 공을 들여 준비를 마치고 가장 목격되기 어려운 장소에서, 그것도 CCTV의 위치까지 파악한 뒤에 범행에 나섰다. 그것은 틀림없었다. 그런 건 고이즈미에겐 무리일 터였다.

고이즈미는 이 마을에 있는 대학의 약학부 대학원을 졸업했다. 치밀한 범행을 행할 두뇌는 있을 것이다. 그러나 두뇌 이상으로 이번 범행에는 시간을 들여 계획을 다듬고, 그것을 정확하게 수행할 수 있는 냉정함과 냉혹함이 필요했다. 눈앞의 남자에게 그런 능력은 없었다.

오랜 기간 형사로서의 경험이, 고이즈미가 무죄라는 확신을 굳혀 갔다. 그러나 그렇다 하더라도 센자키는 고이즈미를 추궁하는 일을 멈출 생각이 들지 않았다. 고이즈미가 입에 올린 단어에 화가 난 것도 있었지만, 그 이상으로 이 남자에게서 중요한 정보를 끌어낼 수 있을 것 같은 예감이 들었다.

이런 남자에게서 정보를 끌어내기 위해서는……. 센자키는 머릿속으로 작전을 다듬고는 도발적인 웃음을 고이즈미에게 지어 보였다.

"그렇게 말은 하지만 고이즈미 씨. 3000만 엔이라고요. 3000만. 어마어마한 거금이 아닌가. 세상엔 말이지, 수천 엔 때문에 사람을 죽이는 놈들도 있다고요. 이렇게 젊은데 아내분이 3000만 엔이나 되는 생명보험에 들어 있으면, 우리도 의심하게 된다고."

"보험에 들어 있던 건 사야카뿐이 아니라고요! 나도 똑같은 보험을 들어 뒀습니다. 적립식 보험이고, 둘이서 얘기를 한 다음에 장래를 위해 젊을 적부터 들어 놓자고……. 그렇게 하면 보험료도 저렴하고, 병에 걸렸을 때도 생각해서……."

흥분한 탓에 혀가 군은 건지 몇 번이고 말을 더듬는 고이즈미 앞에서, 센자키는 수염이 아무렇게나 자란 턱을 쓸었다.

도발함으로써 상대를 흥분 상태에 끌어들이는 데에 성공했다. 지금이라면 고이즈미는 입을 떠벌려서 숨기고 있는 것을 내뱉을 가능성이 높았다.

이 남자는 무얼 감추고 있는 거지? 불륜이라도 저지르고 있던 건가? 그렇다면 아내의 불륜 얘기를 떠 봤을 때 동요를 했을 터다.

뭐지. 무엇에 대해 질문을 던져야 할까……? 뇌에 채찍질을 가한 센자키는 문득 어떤 사실을 깨달았다.

"고이즈미 씨, 좀 질문 내용을 바꿀 건데, 아내분이 누군가에게 원망을 살 만한 일은 없었습니까?"

구즈미는 고이즈미가 범인이라는 전제를 기반으로 심문을 하고 있었기 때문에, 그런 근본적인 질문조차 하지 않았다.

"……아내는 누군가에게 원망을 살 만한 사람이 아닙니다. 언제나 명랑하고, 자기보다 다른 사람을 늘 우선시했고요."

고이즈미는 갑자기 단조로운 목소리로 대답했다. 센자키는 그 말에 거짓은 없다고 느꼈다. 그러나 고이즈미가 대답할 때까지 몇 초간의 틈이 신경 쓰였다.

다른 사람에게 원망을 살 만한 인물이 아니었다는 것은 아무래도 사실인 듯했다. 분명 지금까지의 수사에서 고이즈미 사야카에 대한 나쁜 소문은 거의 듣지 못했다. 그렇다면…….

"그렇다면 고이즈미 씨. 아내분이 왜 살해당했는지 짚이는 바는 없습니까?"

그 질문을 입에 올린 순간, 고이즈미의 시선이 정처를 잃고 헤맸다. 센자키는 확신했다. 고이즈미가 무언가를 알고 있다는 것을.

"그, 글쎄, 짚이는 바 따위…….

고이즈미는 우물거리기 시작했다. 예상한 것보다 더 거짓말이 서투른 성격인 것 같았다.

다른 사람에게 원망을 살 만한 성격은 아니다. 그래도 살인의 동기가 될 만한 일은 있었다.

원망 외에 살해당할 이유……. 형사로서의 경험이 여러 가능성을 시뮬레이션해 갔다.

원망이 아니라면 이해관계. 아마도 사생활보다는 일 관계에서.

"고이즈미 씨. 당신과 아내분은 분명 약학부 대학원을 졸업했던 가요? 그래도 사우스 제약에서 당신은 영업직이고 아내분은 회장의 비서였지요. 이건 어떻게 된 일입니까?"

센자키는 고이즈미의 눈을 똑바로 봤다. 고이즈미는 살짝 눈을 내리깔았다.

"……약을 영업하는 데에는 약학 지식도 필요합니다. 회장 비서

역시 마찬가지입니다. 제약회사의 회장을 보좌하는 거니까 약 관련 지식이 있는 편이 좋습니다. 분명 연구에는 흥미가 있습니다만, 우리들은 어디까지나 월급쟁이니까, 하라는 일을 할 뿐입니다."

서투른 배우가 대본을 단조롭게 읽어 내리는 것 같은 어조. 분명히 무언가를 숨기고 있었다. 역시 아내가 하던 일에 대해 이 녀석은 뭔가 중요한 것을 알고 있었다. 사건과 관계가 있을지도 모르는 중요한 무언가를.

그렇다면 지금부터가 본격적인 심문이었다. 센자키는 입술을 핥았다.

"있잖아요, 고이즈미 씨. 당신 말인데, 아내분이 살해당한 게 분하지 않습니까?"

센자키는 다소 힘을 실어서 조소하듯이 말했다. 갑작스러운 어조 변화에 고이즈미의 표정에 놀란 기색이 떠올랐다.

"무, 무슨……."

"그러니까, 분하지 않냐고 묻고 있잖습니까. 당신의 배우자가 살해당해서 쓰레기처럼 다리 아래에 버려져 있었다고. 시체를 발견한 건 누구일 것 같습니까? 그 주변을 보금자리로 삼아 왔던 홈리스예요. 그 사람이 없었다면 당신 배우자는 아무도 모르게 구더기가 들끓었을지도 모른다고요."

센자키는 고이즈미의 감정을 계속해 흔들어 댔다.

"당신 배우자는 어떤 기분이었으려나. 질퍽질퍽하고 시궁창 냄새 나는 다리 아래에서 죽어 간다는 거. 당신에게 도움을 받고 싶지 않았을까요? 하지만 당신은 그때, 침대에서 편히 자고 있었지요."

고이즈미의 입술이 잇몸이 보일 정도로 일그러졌다.

"있죠, 고이즈미 씨. 당신, 범인이 누군지 짐작 가는 거 아닙니까? 그렇지요? 왜 그걸 입 다물고 있는 겁니까. 배우자의 원수를 갚고 싶지 않아요?"

"……범인에는 짚이는 것 따위…… 없습니다."

꾹 다문 이 사이로 고이즈미는 목소리를 짜냈다. 센자키는 스윽 실눈을 떴다.

"지금, 범인에'는' 짚이는 게 없다고 말했죠. 그렇다면 범인 이외에 짐작이 가는 것은 있다는 거군요. 뭐야? 당신은 뭘 알고 있는 겁니까?"

센자키는 의자에서 엉덩이를 떼고는 양손을 책상에 짚고 몸을 앞으로 내밀었다. 고이즈미의 안면이 경련을 일으키듯이 가늘게 떨리기 시작했다.

한 번만 더 밀면 된다. 한 번만 더 밀면 이 남자는 알고 있는 걸 전부 내뱉을 것이다. 그 확신이 센자키를 움직이게 했다.

"아니면 역시 당신이 범인인 건가!"

"아냐! 나는 사야카를 죽이지 않았어!"

"그렇다면 왜 알고 있는 걸 숨기려고 하는 거야! 당신이 범인이지. 어차피 아내한테 질려서 다른 여자로 갈아타고 싶던 거잖아. 그래서 아내를 죽어 버리고 보험금을 손에 넣으려고 한 거지. 아니냐!"

"아냐! 나는 그런 짓을……."

"어쩌면 당신 아내는 죽기 전에 다리 위에서 들여다보는 당신 얼굴이 보였을지도 모르지. 어떤 기분이었을까. 자기가 남편에게 죽임을 당하고 있다는 사실을 알면서 죽어 간다는 건. 원통했겠지. 분명 당신 아내의 혼은 성불도 못 하고 다리 부근에서 돌아다니고 있을 거야."

센자키는 고이즈미의 반론을 가로막고 말을 이어 나갔다. 고이즈미는 살의가 담긴 시선을 센자키에게 던졌다.

이런 녀석인가. 센자키는 마음속으로 중얼거렸다. 충분히 고이즈미의 감정을 뒤흔들어 놨다.

"봐 봐, 고이즈미 씨. 당신, 분하잖아. 아내가 살해당해서."

"······당연하죠."

고이즈미는 주먹을 부들거리며 꾹꾹 누른 목소리를 짜냈다.

"가능하다면 자기 손으로 범인을 쳐 죽이고 싶다. 그렇게 생각하고 있잖아?"

고이즈미는 험한 눈을 하고는 천천히 고개를 끄덕였다.

"그렇다면 아는 걸 전부 알려 줘. 왜 당신 아내가 이런 꼴을 당해야 했는지. 그것만이라도 알려 준다면 우리가 범인을 찾아내서 벌을 받게 해 줄 테니. 당신이 범인이 아니라면 수사에 협력해 줄 거지?"

센자키는 말투를 바꿔 타이르는 듯이 말했다. 고이즈미의 얼굴에 동요의 빛이 서렸다.

여기서 말을 않는다면, 자기에게 씌워져 있는 살인 혐의가 짙어진다는 걸 고이즈미는 이해했을 것이다.

분명 이 남자는 알고 있는 것을 있는 그대로 토해 낼 것이다. 센자키는 그렇게 확신하고 있었다.

희미하게 떨리는 고이즈미의 입술이 천천히 열렸다.

말해라. 포기하고 빨리 전부 낱낱이 고하라고. 센자키는 마음속으로 반복했다.

"사야카는……."

거기까지 말하고 고이즈미는 말을 끊었다. 그 표정에서는 엄청난 망설임이 읽혔다. 수십 초간 침묵한 뒤, 고이즈미는 목 깊은 곳에서부터 목소리를 짜냈다.

"나는…… 아무것도 모릅니다. 왜, 사야카가 그런 꼴을 당했어야만 했는지."

센자키는 크게 눈을 부라렸다.

"어이, 무슨 말을 하는 거야!? 자기 아내를 살해한 녀석이 죗값을 치르게 하고 싶지 않은 거야?"

"……치르게 하고 싶습니다. 그래도 저는 아무것도 모릅니다."

고이즈미의 딱딱한 목소리를 듣고 센자키는 콧잔등을 찌푸렸다. 완전히 자신의 껍데기 속으로 숨어 버렸다. 이제 와서 이 남자는 아무 말도 하지 않을 것이다.

갑자기 고이즈미는 소매를 걷더니 손목시계에 시선을 떨궜다.

"벌써 17시가 지났네요. 피곤한데, 슬슬 돌아가도 될까요? 이건 딱히 강제하는 게 아니죠?"

고이즈미는 의자에서 일어섰다.

"잠깐 기다……."

센자키는 말을 하려는 구즈미의 어깨를 가볍게 두드려 멈춰 세웠다.

"돌아가도 됩니다. 그래도 이 마을에서는 떠나지 마세요."

"그건 강제하는 겁니까?"

"……아뇨, 부탁입니다."

고이즈미는 센자키의 말에 "알겠습니다."라고 가볍게 끄덕이고는 방에서 나갔다. 문이 닫히는 소리가 괜스레 크게 방 안에 울려 퍼졌다.

"센자키 씨, 괜찮은 겁니까, 돌려보내도?"

구즈미가 불안하다는 듯이 말을 걸어왔다. 센자키는 양팔꿈치를 책상에 대고, 겹친 양손에 턱을 괸 채로 아무도 앉아 있지 않은 의자를 계속해 노려봤다.

"……안 나오네요."

운전석에 앉은 구즈미의 중얼거림을 묵살하면서, 센자키는 계속해 앞 유리창 너머로 시선을 던졌다. 그물 펜스 너머로 2층짜리 정육면체 건물이 보였다.

센자키는 잠깐 시선을 손목으로 떨어뜨렸다. 손목시계의 바늘 두 개는 문자판의 정점에서 겹쳐지려고 하고 있었다. 곧 날짜가 바뀐다.

센자키는 굼실굼실 엉덩이를 움직이면서 허리를 틀었다. 두 시간이나 같은 자세로 앉아 있던 탓인지 요통이 더욱 심해졌다. 근처의 정형외과에서 처방받은 진통제를 슈트 포켓에서 꺼내들고는 한 알을 입안으로 던져 넣고 미네랄워터로 목구멍 너머로 흘려보냈다.

"괜찮으세요?"

불안한 듯이 묻는 구즈미를 향해, 센자키는 작게 혀를 차면서 고개를 저었다.

"별거 아니야. 20년 가까이 형사 짓을 해 온걸. 몸이 삐걱거리는 게 당연하지."

입으로는 그렇게 말했지만 허리 안쪽에서 뿜어져 나오는 동통이 정신을 몰아세우고 있었다. 센자키는 머리를 긁는 척하면서 이마에 배어 나온 진땀을 닦았다.

"나는 됐으니까, 잘 좀 살피라고. 그 녀석이 도망치면 어쩔 거야."

센자키는 짜증 섞인 말을 구즈미에게 던졌다.

"아, 죄송합니다! 정신 차리겠습니다!"

구즈미는 고분고분하게 사죄하더니 황급히 창밖으로 시선을 옮겼다.

……이 녀석이랑 있으면 상태가 이상해진단 말이지. 센자키는 코끝을 긁으면서 자기도 펜스 너머에 있는 건물을 바라보기 시작했다.

"고이즈미 녀석, 저기서 무얼 하고 있는 걸까요."

구즈미가 속삭였다.

"글쎄다. 우리들이 심문하느라 일을 못 했으니까, 야근이라도 하는 거 아냐?"

적당히 대답하면서 센자키는 입술을 일그러뜨렸다. 정말로 그 자식, 심야에 이런 곳에서 무슨 짓을 하고 있는 걸까.

두 시간 정도 전에 고이즈미 아키요시가 그 건물 안으로 들어가서 아직까지도 나오지 않고 있었다.

수 시간 전, 심문을 마치고 서에서 나온 고이즈미의 미행을 구즈미와 함께 시작했다. 무슨 일이 있더라도 고이즈미에게서 눈을 떼지 마. 그게 윗선의 지시였다.

일반적으로 심문과 미행은 다른 형사에게 시키는 법이었다. 그러나 윗선에서는 구즈미를 한결같이 고이즈미에게 붙여 놓으려고만 했다. 고이즈미가 범인이라고 확신하고 있는 윗선은 그렇게 하면 구즈미가 공적을 쌓을 수 있을 것이라고 생각하는 듯했다. 아무래도 구즈미의 친척은 센자키의 상상 이상으로 권력자인 듯했다.

하여간 쉰 살 넘어서 짝꿍이 된 내 처지도 좀 생각해 달라고. 구즈미의 특별 취급에 화가 치밀면서도 센자키는 "미안한데, 구즈미와 함께 고이즈미에게 붙어 있어 주지 않겠나?"라는 제안을 쾌히 승낙했다.

고이즈미는 범인은 아니었으나, 분명히 아내가 살해당한 이유에 대해 짚이는 게 있었다. 무언가 행동에 나설 가능성이 높았다. 센자키는 그렇게 생각하고 있었다.

미간을 찌푸린 센자키는 유일하게 커튼 틈새로 빛이 새어 나오고 있는 1층 창문을 바라봤다.

오후 6시를 지나 자택 맨션으로 돌아간 고이즈미는 오후 10시 전에 집에서 나와 자전거를 타고 어딘가로 향했다. 그걸 본 구즈미가 황급히 차를 발진시켜, 들키지 않게 주의하면서 미행을 시작했다. 고이즈미는 넓은 국도를 어느 정도 속도를 내면서 자전거로 내달렸기 때문에 미행하는 것은 비교적 용이했다. 10분 정도 국도를 달렸을 무렵에 고이즈미는 샛길로 빠졌다. 구즈미가 뒤를 이어 그 길로 차를 운전하자, 100미터 정도 앞으로 고이즈미가 근무하고 있는 사우스 제약의 부지가 보였다.

경비원에게 사원증을 보여 주고 부지에 들어간 고이즈미는 정문 바로 옆에 있는 자전거 주차장에 자전거를 세워 놓고는 부지 안 건물로 걸어가기 시작했다. 몇 번인가 사우스 제약에 정보 수집을 위해 갔던 센자키는 그게 연구동이라고 불리는 건물이라는 사실을 알고 있었다.

센자키는 구즈미에게 지시를 내려, 사우스 제약의 부지 옆에 있는 편도 2차선짜리 현도 갓길에 차를 대게 했다. 거기서라면, 조금 거리는 있지만 연구동 전체를 볼 수 있었다.

연구동에 다가선 고이즈미는 입구 옆 카드 리더기에 재킷 주머니에서 꺼낸 카드를 가져다 댔다. 입구 자동문이 열리자 고이즈미는 안으로 사라졌다. 3분 정도 지났을 때, 1층 입구에서 가장 멀리 떨어진 1층 창문에 불이 켜졌다.

기억이 맞는다면, 연구동의 뒷면에는 창문도 문도 없었을 터다. 어기서 감시를 계속한다면 고이즈미를 놓칠 일은 없을 것이다. 센자키가 그렇게 생각하면서 감시를 시작한 지 벌써 두 시간이 지나고 있었다. 그동안 고이즈미가 연구동에서 모습을 나타내는 일은 없었다.

영업직으로 종사하고 있는 고이즈미가 일로 연구동에 갈 리는 없었다. 분명 고이즈미는 저 건물에서 무언가를 찾고 있는 것이다. 아내를 죽인 범인과 관련된 무언가를.

가능하다면 영장을 받아서 그 연구동을 수색하고 싶은 마음이지만 아무래도 그건 어려우리라. 그렇다면 나중에 고이즈미를 다시 심문해서 오늘 밤 여기에 온 것을 추궁해야 하나? 그렇게 하면 고이즈미로부터 알고 있는 사실을 전부 들을 수 있는 가능성이 높다.

센자키가 머릿속으로 계획을 다듬고 있자니 허리 안쪽에서 불타는 듯한 아픔이 생겨났다. 진통제 덕분인지 일시적으로 잠잠했던 요통이 아까보다 훨씬 더 강하게 도졌다.

몸 내부를 산酸으로 녹이는 것 같은 동통에, 악문 이 사이로 "크윽……." 하고 신음이 새어 나왔다.

"센자키 씨, 괜찮으세요!?"

구즈미가 황급히 말을 걸었다. 센자키는 이마에 진땀을 빼면서 이를 악물고 통증을 견디는 것밖에 할 수 없었다.

영원처럼 느껴지는 몇 분이 지나고 나서, 가까스로 동통의 물결이 쓸려 나갔다. 센자키는 폐 안에 쌓아 뒀던 공기를 내뱉었다.

"센자키 씨……."

구즈미가 불안한 눈길로 바라보고 있었다.

"……그러니까 저 건물에서 눈 떼지 말라고 말했잖아."

센자키는 내뱉듯이 말을 하고는 다시금 주머니에서 진통제를 꺼내 이번에는 두 정을 입안에 내던지고 침으로 삼켰다. "한 정을 먹었으면 다음은 대여섯 시간이 지난 후에 드세요."라고 주치의가 했던 말이 뇌리를 스쳤으나, 그걸 지키고 있을 여유 같은 건 없었다.

"저, 센자키 씨. 제가 여기서 망을 보고 있으니까, 조금 밖을 걷고 오시는 건 어때요? 고이즈미가 움직이면 바로 휴대전화로 연락할게요."

구즈미는 건물을 바라보면서 말했다. 보통 젊은 형사가 그런 식으로 신경을 써 주면 호통을 쳤겠지만, 지금은 그 제안이 고마웠다.

"……잠시 부탁해도 되겠지."

"네, 괜찮습니다!"

몇 초 주저한 뒤 센자키가 말하자, 구즈미는 역시나 건물에서 시선을 떼지 않고 패기 넘치는 목소리로 대답했다.

정말로 고분고분한 녀석이로군. 센자키는 쓴웃음을 지으며 조수석 문을 열었다. 차 바깥으로 나오자 밤바람이 얼굴에 와 닿았다. 목덜미에서 체온을 빼앗긴 탓에 몸을 움츠렸다.

만에 하나라도 연구동에서 목격하지 못하도록 센자키는 걸음을 재촉해 주택가의 골목길로 들어갔다. 거기에서 발걸음을 멈추고 한숨을 쉬고는, 둥근 달이 뜬 하늘을 향해 양손을 내뻗고 몸을 쭉 폈다. 등뼈에서 뚜둑거리는 소리가 났다. 요통이 어느 정도는 가신 것 같은 기분이 들었다.

천천히 허리를 문지르면서 한숨을 쉬었다. 망보는 것도 제대로 못 해서 정년까지 형사 일을 계속한다는 목표를 달성하는 건 어려울지도 모르겠다. 추위 때문이 아닌 떨림이 온몸을 휩쌌다. 형사로서 범죄자를 궁지로 몰아넣어 형무소에 보낸다. 그것이야말로 자신의 존재 의의였다. 형사를 그만둔 자신을 상상하는 게 겁이 났다.

센자키는 느린 발걸음으로 걷기 시작했다. 조금 몸을 움직이면 뭉친 근육도 풀리고 허리 통증도 어느 정도는 나아지리라.

골목길을 걸으면서 센자키는 어디로 향할지 생각했다. 금세 목적지는 정해졌다. 슈트 주머니에 양손을 넣으면서 늘어선 민가와 24시간 영업하는 편의점을 곁눈질하면서 센자키는 발걸음을 내딛었다. 몇 분인가 걸으니, 이윽고 물소리가 가볍게 고막을 흔들기 시작했다. 센자키는 약간 발걸음을 재촉했다.

좌우에 벽돌담을 낀 골목길을 빠져나오자, 눈앞에 2차선 도로가 있었고 그 너머로 20미터 정도 길이의 다리가 놓여 있었다. 센자키는 거의 차가 다니지 않는 차도를 가로질러서는 다리를 건너기 시작했다. 차 두 대가 겨우 스쳐 지나갈 법한 다리였다. 그 밑에는 폭 10미터 정도의 강이 세찬 소리를 내며 흐르고 있었다. 전에는 이 다리의 양쪽 기슭에 커다란 동백나무가 자랐다는 것 같으나 지금은 그 자취도 없었다.

이 강은 마을 중심을 남북으로 가르듯이 흐르고 있었다. 그렇기 때문에 이 마을에는 크고 작은 것을 모두 합쳐 수십 개의 다리가 강에 놓여 있었다.

센자키는 다리 중앙 부근에서 걸음을 멈추고는 난간에 손을 얹고 아래를 굽어봤다. 가로등이 적은 이곳에서는 다리 아래가 어두워서 거의 아무것도 보이지 않았다.

지난주, 이 쓰바키바시 다리 아래에서 고이즈미 사야카의 시체가 발견됐다.

"이래서는 아침까지 발견될 수가 없었겠구먼……."

센자키는 낮은 목소리로 혼잣말을 내뱉었다. 사건 현장인 이 장소에는 몇 번이고 와 본 적이 있으나, 날이 완전히 저물고 나서 오는 것은 처음이었다. 아니나 다를까 낮과는 크게 분위기가 달랐다.

센자키는 난간에서 손을 떼고는 주위를 둘러보았다. 주위에 있는 집에서는 벽돌담 때문에 사각지대가 되어 있었고, 다리와 나란히 놓인 차도는 이 시간에 거의 교통량이 없었다. 게다가 다리 위에는 가로등이 설치되어 있지 않아서 꽤나 어슴푸레했다. 목격자가 없는 것도 당연했다.

등 뒤에서 다가와 찌르고, 금방 난간에서 떨어뜨리면 범행을 목격당할 리스크는 적고 더 나아가 아침까지 시체가 발견될 일도 없을 터였다.

사람을 죽이기에는 이상적인 장소였다. 아니, 고이즈미 사야카의 귀가 경로에서 범행을 저지르려고 했더라면 여기밖에 없다고 해도 되겠지.

다른 장소에서는 범행을 목격당할 리스크가 높고, 더 나아가 비명이라도 질렀더라면 분명 누군가에게 들키게 된다. 그러나 주변 주택에서 어느 정도 거리가 있고, 게다가 강이 흘러가는 소리가 울려 퍼지는 이곳이라면 비명은 누구의 귀에도 들리지 못하고 지워질 터였다.

센자키는 손목시계로 시선을 떨궜다. 시계 바늘은 0시 20분을 가리키고 있었다. 이 주변을 조금 어슬렁거리다가 돌아갈까. 진통제를 세 정이나 먹은 덕분에 허리 통증도 지금은 거의 느껴지지 않았다.

다리를 완전히 건넌 뒤, 그 너머에 있는 골목길로 접어들었다. 십수 미터를 나아간 다음, 왼쪽으로 꺾을까 생각한 순간에 문득 뒤를 돌아본 센자키는 눈을 크게 떴다.

파카를 입은 남자가 다리 위에 서 있었다. 남자는 방금 센자키가 한 것처럼 난간에 손을 얹고 강을 들여다보고 있었다.

센자키는 자신이 보고 있는 것이 믿기지 않아서 몇 번이고 눈을 깜빡였다.

다리 위에 선 남자, 그 옆얼굴을 본 기억이 있었다. 아니, 본 기억이 있는 정도가 아니었다. 바로 몇 시간 전까지만 해도 좁은 방에서 계속해 얼굴을 마주 보고 있었다.

고이즈미 아키요시. 지금 사우스 제약의 연구동에 처박혀 있을 터인 남자.

센자키는 허둥지둥 전신주 그늘로 숨어서는 바지 주머니에서 휴대전화를 꺼내 통화 버튼을 눌렀다. 금방 전화가 연결됐다.

"네, 구즈미입니다. 센자키 씨, 무슨 일이라도 있나요?"

"너, 자고 있었냐!"

센자키는 꾹 누른 욕지기를 전화를 향해 내뱉었다.

"무슨 말씀이세요?"

"무슨 말씀이냐니. 언제 고이즈미가 그 건물에서 나왔어?"

"네? 아뇨, 고이즈미는 아직 안 나왔는데요."

"무슨 말을 하는 거야. 그럼 내가 지금 보고 있는 남자는 누구라는 건데."

센자키는 크게 혀를 찼다.

"네? 저, 센자키 씨. 지금 어디에 계신 건가요?"

"사건 현장, 고이즈미 사야카가 살해당한 쓰바키바시 다리 바로 옆이다. 여기에 고이즈미 아키요시가 있단 말이야."

"그럴 리가 없어요!"

전화에서 들려오는 구즈미의 목소리가 펄쩍 뛰었다.

"센자키 씨가 가고 나서 한 번도 저 건물에서 눈을 떼지 않았다고요. 반드시 고이즈미는 아직 저 건물 안에 있을 겁니다."

"너 말이지……."

센자키가 다시 질책하는 말을 입에 담으려는 순간, 다리 위에 서 있던 고이즈미가 파카의 후드를 머리에 쓰고, 고개를 숙이고 걷기 시작했다. 센자키는 전화를 끊고는 휴대전화를 바지 주머니에 쑤셔 넣었다.

고이즈미는 센자키가 있는 곳과는 반대 방향으로 나아가더니, 차도를 가로질러 골목길로 접어들었다. 센자키는 전신주의 그늘에서 나와 그 뒤를 좇았다.

거의 인적이 없는 주택가에서의 미행은 꽤나 힘들었다. 너무 가까이 다가가면 눈치를 챌 테고, 그렇다고 너무 떨어지면 골목길을 몇 번이고 꺾는 고이즈미를 놓칠 수가 있었다. 고이즈미가 한 번도 돌아보지 않은 덕택에 어떻게든 놓치지 않을 수 있었다.

미행을 시작한 지 몇 분이 지나자, 고이즈미가 어디로 향하고 있는지 예상이 됐다. 사우스 제약이었다.

발소리를 죽이고 나아가면서 센자키는 십수 미터 정도 앞을 걷는 고이즈미의 등을 계속해 바라봤다. 사우스 제약까지 이제 엎어지면 코 닿을 거리까지 와 있었다.

그때 고이즈미가 늘어선 민가 사이의 골목길로 들어갔다. 센자키는 빠른 걸음으로 그 뒤를 쫓아가서는 골목길을 들여다봤다. 골목길 너머로 그 연구동이 보였다. 그러나 거기에 고이즈미의 모습은 없었다.

저기 있는 십자로에서 더 꺾은 걸까? 센자키는 빠른 걸음으로 골목길에 뛰어들어 십수 미터를 나아가서는 그 십자로에서 좌우로 시선을 돌렸다. 그러나 역시나 고이즈미의 모습은 보이지 않았다.

어디로 사라진 거야? 센자키는 발소리가 나는 것도 신경 쓰지 않고, 오래된 민가가 만들어 내고 있는 격자형의 골목길을 내달렸다. 그러나 아무리 달려도 고이즈미의 모습을 발견할 수는 없었다.

……따돌림당한 건가? 5분 정도 골목길을 달려 좁은 사설 도로로 나온 센자키는 바로 눈앞에 있는 사우스 제약의 부지를 둘러싼 펜스를 한 손으로 쥐면서 거친 숨을 쉬었다.

어느샌가 미행당하고 있는 걸 눈치 챈 건가? 하지만 일반인이 그렇게 간단히 프로의 미행을 따돌릴 수 있을 리가 없었다. 설마하니 그 인근 민가의 정원으로라도 뛰어든 건가?

센자키는 벅벅 소리를 내며 숱이 점점 줄어들고 있는 머리를 긁더니, 펜스 너머에 있는 건물을 봤다. 그 연구동의 뒷면이었다.

고이즈미는 펜스를 넘어서 연구동으로 돌아갔을지도 모른다. 그러나 이쪽에는 문도 창문도 없었다. 드나들 수 있는 곳은 구즈미가 감시하고 있을 터였다. 물론 구즈미가 눈을 떼지 않았다는 전제하에서 말이지만.

펜스를 따라 좁은 사설 도로를 걷자, 편도 2차선 현도로 나왔다. 수십 미터 앞에 눈에 익은 세단이 서 있는 게 보였다. 센자키는 거친 숨을 내쉬며 인도를 걸어갔다.

세단 바로 근처까지 온 센자키는 인도와 차도를 가르는 가드레일을 뛰어 넘더니 조수석 문을 열었다. 구즈미가 깜짝 놀라 몸을 움찔거리며 센자키를 봤다. 엄청나게 집중해서 연구동을 보고 있었는지, 센자키가 가까이 다가오는 것도 몰랐던 모양이었다.

"아, 센자키 씨. 고생하셨습니다."

구즈미가 황급히 말했다.

"고이즈미는 돌아왔나?"

센자키는 털썩 조수석에 앉았다. 나오는 건 놓쳤더라도 고이즈미가 돌아왔더라면 분명히 목격했겠지.

"저기…… 아까도 말씀드렸지만. 고이즈미는 안 나왔고, 돌아오지도 않았습니다."

구즈미가 주저주저 말했다. 센자키의 빰 근육이 굳었다.

"아직도 그런 말을 하는 거냐. 나는 방금까지 고이즈미를 미행하고 있었다고. 그 녀석은 저 건물에서 나와 방금 돌아왔단 말이야."

"저 건물로 고이즈미가 돌아온 걸 보셨나요?"

희미하게 불만조를 띤 구즈미의 질문에, 센자키는 순간 말문이 막혔다.

"……아니, 보진 못했어. 바로 근방에 있는 민가 골목에서 놓쳤어."

"그런가요……."

구즈미는 작은 목소리로 중얼거렸다. 센자키는 입술을 일그러뜨렸다.

"뭐야, 그 태도는. 내가 잘못 봤다고라도 말하는 거냐."

"아뇨, 그런 건 아닌데요. 그래도 센자키 씨가 가신 뒤로 저 건물에서는 한 사람도 드나들지 않았다는 건 확실합니다."

센자키는 단언하는 구즈미를 노려봤다.

"장난치지 마. 그럼 내가 다리 위에서 본 남자는 누구였다는 거야. 그건 분명히 고이즈미 아키요시였다고."

"……도플갱어라도 보신 게 아닌가요."

구즈미는 고개를 숙이더니 입안에서 말을 우물거렸다.

"뭐어? 뭐라고?"

"……죄송합니다. 농담입니다."

되묻는 센자키에게 구즈미는 낮은 목소리로 말했다.

"농담이랄 게 아니고, 지금 뭐라고 그랬어. 뭔가 생각이 났으면 제대로 설명을 하라고."

"아니, 생각이 난 게 아니고요, 뭐라고 할까……."

"됐으니까, 말하라고 하잖아 지금!"

센자키가 일갈하자 구즈미는 마지못해 얘기를 시작했다.

"도플갱어, 어떤 인물과 동일한 모습을 한······ 분신 같은 게 다른 장소에서 목격되는 현상을 일컫는 겁니다. 그 분신은 본인과 관계가 있는 장소에서 목격되는 경우가 많고, 만일 그 본인이 분신과 조우한다면 목숨을 잃는다고들 하더군요. 간단히 말하자면 초현실적인 현상의 한 종류입니다."

"얼씨구, 초현실적 현상!? 너, 무슨 말을 하는 거냐."

"그러니까 딱히 진심으로 드린 말씀은 아니었다고요. 그저 절대로 고이즈미는 저 건물에서 나오지 않았으니까, 만일 센자키 씨가 고이즈미를 목격했다면······."

"······내가 잘못 봤든지, 초현실적 현상이라 이건가?"

센자키가 낮은 목소리로 위협하듯이 말하자 구즈미는 "아니······ 그게······."라고 말꼬리를 흐렸다. 센자키는 크게 코웃음을 치더니 연구동으로 시선을 향했다.

"쓸데없는 얘기 하지 말고, 망이나 계속 보자고. 만약 정말로 고이즈미가 돌아오지 않았다면 이제 돌아올 가능성이 높으니까."

"······네."

구즈미는 고개를 숙이며 대답을 했다.

어딘지 탁한 공기가 충만한 차내에서 센자키과 구즈미는 거의 대화를 나누지도 않고 때때로 한 사람이 가수면을 취하며 연구동을 계속해 감시했다. 그러나 아무리 기다려도 고이즈미가 모습을 나타내는 일은 없었다.

결국 밤을 새우고 주위가 밝아 오자, 드문드문 이 회사에 근무하
는 사람들이 출근하기 시작했다.

"고이즈미…… 안 나왔네요."

구즈미가 중얼거렸다.

"……이대로 근무할 생각일지도 모르지."

센자키는 하품이 나오는 걸 이 악물고 참으면서 턱을 쓸었다. 아
무렇게나 자라난 수염이 까끌거리는 소리를 냈다.

"그래도 살인 혐의가 씌워져 있다고요. 일 같은 걸 하고 있을 처
지가 아니지 않나요?"

구즈미의 말을 들으며 센자키는 생각했다.

설마하니, 고이즈미는 저 연구동에 돌아오지 않았는지도 모른다.
그렇다고 한다면, 미행을 따돌린 뒤에 고이즈미는 어디로 간 걸까?

그때 저 멀리에서 귀에 익은 소리가 들려왔다. 센자키는 미간을
찌푸렸다. 그 소리는 점점 가까워졌다.

"센자키 씨, 이 소리……."

구즈미가 중얼거리는 것과 동시에, 경찰차가 소란스러운 사이렌
소리를 울리면서 차 옆을 연달아 지나갔다. 센자키와 구즈미는 순
간 얼굴을 마주 보고는 차 밖으로 나왔다.

경찰차는 정문을 통해 부지 안으로 들어가더니, 연구동 앞에서
정차했다. 경찰차에서 나온 제복 경찰관들이 연구동으로 달려갔다.
연구동 입구의 문이 열리고 남녀 몇 명이 소리를 지르며 경찰관들

을 불러 들였다. 떨어진 곳에서도 그들이 반쯤 패닉에 빠져 있는 것을 알 수 있었다.

"가자!"

센자키는 외침과 동시에 달려 나갔다. 구즈미도 곧장 뒤를 따랐다. 정문의 수위에게 경찰수첩을 보여 주고 부지에 들어선 두 사람은 연구동으로 향했다.

"죄송합니다. 지금은 들어갈 수 없습니다."

연구동의 입구에 다가가자, 젊은 제복 경찰이 양손을 앞으로 내밀었다. 센자키는 크게 혀를 차더니 경찰의 눈앞에 경찰수첩을 들이밀었다.

"현경수사 1과 센자키다."

경찰은 눈을 크게 뜨더니 "실례했습니다!" 하고 직립 부동자세로 경례를 했다.

센자키는 경찰을 무시하고는 문 앞에 섰다. 그러나 문은 열리지 않았다.

"빨리 열어."

"아, 네!"

센자키의 고함에 경관은 허둥대면서 주머니에서 카드를 꺼내 문 옆에 있는 카드 리더기에 읽혔다. 삑 하는 전자음이 울리고 문이 옆으로 열렸다.

센자키와 구즈미가 뛰어든 건물 안에는 곧장 복도가 뻗어 있었고, 막다른 곳에 2층과 지하로 이어지는 계단이 있었다.

센자키는 복도를 달려갔다. 목적지는 알고 있었다. 불이 밝혀져 있던 그 방이었다. 계단 바로 앞에 있는 미닫이문 앞에서 센자키는 걸음을 멈췄다. 그 방에는 '제3연구실'이라는 표지가 걸려 있었다. 센자키는 미닫이를 열려고 했으나 그 문도 잠겨 있었다. 문 옆에는 입구와 동일하게 카드 리더기가 있었다.

여기도냐. 센자키가 얼굴을 찌푸리자 갑자기 미닫이문이 소리도 없이 옆으로 열렸다. 문 안쪽에 서 있던 제복 경찰이 눈을 크게 뜨고 센자키와 구즈미를 봤다. 아무래도 안쪽에서 문 앞에 서면 열리게 되어 있는 것 같았다.

"아, 여기는 출입이……."

센자키는 거기까지 말한 경찰의 눈앞에 경찰수첩을 들이밀고는 경찰관의 몸을 밀치고 방 안으로 들어갔다. 다음 순간 사고가 얼어붙었다.

"아, 아아……."

입에서 신음이 새어 나왔다. 자기 눈에 비춰지고 있는 광경의 의미가 곧장은 이해가 되지 않았다.

넓은 방 안에 남자가 쓰러져 있었다. 입은 비명을 지르려는 듯이 크게 벌어졌고, 초점을 잃은 눈은 허공을 바라보고 있었다. 그건 분명히 수 시간 전에 미행했던 남자, 고이즈미 아키요시였다.

고이즈미의 몸 주변에는 빨간 액체가 퍼져 있었다.

센자키는 비틀거리며 방 안으로 걸어가, 쓰러져 있는 고이즈미의 옆에 섰다.

고이즈미의 왼쪽 목울대, 그곳이 크게 찢어져 있었다. 주변에는 비산한 모양의 혈흔이 흩어져 있었다. 출혈한 뒤로 시간이 지난 건지, 혈액은 꽤나 응고돼 있었다.

센자키의 시점이 어떤 물건 위에서 멈췄다. 쓰러져 있는 고이즈미의 곁, 거기에 큼지막한 서바이벌 나이프가 떨어져 있었다.

"자살⋯⋯한 건가?"

옆으로 다가온 구즈미의 속삭임이, 센자키에게는 팬스레 멀리에서 들린 것 같은 기분이 들었다.

"왜 수사본부를 해산하는 겁니까!"

센자키는 양손으로 책상을 내리쳤다. 큰 소리가 울리자 주위에 있던 경찰관들이 무슨 일인가 하고 시선을 보내왔다.

"나한테 말해도 별수 없잖나. 정한 건 윗선이니까."

책상 너머에 앉은 형사과장은, 목덜미를 주무르면서 말했다.

고이즈미 아키요시의 시체가 연구동의 한 방에서 발견된 지 6일이 지났다. 그리고 이날, 고이즈미 사야카 살인사건 수사본부의 해산이 정식으로 결정됐다.

"왜 그런 한심한 결정이 난 겁니까!? 아직 고이즈미 사야카를 죽인 범인을 체포하지 못하지 않았잖습니까."

센자키가 거칠게 말하자, 형사과장이 눈을 흡떴다.

"어이, 몇 번이나 말했잖나. 고이즈미 사야카를 죽인 건 남편인 고이즈미 아키요시라고. 그리고 더 이상 도망칠 수가 없다는 사실을 깨달은 고이즈미 아키요시가 자기 목을 벤 거라고."

형사과장은 낮은 목소리로 말했다. 센자키는 짜증을 내면서 고개를 저었다.

"아닙니다! 고이즈미는 배우자를 죽이지 않았다고요!"

"그렇다면 고이즈미의 시체 옆에 아내를 죽인 흉기가 떨어져 있던 건 어떻게 된 일인데?"

형사과장은 깔보듯이 코웃음을 쳤다. 6일 전, 고이즈미의 곁에 떨어져 있던 서바이벌 나이프. 감정 결과 고이즈미 아키요시의 목은 그 나이프로 찢겼다는 게 확실해졌다. 그리고 그 나이프에서는 고이즈미 사야카의 혈액도 검출되었고, 더 나아가 고이즈미 사야카의 시체에 난 상처와 그 나이프 형상이 일치했다.

"그러니까, 몇 번이고 말씀드리고 있잖습니까. 분명 진짜 범인이 고이즈미를 죽이고 시체 옆에 나이프를 놓아서 아내를 죽였다는 누명을 씌운 거라고요."

센자키는 침을 튀겨 가면서 외쳤다. 형사과장이 스윽 실눈을 떴다.

"진짜 범인…… 진짜 범인이라. 그럼 물어보지, 그 '진짜 범인'이라는 놈은 어떻게 그 방에 들어가서 어떻게 사라진 거지?"

센자키는 말문이 막혔다. 그런 센자키를 보고 형사과장은 몸을 앞으로 내밀었다.

"자네도 들었잖는가? 시스템을 해석한 결과, 그날 밤에 연구동에 들어간 건 고이즈미 아키요시뿐이었다고."

그 연구동은 카드를 사용해 문을 개폐한 것을 전부 기록하는 시스템이었다. 그리고 그날 밤은 오후 9시 52분에 고이즈미의 카드로 연구동 입구 문이 열린 뒤 9시 55분에 마찬가지로 고이즈미의 카드로 시체가 발견된 연구실의 문이 열렸으나, 그로부터 이튿날 오전 7시 32분까지는 카드로 문이 열린 기록이 없었다.

"……분명 고이즈미가 들어가기 전부터 연구동에 누군가가 숨어 있다가, 들어온 고이즈미를 죽인 겁니다."

"그 얘기도 벌써 결론이 났지 않는가. 오후 8시 시점에서 경비원이 그 연구동을 순찰했단 말이지. 그때 아무도 안에 남아 있지 않다는 걸 확인했다고."

그날 밤 순찰을 돈 경비원은 오후 8시 시점에 연구동 내에는 절대로 아무도 남아 있지 않았다고 증언했다.

"그래도 혹시나 놓쳤을 가능성도 있잖습니까. 그 건물의 지하실은 비품을 놓는 곳으로 쓰이고 있어서, 너저분하게 이런저런 기기가 놓여 있지 않았습니까. 거기에 숨어 있었을지도 모릅니다."

필사적으로 물고 늘어지는 센자키에게 형사과장은 경멸의 시선을 보냈다.

"센자키, 좀 현실을 보라고. 애초에, 혹시나 그 '진짜 범인'이 있다고 하더라도, 어떻게 고이즈미가 죽은 방에 들어갔다는 거야?"

"……고이즈미가 그 방문을 연 순간에 함께 뛰어들었을지도 모르지 않습니까. 그렇게 해서 고이즈미를 죽인 뒤에도 그 연구동 안에 숨어 있다가, 그 뒤에 시체가 발견된 혼란을 틈타 바깥으로 도망쳤다든지……"

센자키는 어물쩍거리며 중얼거렸다. 형사과장은 벌레라도 쫓듯이 손을 저었다.

"고이즈미의 사망 추정 시각은 0시에서 오전 2시 사이로, 그 방의 문이 열린 게 전일 오후 9시 52분이라고. 두 시간 이상, 그 '진짜 범인'과 고이즈미가 무얼 했다는 건데?"

"그건……"

"게다가 말이지, 만일 자신을 죽이려는 놈이 나이프를 가지고 방에 뛰어 들어온다면 말이야, 누구라도 저항하지 않겠냐고. 그런데 고이즈미에게는 저항한 흔적 같은 게 없어. 다시 말해 연구실에 숨어 들어온 고이즈미 아키요시는 스스로 자신의 목을 찢었다는 거지. 아내를 살해한 고이즈미는 더 이상 도망칠 수 없다는 사실을 깨닫고 자살한 거라고."

거기서 말을 끊더니 형사과장은 센자키의 눈을 들여다봤다.

"윗선 놈들은 심문할 때 자네가 너무 추궁한 탓이라고 보고 있어. 자네 때문에 용의자가 죽었다고 말이야."

센자키는 반론을 하려고 입을 열었다. 그러나 말을 찾을 수가 없었다.

만약 정말로 고이즈미가 스스로 목숨을 끊었다면, 분명히 그 책임은 나한테 있었다. 무언가 정보를 가지고 있다는 기색을 느낀 나는 고이즈미를 몰아세우며 궁지로 내몰았다. 고이즈미가 아내를 살해하지 않았다고 확신하면서도…….

격렬한 죄책감이 센자키를 괴롭혔다. 고이즈미가 아내를 죽인 범인이 아니라는 것을 지금도 확신하고 있었다. 그러나 지금, 고이즈미는 목숨을 잃고, 거기에다가 고이즈미 사야카 살해범이라는 취급을 받고 있었다.

전부…… 전부 내 탓이다. 정말로 나 때문에 고이즈미는 자살해 버렸는지도 모른다.

거기까지 생각이 미쳤을 때, 센자키는 격렬하게 고개를 저었다.

아니, 아니야! 만일 고이즈미가 자살했다면 그곳에 고이즈미의 아내를 죽인 흉기가 있는 게 이상해. 역시 고이즈미는 살해당한 거다. 아내를 죽인 놈과 같은 범인에게.

"과장님…… 분명히 저는 그날 밤에 봤단 말입니다. 연구동에 있었어야 할 고이즈미가 아내의 살해 현장에 있던 걸요."

"……자네 말이지, 아직도 그 애길 하는 건가?"

형사과장의 목소리가 낮아졌다. 센자키는 주저하면서 고개를 끄덕였다.

센자키는 그날 밤 목격한 것을 수사 회의에서 발표했었다. 그러나 그 증언은 "꿈이라도 꾼 게 아니냐."는 한마디로 일축돼 버렸다.

"이봐, 센자키. 몇 번이고 말하지 않았나. 그날 밤, 고이즈미는 10시 전에 한 번 그 연구실의 문을 열었을 뿐이라고. 만일 자네가 본 게 정말로 고이즈미라면 그 뒤에 어떻게 연구실로 돌아갔다는 건가."

센자키는 대답을 못 하고 입술을 악물었다. 형사과장은 이것 보라는 듯이 한숨을 쉬었다.

"아니면 뭔가. 자네는 고이즈미의 유령이라도 봤다는 건가? 딱 그 시간대는 고이즈미의 사망 추정 시각이잖나."

야유하듯 말하는 형사과장에게 화가 나는 것과 동시에 센자키는 등골에 싸늘한 전율을 느꼈다. 뇌리에 그날 밤 구즈미가 농담처럼 했던 말이 되살아났다.

도플갱어.

설마하니, 때마침 그 무렵에 목숨을 잃은 고이즈미의 혼이 성불하지 못하고 헤매고 있는 것을 내가 목격한 건 아닐까. 그렇기 때문에 그때 고이즈미는 연기처럼 사라져서…….

센자키는 고개를 좌우로 흔들고는, 머리속에 끓어오른 바보 같은 상상을 떨쳐내려고 했다. 그러나 그것은 껌처럼 두개골 안쪽에 들러붙어서는 쉽게 떨어질 것 같지 않았다.

"……어이, 센자키."

형사과장의 목소리에 정신을 차린 센자키는 "아, 네." 하고 넋이 나간 소리를 냈다.

"자네가 뭐라고 하든지 이번 사건은 고이즈미 아키요시가 아내를 죽인 범인으로서 피의자 사망으로 서류 송치되어 끝날 거야. 수사본부는 해산한다. ……문제는 그다음이야."

"그다음요?"

센자키는 미간을 찌푸렸다.

"어, 그래. 용의자를 체포하지도 못했는데 자살해 버렸잖아. 이건 엄청난 실책이라고. 그러니까…… 누군가가 책임을 져야 해."

형사과장은 센자키를 보는 눈을 스윽 하고 가늘게 떴다. 그때, 허리 안쪽으로 통증이 느껴졌다. 센자키는 반사적으로 허리를 눌렀다.

"응? 무슨 일 있나?"

형사과장이 의아하다는 듯이 미간을 찌푸렸다.

"……아무것도 아닙니다. 그것보다, 저한테 전부 책임을 뒤집어 씌우고 도마뱀 꼬리를 잘라 내겠다 이건가요. 당신, 부하를 팔아먹는 겁니까."

센자키가 분노와 통증으로 입술을 일그러뜨리면서 말하자, 형사과장의 얼굴이 굳었다.

"뭔가 그 말투는! 자네가 책임을 지는 건 당연한 일 아닌가! 자네 때문에 고이즈미는 자신의 목을 찢어 버렸다고!"

아니야! 고이즈미는 자살 따위 한 게 아니라고. 그 녀석은 살해당한 거란 말이야!

센자키는 자기 자신을 타이르려고 했다. 그러나 그 말을 완전히 믿을 수가 없었다. 상황증거는 모두 고이즈미가 아내를 살해한 다음 자살했다고 보여 주고 있었다. 20년간의 형사 생활로 커진 자신의 감에 대해 작은 불신의 싹이 텄다.

"저는…… 어떻게 되는 겁니까?"

입안이 바싹바싹 마르는 것을 느끼며, 센자키는 갈라지는 목소리를 쥐어짰다.

"일단은 오늘부터 일주일간 근신하도록. 그리고 다음 주, 교통과에 인사하러 가게."

"교통과요!?"

센자키의 목소리가 튀어 올랐다.

"어, 그래. 자네는 형사과에서 교통과로 이동하게 됐네. 뭐, 그쪽도 나쁘지 않다고. 이쪽처럼 목숨을 깎아 가면서 사건에 임하는 것도 없으니까. 심신 모두 건강해져서 정년까지 근무하……."

"장난치지 마십쇼!"

센자키는 침을 튀기면서 고함을 쳤다. 이 층에 있는 사람 대부분의 시선이 센자키와 형사과장에게 쏠렸다.

"왜 제가 교통과 같은 데에 가야 하는 겁니까. 전 형사라고요!"

허리의 통증이 점점 강해졌다. 통증 탓인지, 아니면 동요한 탓인지 구토기까지 덮쳐 왔다.

"아니, 자네는 형사'였'지. 이젠 형사가 아니네. 자네가 근신하는 동안, 여기에서 근무처 이동 수속은 해 주겠네. 이상이다. 물러가도 좋네."

형사과장은 담담히 말하더니 센자키에게서 시선을 뗐다. 반쯤 열린 센자키의 입에서 신음이 새어 나왔다.

형사가 아니게 된다. 인생의 모든 걸 부정당한다. 그 공포가 센자키의 정신을 썩게 하고 있었다.

"과, 과장님…… 부탁입니다. 그것만은…… 형사를 그만두는 것만은……."

태도를 바꿔 센자키는 매달리듯이 말했다. 스스로도 웃음이 날 정도로 그 목소리는 힘이 없고, 꼴사나웠다.

"……전근 정도로 끝난 걸 고맙게 생각하라고. 자네 때문에 피의자가 죽었다고. 자네가 고이즈미 아키요시를 죽인 거야."

형사과장의 말은 칼처럼 센자키의 가슴에 꽂혔다. 센자키는 비틀거리며 한두 걸음 물러났다. 그때 허리 안쪽에서 인두를 가져다 댄 것 같은 격렬한 통증이 느껴졌다.

"으윽!"

센자키는 짐승 같은 신음 소리를 냈다.

"어이, 왜 그래?"

눈을 껌벅이는 형사과장의 말에 센자키는 대답을 할 수가 없었다. 시계가 빙글 하고 회전했다. 상하좌우의 분간이 되지 않았다.

다음 순간 센자키는 바닥이 확 다가오는 것을 깨달았다. 황급히 손을 짚으려고 했으나 늦어 버렸다. 이마에 격렬한 충격이 느껴지더니 시야가 암전됐다.

의식이 어둠 속으로 떨어지기 직전, 센자키의 뇌리에 다리 위에 서 있던 고이즈미 아키요시의 모습이 스쳤다.

췌장암 말기. 그게 센자키에게 내려진 진단이었다.

형사과장 앞에서 쓰러진 센자키는 구급차로 종합병원에 이송됐다. 당초에는 강한 정신적 스트레스로 인해 저혈압을 일으킨 게 아니냐는 소견이었으나, 혈액 검사 결과 빈혈과 영양부족 상태가 확인이 되었고 입원해 정밀검사를 받게 됐다. 그리고 전신 CT를 촬영한 날 저녁, 주치의가 병실에 찾아와 음울한 목소리로 말했다. "말씀드리고 싶은 게 있습니다."라고.

병동의 구석에 있는 '상담실'인가 하는 좁고 살풍경한 방에 들어서자 주치의는 입을 열기 무섭게 "유감입니다만, 췌장에 종양이 발견되었습니다. 꽤나 진행된 암인 것 같습니다."라고 내뱉었다. 센자키는 처음엔 무슨 말을 하는 건지 이해할 수가 없었다.

아연해 있는 센자키를 앞에 두고, 주치의는 담담하게 치료하지 않으면 3개월 내에 사망할 가능성이 높다고 말했다. 주위 조직까지 침투해 있기 때문에, 이미 수술은 불가능하고 치료로서는 화학요법을 선택할 수 있다고 했다. 화학요법을 행하더라도 완치는 할 수 없지만, 평균 수 개월 정도 연명 효과를 기대할 수 있다고 설명해 나갔다. 주치의의 말을 센자키는 어딘지 붕 뜬 기분으로 들었다.

결국 주치의와 잘 이야기한 결과, 화학요법을 받기로 했다. 가벼운 토기가 돌긴 했으나 치료의 부작용은 그렇게 대단하지는 않았으며, 더구나 암을 꽤나 위축시킬 수 있었다. 암 진단을 받은 뒤 1개월 후에는 퇴원하여 주에 한 번 통원을 하면서 화학요법을 계속하기로 했다.

퇴원한 당일, 센자키는 자택에 돌아가기 전 현 경찰청에 방문해 형사과장에게 사직서를 건넸다. 센자키의 병세에 대해 보고를 받은 형사과장은 굳은 표정으로 그것을 받아들었다.

퇴직금으로 어느 정도 정리된 돈을 받은 센자키는 신변 정리를 시작했다. 만일 암이 진행돼 손을 쓸 수 없게 됐을 때를 대비해서 주치의가 추천해 준 호스피스에도 예약을 걸었다.

그렇게 해서 얼추 일을 마무리한 센자키는 남겨진 얼마 되지 않는 시간을, 고이즈미 부부가 목숨을 잃은 사건을 수사하는 데 사용하기로 했다. 자신의 아이덴티티를 되찾기 위해.

수사본부는 해산된 데다 형사라는 직책마저 잃은 처지라 여러 가지 어려움이 있었지만, 20년간의 형사 생활로 기른 경험과 연줄을 사용해 조사할 수 있는 한의 것들을 알아보기 시작했다.

사우스 제약의 회장인 난고 준타로라는 남자가 2년 전 즈음, 딱 고이즈미 부부가 취직한 무렵부터 자비로 여러 가지 연구 기기를 구입해 그 연구동에 들여놨다는 사실. 연구원이 아닌 고이즈미 부부에게 난고 회장의 지시로 연구동의 출입증이 발급되었으며, 때때로 연구동 내에서 두 사람이 목격되었다는 사실. 이런 사실들로부터 난고가 고이즈미 부부와 함께 무언가 사람들에게 알려지지 않았으면 하는 '비밀 연구'를 행하고 있었다는 소문이 돌았다는 것 등을 알 수가 있었다. 그리고 고이즈미 부부와 마찬가지로 연구원이 아닌데도 연구동에 드나들던 인물이 그 밖에 더 있었다는 사실을 밝혀냈다.

그 '비밀 연구'가 바로 이 사건의 진상을 폭로하기 위한 열쇠임이 분명했다. 그렇게 확신한 센자키는 사우스 제약 관계자에게 필사적으로 연락을 취해 얘기를 듣고 다녔다. 그러나 '비밀 연구'에 대해서는, 도시 괴담 같은 소문에 지나지 않으며 적어도 그 연구동 내에서는 그런 실험이 행해졌다는 흔적은 없다는 게 관계자들의 공통된 인식이었다. 그런데도 센자키는 악착스럽게 '비밀 연구'에 대한 소문을 좇았다. 그리고 있는 와중에, 고이즈미 부부의 사망일로부터

1년여가 지난 4월 초, 난고 회장이 트럭에 치여 사망했다. 경찰 발표에 따르면 자살이었다지만, 센자키는 거기에 강한 의문을 품고 있었다. 난고 회장의 사망과 거의 비슷한 시기에, '비밀 연구'에 참가했던 사람과 센자키가 주시하고 있던 남자가 갑자기 행방불명이 된 것이다. 그 남자가 일련의 사건에 대해 무언가 알고 있을 것이라고 확신한 센자키는 그 행방을 좇으려 했다. 그러나 센자키에게는 이제 시간이 남아 있지 않았다.

이미 화학요법으로도 암의 증식을 막지 못하게 되어, 주치의에게 처방받은 진통용 마약을 사용해 필사적으로 수사를 이어 오던 센자키였으나, 난고 회장이 사망한 3일 뒤에 점점 한계에 다다르게 됐다. 숨 쉬기가 힘들어졌을뿐더러 몸 안을 갉아먹는 통증을 견딜 수가 없어져 진찰을 받으니, 주치의는 빨리 호스피스에 가서 완화요법을 받으라고 추천해 주었다. 너무나도 괴로웠던 터에 그 지시를 따라 예약해 뒀던 호스피스에 입원한 센자키였으나, 암세포에게 온통 침범당한 몸은 이미 한계에 달해 입원한 그날 밤에 혼수상태에 빠져서 그대로 숨이 멎었다.

활동을 정지한 육체에서 혼이 된 센자키가 빠져나오자, 어디선가 빛의 안개 같은 존재가 다가와서는 의식을 직접 진동시키는 것 같은 희한한 말로 '우리 주인님'인가 하는 자의 곁으로 가자고 권유해 왔다. 센자키는 본능적으로 그 권유를 따라야 한다고, 따르지 않아서는 안 된다고 깨달았다.

그러나 센자키는 지상에서 떠나는 것을 거절했다. 아직 어딘가에

갈 수가 없었다. 이 지상에서 못 다한 일이 있었다.

센자키가 움직이지 않는 것을 보더니, 그 빛의 안개는 무언가 툴 툴거리듯 불만 같은 말을 내뱉으며 어딘가로 사라져 갔다.

홀로 남겨진 센자키는 그 뒤로 어떻게 해야 좋을지 알 수 없었다. 견디기 힘든 불안과 고독감에 시달리면서 센자키는 여름날 벌레가 빛에 이끌리듯이 어떤 장소로 향했다. 그 연구동, 고이즈미 아키요 시가 목숨을 잃은 장소로.

그러나 그곳에 갔다고 하더라도 이미 육체를 잃어버린 센자키는 아무것도 할 수가 없었다. 때때로 생각이 난 건지 그 빛의 안개가 와서는 "어이, 이제 됐잖아. 슬슬 '우리 주인님' 곁으로 가자고." 라고 말을 걸어 왔으나, 센자키가 그 말에 따르는 일은 없었다.

점점 시간이 흐를수록, 조금씩 자신이 열화하고 있다는 것을 자 각할 수 있었다. 이 장소에서 썩어 간다. 센자키는 그렇게 각오를 다 지기 시작했다. 그게 한 남자를 궁지로 내몰아, 목숨을 빼앗아 버린 자신이 받아야 할 벌이라고 생각하고 있었다.

그런 어느 날, 펜스 틈새로 검은 고양이가 한 마리 부지로 들어와 서는 연구동으로 다가왔다. 처음엔 신경도 쓰지 않았으나, 그 고양 이가 혼이 된 자신이 보이는 듯이 똑바로 시선을 던져 오는 것을 깨 닫고 조금 흥미를 가졌다.

다음 순간, 그 고양이는 빛의 안개가 쓰는 그 '언어'로 말을 걸어 왔다.

"헬로. 너는 이런 곳에서 무얼 하고 있는 거지?"

3

센자키의 기억을 다 본 나는 천천히 눈꺼풀을 떴다. 눈앞에 옅게 빛나는 혼이 호소를 하듯 떠 있었다.

나는 있는 힘껏 앞발을 앞으로 뻗어 기지개를 켰다. 전신의 근육이 스트레치되는 느낌이 기분 좋았다. 한숨 쉰 나는 다시 센자키의 혼을 향했다.

"너의 '미련'은 확실히 봐 뒀어. 다시 말해 그날 밤에 무슨 일이 있었던 건지를 알고 싶은 거네."

내가 묻자 혼은 크게 흔들렸다. 아마도 '예스'의 의사 표시겠지. 알기 어렵군그래…….

그렇다면 어떻게 된 일이려나. 나는 그 자리에 앉아 혀로 가슴팍의 털을 정리하면서 생각했다.

오토락이 걸려 있던 방, 목이 잘려 죽은 남자, 그리고 도플갱어.

뭐랄까, 구름을 잡는 것 같은 얘기였다. 금방 결론이 나올 것 같지는 않군.

"알겠어. 좀 이리저리 생각을 해 볼게. 뭔가 생각나는 게 있으면 알려 줄 테니, 너는 여기에서 떠나지 말아 줘."

내 언령에 센자키의 혼은 아까 전보다 약하게 흔들렸다.

……왠지 별로 기대를 안 하는 것 같은 건 기분 탓인가?

뭐, 상관없나. 기분을 고쳐먹은 나는 일어서서 천천히 건물에서 멀어져 갔다. 센자키의 기억을 들여다보고 여러 모로 조사해 보고 싶은 게 생겼다. 생각하는 건 정보를 모은 뒤로 하지.

하지만 설마하니 이곳이 난고 준타로가 회장으로 근무하고 있는 회사일 줄은. 재미있는 우연이 다 있네.

거기까지 생각한 나는 고개를 갸웃했다.

과연 센자키의 미련에 난고 준타로가 관련돼 있던 것은 단순한 우연이었을까?

펜스에 다가선 나는 들어올 때와 마찬가지로 그물 밑을 빠져나와 바깥으로 나왔다. 두리번두리번 주변을 둘러보니, 전신주 그늘에 숨듯이 마야가 서 있었다. 나는 달려서 마야의 발치로 다가갔다.

"어라? 까망아, 벌써 돌아온 거야?"

마야는 발치의 나를 보고 눈을 동그랗게 떴다.

"벌써?"

"그렇지만 네가 펜스 밑으로 들어간 지 아직 10분도 안 지났는걸."

"어? 그것밖에 안 됐어?"

센자키의 기억을 꽤나 길게 들여다본 탓에, 당연히 수 시간은 지났을 거라고 생각했다. 아무래도 기억 안에서는 시간 흐름이 현실과는 꽤나 차이가 있는 것 같았다.

"그래서, 조사는 끝났어? 저기 있던 지박령은 구원한 거야?"

"그렇게 간단히는 안 된다고. 지금부터 조금 더 조사를 해야 돼. 그건 그렇다 치고 마야, 왜 숨어 있던 거야?"

"까망이가 이런 곳에서 기다리게 해서 그렇지. 길가에 젊은 여자가 멍하게 있으면 이상한 눈으로 볼 거 아냐."

"아니…… 그런 곳에 숨어 있는 게 더 이상한 사람 취급당할 거 같은데…….."

내가 중얼거리기 무섭게 바로 옆을 중년 여성이 지나갔다. 그녀는 마야에게 수상쩍다는 시선을 던지고는 지나갔다. 마야는 얼버무리려는 듯 헤죽거리며 웃어 보였다.

"봐, 역시 이상하게 보잖아."

내가 조롱하듯이 말하자, 마야는 입술을 삐죽거렸다.

"방금 전 거는, 내가 고양이한테 말을 걸고 있으니까라고 생각하는데."

"뭐, 그렇게 볼 수도 있겠네. 그것보다 다음 장소로 가자고."

나는 마야의 몸에 기어올라 어깨 위에 앉았다.

"다음 장소라니, 또 어디 가는 거야?"

"어, 저 연구동에 있던 지박령을 '미련'에서 해방시키기 위해 필요해."

"네네. 그래서 어디로 가면 되는데?"

마야는 한숨 섞인 투로 말했다.

"여기서 걸어서 10분 정도 되는 곳에 있는 쓰바키바시 다리라는 덴데. 1년 반 정도 전에 고이즈미 사야카라는 이름의 여자가 거기서 살해당했어. 좋아, 레츠고."

내가 말을 걸었으나, 마야는 걸음을 옮기지 않았다. 나는 두세 번 눈을 깜빡이고는 고개를 갸웃거리며 바로 옆에 있는 마야의 얼굴을 봤다. 그 표정은 딱딱하게 굳어 있었다.

"……마야?"

내가 언령을 날리자 마야는 가볍게 몸을 떨었다.

"아, 으응…… 미안, 멍하게 있었네. 좀 지쳐서."

"괜찮아?"

"응, 괜찮은데, 좀 머리가 아프달까. 미안한데 까망아. 거기, 홀
로…… 아니, 혼자서 가 줄래?"

"응, 그건 상관없는데……."

나는 마야의 어깨에서 뛰어내려, 시선을 올려다보았다. 마야의 얼
굴은 핏기가 가셔 창백했다. 딱 봐도 몸 상태가 안 좋은 것 같았다.
아직 체력이 돌아오지 않았는데, 무리하게 움직이도록 했나? 죄책
감이 폭신폭신한 털로 감싸인 내 가슴에 퍼져 나갔다.

"……그럼, 나 먼저 돌아갈게."

마야는 어딘지 불안정한 걸음으로 걷기 시작했다.

"혼자서 갈 수 있어? 집까지 같이 가 줄까?"

내가 말을 걸자 마야는 돌아보더니 힘없는 웃음을 지었다.

"당연히 혼자 갈 수 있어. 까망이야말로 차 조심 하라고. 치이지
않게 말이야."

"치일 리 없잖아. 나는 인간 따위보다 훨씬 고위의 영적 존재라고."

"그래도 지금은 고양이잖아."

"뭐, 고양이이긴 한데……."

"그러니까, 조심 또 조심해야지. 저녁밥 먹을 때까지는 돌아와야
해. 오늘 밤은 회를 먹는다는 거 같으니까 까망이한테도 조금 나눠

줄게."

"회냐옹!" "웅냐아!"

회라는 매혹적인 단어에 나도 모르게 울음소리를 내 버렸다. 그런 나를 향해 작게 손을 흔들더니, 마야는 천천히 멀어져 갔다. 나는 그 등이 안 보일 때까지 배웅을 했다.

앞으로는 이렇게 무리하지 않게 해야겠군. 마야는 내가 지상에서 활동하는 동안의 생명줄이다. 그녀가 없어진다면 아침저녁밥도, 따뜻한 잘 곳도, 매일 아침의 브러싱도, 그리고 드물게 주는 회도 잃어 버리고 만다.

자, 그러면 이제 가 볼까. 나는 기분을 전환하고는 가볍게 걷기 시작했다. 센자키의 기억을 본 덕분에 가는 길은 알고 있었다.

10분 정도 걷자, 목적지인 쓰바키바시에 도착했다. 나는 난간으로 폴짝 뛰어 올랐다.

"어어이, 누구 없어?"

언령으로 부르면서 정신을 집중하고 영적인 눈을 고정했다.

고이즈미 사야카가 살해당하고 센자키가 고이즈미 아키요시를 목격했다는 이 장소. 내 예상대로라면 여기에도…….

"어어, 고양이다!"

내가 주의를 기울이며 주변을 돌아보고 있는데, 등 뒤에서 목소리가 들렸다. 돌아보니 초등학교 저학년 정도 되어 보이는 소년 둘이 바로 등 뒤에 서 있었다.

성가시군. 나는 다소 불쾌하게 생각하면서 다시 주위를 관찰하기 시작했다.

"뭐야, 무시하지 말라고."

소년은 가까이 다가오더니 손가락으로 내 등을 찔렀다.

……중요한 일을 하는 중이라고. 방해하지 마. 나는 천천히 몸을 흔들면서 정면을 바라본 채 꼬리를 좌우로 흔들었다. 다음 순간 그 꼬리는 있는 힘껏 잡혔다.

온몸의 털을 거꾸로 세운 나는 뒤를 돌자마자 소년의 손을 떨쳐 내고는 "하악!!" 하고 있는 힘껏 위협하는 소리를 냈다.

소년은 "히익!" 하고 한심한 소리를 내더니, 그 자리에 엉덩방아를 찧었다.

다른 사람……이 아니라, 다른 고양이의 꼬리를 멋대로 잡다니, 실례도 이런 실례가 없었다. 이번에는 발톱을 세우지 않은 고양이 펀치였지만, 다음에 또 그러면 용서 없이 발톱으로 찢어 버릴 테다.

시선에 살기를 담아 노려보자 소년들은 허둥지둥 도망쳤다.

만족한 내가 돌아서 보니 바로 눈앞에 칙칙한 빛의 구슬이 떠 있었다.

나는 나도 모르게 등을 굽히고 "냐나!?" 하고 소리를 질렀다. 꼬리털이 부와 하고 부풀었다.

"말도 없이 사람……이 아니라, 고양이 등 뒤에 나타나지 말라고. 놀랐잖아."

나는 빛나는 구슬을 향해 불만을 토로했다. 그것은 꽤나 열화한 인간의 혼이었다. 표면은 보풀이 일어 있었으며, 색은 칙칙하고 갈

색이 돌고 있었다.

"아, 아아……."

혼은 갈라진 언령을 내뱉었다. 아무래도 무언가를 호소하려고 하는 것 같았으나, 원래부터 그랬는지 아니면 오랜 기간 이 지상에 노출이 되어 열화한 탓인지, 제대로 언령을 사용할 수 없는 듯했다.

이렇게까지 열화한 것을 보아하니, 적어도 1년은 지상에 머물러 있었겠지. 영혼의 열화 스피드는 개인차가 크고, 긴 세월 지상에 머무르더라도 그다지 빛을 잃지 않는 혼이 있는가 하면, 꽤나 빠른 속도로 생기를 잃어 가는 혼도 있다. 그러나 수개월만으로는 이렇게까지 열화하지는 않을 것이다. 그렇다는 건…….

"너는…… 고이즈미 사야카의 혼인가?"

나는 천천히 혼을 향해 언령을 날렸다. '고이즈미 사야카'라는 이름을 말한 순간, 눈앞의 혼이 격렬하게 점멸하기 시작했다.

역시 그런 건가. 나는 음울한 기분이 들었다. 1년 반 전, 이곳에서 무참하게 목숨을 빼앗긴 고이즈미 사야카는 자신의 죽음을 받아들이지 못하고 지금도 이곳에 사로잡혀 있는 것이다. 그리고 이대로라면 머지않아 고이즈미 사야카의 혼은 소멸해 버리겠지.

"어떻게 하면 너는 '우리 주인님'의 곁으로 갈 수 있겠나?"

내가 언령을 보냈으나, 혼이 대답하는 일은 없었다.

"자기를 죽인 범인이 발견돼 벌을 받으면 너는 '우리 주인님'의 곁으로 갈 수 있으려나?"

나는 더욱 질문을 던졌다. 그러나 역시 반응이 없었다. 설마하니 열화가 너무 진행된 나머지, 이미 내 언령을 완전히는 이해할 수 없는 상태인지도 몰랐다. 이윽고 혼은 흔들흔들거리면서 천천히 하천 부지로 내려갔다. 1년 반 전 고이즈미 사야카의 시체가 발견된 곳으로.

혼을 아무 말 없이 배웅한 나는 난간에서 내려와서는 터덜터덜 걷기 시작했다. 고이즈미 사야카의 혼에게서 아무 말도 들을 수 없다면, 이 이상 여기에 머물러 있어도 별수가 없었다.

온 길을 이번에는 천천히 되돌아갔다. 그날 밤, 센자키는 이 다리 위에서 고이즈미 아키요시를 목격하고 뒤를 쫓았다. 그 경로를 따라가 보기로 하자.

센자키가 목격한 남자, 그건 정말로 고이즈미였을까?

걸으면서 나는 거듭 생각을 했다.

센자키 혼의 기억을 들여다본 느낌으로는, 분명히 고이즈미 본인인 것처럼 보였다. 그러나 인간의 메모리란 완벽한 게 아니다. 고이즈미를 목격했다는 믿음이 센자키의 메모리를 개조했고, 그걸 내가 들여다본 것일지도 몰랐다.

일반적으로 생각하면 단순히 센자키가 잘못 본 것으로, 사건은 아내를 죽인 고이즈미가 더는 도망칠 수 없다는 것을 깨닫고 자살했다는 가능성이 높다. 그러나 잘못 본 게 아니라고 한다면……

센자키가 본 게 정말로 고이즈미라면, 고이즈미는 그 뒤 곧장 그 연구동의 한 연구실로 돌아가 목숨을 잃은 게 된다. 그래도 고이즈미가 연구실의 문을 연 것은 그보다 두 시간도 더 전에 한 번뿐이었다. 게다가 연구동을 감시하고 있던 구즈미는 고이즈미가 연구동에서 나오는 것도 돌아오는 것도 보지 못했다고 했다.

아아, 알 수가 없군!

나는 그 자리에서 멈춰 서서는 바로 옆 벽돌담에 벅벅 발톱을 긁었다. 어느 정도는 스트레스 해소가 되었다.

정신을 차리고 보니 어느샌가 사우스 제약 근처까지 와 있었다. 분명 이 주변에서 센자키는 고이즈미를 놓쳤을 것이다. 나는 벽돌담에 발톱을 댄 채로 문득 시선을 올렸다. 녹이 두드러지는 철책 문이 있었고, 그 옆에 낡은 문패가 걸려 있었다.

목에서 "웅냥?" 하고 무의식적으로 소리가 났다. 나는 문패를 올려다본 채로 몇 번이고 눈을 깜빡였다.

설마하니 여기가⋯⋯. 어, 그렇다는 거는⋯⋯.

머릿속으로 하나의 스토리가 윤곽을 잡아 갔다. 그러나 아직 세부적인 게 확실치 않았다. 뇌에 채찍질을 가하면서 천천히 마야의 집으로 가는 길을 걷기 시작했다.

"다녀왔습니다아."

"앗, 어서 와."

창문 틈새를 통해 방으로 들어오니, 침대에 누워 이불을 덮고 있던 마야가 말을 걸어 왔다. 카펫에 착지하여 침대 위에서 상반신을 일으킨 마야를 올려다본 나는 눈을 동그랗게 떴다. 마야의 왼쪽 팔꿈치와 뺨에 커다란 거즈가 붙어 있었다.

"다친 거야!?"

"응, 좀……."

마야는 고개를 움츠렸다.

"까망이랑 헤어져서 돌아오는 길에, 강변 따라 있는 인적이 드문 차도를 걷고 있었는데 뒤에서 차가 엄청난 속도로 달려와서. 깜짝 놀라서 피하다가 넘어졌어."

"괜찮아?"

"응, 별거 아닌 찰과상이니까. 그래도 이 몸이 뺑소니 사고가 나서 의식불명이 된 것도 인적이 드문 천변 부지 도로였다는 것 같아. 그래서 엄마가 엄청나게 걱정하시더라고. 조심해야겠어."

또 치일 뻔했다……? 그런 일이 몇 번이고 일어나나?

"그럼, 나 피곤하니까 좀 더 잘게. 나중에 사건 얘기 해 줘."

마야는 고개를 갸웃거리는 내게 그렇게 말하더니 침대에 누웠다.

"먀웅, 웅먀웅."

도미 회를 입안에 넣자 응축된 훌륭한 맛이 혀를 부드럽게 감쌌다. 사료나 가쓰오부시도 나쁘지 않지만, 역시 회는 각별하다.

"……있지, 까망아."

"냥?"

나는 고개를 한쪽으로 기울이고, 바로 옆에 있는 의자에 앉아 있는 마야를 올려다봤다.

"너무 푹 빠져서 말이지, 너 지금 '맛있어'라고 말했어."

"무슨 말을 하는 거야. 나는 고양이라고. 인간의 말을 할 수 있을 리가 없잖아."

나는 언령을 날리고는 이번엔 참치살에 달려들었다.

"우웅먀웅!"

"……뭐, 상관없다만 말이지."

왠지 마야는 어이없다는 듯이 말하고는 내 등을 쓰다듬었다.

마야가 가져다준 회를 전부 다 먹은 나는 그 자리에 누워 후우 하고 숨을 내쉬었다.

마야의 방에 돌아온 지 두 시간 뒤, 나는 저녁식사를 끝낸 마야가 가져다준 회를 먹고 행복을 맛보고 있었다.

배가 한껏 불러 잠기운이 쏟아졌다. 나는 식빵 굽는 자세로 앉아 수마와 싸우지 않고 눈꺼풀을 떨어뜨렸다.

"야, 까망이. 뭐 하고 있는 거야?"

의식이 졸음 속으로 떨어지기 직전, 마야의 목소리가 나를 현실로 되돌려 놨다.

"뭐라니, 당연히 자려고 하고 있잖아."

나는 한쪽 눈만 뜨고 대답을 했다.

"뭔가 잊고 있지 않아?"

"잊고 있다고?"

대체 뭘 잊고 있는 거지. 화장실 갔다 온 다음에 제대로 모래를 덮었고…….

"아아, 알겠다."

내가 언령을 날리자 마야는 웃음을 지었다.

"그럼 어서……."

"어, 어서 브러싱 부탁해. 나는 잘 테니까."

나는 턱을 치켜들어 책상 위에 놓인 브러시를 가리켰다.

"그게 아니잖아!"

마야는 내 배를 거칠게 문지르기 시작했다.

"우와, 그만둬. 배는 그만둬."

나는 당황해서 그 자리에서 뛰어서 도망쳤다. 순식간에 잠기운이 달아났다.

"눈은 떠졌어?"

마야는 아리땁게 고개를 갸웃거리면서 웃음을 지었다. 작은 악마 같은 웃음을.

"무슨 짓을 하는 거야. 배는 만지면 안 돼. 만지려면 머리나 꼬리 시작 부분이라고 몇 번이고 말했잖아."

배를 만지면 소름이 돋았다.

"까망이가 회만 받아먹고 해야 할 일을 안 하니까 말이지."

"해야 할 일?"

"아까 말했잖아. 낮에 그 지박령 얘기 들었을 거 아냐. 그거에 대해서 말해 달라고."

"에엑, 또 얘기해야 돼? 귀찮아."

나도 모르게 본심이 나와 버렸다. 마야는 분홍빛 입술을 삐죽거렸다.

"귀찮다고 할 것까진 없잖아. 내가 안내해 줬으니까 그 지박령을 발견할 수 있었던 거잖아."

"그건 그렇지만……."

지금은 수마에게 몸을 내맡기고 싶었다.

"아 그래. 그럼, 앞으로 까망이 밥은 사료뿐이야. 가쓰오부시를 뿌리는 일도, 닭 가슴살도, 회도 없어."

"설명할게! 설명하게 해 주세요!"

나는 황급히 마야에게 달려가서는 팔짱을 낀 양팔에 뺨을 비벼 댔다.

"처음부터 그랬으면 좋잖아."

마야는 의기양양한 미소를 지으면서 내 머리를 쓰다듬었다. 손바닥에서 느껴지는 온기가 기분 좋았다.

"그러니까 거기에 떠다니던 건 센자키라는 형사의 혼인데……."

나는 그 자리에 다시 식빵 굽는 자세로 앉아서 설명을 시작했다. 마야는 내 머리를 쓰다듬으면서 진지한 표정으로 얘기를 듣기 시작했다.

"……그런고로 그날 밤에 무슨 일이 있었는지를 밝혀내면 센자키의 혼을 레스큐할 수 있을 거야."

설명을 마친 나는 크게 하품을 했다. 설명하는 데 한 시간 이상이 걸려 버렸다. 엄청 지쳤다.

내가 언령으로 설명하는 동안 마야는 한마디도 하지 않고 계속 듣고 있었다.

나는 가볍게 고개를 갸웃거렸다. 왜 마야는 이렇게까지 진지하게 구는 걸까. '시라키 마야'의 몸을 쓰고 있는 기억상실의 혼. 설마하니 그 혼이 생전에 범죄 수사에 관련된 직업에 종사했거나 한 걸까?

좀 안정이 되면 그에 대해서도 알아봐야겠군. 나는 마야의 얼굴을 올려다봤다. 마야로서는 자신의 정체를 아는 것이 '미련'을 해결하기 위한 첫 걸음이라는 것은 분명했으니까.

"있지……."

마야가 작은 목소리로 중얼거렸다.

"그, 다리 있는 곳에 있다던 혼은 앞으로 얼마 정도 뒤에 소멸할 것 같아?"

"응? 고이즈미 사야카의 혼 말이야? 꽤나 열화해 있긴 한데, 지금 당장 무너져 내릴 것 같은 느낌은 아니었으니까 적어도 두세 달 정도는 버티지 않을까. 그 이상은 잘 모르겠지만."

마야는 "그렇구나……." 하고 힘없이 끄덕였다.

"왜 그래? 그렇게 심각한 표정을 하고."

내가 언령으로 말을 걸자, 마야는 깜짝 놀란 표정을 지으며 가슴 앞에서 양손을 저었다.

"으응. 아무것도 아니야. 그저 좀 신기한 얘기라고 생각해서. 그건 그렇고 그 다리가 있는 곳에 있던 혼은 무슨 말은 안 했어? 자신을 죽인 범인이라든지?"

"열화가 심한 탓인지, 원래부터 그런 건지 모르겠지만. 고이즈미 사야카의 혼은 거의 언령을 쓰지 못하더군. 그래서 알 수가 없었어."

"그렇구나. 그건 그렇고 혼이란 열화하는 거로구나."

마야는 혼잣말을 중얼거리듯이 말했다.

"고스란히 노출된 채로 이 지상에 있으면 점점 에너지를 소비하게 되니까. 인간의 혼은 꽤나 에너지를 내포하고 있지만, 언젠가는 그 에너지도 다하게 된다고."

"에너지를 내포하고 있다고?"

마야는 고개를 갸웃거렸다.

"그래, 영적 에너지를 말이야. 꽤나 대단하다고. 만약 그 에너지가 한 번에 해방되면 주위 수백 미터에 있는 인간은 그 충격으로 쇼크를 받아 수 시간 정도는 혼수상태에 빠질 정도의 힘이 있단 말이지."

"한 번에 해방된다는 건 어떤 상황인 건데?"

"그러게. 이를테면 우리들이 혼에 간섭해서 폭발시켜 버린다든지 한다면……."

"까망이는 그런 게 가능하단 말이야!?"

"응? 뭐 가능한지 어떤지를 따지자면 가능하다고 생각해. 육체에 들어 있는 혼은 아무래도 그렇게까지 강하게 간섭할 수는 없지만, 지박령처럼 노출되어 있는 혼이라면 있는 힘껏 오버드라이브시키면……."

거기까지 말했을 때 마야가 주춤주춤 뒷걸음질 치는 것을 깨닫고 나는 당황해서 오른쪽 앞발을 내저었다.

"아니, 어디까지나 가능하다는 얘기지 그런 짓 한 적 없어. '길잡이'의 일이라는 건 혼을 소중하게 '우리 주인님'의 곁으로 안내하는 거라고. 소멸 따윌 왜 시키겠어."

"……정말?"

마야는 의심스럽다는 듯이 눈을 가늘게 떴다. 나는 끄덕끄덕 재빠르게 고개를 위아래로 흔들었다.

"그렇다면 다행인데……. 그래도 이상한 얘기네. 그, 뭐였지…… 도플갱어였나. 역시 센자키라는 형사가 잘못 본 걸까?"

마야는 화제를 되돌렸다. 나는 작게 안도의 숨을 쉬었다.

"그럴 가능성도 있지만, 아닐 가능성도 있지 않을까 생각해."

"아닐 가능성? 그 형사가 정말로 유령을 봤다는 거야?"

마야는 몸을 앞으로 내밀고는 물었다.

"그건 아직 비밀. 좀 더 생각을 정리해야겠어."

나는 가볍게 가슴을 쭉 피고는 침대 아래로 기어 들어갔다.

"아, 잠깐 까망아. 어디 가는 거야."

"여기서 잠깐 정신 집중 좀 하게. 그렇게 하면 분명 사건의 아웃라인이 보일 거라고 생각해."

"……분명 잘 생각인 거야, 이 녀석."

마야가 중얼거리는 걸 들으면서, 나는 몸을 둥글게 말았다.

4

펜스 틈새로 몸을 미끄러뜨려 넣고는 내달렸다. 발 젤리에 와 닿는 잔디와 흙의 감촉이 기분 좋았다. 2층 건물에 다가섰을 무렵에 발을 멈추고 시선을 들었다.

"센자키. 센자키, 여기 있지. 나와 줘."

나는 언령을 날리고 정신을 집중시켰다. 10초 정도 기다리자 건물 안에서 스며 나오듯이 빛의 구슬이 나왔다. 센자키의 혼이었다.

"무슨…… 일이냐."

센자키는 여전히 뚝뚝 끊기는 언령으로 말했다.

"무슨 일이냐니 말이 심하네. 모처럼 너를 '우리 주인님'의 곁으로 갈 생각이 들게 만들어 주려고 왔는데."

내가 "닷." 하고 소리를 내면서 언령을 날리자 센자키는 손에서 빠져나온 풍선처럼 둥실둥실 상승하기 시작했다. 아무래도 내가 '우리 주인님'의 곁으로 가게 만들려고 설득을 시작하리라고 생각한 것 같았다.

"앗, 잠깐 기다려. 기다리라니까. 저스트 어 모먼트!"

나는 황급히 언령을 날렸다. 센자키의 혼은 상승을 멈췄다.

"착각하지 마. 나는 딱히 너를 설득하러 온 게 아니야. 고이즈미 아키요시가 죽은 그날 밤, 무슨 일이 있었는지 너한테 가르쳐 주러 온 거야."

내 언령을 들은 센자키의 혼은 깜짝 놀랐는지 순간 미세하게 점멸했다.

그렇다, 나는 수 시간 침대 밑에서 정신을 한데 집중함으로써 (결코 그저 잠들어 있던 게 아니었다.) 하나의 가설을 세운 것이다. 그리고 심야, 희미하게 새근거리고 있는 마야를 깨우지 않게 조심하면서 창문을 열고 바깥으로 빠져나와 여기로 왔다.

센자키의 혼이 다시금 다가왔다.

"정……말인가?"

센자키의 혼이 언령을 날렸다. 나는 크게 고개를 끄덕이고는 "*따라와.*"라고 손짓…… 아니, 앞발짓을 하고는 걸어가기 시작했다.(이게 진짜 마네키네코*?)

그물 틈새를 통해 좁은 사설 도로로 나온 나는 정면에 있는 골목으로 미끄러져 들어가서는 다음 십자로에서 오른쪽으로 꺾었다. 목적지는 거기에 있었다.

"*여기다.*"

나는 녹이 두드러진 철책 문 앞에 멈춰 섰다. 문 안에는 단층집의 민가가 있었다. 척 봐도 사람이 살지 않는 것을 알 수 있을 정도로 낡아 빠졌으나, 부지는 꽤나 넓었다. 헛간이 외따로 서 있는 잡초가 무성히 자란 정원에는 농구 골대, 작은 그네, 망가진 세발자전거 등이 흩어져 있었다.

"*……여기가…… 어쨌다는 건데?*"

"*됐으니까 따라오기나 해.*"

나는 문 밑으로 빠져나가 부지 안으로 들어가서는 옆으로 쓰러져 있는 세발자전거를 향해 걸어갔다. 센자키의 혼도 뒤를 따라왔다.

"*이걸 보라고.*"

내가 재촉하자, 센자키는 세발자전거에 닿을 정도로 가까이 다가

* 앞발로 사람을 부르는 형태를 한 고양이 장식물.

왔다. 그 세발자전거의 프레임에는 히라가나로 이름이 쓰여 있었다.

"난……고, 주……운야."

긁혀서 읽기 힘든 그 문자를 센자키의 혼은 뚝뚝 끊어지듯 읽었다.

"그래, 난고 준야다. 너, 저 회사에 대해서도 알아봤다니 이 이름을 보고 짚이는 게 있지 않아?"

"난고 준야……. 회사의 사장."

"댓츠 라이트! 이 집은 옛날에, 그 회사 사장이 살았던 곳이야."

나는 만족스럽게 고개를 끄덕이고는 센자키의 혼을 바라보면서 정신을 집중했다. 어리둥절하다는 듯이 센자키의 혼이 흔들렸다.

원래대로라면 이전에 난고 기쿠코에게 했듯이 꿈에 기어들어 가는 게 가장 간단하지만, 아쉽게도 육체를 잃어버린 영혼은 수면을 취하지 않는다. 그렇다면 거꾸로 센자키의 혼을 내 꿈 안으로 끌어 들여 버리자.

고위의 영적 존재인 내게는 그렇게 어려운 일이 아니었다. 혼을 싱크로시키면서 자면 될 것이다. 최근 깨달았는데, 고양이라는 생물은 마음만 먹으면 언제라도 어디에서라도 잠을 잘 수 있는 멋진 특기를 갖고 있었다.

"그럼, 얘기를 좀 할까. 꿈속에서 말이야."

나는 조금 아니꼽게 들릴 수 있는 말을 언령으로 뱉으면서, 그 자리에서 몸을 말고 눈을 감았다.

눈을 뜨니 정면에 다리가 있었다. 1년 반 전, 고이즈미 사야카가 무참하게 목숨을 잃어버린 쓰바키바시. 아무래도 성공한 듯했다.

"기분은 어때?"

나는 옆에 선 남자에게 말을 건넸다.

"이건……?"

슈트 차림의 중년 남성, 센자키 류타는 자신의 양손을 바라보면서 눈을 크게 떴다.

"왜 그래. 비둘기가 비비탄 총알을 삼킨 것 같은 표정은 뭐야."

"어떻게 된 거지……? 왜 내가 되살아나서……?"

"되살아난 게 아니야. 이건 꿈, 드림 안이라고."

"꿈!? 여기가 꿈속이라는 거야!?"

센자키는 외치듯이 말했다. 너무 소리가 컸던 탓에 나는 두 발로 서서는 양 앞발로 귀를 막았다.

"응, 그래. 그렇지 않다면 고양이가 말을 하거나, 귀를 막거나 할 수 있겠어?"

응? 귀를 막는 것 정도는 노력하면 가능하려나?

"어떻게 해서…… 왜 꿈속에……."

센자키는 혼잣말을 했다. 아직 상황을 받아들이지 못하고 있는 것 같았다.

"퀘스천이 많은 남자로군. 이렇게 하는 게 그날 밤 있었던 일을 설명하기 쉬울 것 같아서 네 혼을 내 꿈속으로 끌어들였다고."

"끌어들이다니, 그렇게 해도 나는 괜찮은 건가?"

센자키는 미간을 찌푸렸다.

"응? 괜찮지 않을까? 처음 해 봤는데."

내가 대답하자, 왠지 센자키의 미간에 주름이 더 깊게 팼다.

"그보다도, 저길 보라고."

나는 두 발로 선 채 발톱을 하나만 쑥 빼내서 다리 중앙 즈음을 가리켰다. 거길 본 센자키는 몸을 크게 떨었다. 거기서는 한 남자가 난간에 손을 얹고 다리 아래를 들여다보고 있었다.

"고, 고……."

"그래. 고이즈미 아키요시야."

놀라서 혀가 굳기라도 했는지, 닭 같은 소리를 내는 센자키 대신 내가 말했다.

"왜 저 남자가……?"

"내가 꿈속에서 그날 밤을 재현하고 있으니까 당연히 그렇겠지."

기가 막힌다는 듯이 내가 내뱉은 목소리는 센자키의 귀에 닿지 않는 듯했다. 갑자기 센자키는 고이즈미를 향해 달려 나갔다.

"고이즈미!"

고이즈미에게 달려간 센자키는 손을 뻗었다. 그러나 그 손은 고이즈미의 어깨를 그대로 통과해 허공을 잡았다. 밸런스를 잃은 센자키는 그 자리에 넘어졌다.

"……무슨 짓을 하는 거야, 너는."

두 발로 선 채로 센자키에게 다가선 나는 한숨을 섞어 말했다.

"아까도 말했잖아. 너는 내 꿈 안에 끌어들여져 온, 말하자면 이물異物이야. 이 세계에서 너는 환상 같은 존재라고. 내 허가가 없는

166

이상 아무것도 만질 수 없고, 아무 데도 못 가."

고이즈미의 곁에 무릎을 꿇은 채, 센자키는 왠지 모르게 기분 나쁜 것이라도 보는 것 같은 시선을 보내왔다.

응? 고양이가 두 발로 타박타박 걸어 다니는 건 지나치게 초현실적이었나?

내가 네 발을 짚는 것과 동시에, 고이즈미가 난간에서 손을 떼고 그날 밤과 마찬가지로 파카의 후드를 뒤집어쓰고 걷기 시작했다.

"그럼, 가 볼까."

나는 센자키를 재촉했다.

"가다니 어딜?"

센자키는 천천히 일어섰다.

"무슨 말을 하는 거야. 당연히 고이즈미의 뒤를 좇아야지."

나는 꼬리를 바짝 세우고 걷기 시작했다. 센자키는 어리둥절하다는 표정을 지으면서도, 내 옆에서 발걸음을 옮겼다.

골목길에 들어서는 고이즈미에게서 뒤로 3미터 정도 거리를 두고 우리들은 걸음을 옮겼다.

"어이, 이렇게 가까이 있으면 눈치 채지 않을까?"

센자키가 허리를 굽히고 꾹 누른 목소리로 말했다.

"알겠는지 모르겠는데, 지금 있는 이 세계는 내가 그날 밤에 일어났던 일을 재현하고 있는 거야. 그러니까 아무리 큰 소리를 내더라도 고이즈미가 우리들을 눈치 챌 리가 없어. 언더스탠드?"

내가 기가 차다는 듯이 말하자, 센자키는 꾸역꾸역 고개를 끄덕였다. 아직 이 시추에이션을 받아들이지 못하고 있는 것 같았다. 머리가 딱딱하게 굳은 남자였다.(뭐, 현실에서는 벌써 '머리' 같은 건 화장돼서 존재하지 않았지만.)

계속 걷고 있노라니, 이윽고 사우스 제약에 가까워졌다.

"그날 밤, 너는 이 부근에서 고이즈미를 놓쳤지. 맞지?"

"……그래."

센자키는 가볍게 고개를 끄덕였다.

"혹시나 해서 말인데, '사람 잡아먹는 폐허'라는 소문은 알고 있어?"

"사람 잡아먹는 폐허?"

센자키의 콧잔등에 주름이 팼다.

"이 부근에 인간을 유혹해서 잡아먹는 폐허가 있다는 소문이야."

"……무슨 말도 안 되는 소리야."

센자키의 표정이 험해졌다.

"그렇게 바보 취급할 것까진 없다고. 일반적으로라면 있을 수 없는 소문 속에도, 약간의 사실이 숨겨져 있는 경우도 있으니까."

"무슨 말을 하고 싶은 거야. 똑바로 말해!"

센자키는 거칠게 말했다. 참을성이 없는 남자다.

"말로 설명하는 것보다 실제로 보는 게 빠르지. 봐 봐."

내가 턱을 치켜들자 센자키는 고개를 들었다. 때마침 앞을 걸어가던 고이즈미가 왼쪽에 있는 좁은 골목길로 접어들려는 차였다. 센자키는 눈을 부릅뜨고 달려 나갔다. 나도 땅바닥을 박차고 내달렸다.

골목길로 들어간 고이즈미는 15미터 정도 앞에 있는 십자로를 이번에는 오른쪽으로 돌더니, 더 나아가 다음 십자로에서는 왼쪽으로 꺾었다.

"그날 밤, 고이즈미는 이렇게 골목길을 돌았었지."

"무슨 말을 하는 거야. 고이즈미를 놓치자마자 나는 이 주변의 골목을 내달렸다고. 이 주변 골목길은 바둑판의 눈처럼 돼 있어서 꽤나 멀리 내다볼 수 있단 말이야. 고이즈미가 골목길에서 우왕좌왕했더라면 발견됐을 거라고."

"그러니까, 고이즈미는 '사람 잡아먹는 폐허'에 먹힌 거라고."

"뭐야, 아까부터! 그런 쓸데없는 소문은 아무래도 상관없다고!"

내가 조롱하듯 말하자 센자키가 짜증이 난다는 듯이 내뱉었다. 나는 대답하지 않고 센자키와 함께 고이즈미가 꺾은 십자로에 들어섰다.

"그 소문이, 그날 밤 네가 본 현상 도플갱어를 풀어낼 큰 열쇠지."

그 자리에 발걸음을 멈춘 나는 입꼬리를 올리면서 말했다. 10미터 정도 앞, 녹이 두드러진 문 앞에 고이즈미가 서 있었다. 고이즈미는 문을 열고 그 안으로 들어갔다.

"여기는……."

문 앞까지 달려간 센자키가 문패를 보고 중얼거렸다. 거기는 긁혀 나간 문자로 '난고'라고 쓰여 있었다.

"그래, 난고 집안이 예전에 살았던 집. 현실의 우리들이 있는 집이지. 고이즈미는 여기로 들어간 거야. 그랬기 때문에 아무리 골목길을 내달렸다고 해도 너는 고이즈미를 발견할 수가 없던 거지. 이 집을 둘러싸고 있는 콘크리트 벽돌이 꽤나 높으니까 말이야."

센자키는 그 자리에 멍하니 서서 아수라장이 된 집을 바라봤다.

"……고이즈미는 내가 미행하고 있다는 걸 깨닫고, 이 부지 안으로 숨어든 건가?"

"아니아니. 그게 아니야."

나는 머리를 좌우로 저었다.

"그렇다면 고이즈미가 어떻게 너나 구즈미의 눈에 띄지 않고 그 연구동으로 돌아갔는지 설명이 안 되잖아."

"……그럼, 어떻게 된 일이지?"

"그러니까, 이 집이 바로 '사람 잡아먹는 폐허'라고."

나는 문 밑으로 빠져나가 부지 안으로 들어갔다. 센자키도 문을 열고 따라 들어왔다.

"있지, 너는 사장이 되기 전 난고 준타로가 어떤 남자였는지 알고 있어?"

"분명히, 사우스 제약의 연구원이었……."

센자키는 다소 자신이 없다는 투로 중얼거렸다.

"그래, 난고 준타로는 연구원이었어. 부친이 갑자기 돌아가셔서 회사 사장이 될 때까지, 한결같이 연구에 매진하고 있었지. 연구 마니아, 최근이라면 오타쿠라고 하려나?"

"그게 어쨌다는 건데."

"끝까지 들으라고. 난고 준타로는 회사에서 실험을 하는 것만으로는 부족해, 자택의 부지 내에 있던 대형 방공호를 연구실로 개조해서 거기서 낮밤 가리지 않고 연구를 하고 있었지."

"방공호를 연구실로……. 어떻게 그런 걸 알고 있지?"

"난 뭐든 알고 있어."

일부러 난고 준타로의 혼을 구해 줬을 때의 얘길 하는 것은 귀찮아서 건성하기 짝이 없는 설명을 하고는 얘기를 이어 나갔다.

"난고와 고이즈미 부부가 관련됐다는 그 '비밀 연구'가 어떤 건지는 나도 몰라. 어쩌면 반사회적인 것이었을지도 모르지. 어쨌든 난고 준타로와 고이즈미 부부는 그 실험을 숨기고 싶었어. 그렇다면 당연히 실험 시설도 발견되지 않길 원했을 거야."

"설마……."

"그래, 이 부지의 지하에 있는, 예전에 난고 준타로가 쓰던 연구실. '비밀 연구'를 하기엔 베스트인 장소라고 생각되지 않아?"

잡초가 무성히 자란 부지를 돌아본 센자키는 정원 구석을 보고 몸을 떨었다. 거기에 있는 헛간 앞에 고이즈미가 멀거니 서 있었다.

"환기 같은 문제도 있으니까, 자택 지하에 연구실은 없을 거야. 그건 그렇고 헛간이 있는데, 정원에 세발자전거가 방치돼 있는 게 좀 위화감이 들지 않아?"

고이즈미는 헛간 문을 열더니 안으로 사라졌다. 센자키가 헛간으로 달려가 고이즈미가 들어간 문을 벌컥 열었다. 다소 늦게 헛간에 도착한 나는 안을 들여다봤다. 거기에는 지하로 내려가는 어두운 계단이 뻗어 있었다.

뭐, 이건 어디까지나 내 상상을 투영한 것이라 정말로 이런 느낌일지는 모르겠지만 말이지. 내가 마음속으로 그렇게 중얼거리면서 올려다보니, 센자키는 입을 반쯤 벌린 채 굳어 있었다.

"아마, 이게 '사람 잡아먹는 폐허'의 원재료겠지. 썩어 빠져 가는 폐허에 사람이 빨려 들어가서는 모습을 감췄다. 그런 광경을 아이가 목격한다면 훌륭한 오컬트 얘기가 탄생한다고."

"……고이즈미는 그날 밤, 여기로 들어간 건가."

센자키는 떨리는 목소리로 중얼거렸다.

"어, 아마도. 그래서 너는 고이즈미를 놓친 거야."

내가 고개를 끄덕이면서 말하자, 센자키는 두통이라도 느끼는 듯이 얼굴을 찌푸리고는 고개를 저었다.

"아니, 그렇다고 하더라도 아무것도 해결이 안 됐잖아. 나는 고이즈미를 놓친 뒤에 그 연구동을 계속 망봤다고. 그래도 고이즈미는 연구동으로 돌아오지 않았어. 그런데도 1층 연구실에서 고이즈미는 목이 베인 채로 발견돼서……."

"방공호 입구는 하나뿐일까?"

히스테릭하게 내뱉는 센자키의 말을 나는 가로막았다. 센자키는 "뭐?" 하고 멍한 소리를 냈다.

"이 아래에 있는 건 연구실을 만들 수 있을 정도로 큰 방공호일 터란 말이지. 그렇다면 입구도 여러 개 있지 않을까? 공습이 터졌을 때, 최대한 많은 사람들이 도망쳐 올 수 있도록."

센자키는 두세 번 눈을 깜빡인 뒤, 고개를 들고 헛간 안을 봤다.

콘크리트 벽돌 너머로 사우스 제약의 연구동이 보였다.

"그래. 이 집에서 사설 도로를 끼고 코앞에 연구동이 있지. 저 연구동은 3년 정도 전에 난고 준타로가 세우게 했다는 것 같더군. 그때 또 다른 입구를, 저 연구동의 지하로도 연결시켰다고 하더라도 이상할 게 없잖아. 비밀 통로 말이야."

"비밀 통로……."

센자키는 그 말을 곱씹었다.

"생각해 보라고. 연구를 하기 위해서는 기구나 약품 같은 게 필요할 거 아냐. 그걸 폐허인 이 집에 일부러 가져온다면 눈에 띄겠지. 하지만 '비밀 통로'가 있으면 누구에게도 목격될 일 없이 필요한 것을 '지하 연구실'로 옮길 수가 있지. 실제로 난고 준타로는 자비로 사들인 실험 기구를 연구동 지하에 있는 창고에 쌓아 뒀어. 분명 그 창고와 '지하 연구실'이 연결돼 있을 거야."

"그럼 그날 밤, 고이즈미는 여기에서……."

"그래, 여기에서 '비밀 통로'를 통해 그 연구동으로 돌아갔다가 목숨을 잃은 거야."

내가 가슴을 펴고 말하는 것과 동시에 주위의 풍경이 변했다. 다음 순간 나와 센자키는 새하얀 복도에 서 있었다.

"뭐, 뭐야!?"

센자키는 정신없이 주위를 둘러봤다.

"진정해. 좀 장소를 바꿔 봤어. 여기는 내 꿈속이니까, 이 정도는 간단하다고."

나는 센자키의 다리를 발 젤리로 톡톡 두드렸다.

"장소를 바꿨다니…… 여기는 어디지?"

센자키는 안정을 찾지 못하고 주위를 둘러봤다.

"무슨 말을 하는 거야. 넌 여기가 어딘지 알고 있을 텐데."

한쪽 편에 문이 늘어선 살풍경한 복도. 막다른 곳에는 2층과 지하로 이어지는 계단이 있었다.

"여기는…… 사우스 제약의 연구동?"

나는 "그래." 하고 고개를 끄덕였다. 여기는 내 이미지가 만들어낸, 사우스 제약 연구동 1층의 복도였다. 그리고 우리들 바로 옆에 있는 자동문 너머, 바로 그곳이 고이즈미 아키요시가 목숨을 잃은 연구실이었다.

그때, 지하로 이어지는 계단에서 발걸음 소리가 들려왔다. 센자키는 몸을 떨더니, 시선을 그쪽으로 향했다. 계단에서 한 남자가 올라왔다. 남자는 머리에 쓴 후드를 내렸다. 고이즈미 아키요시의 얼굴이 드러났다.(뭐, 전부 내 이미지로 만들어낸 영상이지만 말이다.)

고이즈미는 우리들 바로 옆, 연구실 문 앞에서 발걸음을 멈췄다.

"이렇게 고이즈미는 '비밀 통로'를 통해 연구실에 돌아온 거야."

내가 말하자 센자키는 굳은 표정으로 고개를 좌우로 저었다.

"아니, 그럴 리가 없어. 그날 밤, 고이즈미는 오후 9시 55분에 한 번 이 문을 열었을 뿐이야. 만일 그 '비밀 통로'를 통해 연구동으로 돌아왔다고 하더라도, 이 연구실 안으로는 돌아가지 못했을 거야. 아니면 '비밀 통로'가 이 연구실로 이어져 있었다고 말하는 건가?"

"그렇지는 않겠지. 이 문 안은 살인 현장이야. 네 동료 경찰관들이 구석구석 살펴봤겠지만, '비밀 통로'의 입구 따윈 발견되지 않았어. 아까 말했듯이 '비밀 통로'의 입구는 지하 창고에 있을 거라고 생각해."

"그럼 역시 고이즈미는 이 연구실로 돌아올 수가 없잖아."

벼르고 말하는 센자키를 향해, 나는 입꼬리를 들어 올려 보였다.

"있지, 고이즈미는 왜 그날 밤, 이 연구동에 왔을 거라고 생각해?"

내 질문에 센자키는 당혹한 표정을 지었다.

"그건…… 아마도 범인과 관련된 정보를 찾기 위해……."

자신이 없다는 듯이 중얼거리는 센자키를 향해 발톱을 하나 세우고는 천천히 좌우로 흔들었다.

"아니, 그게 아니야. 고이즈미는 분명 알리바이를 만들려고 생각했던 거야."

"알리바이?"

"그래, 알리바이. 고이즈미는 바보가 아냐. 심문을 끝낸 자신을 경찰이 감시하리란 것쯤은 알고 있었을 거야. 그럼에도 자기 집을 나선 고이즈미는 자전거로 널찍한 국도를 따라 이 연구동으로 왔지. 골목길을 사용했더라면 추적을 따돌리는 것도 가능했을 텐데 말이야. 왜 그랬다고 생각해?"

"설마하니…… 우리들이 뒤쫓기 편하라고……."

센자키는 눈을 크게 떴다.

"그래. 분명 고이즈미는 일부러 너희들이 추적할 수 있게 해 준 거야. 그리고 너와 구즈미는 고이즈미의 책략에 그대로 넘어가서 이 연구동을 감시했지. 뭐, 요통을 무마하기 위해 산책하던 너한테 다리 위에서 목격된 것은 고이즈미에게는 오산이었겠지. 그게 없었더라면 너도 고이즈미가 그날 밤새도록 연구동에 처박혀 있었다고 증언했을 거야."

"기다려, 알리바이라니, 왜 고이즈미는 그런 짓을 할 필요가 있던 거지?"

속사포로 물어오는 센자키 앞에서, 나는 입꼬리를 올렸다.

"아내의 복수를 하기 위해서지."

"아내의…… 복수……?"

센자키는 뚝뚝 끊어지듯 되뇌었다.

"분명 고이즈미는 아내를 죽인 범인을 주시하고 있었을 거야. 그렇기에 일부러 너희들에게 추적을 당하면서 그 연구동에 있다는 알리바이를 만든 다음에, 그 범인을 죽이든 어떻게든 할 생각이었겠지. 너도 고이즈미를 보고 느꼈었잖아, 자기 손으로 아내의 복수를 하려고 하는 남자라는 걸."

이미 센자키의 반쯤 열린 입에서는 말이 새어 나오지 않게 되었다. 연속해서 덮쳐 오는 충격적인 사실을 머리로 다 처리할 수 없어진 걸지도 몰랐다.

뭐, 상관없다. 어쨌든 끝까지 설명해 버리자.

"그래도 결국 고이즈미는 복수를 할 수가 없었어. 도중에 겁이 난 건지, 아니면 죽이려고 했던 상대가 사실은 아내를 죽인 범인이 아니었다는 걸 깨달은 건지……. 나는 아마도 후자라고 생각하지만."

"왜…… 그렇게 생각하는 거지?"

센자키는 양손으로 머리를 감싸면서 목소리를 쥐어 짜냈다.

"그건 나중에 설명할게. 뭐, 그렇게 복수하는 데 실패한 고이즈미는 상심한 채로 아내가 살해당한 다리로 향했고, 거기에 멍하게 서 있었지. 그걸 네가 목격한 거야. 그리고 고이즈미는 네가 미행하고 있다는 사실을 눈치 채지 못한 채로 그 폐허에서 '비밀 통로'를 통해 연구동으로 돌아와서, 그리고 목숨을 잃게 되는 연구실로 들어왔지."

"그러니까 그건 이상하다니까. 그날 밤, 이 연구실의 문은 그날 오후 10시 전에 한 번만 열렸으니까!"

패닉에 빠지기 직전인지, 센자키는 양손으로 벅벅 머리를 긁었다.

"그건 틀렸어. 정확히는 '그날 밤, 복도 쪽에서 카드키를 사용해 연구실의 문이 열린 게 한 번뿐'이 맞아."

"……무슨 말을 하는 거야, 너?"

"이 연구실의 문은, 복도에서는 카드키를 쓰지 않으면 열리지 않게 되어 있지. 그래도 안쪽에서는 어떻지? 분명, 평범하게 문 앞에 서는 것만으로도 열리게 되어 있지 않던가?"

내가 가슴을 펴고 말하는 것과 동시에 연구실 문이 열렸다. 문 안쪽에는 그림자가 서 있었다. 인간의 형상을 한 검은 그림자. 그림자는 고이즈미를 실내로 불러들이듯이 손을 움직였다. 고이즈미는 작게 고개를 끄덕이고는 연구실로 들어갔다.

"방금 전처럼 안에 있는 사람이 문을 연 틈에 연구실에 들어가면 기록은 남지 않지."

"저, 저 사람은 누구지!? 왜 이 연구실에? 언제 들어온 거야?"

센자키는 흥분한 목소리로 연거푸 질문했다. 나는 센자키를 진정시키려고 완만한 어투로 설명을 했다.

"고이즈미는 완벽한 알리바이를 원했어. 그래서 '협력자'를 이용해 그날 밤새도록 연구실에 처박혀 있었다는 기록을 남기려고 생각했지."

"협력자……."

센자키는 닫힌 문을 바라봤다.

"그 '협력자'는 오후 8시에 경비원의 순찰이 끝난 뒤, '비밀 통로'를 통해 연구동에 숨어 들어왔지. 그리고, 오후 10시 전에 연구동에 온 고이즈미와 합류했어. 그런 뒤, 고이즈미의 카드키로 문을 열고, '협력자'만 연구실 안에 남고 고이즈미는 지하로 가서 '비밀 통로'를 통해 바깥으로 나온 거야."

센자키는 눈도 깜빡이지 않고 내 말에 귀를 기울였다. 나는 계속 설명했다.

"그리고 두 시간 뒤, 아내의 복수는 하지 못하고 실의에 빠져 연구동으로 돌아온 고이즈미는 문을 노크했지. 그러자 '협력자'가 안에서 문을 열고 고이즈미를 불러들인 거야. 나중엔 '협력자'가 연구실을 나서서 '비밀 통로'를 사용해 바깥으로 나오면, 고이즈미가 밤새도록 이 연구실에 처박혀 있었다는 상황이 완성되는 거지."

나는 거기서 말을 멈추고 센자키의 상태를 살폈다. 센자키는 허수아비처럼 멀거니 서서 떨리는 입술을 열었다.

"정말로…… 그날 밤, 이런 일이 벌어진 건가?"

"그래, 이것 말고는 설명할 방법이 없어."

"그렇다면 그 '협력자'가 돌아간 다음, 아내의 복수를 못 한 고이즈미는 스스로 목을……."

"노노농. 무슨 말을 하는 거야. 그건 아니지."

나는 일어서서는 양 앞발을 얼굴 앞에서 흔들었다. 현실 세계에서는 고양이 앞발이 이런 식으로는 움직이지 않지만, 여기는 꿈속, 원한다면 날개를 자라게 해서 하늘을 나는 것도 가능했다.

"아니라고……?"

"그래. 아무리 패닉에 빠질 것 같다고는 해도 전직 형사잖아. 좀 더 머리를 쓰라고. 그렇다면, 분명히 이상한 점이 있을 테니까."

내가 재촉하자 센자키는 콧잔등을 찌푸리며 생각에 빠져들었다. 수십 초 묵묵히 있더니 그가 나직이 중얼거렸다.

"……나이프."

나는 양 앞발을 맞댔다. 발 젤리에서 뿡 하는 소리가 났다.

"댓츠 라이트! 그 말대로야. 고이즈미 아키요시의 목을 찢은 나이프는 고이즈미 사야카를 죽인 흉기였잖아. 아내의 복수를 하지 못했다고 절망에 빠져 고이즈미가 자살했다면, 그 나이프가 연구실에 있던 게 설명이 안 되지. 모든 설명을 할 수 있는 가설은 하나뿐이야."

"……설마!"

잠깐 생각에 빠진 뒤, 센자키는 눈을 부라렸다. 아무래도 깨달은 것 같았다.

"그럼, 안으로 들어갈까."

나는 사족보행으로 돌아가서는 센자키를 재촉했다.

"안으로라니……열쇠가 잠겨 있잖아."

하여간 아직 이 세계가 돌아가는 법을 못 받아들이고 있는 건가. 좀 더 머리를 소프트하게 만들질 못하는 건가.

"됐으니까 따라 오기나 해."

나는 걸음을 옮겼다. 코끝이 문에 닿은 순간, 내 몸은 그것을 빠져나갔다. 몇 걸음 걸은 뒤 돌아보자 내 뒤로 센자키도 문을 빠져나와 방으로 들어왔다.

"자, 이게 그 사건의 진상이야."

돌아보면서 기분 나쁘다는 듯이 빠져나온 문을 바라보고 있는 센자키에게 말을 걸었다. 센자키는 퍼뜩 정신이 든 표정을 짓고는 방 안으로 시선을 옮겼다. 긴 책상과 비커를 비롯한 시험관이 놓인 선반이 늘어선 연구실의 가장 안쪽, 거기에 고이즈미가 서 있었다. 그리고 그 옆에는 인간의 모습을 한 그림자가 바짝 붙어 있었다. 그림자는 고이즈미의 어깨에 손을 얹고는 위로하는 듯이 무언가를 말하고 있는 것 같았다. 고이즈미가 몇 번인가 힘없이 고개를 끄덕였다.

"아내의 복수를 하지 못하고 이 연구실로 돌아온 고이즈미는 분명 이렇게 '협력자'에게 위로를 받았던 거야. 그리고 안정을 찾은 고이즈미는 '협력자'와 함께 연구실을 나설 생각이었지. 남은 건 고이즈미가 정면 현관을 통해, '협력자'가 '비밀 통로'를 통해 바깥으로 나가면 되는 거였지. ……그래도 그렇게 되지 못했어."

"그건 '협력자'가……."

"그래, '진짜 범인'이었기 때문이야."

내가 낮은 목소리로 센자키의 말을 잇는 것과 동시에 고이즈미의 등 뒤에 선 그림자의 손에 큼지막한 서바이벌 나이프가 나타났다. 딱딱하게 굳은 피가 달라붙어 있는 그 나이프가 형광등 불빛을 둔탁하게 반사했다. 센자키가 크게 숨을 들이켰다.

다음 순간, 등 뒤에서 고이즈미의 목으로 나이프를 휘두른 그림자는 주저하지 않고 그 칼을 똑바르게 옆으로 잡아당겼다. 일직선으로 찢긴 고이즈미의 목에서 새빨간 피가 샘솟았다.

고이즈미는 양손으로 목을 눌렀다. 양손 손가락 사이로 분수처럼 새빨간 선혈이 계속해 뿜어져 나왔다. 순간, 돌아보려는 것처럼 움직이던 고이즈미는 실이 끊어진 마리오네트처럼 그 자리에 무너져 내렸다. 엎어진 몸 아래로 피 웅덩이가 천천히 퍼져 나갔다.

그림자는 고이즈미의 목숨의 불빛이 꺼져 가는 것을 확인하기 위해서인지 그 자리에 수십 초 동안 서 있더니, 쓰러져 있는 고이즈미의 오른손을 쥐고 나이프에 집요하게 지문을 묻히고는 피 웅덩이 안에 던졌다. 그리고 잊어버린 물건이 없는지 확인하듯 천천히 주변을 둘러보고 피 웅덩이를 피해서 출구를 향해 걸어 나갔다.

그림자가 우리들의 바로 곁을 지나갔다. 센자키는 "앗." 하고 소리를 내면서 그림자를 향해 손을 뻗었다. 그러나 그 손은 당연하게도 그림자의 몸을 잡는 일 없이 통과했다.

……정말로 학습을 못하는군, 이 남자는.

그림자가 출구 앞에 서자 자동문이 열렸다. 돌아서서 한 번 더 연구실 전체를 둘러본 그림자는 방 바깥으로 나갔다.

문이 닫히고, 연구실에 침묵이 내렸다.

"이게 그날 밤에 일어난 일의 전모야."

나는 고이즈미의 시체를 바라보는 센자키에게 말을 걸었다.

"……내가 망을 보는 동안, 연구동 안에서는 이런 일이?"

"설마하니 '그때 연구동에 밀고 들어갔었더라면 고이즈미를 구하고, 범인을 체포할 수 있었을 텐데.' 따위 바보 같은 생각을 하는 건 아니겠지?"

센자키의 표정이 일그러졌다. 아무래도, 생각하고 있던 듯했다.

"하여간 얼마나 자기 자신을 궁지로 내모는 걸 좋아하는 거냐. 그 시점에서 네가 '비밀 통로'나 '협력자'의 존재를 눈치 챘을 수가 없잖아. 이건 네가 막을 수 없었던 일이야. 그것보다 더 중요한 게 있지 않나."

"중요한 거……?"

"네가 추궁한 탓에 고이즈미가 자살한 게 아니라는 거 말이야. 너는 고이즈미 아키요시를 죽이지 않았어."

센자키가 크게 눈을 떴다. 동시에 주위의 광경이 일변했다. 다음 순간, 나와 센자키는 좁은 차 안에 있었다. 뭐, 내가 조금 시추에이션을 바꾸려고 생각했을 뿐이지만 말이다.

"여기는……?"

조수석의 센자키가 정신없이 차 안을 둘러봤다.

"그날 밤, 너와 구즈미가 망을 볼 때 썼던 차 안이야. 반갑지?"

나는 운전석에서 식빵 굽는 자세를 취했다.

"왜 이런 곳에?"

"저런 피투성이 시체 옆에서는 침착하게 얘기도 못 할 거 아냐. 이제 고이즈미 아키요시의 죽음에 자기는 책임이 없다는 걸 납득했나?"

센자키는 "어어……." 하고 주저하면서 끄덕였다.

"그렇다면 이제 '미련'은 없어졌다는 뜻이네. 이걸로 '우리 주인님'의 곁으로 갈 수 있겠지?"

내가 벼르고 묻자, 센자키는 입을 굳게 닫고 침묵에 빠져 버렸다.

이봐이봐, 자신이 고이즈미를 궁지로 몰아넣어 자살하게 만들어 버렸다는 게 네 '미련'이었잖아. 그렇다면, 이제 충분하지 않냐고.

"그 그림자는…… 범인은 누구지?"

수십 초간의 침묵이 흐른 뒤 센자키는 고개를 숙인 채 중얼거렸다.

"그것까지는 몰라. 나는 어디까지나 지금 있는 인포메이션으로부터 생각해 낼 수 있는 결론을 이끌어 내서 네게 보여 줬을 뿐이니까. 뭐, 상황을 통해 보건대 그 '지하 연구실'에서 하고 있던 괴상한 실험의 멤버로, 더 나아가 고이즈미와 사이가 좋았던 인간이었겠지."

내가 눈을 치뜨고 시선을 던지듯이 말하자, 센자키는 다시금 침묵에 빠져들었다.

"……설마 진짜 범인이 발견될 때까지 '우리 주인님'의 곁으로 가지 않겠다고 말하려는 건 아니겠지."

과연 그렇게까지 할 의리는 없었다.

"나는…… 형사다."

센자키는 나지막이 얘기를 시작했다.

"줄곧 형사 일을 해 왔어. 그게 내 인생이었지. 나는 죽을 때까지 형사를 할 거라고 생각했어."

"……그게 어쨌다는 거지?"

답답한 얘기에 조금 짜증이 나기 시작한 나는, 꼬리를 좌우로 흔들면서 말했다.

"나는, 나만큼은 고이즈미 아키요시가 아내를 살해하지 않았다고 마지막까지 믿고 있었어. 그러니 진짜 범인을 찾아내는 게 내 형사로서의 의무였지. 그래도…… 나는 할 수가 없었어."

이를 악문 센자키는 핸들에 주먹을 내리쳤다. 빵 하고 클랙슨 소리가 났다. 내 꿈이지만 빈틈이 없군.

하지만 이대로라면 모처럼 고생했는데, 이 남자는 '우리 주인님'의 곁으로 갈 것 같지가 않았다. 하여간, 귀찮군그래.

"너는 끝까지 형사를 하려고 했잖아."

내가 말을 걸자, 센자키는 완만한 움직임으로 고개를 들었다.

"무슨……?"

"그러니까, 너는 말기 암이라는 걸 알고 경찰직을 퇴직한 뒤에도 계속해 사건을 뒤쫓았잖아? 분명 형사라는 직책은 잃었을지는 몰라도, 마지막 순간까지 사건을 생각하며 '형사'를 하려고 했었잖아."

"……그렇지. 나는 퇴직했어도 '형사'이고 싶었어."

"고이즈미 아키요시가 아내를 죽이고 자살했다고 다들 그렇게 생각하는 와중에 너만큼은 진짜 범인의 존재를 확신하고, 그리고 뒤쫓고 있었지. 분명, 너는 죽을 때까지 그 누구보다도 '형사'였다고."

나는 센자키의 눈을 똑바로 쳐다보면서 얘기를 풀어 나갔다. 센자키의 입술이 작게 떨리기 시작했다.

"나는 '형사'로 있었던 건가…… 마지막까지."

나는 천천히 고개를 위아래로 흔들었다. 순간, 센자키의 표정이 풀리는 듯하더니 다시 험한 표정으로 돌아왔다.

"그래도 나는 진짜 범인을 찾지 못했어……."

"그건 어쩔 수 없는 거야. 누구나 인생에서 만족할 만한 결과를 얻을 수 있는 건 아냐. 다만 그렇다 하더라도 무언가를 남겼다면 그걸로 된 거 아니려나?"

"남겨?"

"그래, 자기 대에서 꽃이 피지 않았다고 하더라도, 씨앗을 뿌리는 게 중요한 거야. 그렇게 한다면 다음 세대가 물을 주고 싹을 틔워, 그리고 언젠가는 꽃을 피우는 게 가능해지지. 인간이라는 생물은 그렇게 해서 생명을 이어 왔다고. 진짜 범인을 필사적으로 쫓는 네 모습을 보고, 대부분의 사람은 바보 취급을 했겠지. 그래도, 어쩌면 몇 명인가는 그 사건에 의문을 가지고, 지금도 그 진상을 알아보고 있을지도 몰라."

그럴 가능성은 낮다고 생각을 하면서도, 나는 센자키에게 이야기했다. 지금 중요한 건 이 남자의 혼을 해방하는 거니까.

센자키의 어깨가 가늘게 떨리기 시작했다.

"……육체는 썩는다. 언젠가는 목숨을 잃기 마련. 그건 너뿐만이 아니라 모든 인간의 운명이야. 그리고 언제 '마지막 순간'이 올지 인간은 알지 못해."

나는 센자키를 향해 천천히 말을 이어 나갔다.

"그렇기 때문에야말로 인간은 그 한정된 시간을 필사적으로 살아가야 한다고. 언제 '그때'를 맞이하더라도 상관없도록."

"필사적으로……."

"그래, 그리고 너는 필사적으로 살지 않았나? '형사'로서."

"……그래, 나는 필사적이었지. 계속 필사적으로 살아왔지."

센자키는 목구멍 안쪽에서 갈라지는 목소리를 쥐어짰다.

"그렇다면 너는 자랑스러워해도 돼. 네 인생을."

"자랑스러워해도…… 된다고……?"

센자키는 의아하다는 듯이 나를 봤다. 나는 한쪽 입꼬리를 움직여 수염을 흔들고는 크게 고개를 끄덕였다.

"분명 네 인생은 의미가 있었을 거야. 네가 형사로서 필사적으로 일한 덕분에 미연에 방지한 범죄도 많았겠지. 너는 많은 사람을 구했어. 그런 네가 지박령이 되어 지상에서 썩어 없어질 필요는 없지. '우리 주인님'의 곁으로 가서 느긋하게 쉬는 게 맞아."

거기까지 말했을 때, 나는 말을 맺고 조수석으로 시선을 향했다.

센자키는 앞 유리창 너머 먼 곳을 바라보고 있었다. 그 시선 끝에는 건물이 있었다. 고이즈미 아키요시가 목숨을 잃어버린 그 건물이다.

운전석에 앉은 나는 계속해 센자키의 대답을 기다렸다. 필사적으로, 내가 등골이 가려워질 정도로 같잖은 대사를 늘어 가면서까지 설득했다. 아무래도 '우리 주인님'의 곁으로 갈 기분이 되어 주지 않았을까. 그렇지 않다면 이제 더 어떻게 해야 좋을지 알 수가 없었다.

긴장하는 내 앞에서, 센자키는 크게 숨을 내뱉고는 천천히 입꼬리를 올렸다.

"……그렇군. 나는 이제 쉬어도 될지도 모르겠군."

"바로 그거야!"

나는 꼬리를 바짝 세웠다.

쓰인 게 떨어져 나간 듯한 웃음을 지은 센자키는 운전석 등받이에 체중을 실으면서 내게 얼굴을 향했다.

"그 대신이라고 말하기엔 좀 뭣 하지만 말이야. 너한테 부탁할 게 있어."

"부탁할 거라고?"

나는 고개를 갸웃거리고는 "냥?" 하고 울음소리를 냈다.

천천히 눈꺼풀을 들었다. 눈앞에는 다 허물어져 가는 민가가 서 있었다. 멋지게 현실 세계로 돌아온 것 같았다. 내 바로 옆에 센자키의 혼이 떠 있었다. 내 꿈속 세계로 끌려들어 가기 전에는 다소 칙칙했던 그 표면은 이제 광택을 뿜고 있었다. '미련'에서 해방된 덕분에 열화한 데서 어느 정도 회복한 것일 테지.

센자키의 혼이 인사라도 하려는 듯 가볍게 흔들렸다. 나는 미소를 지으려고 했으나, 현실 세계에서 고양이의 얼굴 근육으로는 제대로 웃는 표정을 지을 수 없었다.

"여어, 수고 많네."

갑자기 머리 위에서 언령이 내려왔다. 나는 고개를 들었다. 어느 사이엔가 내 바로 위 5미터 정도에 빛의 안개, '길잡이'가 떠 있었다. 그 덜렁거리는 동업자였다.

"……벌써 온 건가?"

나는 실눈을 뜨고 빤히 동업자를 바라봤다. 센자키의 혼이 '우리 주인님'의 곁으로 갈 마음을 먹은 걸 냄새 맡고 찾아온 거겠지.

"일은 빨리 하는 게 좋잖아. 그 녀석의 마음이 바뀌기 전에 '우리 주인님'의 곁으로 데리고 가야지 말이야."

"그의 마음이 바뀔 일은 없을 거야."

나는 뒷발로 목덜미를 긁으면서 언령을 날렸다. 자기가 한 심문이 고이즈미를 죽음으로 몰아넣지 않았다는 사실, 그리고 자신의 인생이 의미가 있었다는 것을 안 센자키는 '미련'으로부터 해방된 것이다. 이제 와서 마음이 바뀔 리가 없었다.

"어떻게 그렇게 단언할 수가 있어?"

동업자는 의아하다는 듯 흔들렸다.

"너한테 설명해도 그의 기분 같은 걸 알 수 있을 리가 없잖아."

내가 콧방귀를 뀌자, 동업자는 천천히 내 눈앞까지 내려왔다.

"너, 무슨 말을 하는 거냐. 인간 같은 제멋대로에 불합리한 존재의 기분 따위, 알 리가 당연히 없잖아."

나는 할 말을, 아니, 할 언령을 잃었다.

분명 이 동업자가 하는 말대로다. 인간이라는 생물은 감정이라는 잘 알 수 없는 것에 좌우돼 자주 불합리하기 짝이 없는 판단을 내린다. 그런 존재의 기분 따위, 이해하는 게 이상했다.

"아니, 방금 거는 말하자면 그렇다는 거지……. 그런 건 됐으니까 얼른 그를 '우리 주인님' 곁으로 데리고 가는 게 어때. 그렇게 한가하냐?"

"한가할 리가 있냐. 지상으로 좌천당한 너랑은 달리, 일류의 '길잡이'인 나는 바쁘다고."

동업자는 불만스럽다는 듯이 깜빡거렸다. 하여간 변함없이 한마디도 지지 않는 녀석이다. 그러니까 나는 이 녀석이 싫은 거다.

목구멍에서 으르렁거리는 소리를 내는 나를 앞에 두고, 동업자는 "그럼 가자고." 하고 센자키의 혼에게 언령을 날렸다. 센자키는 내 코앞으로 스윽 이동하더니 여전히 뚝뚝 끊기는 언령을 날려왔다.

"약속…… 부탁한다……."

"……알았다니까."

나는 "냐!" 하고 대답했다.

동업자가 언령으로 끼어들었다.

"약속이라니 무슨 말이야?"

"그가 '우리 주인님'의 곁으로 가는 대신, 작은 부탁을 들어 주기로 했어. 뭐, 너하고는 관계없는 일이야."

내가 대답하자, 동업자는 왠지 모르게 조롱하는 듯이 흔들리면서 센자키의 혼에겐 들리지 않게 내게 직접 언령을 날렸다.

"너, 설마하니 '약속'이란 걸 정말로 지킬 생각이냐?"

"당연하잖아."

나도 동업자에게 직접 언령을 날렸다.

"어이어이, 무슨 말을 하는 거야. 우리 일은 인간의 혼을 '우리 주인님'의 곁으로 데리고 가는 것뿐이라고. 우리들은 그걸 위해서 존재하는 거야. 그러니까 인간은 우리들에게는 '화물'이란 말이야. 너무 '화물'에 전력을 다하지 않는 게 좋다고."

전력을 다하고 있다고? 내가 인간에게?

"딱히 전력을 다하고 있거나 한 건 아니야. 그저…… 그렇게 하지 않으면 그를 '미련'에서 해방시킬 수가 없었으니까……."

왜인지 나는 횡설수설 언령을 내뱉었다. 그때 데자뷔가 덮쳐 왔다. 예전에도 이런 일이…….

아아, 생각이 났다. 지금은 '레오'라는 이름을 쓰는 그에게 2년쯤 전 같은 말을 했었다. "인간에게 너무 감정 이입 하지 말라"고. 그런데, 지금은 내가 그런 말을 듣는 처지가 됐다.

"만약 나였다면 약속만 하고, 그 녀석이 '우리 주인님'의 곁으로 간 뒤에 아무것도 하지 않을 거라고. 그런 약속을 지킬 여유가 있으면, 새로운 지박령을 해방시키러 가야지."

나는 말없이 동업자를 바라봤다. 그가 하는 말은 합리적이었다.

'길잡이'로서는 그게 올바른 선택이겠지. 그렇지만…….

"뭐, 네가 좋을 대로 하면 되지. 네 실적이 나빠서 계속 짐승 몸에 봉해져 있더라도, 내겐 아무런 관계가 없으니 말이야. 좋아, 그러면 슬슬 가 볼까."

묵묵히 있는 내 앞에서 동업자는 다시 센자키의 혼에게도 들리도록 언령을 내뱉더니 차츰 상승하기 시작했다. 나와 동업자가 자신에게는 들리지 않게 대화를 하고 있었다는 걸 눈치 챘는지, 센자키의 혼은 망설이는 듯한 기색을 보였다.

"괜찮아. 너랑 한 약속은 꼭 지킬 테니까, 안심하고 '우리 주인님' 곁으로 가라고."

내가 재촉하자 센자키의 혼은 '부탁한다.'고 말이라도 하듯이 한 번 밝게 빛나더니 동업자의 뒤를 따라 상승하기 시작했다. 그 모습을 나는 목을 젖혀 가면서 배웅했다. 이윽고 센자키의 혼의 사라지고, 그리고 동업자의 존재도 흐릿해져 갔다.

"맞다. 잠깐 기다려!"

나는 황급히 동업자에게 언령을 날렸다.

"뭐야. 너랑 달리 나는 바쁘다고 말했잖아."

동업자는 노골적으로 귀찮다는 듯이 언령을 내뱉었다.

"너는 최근 2년 동안, 이 지역을 담당하고 있었잖아? 그렇다면 저기 있는 연구동 안에서 목이 베어 죽은 남자가 누구에게 살해당했는지 혹시 아나?"

만일 동업자가 범인을 알고 있다면 사건은 해결이다. 그러나 그의 반응은 좋지 못했다.

"있잖아, 그런 걸 알 리가 없잖아. 분명히 거기서 살해당해서 한동안 거기서 지박령이 돼 있던 혼이 있던 건 기억을 하고 있어. 지금은 다른 곳으로 가 버렸지만."

아아, 역시 고이즈미 아키요시의 혼은 지박령이 되어 있던 건가.

"그렇지만 그런 일은 내 일과는 관계가 없어. 애초에 나는 살아 있는 인간에는 관심이 없다고. 그러니까 인간의 얼굴을 구별할 수도 없고. 누가 그 녀석을 죽였는지 알 수 있을 리가 없잖아."

강한 어조로 동업자는 언령을 날려왔다. 그가 하는 말은 '길잡이'로서는 지극히 당연한 일이었다. 나도 고양이가 되어 지상으로 강림할 때까지 살아 있는 인간에게 흥미를 가진 적은 없었다.

"그건 그렇고 너는 살인사건에 관련된 녀석들의 '미련'을 해소해 주는 게 좋은 모양이군. 일부러 그런 녀석을 찾고 있는 거냐고."

내가 묵묵히 입을 다물고 있자, 동업자는 혼잣말처럼 언령을 뱉었다. 나는 "응냐?" 하고 고개를 갸웃거렸다.

"난고 준타로는 딱히 살인사건에 관련됐다고 할 수 없잖아. 그는 스스로 차도로 뛰어들었으니까."

"스스로? 무슨 소리야. 요전에 네가 '미련'에서 해방시킨 그 녀석은 뒤에서 차도로 떠밀린 거라고."

"뭐……."

나는 말문이 막혀 눈을 부릅떴다.

"그럴 리가 없어. 난고 준타로는 날치기 범인을 뒤쫓다가 차도로 나가서······."

"날치기? 무슨 얘기야? 그 녀석은 뒤에서 접근해 온 놈한테 가방을 빼앗겨서, 그대로 차도로 떠밀렸다고. 내가 그 녀석의 혼을 안내하기 위해 대기하고 있다가 그 순간을 봤으니까 틀림없어."

난고 준타로는 살해당했다? 혼란스러운 나는 저도 모르게 두 뒷발로 일어섰다.

"누가, 왜 난고 준타로를 죽인 거지!?"

내가 묻자 동업자는 불쾌하다는 듯이 흔들렸다.

"그러니까, 내가 그런 걸 알 리가 없다고 말했잖아. 다만 그 녀석은 가방에서 무언가를 꺼낸 다음에 거기에 내다 버렸으니까, 그게 목적이지 않았을까?"

나는 동업자를 올려다본 채로 입을 반쯤 벌렸다.

고이즈미 아키요시와 사야카 부부, 그리고 난고 준타로는 아마도 그 '지하 연구실'에서 무언가 사람들에게는 알려지지 않았으면 하는 연구를 하고 있었다. 그리고 세 명 모두 누군가에게 목숨을 빼앗겼다······?

2개월쯤 전에 난고를 차도로 내밀어 죽인 인물, 설마하니 그건 고이즈미 부부를 죽인 범인과 동일인물은 아닐까?

등골에 차가운 전율이 흘렀다.

동업자의 말을 믿는다면, 범인은 난고가 가지고 있던 가방을 빼앗고 차도로 내밀었다고 한다. 그렇다는 것은 가방이 목적이었던 걸까? 그렇게 생각한다면 그 가방에 값이 나가는 물건과 반지가 들어 있던 채 하천 부지에 버려져 있던 것도 납득할 수 있었다.

범인은 그보다 귀중한 것을 그 가방 안에서 빼앗은 것이다. 그건 대체……?

의문이 내 작은 머릿속을 채워 갔다.

"이제 됐겠지. 그럼 간다."

필사적으로 머리를 쥐어짜고 있는 내게 언령을 보낸 동업자의 모습이 더욱 옅어져 갔다.

"앗…… 잠깐 기다려."

내가 황급히 언령을 날리자, 동업자는 노골적으로 언짢다는 듯이 깜빡였다.

"어이, 적당히 하라고. 지상에 떨어진 너는 인간이랑 접촉하는 걸 허가받았지만, '길잡이'는 기본적으로 인간의 인생에 간섭해선 안 된다고. 네게 정보를 주는 걸로 누군가의 인생이 크게 바뀐다면, 내가 벌을 받을 가능성이 있잖아. 그런 건 전적으로 사양한다. 내가 무얼 알고 있든 이 이상 네게 알려 줄 생각은 없어."

동업자는 내뱉듯이 말했다. 그건 예전에 내가 아직 '길잡이'였을 때, 레오에게 했던 것과 동일한 말이었다.

입을 다문 내 앞에서 캔들의 불꽃이 바람에 꺼지듯이 동업자의 모습이 사라졌다. 나는 꼬리가 축 처졌다.

센자키의 혼을 해방시킨 만족감은 사라지고 가슴속에 검은 불안이 계속해 끓어올랐다.

"냐아앙."

다녀왔다는 말 대신 작은 목소리로 운 뒤 약간 열린 창문 틈새로 몸을 미끄러뜨렸다. 센자키의 혼을 해방시키고 나서 30분 정도 터벅터벅 걸어서 마야의 방으로 돌아왔다.

나는 창가 바닥에 놓여 있는 타월로 더러워진 발 젤리를 닦고는 바닥에 내려와 천천히 잠자리인 침대 밑으로 향했다. 차가운 밤바람을 맞으며 돌아왔더니 몸이 완전히 식어 있었다. 몸 깊숙한 곳에 진흙 같은 피로감이 고여 있었다. 지금은 아무 생각도 않고 잠들어버리고 싶었다.

"어서 와, 까망아."

"웅냐!?"

갑자기 말을 걸어온 탓에 꼬리가 부와 하고 부풀었다. 황급히 시선을 올리자 침대 위에서 마야가 누운 채 미소를 지으며 나를 내려다보고 있었다.

"깨 있었군. 놀라게 하지 말라고."

나는 앞발로 가슴께를 쓸었다.

"미안, 미안. 좀 소리가 나서 눈이 떠졌어. 그래서 어땠어? 잘됐어?"

"그래, 잘 됐어. 거기에 있던 혼은 '우리 주인님'의 곁으로 갔어."

"그건 잘 됐네. 수고했어. 그래도 그런 것치고는 왠지 기운이 없어 보이네."

상반신을 일으킨 마야는 고개를 갸웃거렸다.

"바깥은 추우니까 말이지. 이 몸은 추운 게 적응이 안 돼서."

나는 적당히 대답하고는 침대 아래로 미끄러져 들어가려고 했다. 그때 따뜻하고 부드러운 게 가슴팍에 닿았다. 다음 순간, 몸이 붕 떴다.

"냐냐아?"

무슨 일이 벌어진 건지 알지 못한 채, 나는 발톱을 내밀고 사지를 버둥거렸다.

"아, 잠깐만, 난동부리지 말아 봐."

등 뒤에서 부드러운 목소리가 들려왔다. 돌아보니 바로 근처에 마야의 얼굴이 있었다. 아무래도 마야가 안아 올린 것 같았다.

"영차. 까망이, 가볍네."

마야는 그렇게 말을 하더니 내 몸을 품에 안았다.

"뭐야, 갑자기?"

난동부리는 걸 멈춘 나는 지근거리에서 마야의 얼굴을 바라봤다.

"응, 왠지 모르게 까망이가 괴로워하는 거 같아서. 뭔가 안 좋은 일이라도 있던 거지."

"……딱히."

나는 시선을 피해 다른 곳을 쳐다봤다. 마야에게 말하더라도 별 수 없는 일이었다.

"말하기 싫으면 그걸로 됐어. 어쨌든 같이 자자."

마야는 나를 껴안은 채로 침대에 눕더니 나까지 통째로 몸에 담요를 덮었다.

"왜, 왜 여기서 자야 하는 건데."

나는 꾸물꾸물거리며 몸을 구불거렸다.

"아, 이 녀석이. 난동 부리지 말라니까. 몸이 차갑잖아. 그러면 침대 아래보단 같이 담요를 덮고 자는 게 빨리 따뜻해진다고."

마야는 감싸듯이 내 몸에 양손을 둘렀다. 마야의 체온이 싸늘하게 식은 몸 전체에 전해져 왔다. 나는 움직이는 걸 멈추고 얌전히 굴었다.

"고양이랑 같은 이불을 덮고 자는 거 꿈이었단 말이지. 이런 식으로 이루게 될 줄은 생각도 못 했는데."

"나는 지금 이런 모습을 하고 있지만, 원래는 고위의 영적 존재로……."

"네네, 알고 있다니까요."

마야는 내 머리를 부드럽게 쓰다듬어 주었다. 그 감촉이 기분 좋아서 나도 모르게 목에서 그릉그릉 울리는 소리가 나고 말았다.

"피곤하지, 오늘은 푹 쉬어."

속삭이는 듯한 마야의 말이 몸에 스며들어 왔다. 차갑게 응고했던 마음이 천천히 풀려 가는 것 같은 기분이 들었다.

"……있지, 마야."

나는 눈꺼풀을 감고는 언령을 내뱉었다.

"응?"

"얘기 좀 들어 줄래?"

"응, 그래. 들어 줄게."

마야는 내 머리를 쓰다듬으면서 부드러운 목소리로 말했다.

"아까 그 연구동에 있는 지박령이 있던 곳에……."

마야의 따뜻함에 안기면서, 나는 천천히 얘기를 시작했다.

제3장
저주의 타투

1

차가 주차장에 미끄러져 들어오는 것과 동시에 급제동이 걸렸다. 조수석에 앉은 나는 크게 밸런스를 잃었다.

"그러니까, 아까부터 좀 더 신중하게 운전하라고 말했잖아! 나는 안전벨트를 할 수 없단 말이야."

나는 핸들을 쥔 마야에게 불만을 토로했다.

"어엇, 꽤나 안전 운전했다고 생각했는데. 그것보다도 도착했어. 가자."

기죽지 않고 시동을 끈 마야는 안전벨트를 풀고는 운전석의 문을 열었다. 나는 작게 한숨을 쉬고는 마야의 무릎을 점프해서 뛰어 넘어 바깥으로 나갔다. 조수석에서 계속 긴장하고 있던 탓인지 몸이 굳어 있었다. 나는 앞발을 있는 힘껏 멀리 뻗어서 등골을 폈다.

"여기가 목적지야? 병원이라기보다는 저택 같은 느낌인데."

차에서 내린 마야가 정면을 보면서 중얼거렸다. 거기엔 3층짜리 커다란 양옥이 위풍당당하게 서 있었다.

"응, 여기가 목적지인 호스피스야."

그랬다, 여기는 양옥을 개조한 호스피스. 불치병에 걸린 사람들이 마지막 시간을 최대한 고통 없이 보내기 위한 임종의 거처였다.

2년 정도 전, 지금은 '레오'라고 불리는 내 친구는 개의 모습을 빌려 여기에 정착해서 그대로 뒀다가는 지박령이 될 것 같은 환자들의 '미련'을 해결해 나갔다.

그동안, 그는 과거에 이 양옥에서 발생한 살인사건에 관련된 커다란 트러블에 휘말리기도 했다. 그때 이 주변 담당 '길잡이'였던 나는, 그가 분투하는 모습을 깊은 흥미를 가지고 관찰했던 바 있다.

그립군. 나도 모르게 입주변의 근육이 부드러워졌다.

그때엔 설마하니 나도 지상에 내려오게 될 줄은 상상도 하지 못했다. ……이러나저러나 그가 보스에게 나를 추천한 탓이다.

내 뇌리에 황금색 털을 가진 개의 모습이 스쳤다. 스트레스를 느낀 나는 지면을 앞발 발톱으로 벅벅 긁었다.

"……뭐 하는 거야, 까망아?"

"좀 기분 나쁜 일이 생각났거든. 그럼 센자키의 유품을 찾으러 가 볼까."

나는 양옥을 향해 걷기 시작했다. 그래, 딱히 나는 옛정을 다지러 온 게 아니었다. 센자키와 한 약속, 그것을 지키기 위해서 여기에 와야만 했다. 원래대로라면 혼자…… 홀로 오고 싶었으나, 고양이 걸음으로 오기엔 마야의 집과 커다란 언덕 위에 솟아오른 이 호스피스가 너무 떨어져 있었기에 "차로 데려다 줄게."라는 마야의 말을 스스럼없이 받아들일 수밖에 없었다. 그렇게 해서 평소엔 마야의 어머니가 사용하는 작은 차를 빌려서, 나와 마야는 이 호스피스에 왔다.

그건 그렇고 마야 운전 참 험하게 하더군. 마치 초보자인 것처럼……

문득 어떤 사실을 깨달은 나는 걸음을 멈추고는 크게 눈을 뜨고 마야의 얼굴을 올려다봤다.

"까망아, 무슨 일 있어?"

마야는 고개를 갸웃거렸다.

"마야, 하나 묻고 싶은데…… 너 말이야, 운전할 수 있었어?"

"응? 분명 면허는 가지고 있는데. 책상 위에 놓여 있었던 거, 까망이가 찾아 줬잖아."

마야는 어깨에 걸치고 있던 가방에서 운전면허증을 꺼내서는 내 눈앞으로 치켜들었다.

"그 면허증은 진짜 '시라키 마야' 거잖아? 그 몸을 쓰고 있는 너는 생전에 운전면허증을 가지고 있었어?"

"글쎄? 아직 나, 살아 있을 적의 일은 기억이 안 나는걸. 그래도 왠지 모르게 운전하는 방법을 기억하고 있었으니까, 아마도 가지고 있었을 거라고 생각해."

"'아마도'라니……"

나는 말문이 막혔다. 돌아가는 길엔 걸어서 가는 게 좋으려나?

"그런 것보다도, 얼른 가자고."

마야는 나를 재촉하더니 주차장에 인접한 정원으로 들어갔다. 별수 없이 나도 그 뒤를 쫓았다. 정원에는 화단이 깔려 있었고, 그 사이를 누비듯이 통로가 여기저기로 뻗어 있었다. 통로에서 멈춰 선 나는 주변을 둘러봤다. 그나저나 그는 어디에 있는 걸까.

내 시선이 정원 중심에서 멈췄다. 그곳은 작은 언덕처럼 되어 있었는데 중심 부분에 푸릇푸릇한 잎이 무성한 커다란 벚나무가 자라 있었다. 그는 거기에 있었다.

벚나무 아래에 놓인 벤치에, 간호사 복장의 젊은 여성이 걸터앉아 그 앞에 앉은 대형견의 머리를 쓰다듬고 있었다.

"똑똑하네. 그러면 '손'."

간호사가 손을 내밀자, 그는 그 손에 자신의 앞발을 얹었다. 꼬리가 떨어져 나갈 듯이 좌우로 흔들리고 있었다.

"다음은 '엎드려'."

간호사의 말과 동시에, 그는 땅바닥에 엎드렸다.

"좋았어, 그럼 마지막. 이거 성공하면, 간식으로 슈크림 줄게. 좋아, '일어서'."

간호사가 옅은 갈색의 주먹 크기만 한 덩어리(분명 '슈크림'인가 하는 먹을거리다.)를 보이면서 말하자, 그는 두 뒷발로 일어서면서 학학 거칠게 숨을 토했다. 그 입에서는 침이 흘러나오고 있었다.

……이게 정말로, 나와 같은 고위의 영적 존재란 말인가?

나는 몇 번이고 눈을 깜빡거리면서, 그의 추태를 계속 바라봤다.

오랫동안 지상에 머물면, 나도 저렇게 되어 버리고 마는 걸까? 공포로 온몸의 털이 거꾸로 섰다. 역시 되도록 빨리 성과를 올려서 다시 원래대로 '길잡이'로 돌아가야겠어.

내가 다시금 결의를 다지고 있노라니, 간호사는 들고 있던 슈크림을 그에게 물려주었다.

"좋아, 맛있게 먹어야 해. 그럼 나는 일하러 돌아갈게."

간호사는 슈크림을 잔디 위에 내려놓는 그의 머리를 한번 쓰다듬더니 양옥으로 돌아갔다. 레오는 그런 간호사에겐 눈길도 주지 않고 꼬리를 붕붕 흔들며 슈크림을 천천히 씹기 시작했다.

나는 탈력감을 느끼면서 걷기 시작했다.

"있지, 저 강아지, 정말로 까망이랑 동류야? 평범한……이랄까 좀 바보 같은 강아지로밖엔 안 보이는데."

한 번 레오와 만난 적이 있는 마야는 의심스럽다는 듯이 중얼거렸다.

"……유감스럽게도."

나는 왠지 모르게 부끄러움을 느끼면서 레오에게 다가갔다. 레오는 의식을 모조리 슈크림에 쏟고 있는 건지, 우리들이 다가서는 걸 눈치 채지 못하는 것 같았다.

"……뭘 하고 있는 거야, 너."

내가 기가 찬다는 듯이 언령으로 말을 걸자, 슈크림 껍질에 작게 뚫린 구멍을 통해 안쪽 크림을 핥고 있던 레오는 크게 몸을 떨면서 나를 봤다.

"왜, 왜 네가?"

"'왜 네가?'가 아니라고. 뭐냐, 이 보기 흉한 꼴은."

"벼, 별수 없잖아! 최근 좀 살이 많이 쪘다면서 3일에 한 개밖에 '슈크림'을 못 먹는다고. 그러니까 이렇게 조금이라도 만족감을 느끼기 위해서 조금씩 먹고 있단 말이야."

······아니, 먹는 방식뿐만이 아니라 말이지.

내가 어이없어하고 있노라니, 레오는 큰 입을 벌려서 슈크림에 달려들었다. 내가 먹을지도 모른다고 생각한 것 같았다. 단맛을 못 느끼는 고양이가 디저트 따위에 흥미를 가질 리가 없잖아. 회라면 또 모를까······.

"그런데 나한테 무슨 볼일이 있어서 온 거야?"

슈크림을 다 씹은 그는, 갑자기 등 근육을 쭉 뻗으면서 물었다. 고위의 영적 존재로서의 위엄을 되찾으려는 행동이었을지도 모르겠으나, 입 끝에 크림이 묻어 있어서 그것도 망쳤다.

"저기, 까망아. 나도 알 수 있게 얘기를 해 줘."

옆에 선 마야가 다소 불만스럽게 말했다.

아, 그렇지. 지금은 육체를 가지고 있는 마야에겐, 내가 의식적으로 전하려고 하지 않는 이상 언령이 전해지지 않는 건가. 이건 실례를 했군.

내가 가볍게 고개를 으쓱거리자 레오는 눈을 부릅떴다.

"이 여자는 우리들의 정체를 알고 있는 건가!"

"아, 뭐……."

나는 애매하게 대답했다.

"무슨 생각이야! 인간에게 우리들의 존재를 알려서는 안 된다는 것 정도는 당연한 거 아니야!"

"……너도 2년 전에 들켰었잖아."

내가 시선의 온도를 높이자, 그는 눈을 피하면서 "커엉." 하고 울었다. 그걸로 없던 일인 셈 치려는 건가?

"뭐, 어쨌든 이 여자는 괜찮아. 우리들의 정체를 다른 사람에게 폭로하거나 하지 않을 거니까. 네가 처음에 정체를 들킨 그 레이디와 마찬가지로 내게 협력해 주고 있단 말이지."

내가 언령으로 말하자, 레오는 어쩐지 눈이 부시다는 듯 실눈을 뜨고 구름 한 점 없는 창공을 바라보면서 "나호 말인가……." 하고 언령으로 중얼거렸다. 분명 그에게 소중한 여성에 대해 생각하고 있는 거겠지. 왠지 모르게 방해를 해서는 안 될 것 같아서, 나는 묵묵히 있었다. 강한 바람이 불어와 내 수염을 흔들었다.

"알겠어. 그래서 무슨 일인데?"

크게 숨을 토한 뒤, 레오는 마야에게도 들리게 언령을 뱉었다. 갑자기 언령이 들려와서 놀랐는지, 마야가 가볍게 몸을 짓었다.

"그저께 내가 '우리 주인님'의 곁으로 보낸 어떤 남자와 한 약속을 지키기 위해서, 이 병원에 보관돼 있는 게 필요해."

"어떤 남자?"

그는 고개를 갸웃거렸다.

"그래, 센자키라는 남자다. 두세 달 전에 이 호스피스에서 죽었을 거야. 기억하고 있어?"

내가 묻자 그의 꼬리가 처졌다.

"아아, 기억해…… 췌장암으로 죽은 남자였지. 분명 4월 8일이었을 거야. 그런가, 역시 그는 지박령이 되어 있던 건가……."

"그가 여기서 죽었다는 사실엔 깜짝 놀랐다고. 당연히 여기서 죽은 환자들의 '미련'은 전부 네가 해결해 줬을 거라고 생각했는데."

내가 다소 비꼬면서 말하자 그는 슬프게 고개를 저었다.

"아무리 나라고 해도, 지박령화할 것 같은 모든 사람을 구할 수 있는 건 아니라고. 특히 그 남자는 이 병원에 옮겨져 왔을 때, 이미 의식도 거의 없는 상태였고 그날 밤에 숨을 거뒀으니 말이지. 그의 '미련'이 무엇인지조차, 나는 알아낼 수가 없었어……."

레오는 분하다는 듯 고개를 떨궜다.

"아아, 딱히 그렇게까지 낙담하지 않아도 된다고. 센자키는 제대로 내가 '우리 주인님'의 곁으로 보내 줬으니까 안심해."

"원래대로라면 내 일인데, 폐를 끼쳤군. 그의 혼이 어디로 갔는지 알지 못해서 곤혹스러웠다고. 그런데 그와 한 약속이라는 건 뭔데?"

"노트야."

"노트?"

그는 눈을 깜빡거렸다.

"그래, 그는 죽을 때까지 노트를 몸에서 떼지 않고 가지고 있었을 거야. 친척이 없으니까 그 노트는 이 병원에 보관돼 있을 거라고 생각하는데."

"분명, 인수인이 없는 유품은 병원에 보관돼 있을 거야. 그건 그렇고 거기엔 뭐가 적혀 있는데?"

"……센자키의 모든 것."

센자키는 자기에게 남겨진 시간이 얼마 안 된다는 사실을 깨닫고 난 뒤로, 만일 자신이 죽는다면 누군가에게 건네주기 위해 그때까지 조사한 것을 한 권의 노트로 정리했다는 것 같았다.

그 노트를 보고 고이즈미 부부가 살해된 사건에 대해 조금이라도 알아봐 줬으면 한다. 그게 센자키가 내게 부탁한 일이었다.

"그렇군. 따라와."

애매한 내 대답에서 무언가를 깨달았는지, 레오는 그 이상 추궁하지 않고 걷기 시작했다.

양옥 입구 근처까지 와서 그는 발걸음을 멈췄다.

"여기서 기다리고 있으라고. 금방 돌아올 테니까."

"우리들은 들어가면 안 되는 건가?"

"여기 있는 이 여자라면 혹시 모를까 네가 들어오기라도 한다면 엄청난 소동이 벌어질지도 모르잖아. 너는 지금 짐승의 몸에 봉인돼 있다고."

"너도 마찬가지잖아."

내가 항의의 뜻을 담아 "냐아." 하고 울자, 레오는 어설프게 윙크를 했다.

"나는 특별하다고. 뭐니 뭐니 해도 이 병원의 '마스코트'니까."

그는 득의양양하게 턱을 젖히더니, 정면 현관을 통해 양옥 안으로 들어갔다. 별수 없이 나와 마야는 현관 옆에서 그를 기다렸다.

"있지, 까망아. 그 노트가 발견되면 고이즈미 부부와 난고 준타로 씨를 죽인 범인을 찾기 위한 수사를 할 거야?"

무료한지 마야가 말을 걸어왔다.

"수사라고 할 정도로 대단한 걸 할 생각은 없어. 내가 도플갱어와 사람 잡아먹는 폐허의 진상을 알려 준 것만으로도 센자키는 그 범인이 누군지 감이 잡힌 것 같더라고. 노트를 보면 그 인물이 누군지 알 거라고 말했으니까, 그 녀석에 대해서 조금 알아볼 생각이야."

"으음, 뭔가 멋지네, 그거. 저기, 나도 협력하게 해 줘."

마야는 몸을 앞으로 숙였다.

"……왜 그렇게 적극적인데."

"응? 그렇지만 흥분되지 않아? 살인범 수사라는 거 말이야. 보통은 웬만해선 경험할 수 없는 일이잖아. 혹시 알아, 그러다가 나도 만족해서 성불할 수 있게 될지도 모르고. 그렇다면 일석이조잖아."

가볍게 볼에 홍조를 띄우며 마야는 말했다. 자신의 '미련'이 뭔지조차 모르는 마야가 그 정도로 '우리 주인님'의 곁으로 갈 수 있게 될지는 꽤나 의심스러웠으나 시험해 볼 가치는 있을지도 몰랐다. 그래도…….

"그렇지만 살인사건에 대해 알아보는 거라고. 위험할지도 모른단 말이야. 그 몸은 원래는 네 것이 아니니까, 지나치게 위험한 상황에 노출시키는 건 탐탁지 않은데."

"괜찮아. 그런 위험한 짓은 안 할 테니까. 인터넷으로 정보를 모아서 널 도와주는 정도만. 까망이, 인터넷이라는 건 알고 있어?"

"당연히 알고 있지. 혼을 인도하는 '길잡이'는 인간에 대해 나름대로의 지식을 가지고 있어야 하니까. 컴퓨터인가 하는 기계를 사용해서 세상의 정보를 모을 수 있는 거잖아."

"그래. 그거라면 까망이가 조사하는 데에도 안전하게 협력할 수 있잖아."

뭐, 확실히 그 정도라면 위험할 일은 없으려나…….

"알겠어. 그럼 같이 알아보자."

"그렇게 나와야지."

마야는 내 머리를 둥글둥글 쓰다듬었다. 그 감촉에 기분이 좋아져 나도 모르게 눈을 감고 목울대를 골골거리고 말았다.

"기다렸지."

언령이 들려와서, 나는 앉음새를 고쳤다. 레오가 루스리프 노트를 물고 양옥에서 나오고 있었다.

"아마도 이거겠지. 확인해 봐 줄래."

그는 물고 있던 노트를 지면에 놓았다. 표지에는 '고이즈미 사야카 사건 수사 기록'이라고 쓰여 있었다.

"응, 이게 틀림없을 것 같네."

나는 발 젤리로 노트를 만지고는 페이지를 한 장 넘겼다. 거기에는 자잘한 문자가 빽빽하게 들어차 있었다. 이걸 전부 읽으려면 꽤나 뼈가 삭는 작업이 될 것 같았다. 어쨌든 집으로 돌아가서 천천히 읽는 걸로 하지.

"고마워. 그럼 또 보자고."

내가 노트를 물고 가져가려고 했다. 그러나 그 노트는 몸이 작은 내가 옮기기에는 적잖이 컸다. 어떻게 해도 지면에 끌리고 말았다. 앞발 젤리에 끼우고 두 발로 걸어갈 수도 없고…….

내가 운반할 방법을 고민하고 있자, 마야가 내 입에서 노트를 가져갔다.

"내가 옮겨 줄게."

"아, 그럼 부탁 좀 할까. 고마워."

내가 고마움을 표하자 마야는 노트를 겨드랑이에 끼고 두리번두리번 주변을 둘러봤다.

"응, 왜 그래?"

"이 주변에 화장실 같은 거 없나 해서. 돌아가기 전에 들르고 싶은데."

"화장실? 아아, 변소. 그거라면 정원 어디에서든……."

"가능할 리가 없잖아!"

"웅냐?"

새된 소리를 지르는 마야 앞에서 나는 고개를 갸웃거렸다. 아, 그러고 보니 인간은 배설할 때 아무에게도 보이고 싶어 하지 않았던가. 배설도 식사랑 마찬가지로 육체가 생명 활동을 유지하기 위해 필요한 행위니까, 딱히 부끄러워할 필요 없다고 생각하는데…….

"화장실이라면 관내로 들어가자마자 바로 왼쪽에, 방문객용이 있어, 그걸 쓰면 될 거야."

레오가 마야에게 언령을 날렸다. 마야는 "고마워."라고 말하고는 종종걸음으로 양옥으로 들어갔다. 엄청 급했나 보다. 나는 레오와 둘이…… 두 마리서 바깥에 남겨졌다.

"그러고 보니 육체를 가진 감상은 어때? 지상으로 내려와서 어느 정도 시간이 지났잖아?"

갑자기 그가 잡담을 시작했다. 나는 뒷발로 얼굴을 긁었다.

"하여간 불편하기가 짝이 없어. 중력에 얽매이질 않나, 물체를 뚫고 지나가는 것도 못 하지. 게다가 생명을 유지하기 위해서는 호흡, 식사, 배설같이 여러 가지 귀찮은 걸 해야만 하고."

작게 한숨을 쉬면서 언령을 날렸다.

"확실히 네 말대로지만 식사라는 건 꽤나 괜찮지 않나?"

"……뭐, 그건 인정할 수밖에 없군. 특히 참치회는 정말이지."

요전에 마야가 준 참치살의 기억이 머릿속에 되살아나, 나도 모르게 입에서 침이 흘러 버렸다. 황급히 앞발로 입가를 닦았다.

"회? 그런 것보다도, 슈크림 같은 게……. 뭐, 그건 아무래도 상관없나. 그래서 인간에 대한 감상은 어때? 새로운 '일'로 인간을 조금은 이해할 수 있게 됐지?"

"……별반 인상이 바뀌거나 하진 않았어. 뭐랄까……. 어리석은 존재야. 자신의 욕구를 위해서는 다른 사람을 아무렇지도 않게 희생시키기도 하지만, 한편으로는 다른 사람을 자기 자신보다도 소중하게 여긴다든지, 다른 것에 한눈팔지도 않고 인생을 바치는 경우도……. 정말로 불합리하다고."

왠지 나는 몇 번인가 말문이 막혀가면서 언령을 날렸다. 그는 그런 나를 실눈을 뜨고 바라봤다. 왠지 모르게 기분이 나빴다.

"그 불합리함이야말로 인간의 매력이라고 생각하지만 말이야."

"불합리함이 매력……? 무슨 말이야?"

나는 의미를 파악하지 못하고 고개를 갸웃거렸다. 그는 기분 좋다는 듯이 꼬리를 흔들었다.

"말 그대로의 의미야. 유구한 시간을 떠도는 우리들과는 달리 인간은 얼마 안 되는 시간밖에 주어지지 않지. 그렇기 때문에 필사적으로 발버둥 치면서 합리성보다도 자신의 감정을 우선해서 행동하는 거야. 그 짧은 시간을 있는 힘껏 빛나게 하기 위해서 말이지."

그는 왠지 모르게 득의양양하게 설명했다.

"……나는 잘 모르겠어."

"나와 달리 너는 지상에 내려온 지 시간이 얼마 안 지났으니까. 그래도 조만간 너도 알게 될 때가 올 거야. 합리성보다도 감정을 우선하게 되는 기분을."

"왜 그렇게 단언하는 거지?"

"너는 지금 '길잡이'였을 때와 비교해서 훨씬 더 깊숙이 인간과 접촉하고 있기 때문이지."

그는 또다시 어설픈 윙크를 했다.

나 같은 뛰어난 존재가 합리적인 판단력을 잃어버리고 감정에 빠지는 일은 있을 수 없다. 그렇게 생각했으나 왜인지 반론할 기분이 들지는 않았다.

"기다렸지. 어라, 까망아 무슨 일 있어? 뭔가 못마땅한 표정이네."

"아냐, 아무것도 아니야. 그럼 가자고."

나는 돌아온 마야를 재촉하면서 타박타박 걷기 시작했다.

"앗, 잠깐만 그렇게 서두르지 마."

마야와 나란히 주차장까지 돌아온 나는 뒤를 돌아서 양옥 앞에 펼쳐진 정원을 바라봤다.

황금색 털을 가진 개가 큰 벚나무 아래서 기분 좋다는 듯이 엎드려 있었다.

2

"……이 아쿠쓰 가즈야라는 사람이, 형사님이 범인이 아닐까 하고 의심했던 사람이구나."

침대에 걸터앉은 마야가 낮은 목소리로 말했다.

"어어, 그런 것 같아……."

카펫 위에 앉아, 바로 눈앞에 펼쳐진 노트를 바라보면서 언령을 뱉었다. 센자키가 문자 그대로 목숨을 걸고 조사했던 만큼 노트에 쓰인 내용은 꽤나 상세했다.(그러나, 꽤나 악필이라 해독하는데 고생했다.)

그리고 이 노트 중에서도 가장 중요한 게 지금 펼쳐져 있는 페이지였다. 거기에는 여러 인물에 대해 조사한 내용이 기재돼 있었다.

난고 준타로(南鄕純太郎), 62세

사우스 제약 회장. 세이메이 대학 졸업 후, 연구원으로서 부친이 사장으로 근무하는 사우스 제약에 취직.

·부친의 급사를 계기로 사장으로 취임해 사우스 제약의 업적을 올려 회사 규모를 확대시킴. 3년 전에 사장직을 아들에게 물려주고 회장으로 취임했음. 그 뒤, 세이메이 대학 미네기시 연구실 인물을 적극적으로 고용했음.

자비로 여러 가지 연구용품을 사들여서는 연구동으로 옮겨 넣었음. 그 탓에 무언가 연구를 하고 있는 게 아니냐는 취급을 받았으나 그 연구용품을 어디로 운반했는지는 불명.

사내에서도 회장이 어딘가 수상한 연구를 하고 있다는 소문이 돌았음.

올해 4월 5일, 자택 근처에서 트럭에 치여 사망. 자살이라는 견해가 있으나 진상은 불명.(살해당했을 가능성은?)

스스로 연구자를 스카우트하고는 무언가 수상쩍은 '비밀 연구'를 행하고 있었다?(그렇다고 한다면 어디서?)

고이즈미 아키요시(小泉昭良), 사망시 28세, 비밀 연구원?

세이메이 대학 약학부 대학원 졸업. 재학 시에는 미네기시 연구실에 소속. 대학 시절 야구부 소속.

3년 전 4월부터 사우스 제약 사원이 됨.

대학 연구실에서 아내인 가시와무라 사야카를 만나 재학시에 결혼. 아이는 없음.

영업부에 소속돼 있었음. 담당하는 병원은 극히 적었으나, 원래 사우스 제약 회장인 난고 준타로와 친밀한 관계를 맺고 있는 병원이었기 때문에 최저한의 영업 실적은 올리고 있었음.

낮에는 기본적으로 외근을 했기 때문에 어떤 행동을 하는지 불명.

재작년 12월 13일에 사우스 제약 연구동의 한 방에서 목이 베어 사망. 사용된 나이프가 고이즈미 사야카 살해에 사용되었던 것, 그리고 그 외의 상황을 보건대 아내를 살해한 것을 후회해서 자살했다고 여겨지고 있음.(절대로 아니다!)

12월 13일 심야에 아내가 살해당했던 다리 위에 멍하니 서 있었다! 그건 분명히 고이즈미 아키요시였다!

고이즈미 사야카(小泉紗耶香), 사망시 27세(결혼 전 성 가시와무라), 비밀 연구원?

세이메이 대학 약학부 대학원 졸업. 재학시에는 미네기시 연구실에 소속.

대학 시절에는 자원봉사 동아리에 소속, 대학 4학년 때엔 동아리 회장직도 맡았음. 꽤나 행동력이 있었던 듯, 종종 자원봉사로 아프리카 등지에 갔었음.

3년 전 4월부터 남편인 고이즈미 아키요시와 함께 사우스 제약에 취직해 회장 비서가 됐으나, 회장인 난고 준타로의 대외적인 업무에 동행하는 일은 적었음. 그 탓에 회장의 애인이 아니냐는 소문도 돌았음.

재작년 12월 5일 귀가 중에 다리 위에서 누군가에게 습격당해 칼에 찔려 살해됨. 시체는 다리에서 떨어져 다음 날 아침 발견됐음.

고이즈미 아키요시는 범인이 아니야! 누가 한 거지?

아쿠쓰 가즈야(阿久津一也), 28세, 비밀 연구원?

세이메이 대학 약학부 졸업. 재학시에는 미네기시 연구실에 소속. 고이즈미 부부의 후배에 해당함. 또한, 고이즈미 사야카가 재학 중에 소속했던 자원봉사 동아리에도 소속해 있었음.

재작년, 대학 졸업 후 도쿄에 있는 제약회사에 취직할 예정이었으나, 졸업 직전에 내정된 것을 걷어차고 사우스 제약 취직을 결정, 4월부터 근무.(그때에 선배인 고이즈미 사야카가 알선해 주었다는 얘기도.)

자료실 근무. 근무 내용은 혼자 자료실에 처박혀서 과거의 연구 자료를 정리하는 것으로, 난고 준타로가 아쿠쓰의 입사에 맞춰서 만든 직책. 자료는 이미 꽤나 정리가 돼 있었기 때문에, 거의 일은 없었지 않았겠냐는 정보.

꽤나 밝은 성격이지만, 격앙되기 쉬운 면도 있었다고.

고이즈미 사야카와 언쟁을 벌이고 있는 걸 목격된 적도 있음. 그때, 고이즈미 사야카는 "인체실험 같은 건 할 수 없어!"라고 위험한 말을 외치고 있었다고.(그 1개월 후에 고이즈미 사야카는 칼에 찔려 살해당했다.)

최근 난고 준타로·가시와무라 마치코와 언쟁을 벌이는 것도 목격되었음.

사쿠라이 도모미라는 이름의 한 살 연상의 연인이 있음.(같은 자원봉사 동아리에서 알게 됐음.)

올해 4월 5일부터 회사에 출근하지 않았으며, 현재 행방불명.(난고 준타로가 죽은 날! 도망친 건 아닐까?)

가장 중요한 용의자!!

행방을 찾을 필요가 있음!

가시와무라 마치코(柏村摩智子), 25세, 비밀 연구원?

세이메이 대학 약학부 졸업. 재학시에는 미네기시 연구실에 소속. 고이즈미 사야카의 여동생.

대학원으로의 진학이 결정돼 있었으나, 언니가 사망한 지 4개월 후 사우스 제약에 입사.(업무는 언니와 같은 회장 비서.)

취직 전에 "언니의 분통함을 풀겠다."고 친구들에게 얘기했었음. 언니 죽음의 진상을 찾겠다는 의미인지?

미네기시 마코토(峰岸誠), 58세

세이메이 대학 약학부 교수. 난고 준타로의 학생시절 후배로, 자기 연구실의 우수한 학생을 여럿 사우스 제약에 취직시켜 왔음.

항생물질을 비롯해 항바이러스 약품 등의 연구로 많은 업적을 올렸으며, 엄격한 성격이지만 지도에는 정평이나 있어 학생들의 신임도 두터움.

노트에 쓰여 있는 인물의 세부 내용을 다시금 읽은 나는 크게 숨을 내쉰 뒤 위를 봤다. 때마침 나를 내려다보고 있던 마야와 시선이 맞았다.

"분명 센자키라는 형사가 죽은 게 4월 8일이었지? 그래도 이 노트, 4월 5일에 난고 준타로라는 사람이 죽은 것까지 적혀 있어."

"아마도 움직일 수 있는 한 계속해 조사를 했던 거겠지. 그래도 이윽고 한계가 와서 언덕 위에 있는 그 호스피스로 옮겨져 곧장 숨을 거둔 거야."

"……분했겠다."

조근조근 말하는 마야를 보면서 나는 고개를 끄덕였다. 바로 그랬기 때문에 센자키는 이 사건을 알아봐 달라고 나와 약속을 한 다음에서야 '우리 주인님'의 곁으로 향한 것이다.

센자키의 마음을 생각하니 어떻게든 해서라도 범인을 찾아내 속죄하게 만들고…….

거기까지 생각이 미쳤을 때, 나는 고개를 탈탈 털었다. 내가 센자키에게 약속한 것은 이 '아쿠쓰 가즈야'라는 인물에 대해서 조사하는 것까지만이다. 내게는 지박령의 '미련'을 해결해서 '우리 주인님'의 곁으로 보낸다는 중요한 사명이 있다. 이미 '우리 주인님'의 곁으로 간 센자키에게 지나치게 집착할 수는 없었다.

단 일련의 사건의 범인은 이미 세 명이나 되는 인간을 살해했을 가능성이 있었다. 범인의 동기는 알 수 없으나, 앞으로도 범행을 계속할지도 몰랐다. 그렇다면 내버려 둘 경우 더 많은 지박령이 생겨날지도 모르니 그걸 막는 것도 어떤 의미로는 내 업무라고도…….

아니, 그렇게 불확실한 근거를 가지고 그쪽으로 힘을 쪼갤 순 없었다. 지박령을 찾아내서 그 '미련'을 해결하는 걸 우선해야 한다. 그래도…….

"까망아, 왜 그래, 굳어 가지고는."

깊은 생각에 빠져 있던 나는 마야의 목소리에 정신이 퍼뜩 들었다.

"아, 아니, 아무것도 아니야."

"그렇다면 상관없지만 갑자기 허공을 보면서 굳지 말아 줄래. 고양이가 자주 그러긴 한다만 좀 무섭다고. 뭔가 영혼이라도 보고 있는 것 같아서."

"마야도 얼마 전까지는 지박령이었잖아."

"그건 그거고, 이건 이거고. 그것보다도 이거 꽤나 중요한 정보 아니야?"

마야는 노트를 가리켰다. 거기에는 '가시와무라 마치코'라고 적혀 있었다.

"응. 고이즈미 사야카의 여동생이 언니가 죽은 다음에 사우스 제약에 입사했다지."

"그것도 여기 적혀 있는 대로라면. 이 가시와무라 마치코라는 사람, 언니의 유지를 이어서 '비밀 연구'에 참가했었다는 게 되잖아. 그리고 그 연구에 관계된 사람 중에 지금도 죽거나 모습을 숨기지 않은 사람은 이 가시와무라 마치코 씨뿐이잖아."

"분명 그렇지. 이 가시와무라 마치코라는 레이디에게 컨택트를 할 필요가 있겠어. 그래도, 그것보다도 우선……."

"……아쿠쓰 가즈야지."

"그래, 이 남자야."

목소리를 내리까는 마야를 향해 고개를 크게 끄덕였다.

센자키는 이 아쿠쓰 가즈야라는 인물이 고이즈미 부부를 살해한 진짜 범인이 아닐까 의심하고 있었다. 그것도 그럴 법했다. 고이즈미 부부와 마찬가지로 '비밀 연구'에 참가했었다고 여겨지며, 사건 1개월 전에는 고이즈미 사야카와 격렬하게 언쟁을 벌었다고 했다.

게다가 '비밀 연구' 참가자라면 물론 구 난고 저택 지하에 있을 것으로 추정되는 연구실이나, 거기에서 사우스 제약 연구동으로 이어지는 비밀 통로의 존재를 알고 있을 터였다. 고이즈미 아키요시를 속이고 죽였다는 범인상에도 일치했다.

더 나아가 이 노트에 따르면 아쿠쓰 가즈야라는 남자는 4월 5일, 난고 준타로가 죽은 날부터 행방이 묘연하다는 것 같았다. 이 남자가 난고를 차도로 밀어내고 트럭에 치여 죽게 한 뒤 어디론가 도망친 것은 아닐까?

아쿠쓰 가즈야, 이 남자를 찾아내야 했다.

"그렇지만 만약 4월 5일부터 계속 모습을 드러내지 않고 있다면, 2개월 이상 행방불명인 거잖아. 어떻게 찾아낼 건데?"

마야가 지극히도 지당한 질문을 던졌다.

"이 노트를 누군가에게 보여서, 경찰이 수색하게 만드는 건 어때?"

"아마 그걸 경찰에게 보여 주더라도 제대로 나서 주지 않을 걸. 봐 봐, 난고 준타로와 고이즈미 아키요시는 자살이라고 경찰 내부에서 정리해 버렸잖아."

마야의 반응은 시큰둥했다.

"그래도 그건 틀린 일이었다고. 그 세 사람을 죽인 진짜 범인이 있을 거란 말이야."

"그걸 어떻게 경찰한테 납득시킬 건데? '지박령과 얘기해서 알아냈습니다.' 따위 말을 했다가는 장난치고 있다고 생각할걸."

"그렇다면 고양이한테 들었다고 말하는 건?"

"……그거 진심으로 먹힐 거라고 생각하는 거야?"

"아니, 그냥 해 본 말이야."

마야에게서 차가운 시선을 받은 나는 앞발 젤리를 핥으며 어물 거렸다. ……최근 바깥을 계속 돌아다닌 탓인지 젤리가 거칠거칠해 질 것 같았다.

"뭐, 여하간 경찰은 못미덥다고 생각해. 애초에 이미 결론이 나와 있는 사건이 틀렸다고 경찰이 간단히 인정할 리도 없고."

"뭐야, 그건? 잘못됐으면 그 잘못을 인정하고 개선하는 게 당연한 거 아니야?"

"자신의 잘못을 인정하는 게, 상당히 어려운 일이란 말이지. 자존 심이 방해를 해서 말이야."

마야는 작게 어깨를 으쓱했다.

자존심이 방해를 한다고? 역시나 별것 아닌 감정이 방해를 해서 합리적인 판단이 불가능하다는 건가. 어떻게 할 수가 없는 생물이 로군.

"어쨌든 가시와무라 마치코라는 사람에 대해서는 내가 알아볼게. 사우스 제약에 친구라고 연락해서 전달하게 하면 될 거야. 잘되면 만 나서 얘기를 듣고 아쿠쓰 가즈야의 정보를 캐낼 수 있을지도 몰라."

과연, 그건 굿 아이디어이다.

"그리고 가능하다면 미네기시 마코토라는 남자한테서도 얘기를 듣고 싶은데. '비밀 연구'에 관계되어 있던 내 사람을 지도한 적이 있는 인물이야. 뭔가 인포메이션을 가지고 있을지도."

"뭐어!? 그렇지만 대학 교수잖아. 그렇게 간단히 얘기할 수 있을까? 그리고 나, 그런 류의 사람이랑 얘기하는 거 좀 거북한데……."

마야가 딱딱하게 굳은 미소를 지었다.

"어떤 처지에 있든 아무것도 신경 쓸 거 없어. 어차피 똑같은 인간이니까."

"아니, 분명 그건 그렇지만…… 왠지 모르게 대단한 사람 앞에서는 위축되는 것 같고."

하여간 꼴사납기는. 왜 인간은 자신과 다른 사람 간의 우열을 신경 쓰는 거지?

"괜찮아. 미네기시라는 남자의 얘기를 듣는 방법은 제대로 생각해 둔 게 있으니까."

"아, 그렇구나. 다행이다. 그래서 어떤 방법인데? 설마하니 그 교수를 직접 만나서 기억을 들여다본다든가?"

대학 교수와 얘기하는 게 그렇게나 싫은 모양인지 마야의 표정은 아직도 딱딱했다.

"그건 좀 어려워. 혼에는 태어난 이후 지금까지의 기억이 모두 새겨져 있어. 그중에서 내가 노린 기억만을 픽업해서 들여다보는 건 불가능하다고."

"어라? 난고 기쿠코 씨 때에는 기억을 들여다보지 않았었나?"

"그건 그때 난고 기쿠코가 불단 앞에서 남편 생각을 하고 있었기 때문이었어. 그때 혼의 표면에 떠오른 기억을 들여다본 것뿐이야."

"흐음, 그런 거구나. 그렇다면 그 미네기시 교수한테서 어떻게 아쿠쓰 가즈야의 정보를 빼낼 건데?"

"지금 마야처럼, 인간이 권위에 약한 걸 이용하는 거지."

"권위?"

고개를 갸웃거리는 마야에게 윙크를 하면서 언령을 날렸다.

"마야, 이 동네 경찰서가 어디에 있지?"

춥다…… 차 지붕 위에서 몸을 둥글게 말면서 몸을 떨었다.

6월인데도, 오늘은 지독하게 기온이 낮았다. 눈만 움직여 시선을 올리자, 두터운 구름이 하늘을 덮고 있었다. 조만간 비가 내릴 것 같았다. 가능하면 그 전에 볼일을 끝내고 싶은데.

언덕 위에 있는 호스피스에서 센자키의 노트를 가져온 다음 날. 나는 아침 일찍부터 주차장에 서 있는 차 지붕에 자리를 잡고, 차도를 끼고 맞은편에 있는 건물, 이 동네 경찰서 입구를 감시하고 있었다. 그러나 벌써 정오가 다가오고 있었는데도 목적한 인물을 찾을 수가 없었다.

설마하니 그 남자는 이제 이 경찰서에서 근무하지 않는 건가? 그런 불안이 가슴을 스쳤을 때, 슈트를 입은 젊은 남자가 서 안에서 나왔다.

"냐아!"

목적한 남자를 발견한 나는 한층 큰 소리로 울었다.

사람이 좋아 보이고 어딘가 약해 보이는 얼굴 생김새. 키는 크지만 늘씬한 몸. 고이즈미 사야카가 살해당한 사건으로 센자키와 파트너가 되었던 형사, 구즈미였다.

구즈미는 경찰서 옆에 있는 골목길로 들어갔다. 나는 차 지붕에서 폴짝 뛰어내렸다.

좌우를 보고 차가 오지 않는 것을 확인한 다음, 전속력으로 도로를 가로질러 구즈미가 사라진 골목으로 뛰어들었다. 십수 미터 앞에 구즈미의 등이 보였다. 나는 구즈미의 발 아래로 달려서 앞으로 추월했다.

"……검은 고양이? 뭐야, 불길하게."

가볍게 숨을 헐떡이며 길을 막아선 나를 보고 구즈미는 얼굴을 찌푸렸다.

이렇게 용모가 아름다운 나를 보고는 불길하다니 실례로군. 분명 일본에서 검은 고양이는 불길하다고 일컬어지는 게 사실이지만, 어떤 나라에서는 길조라고 보기도 한단 말이다.

"우냐앙!"

나는 항의의 뜻도 담아서 한층 크게 울고는 구즈미와 눈을 맞추고 그 혼에 간섭했다. 그러기 무섭게 구즈미의 눈이 초점을 잃었다. 그걸 보고 나는 입 양 끝을 미묘하게 들어 올렸다.

생각한 대로다. 센자키의 기억 속에서 처음 봤을 때부터 점찍어 두고 있었다. 이렇게까지 쉽게 혼에 간섭할 수 있다면 행동을 전부 컨트롤하는 것도 충분히 가능하리라. 그건 그렇고 딱히 정신적으로 약해져 있는 것도 아닌데 이렇게 간단히 지배하에 놓을 수 있는 인간은 정말로 드물었다. 이 남자는 엄청나게, 좋게 말하면 퓨어, 나쁘게 말하면 단순한 거겠지.

자, 그럼 시작해 볼까.

"지금부터 내 질문에 대답하는 거야. 알겠지?"

내가 언령을 날리자 구즈미는 천천히 고개를 끄덕였다.

"아쿠쓰 가즈야라는 남자에 대해서는 알고 있나?"

"아쿠쓰…… 가즈야……."

구즈미는 뚝뚝 끊어지듯 말했다. 그 모습에서 보건대 아쿠쓰 가
즈야에 대해서는 아무것도 모르는 것 같았다.

"고이즈미 사야카 살해의 제1용의자야. 센자키가 조사해 뒀어."

"고이즈미 사야카 살해……? 센자키 씨가……?"

구즈미는 열이 올라 의식이 흐릿해진 듯한 말투로 중얼거렸다.

"어, 그래. 게다가 아쿠쓰 가즈야라는 남자는 고이즈미 아키요시
와 난고 준타로도 살해했을 가능성이 있어."

"……분명히 그 사건은 고이즈미 아키요시가 아내를 살해하고 자
살한 걸로 해결되었지만, 어딘가 납득이 안 됐어. 센자키 씨가 바깥
에서 고이즈미 아키요시를 봤다고 말했었고……. 퇴직 후에도 그
사건에 대해서 알아보고 다닌다는 소문을 들었는데……."

구즈미는 비교적 또렷한 어조로 얘기하기 시작했다. 내게 컨트롤
당하고 있는 상태에 익숙해진 걸지도 몰랐다.

"지금부터 그 사건을 다시금 조사해 보지 않겠나? 아쿠쓰 가즈야
는 4월부터 행방불명이 되었다는 것 같더군. 어딘가 먼 곳으로 도망
쳤을 가능성도 높아. 뭐였더라? 지명수배인가 그런 걸 해서 있는 곳

을 밝혀낼 수는 없나?"

내가 기대를 담아 언령을 날리자 구즈미는 천천히 고개를 좌우로 저었다.

"그건 무리야. 그 사건은 이미 정식으로 종료됐어. 고이즈미 아키요시가 범인이 아니라는 엄청나게 확실한 증거라도 나오지 않는 이상, 재수사 따위 할 수가 없어. 애초에 지명수배는 그 인물의 용의가 꽤나 굳혀졌을 때나 할 수 있는 거야."

나는 작게 혀를 찼다.

"그렇다면 너 혼자만이라도 아쿠쓰 가즈야에 대한 수사에 나서 줄 수는 없나? 경찰이라는 직책이 있으면, 여러 가지로 조사할 수가 있을 거 아냐."

그렇게 된다면 내 일은 꽤나 간단해진다. 그러나 구즈미는 다시 고개를 좌우로 저었다.

"지금 담당하고 있는 일만으로 한가득이야. 상사의 지시도 없이, 이미 끝나 버린 사건을 조사할 여유는 없어."

하여간 상사가 뭐 어쨌다는 건데. 그런 거 신경 쓰지 말고, 좀 더 자유롭게……. 거기까지 생각이 미쳤을 때, 나는 내 몸을 봤다.

그러고 보니 나도 보스의 명령으로 이런 꼴이 되지 않았나…….

구즈미를 책망할 마음이 급속도로 사그라졌다. 왠지 모르게 조직의 톱니바퀴로 일하고 있는 자로서의 친근감이랄 것까지 끓어올랐다.

"여러 모로 무리한 얘길 해서 미안했군. 그래도 앞으로 두세 시간 정도 동행 좀 해 달라고."

나는 눈을 칩뜨고 구즈미를 바라보면서 혼에 대한 간섭을 더욱 강화했다.

"어서 앉으세요."

미네기시 마코토는 낮은 목소리로 구즈미에게 소파에 앉으라고 권하더니, 자신도 천천히 맞은편 소파에 걸터앉았다.

"실례하겠습니다."

구즈미는 손에 들고 있던 보스턴백을 바닥에 놓고 소파에 앉았다.

좀 더 천천히 내려달란 말이야! 가방 안에서 나는 몸을 약간 움직였다.

나와 (내게 완전히 컨트롤당한) 구즈미는 고이즈미 부부, 아쿠쓰 가즈야, 그리고 가시와무라 마치코가 다녔다던 세이메이 대학에서, 그네 명을 학생시절 동안 지도했던 미네기시 마코토 교수와 만났다.

구즈미가 형사라고 이름을 밝히고 약속을 잡자 당장 만날 수 있다고 하기에 택시로 달려왔다. 참고로 나는 도중에 스포츠 용품점에서 구즈미를 시켜 사게 한 보스턴백 안에 숨어들어 갔다.

적당히 좁고 어두운 가방 안은 정말로 기분이 좋아서 도중에 몇 번이고 수마가 덮쳐 왔지만, 혹시라도 잠에 든다면 구즈미의 컨트롤을 잃기 때문에 필사적으로 참았다.

이렇게 저렇게 해서 세이메이 대학에 온 나와 구즈미는 교원동이라는 4층짜리 건물에 있는 미네기시 교수실로 안내받았다.

약간 열린 지퍼 사이로 나는 바깥 상황을 살폈다. 교수실이라기에 제법 넓은 방을 상상했으나, 다다미 열 장 정도의 공간에 책상과 내방객용 소파, 그리고 책꽂이만이 놓여 있는 간소한 방이었다. 책상이나 소파도 지극히 평범한 것이었다. 책꽂이에는 대량의 전문서가 꽉꽉 들어차 있었다.

방 관찰을 마친 나는 정면 소파에 앉은 슈트 차림의 남자에게로 시선을 옮겼다. 딱딱한 표정을 짓고 있는 남자였다. 머리숱은 있으나 꽤 백발이 성성했다. 키가 크고 탄탄한 체격의 소유자였다.

"그래서, 형사님께서 제게 무슨 용건이시죠?"

미네기시는 예리한 시선을 구즈미에게 향했다. 갑자기 찾아온 형사를 환영하지 않는다는 게 태도에 배어 있었다.

나는 미네기시를 바라본 채, 구즈미의 혼에게 간섭해 지시를 내렸다.

"아쿠쓰 가즈야 씨를 알고 계십니까?"

구즈미는 내가 바란 대로의 질문을 입에 올렸다. 우선은 아무런 전제도 없이 본론을 부딪쳐 반응을 보기로 하자.

"물론 알고 있습니다. 제 연구실 졸업생이죠. 우수한 학생이었습니다."

미네기시는 한쪽 눈썹을 움찔하고 움직이더니 낮은 목소리로 말했다. 나는 구즈미에게 다음 질문을 지시했다.

"그 아쿠쓰 가즈야 씨가 현재 행방불명이 되었다는 것도 알고 계십니까?"

"······알고 있습니다. 분명 4월 초순부터 직장에 나오지 않았다던가요. 사우스 제약에서 제 쪽으로도 문의가 왔습니다. 아직 발견되지 않았다고 들었습니다."

아, 역시 지금도 아쿠쓰 가즈야는 행방불명인건가······.

"이 연구실에서 사우스 제약으로 여러 학생들이 취직했다지요?"

"요전에 교통사고로 돌아가신 사우스 제약의 난고 준타로 회장님이 제 대학 시절 선배여서 친하게 지냈었습니다. 그 관계로 우수한 학생을 몇 명인가 소개했습니다."

"아쿠쓰 가즈야 씨도 그중 한 명이라는 겁니까?"

내가 구즈미를 통해 묻자 미네기시는 고개를 좌우로 흔들었다.

"아뇨, 그 친구의 경우에는 제 소개가 아니라 그 이전에 사우스 제약에 취직한 우리 연구실 졸업생에게 부탁한 것으로 알고 있습니다."

"고이즈미 사야카 씨로군요."

나는 재빨리 구즈미에게 그 이름을 말하게 했다. 미네기시의 눈에 경계의 빛이 떠올랐다.

"예, 말씀대롭니다. ······잘 알고 계시는군요. 왜 형사님께서 그렇게까지 아쿠쓰 군에 대해 신경을 쓰고 계신 겁니까? 그의 실종과 관계가 있는 겁니까?"

"그것에 대해서는 말씀드릴 수가 없습니다. 그저 어느 사건에 아쿠쓰 가즈야 씨가 관여했을 가능성이 있습니다."

나는 의미심장한 어조로 구즈미에게 그 대사를 읊게 했다. 미네기시는 아무런 말도 없었고, 표정에도 거의 아무런 변화가 없었다.

"미네기시 교수님, 아쿠쓰 가즈야 씨는 실종된 이후로 교수님께 연락을 하지는 않았나요?"

"글쎄요…… 잘 기억이 안 나는데요."

미네기시는 딱딱한 목소리로 대답했다.

"무척 중요한 일입니다. 좀 더 생각해 봐 주실 수는 없습니까?"

"왜 그 친구를 쫓고 있는지도 가르쳐 주지도 않는데 이쪽만이 일방적으로 질문에 대답하는 것은 공평하지 않습니다. 저는 자식이 없습니다만, 그 대신 제자들을 아들딸처럼 생각하고 있습니다. 아들이 불리해질지도 모르는 정보를 그렇게 간단히 다른 사람에게 알려 줄 수는 없습니다."

미네기시의 태도에는 강철같이 단단한 의지가 투영돼 보였다. 이 남자는 아쿠쓰 가즈야라는 남자가 있는 곳을 알고 있을지도 몰랐다. 하지만 그렇더라도 그것을 가르쳐 줄 것 같지는 않았다.

미네기시는 지금 아쿠쓰 가즈야에 대해 생각하고 있을 터. 그렇다면 지금 당장 미네기시의 정신에 간섭해서 기억을 읽어 버릴까?

순간 그런 아이디어가 머릿속을 스쳤으나 금세 보스턴백 안에서 고개를 저었다.

안 된다. 만일 지금 미네기시의 정신에 간섭을 한다면 내 컨트롤에서 풀려난 구즈미가 제정신으로 돌아와 버린다. ……별수 없다, 정공법으로 가는 수밖에 없겠다.

"알겠습니다. 무리한 부탁을 해서 죄송했습니다. 그렇다면 조금 얘기를 바꾸겠습니다만, 선생님의 연구실에서는 어떤 연구를 하고 계십니까?"

갑자기 화제가 바뀌자, 미네기시는 두세 번 눈을 깜빡였다.

"어디 보자……. 주로 연구하고 있는 것은 감염증 치료약입니다. 항생물질이나 항바이러스 약, 항진균제 같은 약리작용 등에 대해 연구하고 있습니다. 지금도 그런 약은 많이 존재합니다만, 미생물도 내성을 키워 갑니다. 간단히 말하자면 다람쥐가 쳇바퀴를 돌고 있는 상태인 셈이죠. 그렇기 때문에 늘 새로운 약 개발이 요구됩니다. 게다가 인류가 아직 극복하지 못한 감염증도 여럿 있죠. 제 연구실에서는 미생물 연구를 통해, 인류와 감염증 간의 전쟁에 공헌하고 싶다고 생각하고 있습니다."

미네기시는 혀에 기름칠을 한 것처럼 유창하게 말했다.

"그렇습니까. 사우스 제약에 취직한 선생님의 제자분들은 역시 취직 후에도 그런 연구를 하고 계셨나요."

이 연구실의 졸업생들이 사우스 제약에서 행하고 있었다고 여겨지는 '비밀 연구'. 그것에 대한 힌트를 원했다.

센자키가 남긴 노트에 따르면 고이즈미 사야카는 아쿠쓰 가즈야에게 "인체실험 같은 건 할 수 없어!"라고 위험한 말을 외치고 있었다는 듯했다. 어떤 무서운 연구가, 그 '지하 연구실'에서는 행해지고 있던 걸까?

"비밀 엄수 의무라는 게 있다 보니 제자들이 어떤 연구를 하고 있었는지 자세히는 모릅니다."

미네기시는 입꼬리를 가볍게 올렸다.

"은사인 교수님에게도 알려주지 않았단 말입니까?"

나는 구즈미의 입을 통해 의문을 던졌다.

"제약회사 입장에서 보면 회사에서 행하는 연구는 특급 비밀입니다. 새로운 약을 만들어 내고, 그걸 자사에서 판매하거나 그 특허비로 이익을 올리기 위해 대량의 자금을 연구에 쏟아붓고 있는 겁니다. 획기적인 약이 발명된다면 막대한 이익을 얻을 수 있지요. 그런만큼 제약회사 사원들은 정보 누설에는 세심한 주의를 기울이고 있습니다."

"그렇지만 구체적인 연구 내용은 모르더라도 제자들이 다들 연구를 계속하고 있다는 것 정도는 알고 계시지 않나요?"

내가 물고 늘어지자 미네기시는 크게 고개를 끄덕였다.

"예, 이따금씩 연구실에 방문하곤 했으니 그 정도는 압니다. 다들여기서 배운 걸 기반으로 견실하게 연구를 계속하고 있다고 말했습니다. 기쁜 일이죠."

미네기시는 순간 얼굴이 풀어지는 듯했으나 이내 슬픈 표정을 지었다.

"그랬는데 가장 기대를 걸고 있던 학생에게 그런 일이 벌어지다니. 그녀가 살아 있었더라면 분명 멋진 성과를 올려 줬을 텐데……."

"그건 혹시 고이즈미 사야카 씨를 말하는 겁니까?"

구즈미의 입을 통해 묻자, 미네기시는 힘없는 미소를 방긋 지었다.

"정말로 많이 알아보셨군요. 그래요, 그녀 얘깁니다. 설마하니 남편에게 살해당할 줄이야……. 제 연구실에 있었을 때엔 정말로 사이가 좋았기 때문에 믿기가 힘들더군요."

"……남편이 진짜 범인이라고 단정할 수는 없습니다."

구즈미에게 그렇게 말하게 시키고는 실언했음을 깨달았다. 그 사실을 미네기시에게 전하더라도 경계심을 강하게 할 뿐이다. 예상한 대로 미네기시는 의심스럽다는 듯이 미간을 좁히더니 "무슨 뜻입니까?"라고 낮은 목소리로 물어왔다.

"아뇨, 아무것도 아닙니다. 신경 쓰지 마십시오. 그건 그렇고 고이즈미 사야카 씨는 그 정도로 우수한 연구자였습니까?"

나는 구즈미에게 양손을 가슴 앞에서 내젓도록 시켜 무마하려고 들었다.

"네, 정말로 우수했습니다. 연구자로서뿐만 아니라 인간으로서도 멋진 여성이었습니다. 자원봉사 동아리에 소속돼 있었는데 자주 아프리카에 가곤 했죠. 거기서 여러 가지 경험을 하고 왔는지 자주 '고통받는 사람들에게 도움이 될 만한 연구를 하고 싶다.'고 말하곤 했습니다. ……정말로 유감입니다."

미네기시는 입술을 꾹 다물고는 고개를 좌우로 저은 뒤 손목으로 시선을 떨궜다.

"아, 형사님, 죄송합니다. 이제 곧 다음 강의 시간이라서요. 실례해도 될까요."

……뭐, 어쩔 수 없지. 최저한의 정보를 모으는 건 성공했으니 오늘은 이 정도로 끝내기로 할까.

나는 구즈미에게 일어나도록 시킨 뒤, 미네기시를 향해 손을 내밀도록 지시를 내렸다.

"별로 힘이 못 되어서 죄송합니다."

미네기시는 가볍게 고개를 끄덕여 인사했다.

"아뇨, 귀중한 얘기를 들을 수 있었습니다. 그건 그렇고 미네기시 교수님, 혹시 아쿠쓰 가즈야 씨에게서 연락이 있으면 그때엔 연락을 좀 해 주실 수 있으실는지요?"

구즈미에게 말을 하게 시키면서 미네기시의 반응을 살폈다.

"……검토해 보겠습니다."

다시금 목소리가 낮아진 미네기시의 태도에서는 그럴 생각이 없다는 게 명확했다.

"감사합니다. 그러면 실례하도록 하겠습니다."

내 지시에 따라 구즈미는 미네기시에게 인사를 하고는 보스턴백을 들고 교수실을 나왔다.

"좋았어, 이 부근에서 내려주면 돼."

교원동에서 나온 구즈미를 인적이 드문 건물 뒤편으로 유도한 뒤 언령으로 지시를 내렸다. 구즈미는 보스턴백을 지면에 놓고 지퍼를 열었다. 나는 가방에서 기어 나왔다.

"수고했어. 너는 경찰서로 돌아가도 돼."

구즈미는 작게 고개를 끄덕이고는 몸을 돌려 걷기 시작했다. 경찰서에 돌아가 정신을 차린 구즈미는 내게 컨트롤당했던 사이의 기억이 없으니 어느샌가 수 시간이 흘러 있다는 사실에 혼란스러워할

지도 몰랐다. 게다가 모습을 감추고 있던 일로 상사에게 질책을 들을 가능성도 있었다. 거기에 대해서는 조금 미안하게 생각하지만, 사건을 해결하기 위해서는 어쩔 수 없는 희생이리라.

그러면 여러 가지로 정보도 얻었겠다, 돌아가 볼까.

나는 쭐레쭐레 걸어서 대학 캠퍼스를 나와 마야의 집을 향해 나아갔다. 매일같이 이 동네를 산책하고 있었으나, 이 부근까지 오는 건 처음이었다.

아, 맞다! 어떤 사실에 생각이 미친 나는 걸음을 멈췄다. 센자키의 노트에 따르면 아쿠쓰 가즈야가 살고 있는 곳은 이곳과 마야의 집 사이에 있을 터였다. 지금 아쿠쓰 가즈야가 거기에 있을 것 같지는 않으나 살았던 곳을 봐 두는 것도 나쁘진 않을 것이다.

나는 머릿속으로 이 동네 지도를 떠올리고는 목적지를 향해 달리기 시작했다.

십수 분 후 목적지에 다가섰을 때, 벽돌담 위를 달리던 내 코끝에 빗방울이 닿았다. 나는 그 자리에서 스톱하고 하늘을 올려다봤다. 두터운 구름에서 굵은 비가 낙하하고 있었다.

드디어 내리기 시작한 건가. 나는 얼굴을 흔들어서 코끝에 묻은 물방울을 떨어뜨리면서 "웅냐." 하고 울었다. 고양이의 몸은 젖는 것을 엄청나게 불쾌하게 여기도록 되어 있었다. 가능하다면 비가 내리기 전에 돌아가고 싶었다.

별수 없지, 목적지는 바로 코앞이니 아쿠쓰가 살던 곳까지 간 뒤에 비를 피할 수 있는 장소를 찾기로 할까.

나는 전력으로 달리기 시작했다. 불과 수십 초 만에 목적지에 도착할 수 있었다. 그곳은 다소 낡은 아파트였다. 아마도 홀몸인 남성을 위한 아파트겠지.

분명 아쿠쓰 가즈야가 살던 곳은 1층 6호실이었을 터…….

아파트 앞 주차장을 빠져나온 나는 아쿠쓰 가즈야의 방으로 향했다. 방 앞 바깥 복도에는 덮개가 없어서 굵어진 빗줄기가 쏟아져 들어오고 있었다.

어디 보자, 6호실, 6호실이라…….

모피에 쏟아지는 비에 난처함을 느끼면서도 바깥 복도 안쪽으로 나아간 나는 거기서 걸음을 멈췄다. 수 미터 앞에 젊은 여자가 홀로 서 있었다.

몸을 적시는 비를 신경 쓰는 기색도 없이 그 레이디는 잠긴 현관문을 계속해 바라보고 있었다.

나는 천천히 그녀에게 다가섰다. 그때 나는 달달한 냄새를 맡고 걸음을 멈췄다.

고양이로서가 아니라 고위의 영적 존재로서 느낀 향기. 나는 이 정체를 알고 있었다. '길잡이'를 하고 있을 때, 빈번하게 경험한 적 있는 향기였다.

이건 자신의 죽음을 의식한 인간이 강한 후회나 미련을 느낄 때 내뿜는 향기였다. 우리들은 이 향기를 '부취腐臭'라고 불렀다.

이 '부취'를 발산하는 사람이 숨을 거두면 높은 확률로 '미련'에 묶여 지박령이 되어 버린다. 그렇다는 건 이 레이디는 무언가 병에 걸려서 죽음이 가까워졌다는 뜻일까?

나는 영적인 눈으로 응시하면서 그녀의 몸을 투시했다. '길잡이'가 갖는 기본적인 능력이었다.

아, 이건 꽤나…….

나는 얼굴을 찌푸렸다. 그녀의 근육이나 내장 등, 온몸 곳곳에 염증이 일어나 있는 게 보였다. '길잡이'로서 지금까지 이러한 증상을 가진 인간을 여럿 봐 왔다. 아마도 이건 '교원병*'이라는 병의 한 종류일 터였다. 체내에 침투한 이물을 제거하기 위해 있는 면역계가 오작동을 일으켜서 자신의 몸을 공격해 버리는 질환.

미미하지만 심장에도 염증이 퍼져 있는 것을 보아하니, 분명히 이대로 방치한다면 수개월부터 수년 후에 이 레이디가 숨을 거둘 가능성은 높을 것이다.

투시를 끝낸 나는 고개를 갸웃거렸다. 그래도 이 정도의 병세라면 지금 이 나라의 의료 기술로 제대로 치료만 한다면 목숨이 위험해지는 것은 피할 수 있지 않던가?

"가즈야……."

약간 열린 그녀의 입술에서 힘없이 나온 목소리를 듣고, 나는 눈을 부릅떴다. 그녀는 방금 틀림없이 '가즈야'라고 말했다. 이 레이디는 아쿠쓰 가즈야와 관련이 있는 사람인가?

2개월 이상이나 행방불명이 된 남자의 방 앞에서, 비에 젖는 것도

---

* 피부와 근육이 붙거나, 근육과 뼈가 이어져 붙거나 세포와 혈관 사이가 메워지거나 하는 병의 총칭.

개의치 않고 멀거니 서 있는 여성.

나는 센자키의 노트에 쓰여 있던 것을 떠올렸다. 분명 아쿠쓰 가즈야에게는 연상의 연인이 있었을 터였다.

이건 기회였다. '가즈야'라고 중얼거린 걸 보아서는 지금 그녀의 혼에는 아쿠쓰 가즈야와의 추억이 떠올라 있을 가능성이 높았다. 그걸 좀 읽어 보도록 하지.

비에 젖는 불쾌감도, 흥분으로 어디론가 날아가 버리고 말았다.

"웅냐아오!"

그녀의 발치에 다가선 나는 크게 소리를 질러 울었다. 그녀는 몸을 떨더니 시선을 내려 나를 봤다. 굳어 있던 표정이 희미하게 풀렸다.

"어머, 야옹이네. 이런 곳에서 뭐 하니."

그녀는 주저앉더니 내 얼굴을 들여다봤다.

미안하지만 잠깐 네 기억을 들여다보도록 하지. 그녀와 시선을 맞춘 나는 그 혼에 간섭하기 시작했다.

그럼, 네 기억을 들여다보게 해 줘.

그녀의 눈이 텅 비었다. 옅게 립스틱이 발린 입술이 천천히 열렸다.

"……타투. ……저주의 타투."

그녀는 작은 목소리로 중얼거렸다.

저주의 타투? 대체 무슨 얘기지?

그녀와 정신을 싱크로 시키면서 나는 미간을 찌푸렸다.

"……전부, 그 타투에서 시작된 거야."

그녀의 기억이 내 머릿속으로 흘러 들어왔다.

238

3

"몸 상태는 좀 어때?"

디스플레이 안에서 아쿠쓰 가즈야가 말을 걸어왔다.

"굉장히 좋아. 주치의 선생님이 어제 진찰을 하시고는 스테로이드를 또 감량해 주셨어."

"우와, 대단하잖아. 순조롭네."

가즈야는 만면에 웃음을 띠었다. 덩달아 도모미의 표정도 누그러졌다. 몸 상태가 좋은 것, 그리고 컴퓨터 디스플레이 너머나마 연인과 얘길 하고 있다는 것, 둘 다 기뻤다.

"그래서, 언제쯤 돌아올 수 있을 것 같아?"

도모미가 묻자 가즈야의 미소가 희미하게 굳었다.

"예정대로 앞으로 두 달은 걸릴 것 같아. ……미안."

"앗, 그런 뜻이 아니었으니까 신경 쓰지 마. 이렇게 얘기할 수 있어서 그렇게 외롭지 않으니까."

강한 척하고 있는 것을 들키지 않기 위해 도모미는 웃어 보였다. 그러나 스스로도 표정이 굳어 있다는 걸 알 수 있었다.

한 살 연하의 연인인 아쿠쓰 가즈야가 아프리카로 간 지도 벌써 한 달이 지나 있었다. 대학 자원봉사 동아리에 속해 있는 가즈야는 지난해 일부러 한 학점만을 이수하지 않고 해를 넘겼다. 그리고 금년도 초반에 재빨리 그 학점을 이수하고, 게다가 도쿄에 있는 제약 회사에 취직이 결정된 뒤, 전부터 꿈이었다던 아프리카 자원봉사에 나섰다. 아직 수도가 뚫리지 않은 마을을 돌면서 그곳에 우물을 파는 작업을 돕고 있다는 것 같았다.

비교적 치안이 안정적인 지역만 돌고 있다고는 했으나, 2년 반 전에 가즈야와 교제를 하기 시작한 이후로 이렇게나 오랫동안 떨어져 있던 적이 없었기 때문에 아무래도 불안했다. 며칠에 한 번은 인터넷이 되는 마을까지 돌아오는지, 이렇게 컴퓨터 너머로 얘기는 할 수 있었다. 그러나 디스플레이에 조악한 화질로 비춰지는 가즈야의 모습을 보면 자신과 연인의 거리를 새삼 느끼게 돼 가슴속이 옥죄는 것 같았다.

가능하다면 자기도 가즈야와 함께 아프리카에 가고 싶었다. 애당초 가즈야와는 자원봉사 동아리 선후배 사이였다. 수년 전까지는 도모미 자신도 1년에 한 번 정도, 해외에 자원봉사를 하러 가곤 했다. 현재 직업인 웹디자인도 인터넷 회선만 있다면(회선 속도가 느려서 고생은 하겠지만) 못 할 것도 없었다. 그러나 도모미의 몸 안에서 미쳐 돌아가는 면역계가 그것을 허락해 주지 않았다.

도모미는 곁눈질로 방구석에 놓인 큰 거울을 보았다. 요 3년간 계속해 복용 중인 부신피질 스테로이드 호르몬의 부작용으로 뺨 주변에 조금 살이 붙은 자신의 모습이 비춰졌다. 도모미는 입술에 힘을 주더니 눈을 내리깔았다.

3년 전, 이미 고향의 은행 취직이 결정되어 남은 건 대학을 졸업하길 기다리는 일뿐이었던 도모미에게 갑자기 병마가 덮쳤다. 딱히 정신없는 나날을 보내는 것도 아닌데 늘 무거운 피로를 느꼈고 미열이 이어졌다. 날씨가 좋은 날에 바깥으로 나가면 얼굴이나 팔 등 노출된 부분이 빨갛게 부풀어 올랐다. 몸은 부어올랐고, 조금 운동했을 뿐인데도 숨이 차곤 했다.

근처 내과에 가서 진찰을 받았지만 "취업 준비를 하느라 피곤한 탓 아닐까요."라며 비타민제를 처방받았을 뿐이었다. 그러나 약을 먹어도 증상이 개선되기는커녕 악화해 가서 종국에는 일어서는 것조차 힘들어졌다.

너무나도 이상한 몸 상태 변화에 공포를 느낀 도모미는 택시를 불러, 동네에 하나밖에 없는 종합 병원으로 향했다. 온 힘을 다해 진료 접수를 마치고 대기실 소파에 주저앉은 데서 기억은 끊겨 있었다.

다음에 정신을 차렸을 때, 도모미는 침대 위에 누워 있었고 몸에는 몇 개인가 튜브가 연결되어 있는 상태였다. 혼란에 빠진 도모미가 주위를 둘러보자, 떨어진 동네에 살고 있을 터인 엄마가 바로 옆에서 걱정스럽다는 듯이 자신을 내려다보고 있었다. 그런 엄마 옆에는 흰 옷을 입은 남자가 서 있었다.

흰 옷을 입은 남자는 천천히 침대로 다가오더니 주치의라고 밝힌 다음, 도모미가 대기실 소파에서 의식을 잃어 그대로 심정지를 일으켰다는 사실, 그곳으로 달려와 준 의사들 덕분에 어떻게든 소생했으나 위험한 상태여서 그대로 집중치료실로 옮겨져 2주 가까이나 인공호흡 장치를 달고 집중 치료를 하고 있었다는 것 등을 담담히 설명했다.

그 얘기를 침대에 누운 채 멍하게 들은 도모미는 패닉에 빠질 뻔하며 헐떡이듯이 물었다. 왜 그런 일이 벌어진 건지. 자기 몸에 무슨 일이 벌어지고 있는 건지.

주치의는 작게 숨을 토해 낸 뒤 음울한 어조로 말했다.

"전신홍반루푸스. SLE라고 불리는 난치병입니다."

그날 이후로 3년가량, 도모미는 자신의 면역계가 온몸의 장기를 공격한다는 이 난치병과 계속해 싸워 왔다. 처음 입원했을 때 심근염을 일으켜 심장이 멎기까지 했던 병세는 SLE 환자 중에서도 꽤나 중증인 부류였는지 투병은 힘이 들었다.

퇴원 후에도 전신의 권태감이나 빛에 대한 과민증은 좀처럼 사라지지 않았고, 이미 정해져 있던 은행 취직도 포기할 수밖에 없었다. 매일 내복해야만 하는 대량의 부신피질 스테로이드의 부작용, 그중에서도 특히 얼굴에 지방이 붙어 가는 '월상안月狀顔'이라는 증상은 도모미의 정신을 갉아먹었다. 남몰래 자랑스럽게 생각하고 있던 호리호리한 뺨 주변에 살이 붙어 감에 따라 도모미는 거울을 보는 게 두려워졌다.

혼자였더라면 이 3년 동안 견딜 수가 없었으리라. 소중한 연인 가즈야가 뒷받침해 줬기에 스스로를 안쓰럽게 여기는 것을 관두고 앞으로 발을 내딛을 수가 있었다.

도모미는 SLE 진단을 받은 뒤 반년 정도 흐른 그날, 가즈야에게서 연락이 왔던 날을 떠올렸다. 그즈음, 도모미는 대학은 졸업했으나 일도 하지 못하고 은둔형 외톨이 같은 생활을 하고 있었다. 병에 걸린 걸 알게 된 초기에는 같은 문학부였던 친구나 동아리 부원들이 매일처럼 병문안을 와 줬으나, 4개월이나 지나자 다들 신학기의 새로운 생활에 바빠졌는지 도모미에게 말을 걸어 오는 사람은 거의 없어진 상태였다. 그랬기 때문에 동아리 후배였던 가즈야의 식사 초대가 기쁘게 느껴졌다.

부푼 얼굴을 거울로 보고 다소 어두운 기분을 느끼면서도 오랜만에 화장을 한 도모미는 가즈야가 예약해 준 다이닝바에서 둘이서 식사를 했다. 그때 가즈야는 도모미의 병에 대해서는 한마디도 입에 올리지 않았다.

도모미는 여러모로 신세를 진 후배가 그 은혜를 갚기 위해 자신의 기운을 북돋아 주려고 식사에 초대했다고 생각하고 있었다.

식사를 마치고 신경 써 준 것에 대해 고마움을 표하고 헤어지려는 순간, 갑자기 가즈야에게 손목을 붙잡혔다. 그 손에 들어간 힘에 도모미가 문득 공포감을 느낀 순간, 가즈야는 골똘히 생각에 잠긴 표정으로 입을 열었다.

"도모미 선배, 저랑 사귀지 않으실래요?"

도모미는 그 말을 곧장 이해할 수가 없었다. 천천히, 아끼는 후배가 무슨 말을 했는지가 뇌에 스며들어 왔을 때 도모미의 가슴에 맨 처음 끓어오른 감정은 곤혹스러움도, 기쁨도 아닌 분노였다.

동정하는 마음으로 교제 같은 걸 청하길 바라진 않았다. 아무리 난치병에 걸려서 나약해졌다고 하더라도, 그 정도의 자존심은 남아 있었다. 도모미는 그런 말을 강한 어조로 전하면서 가즈야의 손을 뿌리치려고 했다. 그러나 가즈야가 손을 놓지 않았다.

"동정 같은 게 아니에요! 전부터 계속 도모미 선배를 동경해 왔어요. 원래대로라면 선배 졸업식 때 고백할 생각이었다고요!"

사람이 많은 길거리에서 고백을 받은 도모미는 혼란스러웠다. 그게 가즈야의 본심에서 나온 말인지 알 수가 없었다.

"지금은 안 되겠어. 좀 생각할 시간을 줘."

고개를 좌우로 흔들면서 말하자 겨우 손을 놓아준 가즈야로부터 도망치듯이 집으로 돌아와, 침대로 기어들어 가서 머리부터 이불을 뒤집어썼다.

그 이튿날부터 매일같이 가즈야에게서 전화가 걸려 왔다. 전화 너머로 가즈야는 동정하는 마음으로 고백한 게 아니라고 몇 번이고 반복했고, 또한 다시금 교제하는 걸 생각해 줬으면 좋겠다고 간청했다.

처음엔 믿을 수가 없었다. 자기처럼 난치병에 걸려 앞으로의 인생이 안 보이게 된 인간과 동정하는 마음 없이 교제하고자 하는 사람이 있다니. 그러나 집요하기 그지없는 가즈야의 고백에 얼어붙었던 마음은 천천히, 그러나 확실히 녹아 갔다.

둘이서 식사를 한 지 한 달 정도 지난 밤, 도모미는 가즈야의 꾐에 응해 심야의 대학으로 향했다. 정문은 밤 10시면 잠기지만, 널찍한 캠퍼스로는 마음만 먹는다면 얼마든지 숨어들어 갈 수 있어 학생들의 심야 데이트 장소가 되어 있었다.

후문 근처에서 만면에 웃음을 띤 가즈야와 얼굴을 마주했을 때에도 도모미는 아직 대답을 내리지 못하고 있었다. 가즈야의 행동이 자신을 향한 동정에서 오는 게 아니라는 것은, 더는 의심하지 않고 있었다. 그러나 교제를 하면 자신은 가즈야에게 부담이 될지도 모른다는 상념이 도모미를 괴롭히고 있었다.

도모미는 가즈야와 말을 나누지 않고 천천히 둘이서 심야의 캠퍼스를 걸었다.

역시 안 되겠다. 가즈야를 위해서라도 제대로 거절을 해야겠다.

도모미가 그렇게 결단을 내리려고 했을 때, 가즈야가 손을 잡았다. 그 커다란 손의 촉감에 도모미의 가슴에서 심장이 크게 뛰었다.

"선배, 좋은 곳이 있어요."

가즈야는 미소를 짓더니 "좋은 곳?"이라고 고개를 갸웃거리는 도모미의 손을 잡고 빠르게 걸음을 옮겼다. 가즈야는 끌려가듯이 따라가는 도모미를 캠퍼스 중심 주변에 있는 10층짜리 건물로 데리고 가더니 엘리베이터에 태우고 꼭대기 층으로 향했다.

"이 건물……."

"이과동이에요. 화학과, 물리학과, 또 저희 약학과 같은 곳이 연구할 때 사용하는 건물이죠."

가즈야는 웃는 얼굴로 대답하면서 다시금 도모미의 손을 잡고 엘리베이터 옆에 있는 계단을 오르기 시작했다.

"여기예요."

계단을 다 오른 곳에 있는 문을 가즈야가 여는 것과 동시에 강한 바람이 불어 닥쳤다. 머리카락을 누르면서 문 밖으로 나온 도모미는 크게 숨을 들이쉬었다. 널찍한 옥상, 거기에서 동네 야경이 한눈에 들어왔고 올려다보니 하늘엔 별이 가득했다. 하늘과 지상에서 반짝이는 빛을 바라보고 있으니, 무수한 옥석의 바다에 떠 있는 것 같은 기분이 들었다.

도모미는 천천히 옥상 끝까지 나아가서는 철책에 손을 얹고 그 광경을 바라봤다.

"선배, 조심하세요. 여기 철책, 좀 낮아서요. 너무 가까이 달라붙어서 보면 떨어져 버린다고요."

어느샌가 옆에 다가온 가즈야가 농담 투로 말했다.

"여기는……."

"이과 학생들만 아는 장소죠. 이 동네엔 여기보다 높은 건물이 거의 없어서 동네 전체를 둘러볼 수 있죠. 심야까지 연구하는 학생이 있는지라 건물에 자물쇠가 안 걸려 있고 옥상도 천문학과 학생들을 위해 개방돼 있어요."

가즈야는 도모미의 오른손을 양손으로 감싸듯이 쥐더니 똑바로 눈을 들여다봤다.

"도모미 선배, 한 번만 더 말씀드릴게요. 저랑 사귀어 주세요. 병 같은 건 상관없어요. 둘이서라면 서로 지지해 주면서 어떤 것이라도 극복해 나갈 수 있어요. 제가 선배를 지탱할 테니, 선배가 저를 지탱해 주세요."

도모미는 입을 열었다. 그러나 금방 대답을 할 수는 없었다. 갑자기 병마가 덮쳐 온 뒤로 수개월 동안 쌓였던 감정이 가슴속에서 미친 듯이 맴돌고 있었다. 인후 깊은 곳에서 오열이 새어 나오면서 시야가 흐려졌다. 도모미는 이를 악물고 눈을 굳게 감고는 필사적으로 고개를 끄덕였다.

반짝이는 별 아래에서 가즈야는 도모미를 부드럽게 감싸 안아 주었다.

"도모미 씨. 어이, 도모미 씨."

기억을 반추하고 있던 도모미는 가즈야의 목소리에 정신이 번쩍 들었다.

"앗, 미안. 뭐 얘기하고 있었지?"

"괜찮아? 좀 피곤해?"

디스플레이 안의 가즈야가 걱정스럽다는 듯 미간을 찌푸렸다.

"아니. 아주 괜찮아. 몸 상태는 엄청 좋아."

그 말에 거짓은 없었다. 최근 3년간 SLE 병세는 조금씩이나마 확실히 개선되고 있었다. 먹는 약의 양도 차츰 줄어들고 있었다. 최근에는 그 정도로 햇빛이 강하지 않은 날에는 햇빛 속에서도 평범하게 외출할 수 있을 정도가 됐다.

이것도 저것도 모두 가즈야 덕분이었다. 가즈야와 교제를 시작하고 다시금 앞을 바라볼 수 있게 되었기 때문에 병과 맞서 싸울 수 있게 된 것이다.

"가즈야야말로 알레르기는 괜찮아?"

도모미는 화면을 향해 물었다. 가즈야는 꽤나 알레르기에 민감한 체질이라서 못 먹는 음식도 많았다. 아프리카에서 제대로 식사를 하고 있는지가 걱정이었다.

"아, 그거는 문제없어. 제대로 신경 쓰고 있으니까. 아, 맞다, 맞다. 좀 봐 줬으면 하는 게 있는데."

가즈야가 신명난 목소리를 내는 것을 듣고 도모미는 미간을 찌푸렸다. 가즈야는 스물다섯이란 나이에도 어린아이 같은 구석이 있었다. 이런 어조로 말할 때에는 어김없이 무언가 이상한 짓을 해서 도모미를 곤혹스럽게 만들곤 했다.

"이번엔 뭘 했는데?"

도모미가 경계하면서 묻자, 가즈야는 입고 있던 티셔츠를 걷어붙였다.

"뭐야, 그게!?"

디스플레이에 비춰진 광경을 보고 도모미는 비명 같은 소리를 질렀다. 가즈야의 배꼽 옆에 작은 그림이 그려져 있었다.

"뭐냐니, 보면 알잖아. 타투야. 뱀 타투."

영상이 조악해서 처음엔 또렷하게 알 수가 없었으나, 확실히 듣고 보니 그건 몸을 사리고 있는 뱀의 모습이었다.

"타투라니, 무슨 생각이야!?"

"지금 우물을 파고 있는 부락에서는 뱀 타투를 하는 게 마귀를 쫓는 주문이라고 하더라고. 거기 부족장이 권유하기에 좀 해 봤어."

가즈야는 전혀 기죽는 모습을 보이지 않았다.

"4월부터 회사에서 일할 거잖아. 외국에서는 일반적일지 몰라도 일본 회사라면 타투 같은 게 문제가 될 가능성이 높잖아. 게다가 온

천 같은 곳도 타투한 사람 출입 금지인 곳도 많고."

가즈야는 때때로 이렇게, 그때의 분위기만으로 행동하는 경우가 있었다. 이전에도 우연히 지나치던 중고차 가게에서 빨갛고 화려한 소형차에 한눈에 반해, 그 자리에서 계약을 해서 도모미를 놀라게 한 적이 있었다.

도모미는 가벼운 두통을 느끼며 이마를 눌렀다.

"괜찮아. 자원봉사하는 사람 중에 예전에 같은 타투를 한 사람이 있었는데, 마음만 먹으면 레이저로 금방 지울 수 있대. 문제 생길 것 같으면, 일본에 돌아가서 곧장 지울 테니까."

걱정 하나 없는 가즈야의 웃는 얼굴을 보고, 그 이상 불만을 말할 수 없게 됐다.

"오, 뭐야, 가즈야. 그 타투를 여자 친구한테 보여 주고 있는 거야?"

가즈야가 아닌 남자의 목소리가 컴퓨터에서 울려 퍼졌다. 아무래도 같이 자원봉사를 하는 사람 같았다.

"네, 여자 친구도 멋지다고 하네요."

화면의 가즈야가 뒤를 돌아봤다.

그런 말 한마디도 안 했잖아. 도모미는 입술을 삐죽였다.

"조심하라고. 꽤나 통역이 대충이니까. 마귀를 쫓는 타투라고 생각했던 게 실은 '저주의 타투'일 수도 있고 하니까."

웃음소리와 함께 그런 불길한 말이 들려왔다.

"잠깐만! 저주라니 무슨 말이야?"

"농담이야, 도모미. 아프리카식 농담."

도모미가 약간 몸을 앞으로 숙이자, 가즈야는 다시 정면을 바라보면서 파닥파닥 손을 저었다.

"그게 아니면, 설마하니 도모미. '저주' 같은 걸 믿는 사람이야?"

놀리는 투로 말하기에 도모미는 한순간 할 말을 잃었다.

"……딱히 그런 비과학적인 걸 믿는 건 아니지만."

그렇다곤 해도 저주 같은 불길한 말을 들으면 기분 나쁘잖아. 도모미는 마음속으로 불만을 토로했다.

"앗, 미안. 슬슬 다음 사람이랑 교대해야 할 것 같아. 또 다음 주에 얘기할 수 있을 것 같으니까 좀 기다려 줘."

"응. 알겠어……."

모처럼 오랜만에 연인과 통화하는 거였는데, 정말로 하고 싶었던 말을 하지 못하고 끝나 버렸다. 도모미의 가슴에 불만이 맺혔다.

"도모미."

통화를 끝내려고 컴퓨터로 손을 뻗은 순간, 지금까지의 경박한 어조와는 다른 조용한 목소리로 가즈야가 이름을 불렀다. 도모미의 손이 멈췄다.

"응? 무슨 일 있어?"

조악한 화상으로도 알 수 있는, 어딘가 골똘히 생각에 잠긴 듯한 가즈야의 표정에 불안이 끓어올랐다.

"아니, 그런 건 아니고. 그저 일본에 돌아가면 도모미한테 묻고 싶은 게 있어."

"묻고 싶은 거? 지금은 안 돼?"

"이런 화면 너머가 아니라, 제대로 직접 만나서 말하고 싶어. 중요한 거니까."

"중요한 거⋯⋯."

도모미는 그 말을 곱씹었다. 어슴푸레한 예감에 심장이 두근하고 울렸다.

"아, 정말로 이제 교대해야만 할 것 같아. 도모미, 그럼 나중에 보자. 사랑해."

웃는 얼굴로 가증스런 말을 입에 올리며 가즈야는 손을 흔들었다.

"응, 나중에 봐."

도모미가 손을 흔들자 디스플레이에 비치고 있던 영상이 꺼졌다.

도모미는 눈을 감았다. 눈꺼풀 뒤로 영상이 꺼지기 직전 가즈야의 웃는 얼굴이 되살아났다.

대체 무슨 일이 있었던 걸까?

침대에 걸터앉은 도모미는 문고책을 읽는 척하면서, 슬며시 같은 방에 있는 가즈야의 모습을 살폈다. 가즈야는 카펫 위에 놓인 좌식 의자에 앉아 TV 뉴스 방송을 보고 있었다. 그러나 텅 빈 그 눈을 보면 뉴스에 흥미가 없다는 게 명확했다.

그저께, 가즈야는 약 3개월간의 아프리카 봉사활동을 마치고 귀국했다. 공항으로 마중을 나간 도모미를 발견하고 가즈야는 슈트케이스를 질질 끌면서 웃는 얼굴로 다가왔다. 그러나 그 얼굴이 짓고 있는 미소는 어딘지 약했고 어두운 그림자가 드리워져 있었다.

동네로 돌아오는 전차 안에서도 가즈야는 왠지 마음이 먼 곳에 있는 것 같은 느낌으로, 아프리카에서 어땠는지 얘기를 듣고자 하는 도모미의 말도 그다지 귀에 들어오지 않는 모습이었다.

분명 긴 여행으로 지쳐 있는 거겠지. 그렇게 생각한 도모미는 본래대로라면 자기 맨션에서 같이 밤을 보내고 싶었지만, 자기 집에서 푹 쉬라고 권유한 뒤 아파트 앞까지 가즈야를 배웅했다. 그다음 날도 휴식을 취하라며 만나지 않았고, 오늘 저녁에 가즈야를 집으로 불러 저녁을 대접했다.

하루 종일 푹 심신을 쉬면 다시 밝은 연인으로 돌아와 줄 것이라고 생각했었다. 그러나 오늘도 가즈야는 말수가 적었고 때때로 보이는 미소도 어딘지 힘겹게 짓고 있는 것같이 보였다.

아직 피로가 덜 풀린 건가? 분명 안색은 별로 좋지 않은 듯해 보였다. 그러고 보면 아프리카에서 연락할 때도 후반에는 자주 "피로가 쌓였어."라든지 "몸이 나른해." 같은 약한 소리를 하곤 했다.

"있지, 가즈야."

도모미는 문고책을 옆에 내려놓더니 가즈야에게 말을 걸었다. 가즈야는 TV에서 도모미에게 시선을 옮기더니 웃음을 지었다. 어딘가 인공적인 웃음을.

"도모미, 무슨 일 있어?"

"아니, 좀 피곤해 보이길래, 괜찮은가 해서."

"……응, 아직 조금 몸이 나른한 것 같아. 그래도 괜찮아. 앞으로 이삼일 지나면 원래대로 돌아올 테니까."

가즈야는 우스꽝스럽게 어깨를 으쓱해 보였다. 조금이지만 평소 가즈야의 모습이 돌아와 있었다.

"다다음달부터는 나도 회사에 들어가니까 이런 일로 약한 소리를 하고 있을 순 없지."

"그렇지…… 가즈야, 사회인이 되는 거지."

도모미는 어렴풋하게 불안함을 느꼈다. 앞으로 얼마 후면 우리들의 관계는 크게 변하리라. 가즈야는 도쿄에서 일하기 시작한다. 이대로는 원거리 연애가 되어 버려서 지금까지처럼 가볍게는 만날 수가 없게 되겠지.

나도 도쿄로 이사를 갈까? 다행스럽게도 웹디자이너 일이 순조로워서 이사 비용만큼은 충분했다. 인터넷 환경이 있으면 어디에서든 일을 할 수가 있었다. 가즈야가 이사할 곳 근처로 맨션을 빌리면 지금까지와 똑같이 만나는 것도 가능하고 사회인이 되어 여러모로 바빠질 가즈야를 달래주는 것도 가능할 것이다.

아니, 그럴 바에는 차라리 함께…….

도모미는 입가에 힘을 주었다. 지금까지는 왠지 모르게 꽤나 먼 미래의 일 같은 기분이 들어 가즈야와 내년 일을 제대로 얘기하지 않았었다. 그래도 언제까지나 애매하게 둘 수는 없었다.

도모미는 바싹 마른 입술을 핥아 촉촉하게 만들고는 천천히 입을 열었다.

"있지, 가즈야. 두 달 전쯤에 말했었던 '일본에 돌아가면 묻고 싶은 거'가…… 뭐야?"

도모미는 떨리는 목소리로 물었다. 가즈야는 순간 눈을 크게 뜬 다음, 입술을 악물고 고개를 떨궜다. 그 태도가 도모미의 불안을 부추겼다.

심장 박동이 아플 정도로 빨라지는 것을 느끼면서 가즈야의 말을 기다렸다. 점착질 같은 시간이 흘러갔다.

가즈야는 꼬박 3분 정도 침묵한 뒤 고개를 숙인 채 입을 열었다.

"……미안, 아직은 말할 수가 없어. ……아직은."

모기가 우는 것 같은 목소리로 가즈야는 중얼거렸다. 도모미는 지금까지, 이 정도로 약한 모습의 가즈야를 본 적이 없었다. 왠지 몰랐지만 자신의 질문이 가즈야를 궁지로 몰아넣었다는 걸 깨달았다.

"아, 아니야. 전혀 상관없어. 신경 쓰지 마. 약간 궁금했던 것뿐이니까."

가슴 앞에서 양손을 내저으며, 어떻게든 그 상황을 고치려고 했다. 그러나 가즈야는 계속해 고개를 숙인 채로 있었다. 도모미는 다급히 화제를 바꾸려고 했다.

"그러고 보니, 그 마귀를 쫓는 타투 보여 줘. 뭐더라? '저주의 타투'였나."

도모미는 가능한 한 밝은 어조로 익살스럽게 말했다. 그 순간 푹 숙이고 있던 가즈야의 고개가 벌떡 들렸다.

"저주의 타투?"

도모미를 바라보면서 가즈야는 낮은 목소리로 말했다. 마치 유리 알이 안와에 박혀 있는 것처럼 그 눈에서는 감정의 빛이 사라져 있었다. 도모미의 등골에 차가운 전율이 흘렀다.

"아, 그거 말이야. 자원봉사 같이 하던 사람이 농담으로 말했었잖아. 통역이 잘못되었을 수도 있다고."

횡설수설하면서 도모미는 잇따라 말했다. 가즈야는 천천히 시선을 도모미에게서 셔츠에 엎힌 자신의 배로 떨어뜨렸다. 타투가 새겨진 자신의 배로.

다음 순간 가즈야는 잇몸이 다 드러날 정도로 입술을 일그러뜨렸다.

"아니야! 이건 저주의 타투 같은 게 아니야! 그럴 리가 없어! 그럴 리가 없어……."

가즈야는 양손으로 자신의 어깨를 감싸더니 작게 떨기 시작했다. 도모미가 아연실색하고 있는 와중에 그 떨림은 점점 심해졌다.

도모미는 허둥지둥 가즈야의 몸에 손을 둘렀다.

"가즈야, 진정해. 괜찮으니까. 괜찮으니까, 천천히 심호흡해."

도모미가 팔에 힘을 넣자 천천히 가즈야의 떨림은 약해져 갔다. 다음 순간, 가즈야도 도모미의 몸에 팔을 둘렀다. 두 사람은 말없이 서로를 계속해 안고 있었다. 아직 완전히는 멎지 않은 가즈야의 떨림이 도모미의 몸에 전해졌다.

"……도모미, 고마워. 이제 안정됐어."

몇 분이 지나자 가즈야는 작은 목소리로 중얼거리고는 도모미의 몸에 두르고 있던 팔을 풀었다. 도모미도 천천히 힘을 뺐다.

도모미와 가즈야의 시선이 얽혔다. 누구부터랄 것도 없이 두 사람의 입술이 겹쳐졌다.

가즈야는 도모미의 입안으로 혀를 밀어 넣고는 혀를 휘감았다. 스웨터 위로 세게 가슴을 쥐여 도모미는 숨을 헐떡였다.

가즈야는 도모미의 몸을 안아 올려, 침대 위로 옮기더니 난폭한 손놀림으로 도모미의 스웨터를 걷어붙여 갔다. 지금까지 경험한 적 없이 없는 강인한 태도의 가즈야에게 놀라면서도, 속옷 차림이 된 도모미는 가즈야의 몸에 팔을 둘렀다. 도모미의 목덜미에 혀를 댄 순간, 갑자기 가즈야의 움직임이 멈췄다.

"가즈야……?"

이상하게 생각한 도모미가 말을 걸자 가즈야는 "아앗!" 하고 비명 같은 소리를 지르고는 상반신을 들어 올렸다. 그 얼굴은 불길로 지진 밀랍처럼 일그러져 있었다.

"왜, 왜 그래? 괜찮아, 조금 놀라긴 했지만 싫지 않아."

가즈야는 다시금 안으려고 손을 뻗은 도모미의 어깨를 양손으로 잡더니 잡아떼듯이 눌렀다. 도모미의 입에서 작게 비명이 새어 나왔다.

"아, 아, 아……."

단어가 되지 못하는 소리를 내면서 가즈야는 일어서더니 양손으로 머리를 감쌌다.

도모미는 갈라진 목소리로 물었다.

"왜 그래…… 가즈야."

"아니야……. 절대 '저주' 같은 게 아니야……. 그럴 리 없어……."

머리를 감싼 채로 중얼중얼 중얼거리면서 가즈야는 뒷걸음질을 쳤다. 그 지독히도 이상한 모습에 도모미가 속옷만 걸친 가슴께를 가리며 일어서자 가즈야는 퍼뜩 크게 몸을 떨었다.

"괜찮아. 괜찮으니까."

무슨 일이 벌어지고 있는 건지 알지 못한 채, 도모미는 "괜찮아." 라고 반복하는 것밖에 할 수 없었다.

"미안. 지금은, 지금은 안 될 것 같아……."

가즈야는 미아가 된 어린아이 같은 표정을 지으면서 도모미를 바라보더니 몸을 돌려 현관으로 향했다.

"가즈야!?"

도모미가 말릴 틈도 없이 현관문을 연 가즈야는 방 바깥으로 뛰어나갔다. 문이 닫히는 무거운 소리가 괜스레 크게 도모미의 고막을 흔들었다.

"요전엔 미안했어."

테이블을 끼고 맞은편에 앉은 가즈야가 머리 가마가 보일 정도로 고개를 숙였다.

"그건 괜찮은데……. 그보다도 최근 한 달 동안 무얼 하고 있었던 거야?"

도모미는 미간을 찌푸리며 약 한 달 만에 만난 연인에게 물었다.

"아니, 좀 이거저거."

"이거저거라고 할 게 아니잖아. 한 달이나 연락이 안 됐는데!"

고개를 움츠리고 눈을 흡뜬 상태로 시선을 던지는 가즈야에게 도모미는 화를 냈다.

지난달, 지독히도 이상한 모습으로 방을 뛰쳐나간 가즈야에게 도모미는 필사적으로 연락을 하려고 했다. 그러나 그로부터 한 달 가까이 가즈야는 전혀 전화도, 문자에도 반응하지 않았다. 가즈야의 아파트도 몇 번인가 찾아갔지만, 역시 만날 수 없었다.

설마하니 이대로 두 번 다시 가즈야와 만나지 못하게 되는 걸지도 몰랐다. 몸을 찢어 놓는 것 같은 그런 불안을 안고 매일을 보내고 있자니, 어제 갑자기 가즈야에게서 전화가 와서는 오늘 만나 얘기를 하고 싶다고 하는 것이었다.

그리고 정오를 조금 지났을 무렵 카페에서 만나 약 한 달 만에 얼굴을 마주한 순간, 가즈야는 정중히 고개를 숙였다.

아무런 연락도 없이 사라졌던 것에 대한 분노와, 한 달 만에 연인과 얼굴을 마주할 수 있게 된 기쁨과 안도로, 도모미의 머릿속은 엉망진창이 되어 있었다. 필사적으로 다음에 할 말을 찾고 있자니, 웨이트리스가 두 사람 앞에 컵을 놓았다.

도모미는 가즈야에게 예리한 시선을 던지면서, 컵 안의 다즐링 차를 한 모금 홀짝였다. 그 온기와 훌륭한 향이 조금 냉정함을 되찾게 해 주었다.

도모미는 한 번 크게 숨을 내쉬더니 천천히 입을 열었다.

"그럼 다시 설명해 줘. 요 한 달 동안, 무슨 일이 있었는지."

가즈야는 커피를 블랙 그대로 한 모금 마시더니 도모미와 시선을 맞췄다.

"정말로 미안. 뭐라고 할까…… 아프리카에서 여러모로 비참한 상황을 봐서. 약간 PTSD 같은 상태가 되어 있었단 말이야. 그래서 그렇게 평정심을 잃고 말이지. 그래서 본가 근처의 종합병원 정신과에서 요 한 달 동안 치료를 받고 있었어."

가즈야는 담담히 설명을 해 나갔다. 그러나 원고를 읽고 있는 것 같은 그 막힘 없는 말투는 도모미의 불신감을 불러일으켰다.

"……가즈야가 가 있던 데는 치안이 좋았던 곳이었잖아. 그런 곳에서 PTSD가 될 만한 경험을 했다는 거야?"

"치안이 좋다고는 해도 일본이랑 비교할 수 있는 레벨이 아니니까. 꽤나 비참한 광경을 보고 왔단 말이야. 아이가 병에 걸려서 차츰 죽어 간다든가……."

가즈야의 표정에 어두운 그림자가 드리워졌다. 그 말에는 감정이 실려 있었다. 분명 가즈야가 아프리카에서 비참한 광경을 보고 왔다는 것은 사실이겠지. 그래도 그게, 가즈야가 그 정도로 평정심을 잃은 원인이라고는 솔직하게 납득할 수가 없었다.

"……저주."

도모미가 나지막이 중얼거렸다. 가즈야의 표정에 노골적인 동요가 비쳤다.

"그날 밤에 가즈야, 뭔가 '저주'라고 내뱉었잖아. 그거 뭐였어?"

도모미가 낮은 목소리로 묻자, 가즈야는 기분을 안정시키기 위해서인지 커피를 한 모금 더 마시고 나서는 음울한 목소리로 얘기를 시작했다.

"……내가 간 마을에서는 아이들이 제법 많이 죽어 나갔어. ……
위생 환경이 상당히 나빴으니 말이야. 그래서 아이가 죽으면 으레
마을 사람들이 '이건 저주다.'라며 소동을 피웠어. 선조의 저주가 아
이를 죽였다고."

"아직도 그런 얘길 믿는다고……?"

도모미가 표정을 일그러뜨리자 가즈야는 어두운 표정으로 고개
를 끄덕였다.

"응. 꽤나 변방 지역이라서 아직 주술사가 환자를 진찰하는 곳이
니까. 그래서 내가 거기에 있는 동안에도 몇 명인가 아이들이 숨을
거둬서, 그때마다 마을 안이 '저주다!'라면서 소란을 피워 댔지. 그
러다 보니 나도 왠지 모르게 정말로 '저주'가 있는 것 같은 기분이
들어서……."

가즈야의 목소리는 갈수록 작아졌다. 그런 가즈야를 도모미는 계
속해 바라봤다.

저주 같은 비과학적인 게 있을 리가 없었다. 그래도 그렇게 생각
할 수 있는 건 분명 내가 안전권, 사람의 '죽음'이라는 게 과잉일 정
도로 일상생활에서 격리된 이 일본이라는 나라에서 살고 있기 때문
이겠지. 만일 가즈야처럼 실제로 그 마을에서 지내며 눈앞에서 차
례로 사람들이 숨을 거두는 걸 직접 봤더라면, 나도 '저주'의 존재
를 믿어 버릴지도 몰랐다.

도모미는 PTSD에 걸렸다는 가즈야의 얘기를 차츰 받아들였다.

"그래, 치료해서 나아졌어?"

긴장하며 물으니 가즈야는 웃는 얼굴로 고개를 끄덕였다.

"한 달 동안 제대로 치료한 덕분에 꽤 좋아졌어. 이제 그날 밤 같은 일은 벌어지지 않을 테니까 안심해."

"⋯⋯그래. 그렇다면 다행이지만."

도모미는 애매하게 고개를 끄덕였다. 가즈야의 웃음이 예전처럼 구김 없지 않고 어딘가 어두운 그림자를 품고 있는 게 신경이 쓰였다.

"⋯⋯가즈야, 그런 상태로 다음 달부터 제대로 도쿄에서 일할 수 있겠어? 제약회사 영업이란 게 엄청 힘들잖아. 게다가 도쿄에 갈 거라면 슬슬 이사해야지."

요 한 달 동안, 가즈야와 연락이 닿지 않아서 앞으로의 일을 생각할 여유 같은 게 없었다. 그래도 이렇게 다시 가즈야와 만났으니까, 다음 달 이후의 일도 생각을 해야 했다.

가즈야의 정신 밸런스가 불안정하다면, 역시 나도 도쿄로 이사해서 옆에서 지지해 주는⋯⋯.

"앗, 도쿄 제약회사에 근무하는 건 그만뒀어."

태연하게 내뱉은 가즈야의 말에 도모미는 눈을 부릅떴다.

"뭐!? 무슨 말을 하는 거야!?"

"그러니까 도쿄 회사 내정은 취소했다고. 주치의 선생님한테서 지금은 환경을 크게 바꾸거나 심신에 스트레스를 주지 않는 편이 좋다는 말을 들어서. 뭐, 인사과 사람은 툴툴거리면서 불만을 말하던데, 정신적인 문제라고 설명하니까 이해해 주더라고."

"그럼, 다음 달부터는 어떻게 할 거야?"

가즈야가 무직이 된다면 내 수입으로 생계를 꾸려 나갈 수 있으려나. 일은 순조로우니 불가능할 것까지는 없을지 몰라도 그다지 안정된 직업이 아니니까. 게다가 만일 내 꿈을 이룬다고 한다면…….

"괜찮아, 이 동네 제약회사에 근무하게 됐어."

"뭐어?"

가즈야가 무슨 말을 하는지 이해가 되지 않아서 도모미는 새된 소리를 냈다.

"그러니까 약학부 선배 연줄로 이 동네에 있는 사우스 제약이라는 곳에서 근무하게 됐다고. 도모미도 알고 있잖아. 고이즈미 사야카 선배 말이야."

분명 고이즈미 사야카는 알고 있었다. 자원봉사 동아리 선배였다. 꽤나 적극적인 사람인데 자주 해외 자원봉사에 나가곤 했다. 분명, 특히 아프리카에 자주 가곤 했을 터였다.

"그래도 스트레스를 받으면 안 되잖아? 제약회사에 들어가면 의미 없는 거 아냐?"

"사우스 제약에는 영업직이 아니라 연구직으로 취직했어. 월급은 적더라도 스트레스는 현격하게 줄어들 거야. 원래 나, 연구 좋아하니까."

"그렇다면 잘됐지만……."

도모미는 우물거렸다. 그날 밤 가즈야의 모습이 뇌리를 스쳤다.

또 그런 상태가 되지 않으면 좋으련만…….

그저 가즈야가 이 동네에서 취직해 준 것은 기뻤다. 이걸로 가즈야와 떨어지지 않고 지낼 수 있게 됐다.

"그러면 도모미, 내가 사회인이 되더라도 잘 부탁해. 앞으로도 사이좋게 잘 지내 보자고."

가즈야는 밝은 어조로 말하고는 테이블 너머로 손을 뻗어 왔다. 도모미는 순간 주저했지만 그 손을 잡았다.

그러나 왜인지 마음속의 불안은 사라지기는커녕 부풀어 오르기만 했다.

분명 '저주'가 가즈야를 바꿔 버렸다. 도모미는 그렇게 생각하지 않고는 배길 수가 없었다.

아프리카에서 돌아와 사우스 제약에 취직한 뒤로 가즈야는 분명히 예전과는 달라져 있었다. 우선 도모미와의 밤 생활이 없어졌다. 학생 때엔 어리기도 했지만 가즈야 쪽에서 적극적으로 원하곤 했다. 그러나 아프리카에서 돌아온 이후로 가즈야가 꾀는 경우는 완전히 없어졌다.

도모미가 부끄러움을 참고 말을 꺼내도 입술을 겹치거나 몸을 만지기는 해 주었으나 끝까지는 절대로 하려고 하지 않았다.

처음에는 애정이 식은 건 아닐지 불안한 생각이 들었다. 그러나 취직한 가즈야는 이전보다도 빈번하게 도모미를 만나고 싶어 했으며 일주일에 서너 번은 도모미의 방에서 지내고 가게 됐다.

가즈야의 품에 안겨 있으면 그것만으로도 마음이 충족돼 차츰 성행위가 없는 것에 불만을 품지 않게 되었다.

다만 시간이 지날수록 가즈야는 조금씩, 그러나 확실히 소모되어 갔다. 처음에는 밤 9시 정도까지는 일을 끝낸 듯했으나, 취직하고 나서 1년 정도 지나자 날짜가 바뀔 때 즈음에서야 도모미의 방에 찾아오는 경우가 늘어 갔다.

"좀 더 업무량을 줄일 수는 없어? 대체 무슨 연구를 하고 있는데?"

도모미가 그렇게 물으면 가즈야는 "이 연구를 빨리 완성시켜야만 해. 연구 내용은 비밀 엄수 의무가 있어서 말할 수 없어."라고 강한 어조로 반복했다. 그럴 때마다 도모미는 강한 불안과 무력감에 시달렸다.

가즈야가 변하고 있었다. 가장 가까이서 봐 온 도모미에겐 그게 명확했다.

예전보다 여위고, 광대뼈가 두드러졌다. 수면 부족 탓인지 언제나 눈은 충혈돼 있었다. 그리고 변화는 외견뿐만 아니라 성격에도 나타나기 시작했다. 원래는 밝은 성격이었는데, 어둡고 울적해지는 경우가 많아졌다. 사소한 일에 짜증을 내기 시작하면서 도모미와 부딪히는 일도 늘어 갔다. 스트레스 탓인지, 빈번히 알레르기 증상을 일으키게 되었고, 몇 번이고 온몸에 두드러기가 나서 고생을 했다. 그리고 언제부터인지 정신과 주치의로부터 처방받았다고 하는 약을 대량으로 먹고 있었다.

그런데도 도모미는 필사적으로 가즈야를 계속해 지탱했다. 깊은 바닥에 있던 자신을 구해 준 가즈야를 이번에는 자신이 구해 주고 싶었다.

그런 한계에 다다른 매일이 2년 정도 지속된 4월 초순의 어느 날 밤, 결국 파탄의 시간이 오고 말았다.

그날 21시경, 도모미가 치즈 케이크를 포크로 무너뜨리면서 집에서 일을 하고 있자니, 인터폰이 연속해서 울렸다. 계속해서 울리는 인터폰에 공포를 느끼면서 문구멍을 통해 들여다보니 바깥 복도에 고개를 숙인 가즈야가 서 있었다.

"가즈야, 무슨 일이야?"

도모미가 문을 열자 가즈야는 말없이 만취한 사람처럼 불안정한 걸음으로 방 안으로 들어왔다. 지금까지 가즈야는 방에 오기 전에 반드시 알려 주곤 했다. 그런데 오늘은 연락 없이 온 것도 모자라, 태도도 평소와 달랐다. 문 열쇠를 잠근 도모미는 빠른 걸음으로 가즈야의 뒤를 좇아 방으로 들어갔다.

가즈야는 침대 앞에 무릎을 꿇더니, 갑자기 꽉 쥔 주먹을 몇 번이고 반복해서 이불에 내리치기 시작했다.

"진정해. 무슨 일이 있었던 거야?"

도모미는 당황해서 가즈야의 어깨에 손을 올렸다. 가즈야는 손의 움직임을 멈추고 천천히 고개를 돌렸다. 거기에 떠 있는 표정은 한껏 일그러져서 울고 있는 것처럼도, 웃고 있는 것처럼도 보였다.

"저주……."

가즈야가 나지막이 중얼거린 순간 도모미는 심장이 덥석 쥐인 것 같은 기분이 들었다. 이 2년 동안, 그 단어를 가즈야가 입에 올린 적은 없었다. 가즈야를 바꿔 버린 계기가 되어 버린 그 단어를.

"무…… 무슨 말을 하는 거야?"

스스로도 이상하게 느낄 정도로 도모미의 목소리는 날카로웠다.

"회장이…… 말도 안 되는 소리를 꺼냈어."

가즈야는 고개를 숙이더니 소곤소곤 혼잣말처럼 얘기를 시작했다.

"회장이라니, 사우스 제약 회장 말이야?"

"그래……. 나는 계속해서 회장이랑 연구를 해 왔어. 그런데 오늘 그 사람이 말도 안 되는 소릴 하잖아…….'

"가즈야가 하는 연구라는 거, 그렇게 커다란 회사의 회장이랑 같이 하는 거였어!?"

도모미는 눈을 깜빡였다.

"나는 그 연구에 모든 걸 걸고 있었다고! 그런데 그 사람은…….'

가즈야는 도모미의 질문에 대답하지 않고 다시금 이불에 주먹을 내리꽂았다.

"회장이랑 무슨 일 있었어?"

가즈야를 등 뒤에서 껴안으면서 도모미는 필사적으로 질문을 거듭했다.

"나를 방관했다고! 그 녀석이랑 한편이 돼서 나를 방관하기나 하고! 분명 연구를 완성시킨 건 그 녀석이야. 그래도 나도 공헌해 왔단 말이야. 그런데…… 말도 안 되는 소리나 하고…….'

"그 녀석이라니?"

"……사야카 선배의 여동생, 내 연구 동료야. 그 녀석, 연구 성과를 내가 사용하지 못하게 할 생각인 거야. 나한테서 숨기려고 데이터를 분할해서 회장이랑 보관해 버렸다고. 그런 짓, 절대로 용서 못해! 절대로……."

사야카 선배의 여동생? 대체 무슨 얘기지? 도모미는 혼란스러웠다.

"무슨 일이 있던 거야? 가즈야는 그 회사에서 대체 무슨 연구를 해 온 건데?"

침을 삼키고는 긴장하면서 그 질문을 입에 올렸다. 가즈야가 완고하게 계속 숨겨 온 연구 내용. 대체 그건 뭘까? 그걸 가즈야가 사용하지 못하게 한다는 건 무슨 얘기지?

가즈야는 몸을 경직시키고는 목 관절에 녹이 슨 것 같은 움직임으로 뒤를 돌더니 도모미랑 시선을 맞췄다. 그 표정에는 격렬한 망설임이 떠올라 있었다.

수십 초 동안 침묵이 흐른 뒤, 가즈야는 목구멍 깊은 곳에서 목소리를 짜냈다.

"……저주를 풀기 위한 연구야."

"저주를……?"

지독히도 미신적인 울림에 도모미는 미간을 찌푸렸다. 이건 모종의 농담인 걸까? 지금 시대의 일본에서 저주 연구라니…….

"그래. 거기서 하는 연구가 완성되면 나는 구원받을 수 있을 거라고 생각했어."

"잠깐 기다려. 구원을 받는다니 무슨 의미야?"

도모미는 가슴속에서 미친 듯이 맴도는 불안을 필사적으로 억누르면서 갈라지는 목소리로 물었다.

"나는 저주받았다고!"

가즈야는 양손으로 얼굴을 덮었다.

"가즈야, 진정해. 부탁이니까 진정해. 저주 같은 건 없어. 그런 거 전부 미신이라고."

도모미가 필사적으로 말을 걸자 가즈야는 천천히 고개를 들었다.

"……미신 같은 게 아냐. 그 아프리카 마을에서는 저주가 퍼져 있었어. 그래서 어른도 아이도 점점 죽어 갔던 거야."

초점을 잃은 가즈야의 눈이 도모미를 포착했다. 감정이 떠 있지 않은 유리알 같은 눈. 2년 전 그날 밤과 같은 눈. 도모미는 필사적으로 비명을 집어삼켰다.

"여, 여기는 아프리카가 아니잖아. 그 마을이랑은 1만 킬로미터 이상 떨어져 있다고. 저주가 있다고 하더라도 여기까진 닿지 않을 거야."

도모미는 어린아이를 어르듯이 타이르는 듯한 어조로 말했다. 그러나 가즈야는 천천히 고개를 좌우로 저었다.

"2년 전부터 나는 계속 저주받은 상태야. 이 타투를 한 순간부터!"

갑자기 가즈야가 셔츠를 걷어 붙였다. 배꼽 옆에 새겨진 똬리를 튼 뱀 타투가 드러났다. 혀를 내민 뱀의 생생한 모습. 연인의 몸에 그려진 그 불길한 그림에 도모미의 표정이 굳었다.

"그, 그건 '마귀 쫓는 타투'잖아. 분명 그게 '저주'도 튕겨내 줄 거라고.”

　도모미는 필사적으로 말을 이어 나갔다. 어떻게 하면 연인을 설득할 수 있을지 이제는 알 수가 없었다.

　“마귀를 쫓는다고? 마귀를 쫓는 것 따위가 아녔어. 이 타투야말로 ‘저주’ 그 자체야. 나는 이 타투에 목숨을 잃게 될 거야!”

　가즈야는 쉰 목소리로 소리를 지르며 일어서더니 테이블에 놓였던 케이크 접시에서 작은 포크를 손에 쥐었다. 다음 순간, 가즈야는 포크를 아무렇게나 자기 배, 똬리를 틀고 있는 뱀에 꽂아 넣었다.

　도모미는 비명을 지르지도 못하고 굳어 버렸다. 그런 동안에도 가즈야는 포크를 배에 계속해 찔러 댔다.

　끝이 그렇게 뾰족하지 않아서 깊이 찌르지는 못했으나, 그런데도 피부가 찢겨 피가 흘러 나왔다. 10초 정도 지나자 뱀의 모습을 거의 확인할 수 없을 정도로 상처가 확대되어 있었다.

　“그만둬!”

　겨우 얼음 상태에서 벗어난 도모미가 몸을 부딪치듯이 가즈야에게 안겼다. 포크를 쥔 손이 허공에서 멈추더니 추욱 늘어졌다. 손에서 포크가 떨어졌다.

　“왜 이런 짓을 하는 거야……. 이제 그만둬…….”

　도모미는 토막토막 끊기는 말로 간절하게 바랐다. 굳어 있던 가즈야의 몸에서 힘이 빠져나갔다.

　“……미안.”

　귀를 기울이지 않으면 놓칠 것 같은 작은 목소리로 가즈야는 사죄했다. 도모미는 그저 소리를 죽이고 계속해 우는 것밖에 할 수 없었다. 이윽고 가즈야도 작게 울음소리를 내기 시작했다.

두 사람은 껴안은 채로 계속해 오열했다.

얼마나 시간이 지났을까. 도모미는 수분이 지난 것 같기도, 한 시간 이상이 지난 거 같기도 했다. 두 사람은 누가 먼저랄 것도 없이 몸을 뗐다.

"있지, 가즈야. ……이제 그런 회사 그만둬."

도모미가 코를 홀쩍이면서 침묵을 깼다. 가즈야는 굳게 입을 다문 채로, 대답을 하지 않았다.

"회사 그만두고 이 방에서 같이 사는 거야. 가즈야, 일이 너무 바빠서 스트레스가 쌓이는 거라고. 몇 개월쯤 쉰다면 분명 건강해질 거라니까. 괜찮아. 웹디자인 일은 순조롭고, 저축한 돈도 꽤 있으니까, 둘이서 지내는 것 정도는 가능할 거야."

가즈야에게서 대답은 역시나 없었다. 그러나 도모미에겐 그 표정이 어느 정도는 풀어진 것처럼 보였다.

도모미는 가슴을 누르면서 마음을 진정시켰다. 중요한 것을 말하기 위해서.

지금이 그럴 타이밍인지는 알 수가 없었다. 그래도 몇 년이나 마음속에 숨겨 두고 있던 이 마음을 이 이상 담아 둘 수만은 없었다. 도모미는 마른 입술을 가볍게 핥았다.

"둘이서 지내면서 가족이 되자. 가즈야랑 나랑…… 그리고 우리 아이랑."

270

"아이!? 하지만 분명……."

크게 눈을 뜬 가즈야의 앞에서 도모미는 천천히 고개를 끄덕였다.

"응. 병세가 나빴을 때엔 임신은 무리라는 얘기를 들었어. 그래도 가즈야가 지탱해 준 덕분에 최근 3년 동안 먹는 약의 양도 엄청나게 줄었어. 그래서 주치의 선생님도 절대로 틀림없다고 말씀해 주셨는걸. 지금 상태라면 임신해서 아이를 낳을 수 있대."

평생 안고 가야 할 이 병에 걸렸을 때 나는 미래를 잃었다. 그래도 가즈야 덕분에 지금은 미래가 보이고 있었다. 가즈야와 함께 아이를 기른다는 밝은 미래가.

"언제까지 병세가 안정될지는 몰라. 혹시나 갑자기 다시 악화되어 임신을 할 수 없는 상태가 될지도 모르고. 그러니까 가즈야, 부탁이야. ……나랑 가족이 되어 줘."

있는 온갖 용기를 짜내서 도모미는 말을 만들어 갔다. 남은 건 가즈야의 대답을 기다리는 것뿐이었다.

분명 가족이 된다면 가즈야의 마음에 자리 잡은 '저주'도 풀 수 있을 것이다. 당장은 무리일지 몰라도 천천히 원래의 가즈야를 되찾는 게 가능할 것이다. 진정한 의미로 서로를 지탱하면서 살아갈 수 있다. 도모미는 그렇게 확신하고 있었다.

가즈야는 떨리는 입술을 열었다. 그러나 그 입에서 말이 나오는 일은 벌어지지 않았다. 얼굴 근육이 가늘고 복잡하게 꿈틀거렸다.

가즈야의 양손이 천천히 도모미를 향해 뻗어 나왔다. 그 몸을 끌어안으려는 듯이. 긴장으로 굳은 도모미의 표정이 풀려 갔다. 그러나 그 손은 도모미의 몸에 닿기 직전에 정지했다. 가즈야가 고개를 숙였다.

"가즈야?"

도모미가 말을 건 순간, 가즈야는 고개를 퍼뜩 들었다. 뻗어 있던 손이 도모미의 어깨를 붙잡고 확 떠밀었다. 도모미는 작게 비명을 지르면서 카펫 위로 넘어졌다.

가즈야는 크게 혀를 차면서 일어서더니 도모미를 흘겨봤다. 방에 들끓는 해충을 보는 거 같은 차가운 시선에 꿰뚫려, 도모미는 망연 자실했다.

"왜, 왜 그래…… 가즈야?"

쓰러진 그 자세 그대로, 도모미는 딱딱하게 굳은 혀를 필사적으로 움직였다.

"왜 그러냐니 무슨 소리야. 뭘 우쭐거리고 있는 거야, 너."

가즈야가 내뱉은 그 말은, 탄환처럼 도모미의 가슴을 꿰뚫었다.

"우쭐……거리고 있다고?"

"그래. 가족이 되고 싶다고? 나랑 아이를 갖고 싶어? 무슨 헛소릴 하고 있는 거야. 내가 너한테 푹 반해 있다고, 정말로 생각하고 있던 거야?"

가즈야는 입술 끝을 들어 올리더니, 깔보듯이 코웃음을 쳤다.

"하지만 병에 걸린 나를 걱정해 주고……."

"걱정? 그런 걸 할 리 없잖아. 그렇게라도 말해 두면 병에 걸려서 나약해진 너를 손에 넣어서 안을 수 있겠거니 생각했을 뿐이야. 넌 좋은 여자였으니까. 그렇지만 아무리 좋은 여자라도 질려 버리고 만다고. 안는 게 귀찮아졌단 말이지. 뭐, 그래도 밥 같은 거 만들어 주니까 그냥 됐던 거지, 설마 나랑 결혼하고 싶단 말 같은 걸 꺼내다니. 좀 분수를 알아라."

다시금 크게 혀를 차는 가즈야를 앞에 두고, 도모미는 말을 잃었다. 지금 일어나고 있는 일이 현실이라고 생각할 수가 없었다.

도모미는 초점이 안정되지 않는 눈을 연인에게, 아니, 연인이라고 생각했던 남자에게 향했다. 가즈야는 굳은 표정으로 도모미를 계속해 내려다보고 있었다.

"……가즈야."

도모미는 필사적으로 목소리를 쥐어짜고는 가즈야를 향해 떨리는 손을 뻗었다. 물에 빠진 사람이 도움을 요청하는 것처럼.

손끝이 가즈야의 바지에 닿았다. 그 순간, 가즈야는 이를 악물더니 몸을 홱 돌려 현관으로 향해 갔다. 현관의 자물쇠를 열고는 손잡이에 손을 얹었을 때 가즈야는 움직임을 멈췄다.

도모미는 가즈야의 등을 바라봤다. 전부 거짓말이라고 말해 줄 거라는, 덧없는 희망을 안고서.

"내 앞에 두 번 다시 그 면상을 들이밀지 말라고. 아이를 갖고 싶으면 다른 남자랑 해. 나 같은 남자 말고 좀 더 좋은 남자를 찾아."

그렇게 말을 남기고, 가즈야는 뒤돌아보지도 않고 현관을 나섰다.

문이 닫힌 순간, 도모미는 자신의 미래가 깨진 소리를 확실히 들었다.

그날 이후, 가즈야와 연락이 닿지 않았다. 전화를 걸어도 "전원이 꺼져 있거나 전파가 닿지 않는……."이라는 알림만 나올 뿐 아무리 문자를 보내도 반응이 없었다. 그러던 중 도모미는 가즈야의 아파트를 방문하게 되었다. 그래도 가즈야를 만날 수는 없었다.

다시 시작할 수 있을 거라는 생각을 한 것은 아니었다. 그저 한 번만이라도 좋으니까 얘기를 하고 싶었다. 어디부터가 거짓이었는지를 알고 싶었다.

그러나 가즈야는 완전히 모습을 감춰 버렸다. 그런 인간은 처음부터 없었던 것처럼. 마치 모든 게 자신의 뇌가 창조해 낸 환상이었던 것처럼.

가즈야가 떠오를 때마다 별이 가득했던 하늘 아래 옥상에서 그가 사랑을 속삭여 줬던 일을 생각했다. 그건 거짓말 같은 게 아니었다. 적어도 그때 가즈야는 자신을 사랑해 주고 있었다. 도모미는 그렇게 믿고 있었다. 그렇게 믿고 싶었다.

분명 '저주'가 가즈야를 바꿔 버린 것이다. 아프리카에서 새긴 '저주의 타투', 그것으로 인해 가즈야는 다른 사람이 되어 버렸다. 도모미는 그런 비현실적인 일을 믿을 지경에 이르렀다.

다시금 살아갈 목적을, 미래를 잃어버린 도모미는 약 복용을 게을리하기 시작했다. 당연하게도 SLE의 병세는 악화되어 갔고, 온몸을 덮치는 견디기 힘든 권태감 탓에 일도 제대로 할 수 없게 되었다. 모든 게 악순환의 굴레에 빠져 있었다.

너무 병세가 나빠지자 주치의는 일시적으로 입원해서 치료하는 것을 강하게 권유했다. 그러나 도모미는 그러기를 거부했다. 미래를 잃어버린 자신이 이 이상 생명을 연장하는 것에 무슨 의미가 있는지 알 수가 없었다. '심장이 멈춘다면 편해질 수 있을 텐데.'라는 생각마저 할 정도가 되어 있었다.

그 악몽 같았던 밤으로부터 2개월 이상이 지난 어느 날, 도모미는 다시 터덜터덜 가즈야의 아파트로 향했다.

세차게 내리는 빗속, 우산도 받치지 않고 아파트를 올려다봤다. 이대로 비에 녹아 버리고 싶다. 그런 생각을 하고 있을 때, 발치에서 "옹냐아." 하는 울음소리가 들려왔다.

깜짝 놀라 시선을 떨어뜨리니 발치에 귀여운 검은 고양이가 앉아서 동그란 눈을 향하고 있었다.

4

내가 혼에 대한 간섭을 끝내자, 텅 비었던 도모미의 눈에 초점이 돌아왔다.

"어머? 나……?"

도모미는 가볍게 고개를 내젓고는 신기하다는 듯이 나를 봤다. 나는 크게 몸을 털어 수분을 털어냈다.

"괜찮니? 젖어서 춥지 않니?"

도모미는 긴드리면 깨질 것 같은 덧없는 웃음을 지었다.

뭐, 확실히 춥긴 했지만 이것도 일이니 말이지. 나는 "웅냐." 하고 짧게 울었다.

"너, 목걸이 하고 있는 걸 보니 어느 집에서 기르고 있는 아이구나? 감기 걸리기 전에 돌아가야 한다."

너도 마찬가지고. 나는 가볍게 도모미의 혼에 간섭해서 집으로 돌아갈 것을 재촉했다.

"……몸도 식었고, 나도 돌아가서 욕조에 몸을 담글까."

도모미는 다시금 내 머리를 쓰다듬고는 혼잣말을 했다. 그렇게 하는 편이 좋을 거야. 뭐, 나는 아무리 몸이 식더라도 절대로 목욕 같은 건 안 하겠지만.

"그럼 야옹아. 너도 집으로 돌아가야지."

도모미는 슬픈 듯 미소를 지으며 내 머리에서 손을 뗐다.

아아, 맞다. 도모미의 눈을 보면서 나는 한 번 더 그 혼에 간섭을 했다.

앞으로 며칠간 자기 전에는 아주 약간만 창문을 열어 둬. 내 몸이 빠져나갈 정도로 약간만.

도모미는 순간 움직임을 멈추고 이상하다는 듯이 고개를 갸웃거리더니 천천히 몸을 돌렸다.

그러면 나도 마야의 집으로 돌아갈까. 도모미의 기억을 들여다본 덕분에 아쿠쓰 가즈야라는 남자에 대해 여러모로 알 수가 있었다. 남은 건…… 그곳을 조사하는 것뿐이었다.

앞으로의 행동을 시뮬레이트하면서 발바닥 젤리로 아스팔트를 세게 찼다.

어라? 본격적으로 내리는 빗속을 뚫고 마야의 방으로 돌아온 나는 눈을 끔뻑였다. 방에 마야의 모습이 없었다. 카펫에 내려선 나는 온몸을 떨어 털에 붙은 물을 튕겨 냈다.(참고로 마야가 있을 때 이걸 했다가는 엄청 혼나고 만다.)

그러면 마야는 어디에 있는 걸까? 설마하니 외출한 건가? 재활 운동을 위해서 걷는 편이 좋다는 얘길 들었다는 듯, 낮 동안 마야는 자주 산책을 나가곤 했다. 그래도 이렇게 비가 내려서는 산책하기엔 적합하지 않을 텐데. 그렇다는 얘기는 1층 거실에서 '시라키 마야'의 부모와 이야기라도 하고 있는 걸까?

으음, 가능하면 이 젖은 몸을 드라이어로 말려 줬으면 좋겠는데.

어쩔 도리가 없어 "냐아! 냐아!" 하고 큰 소리로 울어 봤다. 이 정도로 큰 소리를 냈으니 마야가 집에 있다면 눈치를 채겠지.

수십 초 정도 계속해 울자, 문 너머에서 타박거리면서 계단을 올라오는 소리가 들렸다. 앗, 역시 마야는 집에 있던 건가. 그런데 평소보다 약간 발소리가 무거운 것 같은 기분이……

"까망아. 착하지, 조용히 해야지."

문을 열고 얼굴을 보인 것은 '시라키 마야'의 어머니였다. 내가 시끄러워서 주의를 주려고 온 것 같았다.

"지금 경찰 쪽 사람이 와서 마야랑 얘기를 하고 있어. 나중에 간식 줄 테니까, 조금만 조용히 해 주련."

경찰? 경찰이 왜 마야랑? 나는 두세 번 눈을 깜빡이고는 어머니의 발밑을 슉 빠져나가 문을 통해 나섰다. 등 뒤에서 "앗, 까망아!" 하는 목소리가 들렸다.

복도로 나온 나는 두리번거리며 주위를 둘러봤다. 짧은 복도 끝에 1층으로 내려가는 계단이 있었고, 그 바로 앞에 문이 하나 보였다. 이 집에서 마야의 방 이외의 곳에 가는 것은 처음이었다.

나는 수 미터를 걸어 문 앞에 섰다. 여기는 누구의 방일까? 분명 부모님의 침실은 1층에 있다고 마야가 말했던 것 같은데…….

내가 문을 올려다보고 있으니, 등 뒤에서 다가온 어머니가 내 몸을 안아 올렸다.

"까망아. 이 방은 안 돼. ……지금은 아무도 없단다."

등 뒤에서 들려오는 어머니의 목소리는 어딘지 쓸쓸하게 들렸다. 이 문 너머에서 무슨 일이 있었던 걸까?

앗, 그렇지. 이러고 있을 때가 아니었다. 나는 온몸을 꾸물꾸물 움직여서 어머니의 품에서 빠져나온 뒤, 달려서 계단을 달려 내려갔다. 경찰이 마야한테 무슨 얘기를 하는지 들어야 했다.

계단을 내려와 좌우를 둘러보니, 나지막이 얘기하는 목소리가 들려왔다. 나는 그쪽 방향으로 향했다. 현관 근처에 거실이 있었고, 소파에 앉은 마야가 맞은편에 앉은 중년 남자와 무언가 얘기를 하고 있었다.

나는 망설임 없이 거실로 침입했다. 갑자기 들어온 나를 보고, 중년 남자는 눈을 크게 떴다. 아마도 형사겠지. 마야가 가볍게 눈짓을 했다.

"까망아. 하여간 이런 곳까지 와서는……. 이젠 여기 있어도 괜찮으니까, 얌전하게 있어야 해."

뒤쫓아 온 어머니는 내 머리를 한번 쓰다듬고 마야의 옆에 앉았다.

"죄송합니다. 고양이가 이런 곳까지 와서."

어머니가 사과하자 형사는 "아뇨, 상관없습니다."라며 손을 흔들고 얘기를 시작했다.

"그러면 다시 얘기를 계속하죠. 방금 전에도 설명드린 대로, 마야 씨를 뺑소니 치고 달아난 차는 타이어 흔적이나 유류품을 통해 차종은 알아냈습니다만 CCTV 같은 게 적은 천변 도로였던 점도 있고 해서 아직도 범인을 못 찾아내고 있습니다. 뭐라 드릴 말씀이 없군요."

형사는 깊이 고개를 숙였다.

"아뇨, 그런……."

마야는 고개를 움츠렸다.

"다만 사건이 발생한 직후에 강변을 상류를 향해 맹렬한 속도로 달려가는 빨간 소형차가 목격되었는데, 그게 마야 씨를 치고 달아난 차라고 생각됩니다."

"그 차가 어디로 갔는지는 알 수가 없나요?"

어머니가 몸을 앞으로 숙이며 묻자, 형사는 떨떠름한 표정을 지었다.

"그게, 천변 도로에서 나오는 걸 어딘가의 CCTV에 찍혔을 게 분명한데, 아직까지 발견이 안 되고 있습니다. 어디로 사라졌는지는 아직 불명입니다."

"……그런가요."

어머니는 힘없이 고개를 숙였다.

"죄송합니다. 그래서 오늘 찾아뵌 건 새로운 사실을 알게 되어서 마야 씨에게 얘기를 듣고 싶어서입니다."

형사의 목소리가 낮아졌다.

"저, 제게 듣고 싶은 얘기라는 게……."

마야의 얼굴에 긴장의 빛이 돌았다.

"실은 사고를 멀리서 봤다고 하는 목격자가 나와서요, 조금 상황이 바뀌었습니다."

"상황이 변했다니 무슨 말인가요?"

어머니가 불안하다는 듯이 물었다.

"범행 차량은 뒤에서 천천히 마야 씨에게 접근해 거기에서부터 갑자기 스피드를 올려 충돌했다고 하더군요. 처음부터 마야 씨를 노린 것처럼 말이죠."

"그런……."

어머니는 말을 잃었다. 마야의 표정도 점점 굳어 갔다. 그리고 놀란 건 나도 마찬가지였다.

마야를 노리고 있었다? 그러고 보니 요전에도 마야는 다시 강변에 난 길에서 치일 뻔했다고 말했다. 설마 그것도 우연이 아니라 마야를 노리고 치려 했던 걸까?

"그것도 목격자의 말에 따르면 마야 씨를 친 다음 차가 멈춰 서더

280

니 운전수가 내려왔다고 하더군요. 선글라스와 마스크를 한 남자였다고 합니다. 처음에 그 목격자는 운전수가 마야 씨를 도우려고 하는 줄 알았다더군요. 하지만 그 남자는 쓰러진 마야 씨의 가방을 줍더니 곧장 차로 돌아가서 그대로 가 버렸다고 했습니다……."

형사는 거기까지 말하고 크게 숨을 쉬었다. 거실에 무거운 공기가 채워져 갔다.

"왜…… 왜 그 목격자 분은 곧장 그 사실을 말씀해 주지 않으셨던 거죠?"

어머니가 떨리는 목소리로 물었다.

"처음엔 관련이 되는 게 무서웠다고 합니다. 그런데 저희들이 현장에 둔 정보 제공을 요청하는 간판을 보고 아직 범인이 잡히지 않았다는 사실, 또 저희 경찰이 단순한 뺑소니 사고라고 보고 있는 사실을 알고 용기를 내서 통보해 주셨습니다."

형사는 어머니를 안심시키기 위해서인지 느긋한 어조로 말했다.

"그렇다면 마야는 그냥 뺑소니를 당했다는 게 아닌가요……?"

어머니의 질문에 경찰은 무겁게 고개를 끄덕였다.

"네, 저희들은 이번 사건을 강도사건으로 보고 수사를 시작하고 있습니다. 마야 씨."

갑자기 형사가 이름을 부르자 마야는 "아, 네!" 하고 등을 폈다.

"사고를 당하고 2개월 동안이나 의식이 없으셔서 가방이 없어졌다는 사실은 알지 못하셨겠지요. 좀 기억을 떠올려 주셨으면 좋겠는데, 차에 치였을 때 가지고 있던 가방에 무언가 귀중한 물건은 들어 있지 않았습니까?"

"음…… 음, 아뇨. 귀중한 물건 같은 건……."

마야는 말을 흐렸다. 당연하지. 마야에겐 '시라키 마야'의 기억이 없으니까 가방 내용물 같은 걸 알 리 없었다.

"그런가요. 그렇게 되면 범인은 마야 씨를 개인적으로 노린 게 아니라 지나가던 길에 범행을 저질렀을지도 모릅니다. 그러니 마야 씨. 괴로우시겠지만 좀 떠올려 보실 수 있을까요? 차에 치였을 때의 일을 무언가 기억하고 있는 건 없는지? 아무리 작은 것이라도 좋습니다."

경찰은 가볍게 몸을 앞으로 내밀었다. 마야는 작게 고개를 저었다.

"눈을 뜬 이후로 이전의 일이 잘 기억이 안 나게 되었어요……. 정말로 죄송합니다."

"아아, 아뇨, 신경 쓰지 마십시오. 그래도 혹시 무언가 기억이 났다면 연락 주십시오."

형사는 마야에게 명함을 건넸다.

이 형사는 범행이 마야를 노린 게 아닌 걸지도 모른다고 말했다. 그러나 며칠 전 마야는 한 번 더 치일 뻔했다. 누군가가 '시라키 마야'를 노리고 있을 가능성은 높다.

왠지 모르게 이상하게 흘러가고 있군…….

형사가 가볍게 고개를 끄덕이고 소파에서 일어서는 것을 바라보면서, 나는 미간을 찌푸리고 있었다.

"다시 말해 아쿠쓰 가즈야는 아프리카에서 '저주의 타투'를 한 뒤로 이상해졌다는 거야?"

드라이어를 한 손에 쥐고 마야가 물었다.

"아, 좀 더 꼬리 시작 부분에……. 그래, 거기……."

"좀, 까망아. 듣고 있어?"

"듣고 있어. 듣고 있으니까, 좀 더 꼬리 시작 부분에……."

식빵 굽는 자세로 앉은 나는 부드러운 온풍에 기분이 좋아져 황홀한 표정을 지으며 언령을 날렸다.

형사와 얘기를 끝내고 방에 돌아오자, 마야가 젖은 털을 말려 주기 시작했다. 나는 온풍을 맞으면서 오늘 모은 정보를 마야에게 얘기하고 있었다.

"……제대로 대답 안 하면 다시 샤워하러 데리고 갈 거야. 까망이, 빗속을 달려와서 꽤나 더러워져 있으니까."

"마야 말대로야. '저주의 타투'를 하고 아프리카에서 돌아온 이후로 아쿠쓰 가즈야는 차츰 이상하게 변해 왔다는 거지."

나는 황급히 바른 자세로 앉았다.

"그래도 '저주' 같은 비과학적인 게 정말로 있을 리가 없잖아. 아, 그래도. 까망이도 어떤 의미로는 비과학적인 존재니까 없다고 할 수만도 없는 건가……."

마야의 말을 들으며 나는 코웃음을 쳤다.

"요즘 인간들은 전지전능해진 것처럼, 자기들이 인지하지 못하는 걸 전부 '비과학적'이라는 둥 말하면서 존재를 부정한단 말이지. 얼마 전까지만 하더라도 지구 주위를 태양이 돌고 있다고 생각했던 주제에 말이야."

"전지전능해졌다고 생각하지는 않는다고. 그러니까 조금이라도 진보하려고 노력하고 있잖아."

마야는 입을 삐죽거리더니 내 얼굴에 온풍을 쏘아 댔다.

"뭐, 확실히 노력은 하고 있을지도 모르겠네. 주어진 짧은 시간 속에서 무언가를 남기고, 그것을 다음 제너레이션이 이어 나간다. 그걸 반복함으로써 종족으로서 크게 진보를 하고 있다는 건 인정하지. 그래도 모처럼의 진보를 자기들의 목을 조르는 방향으로 사용하고 있는 것 같기도 하지만 말이야."

나는 눈을 감으면서 언령을 날렸다.

"우리들은 딱히 종족으로서 진보하고 싶다고 생각하면서 살아 있는 건 아니지만……."

"종족의 진보는 어디까지나 결과론이니까. 너희들 개개인이 해야할 일은 주어진 시간을 필사적으로 후회 없이 사는 거라고 생각해. 그리고 다음 제너레이션의 누군가가 그 마음을 이어 준다. 그렇게 된다면 그 인생엔 분명히 의미가 있었다는 게 되겠지."

"의미가 있는 인생이라……."

내 면전에 온풍을 쏘이는 채로, 마야가 중얼거렸다. 저기…… 슬슬 얼굴이 뜨거워지고 있는데.

"어쨌든 진화가 이상한 방향으로 향해서, 자기들의 손으로 멸종하거나 하지 않았으면 좋겠어. 오랜 기간 동안 '길잡이'로 관여해 와서

284

인간이라는 종족에는 나름의 감정이란 게 있으니까."

응? 인간에게 감정?

뜨거움을 못 견딜 정도가 되자 몸을 틀어 온풍을 피하면서 나는 고개를 갸웃거렸다.

인간 따위 '길잡이'였던 내게는 '화물'에 지나지 않았을 터였다. 욕망과 감정에 조종당해 비합리적인 행동을 하는 하등한 생물. 줄곧 그렇게 생각해 왔다. 그런 인간에게 감정을……?

곤혹스러워하는 내 턱 밑을 마야가 쓸었다. 나는 반사적으로 눈을 가늘게 뜨고 골골거리며 목울대를 울렸다.

"괜찮아. 분명 인간은 어리석고 잔혹한 면이 있지만 다른 사람을 생각해 주는 친절함도 갖고 있으니까. 그러니까 잘못된 방향으로 나아간다 하더라도 언젠가는 옳은 방향으로 수정할 수 있을 거야. 나는 그렇게 생각해."

다른 사람을 생각해 주는 친절함이라…….

"……그럴지도 모르지."

나는 언령으로 대답했다. 자신의 감정보다도 합리적인 판단을 우선시하는 우리들은 자기보다도 다른 사람을 우선하는 '친절함'이란 걸 잘 이해할 수가 없었다. 인간은 자주 그 '친절함' 때문에 도리에 맞지 않는 행동을 벌였다. 나는 그걸 줄곧 어리석은 행동이라고 단정해 왔다. 그래도 어쩌면 그것이야말로 인간이라는 종족의 장점인지도 몰랐다. 우리들은 갖고 있지 않은 장점…….

"까망아, 왜 그래. 먼 곳을 보는 시선을 하고? 넋이 나갈 정도로 기분 좋았어?"

상념에 빠져 있던 나는 마야의 말에 정신을 차렸다. 어느샌가 마야가 내 얼굴을 들여다보고 있었다.

"아, 아니. 아무것도 아니야. 어쨌든 간에 인간은 자신의 인생이 유한하다는 걸 늘 의식하면서 있는 힘을 다해서 매일을 살아 줬으면 좋겠어. 그렇게 하면 지박령이 되는 한심한 일은……."

거기까지 말했을 때 실언했음을 깨닫고 언령을 멈췄다.

"아, 신경 쓰지 않아도 괜찮아. 까망이 말대로니까. 분명 나도 정말로 살아 있었을 때엔, 내가 언젠간 죽는다는 것 따윈 의식하지 않았을 거라고 생각해."

마야는 슬픈 듯 미소 지었다.

"역시 네가 정말로 누구였는지, 생각이 안 나는 건가?"

나는 눈을 칩뜨고 마야를 봤다. 마야는 작게 어깨를 으쓱해 보였다.

"전혀. 어쩌면 생각해 낼 가치도 없었던 인생이었는지도. 무기력하게 목표도 없이 살다가 죽기 직전에 겨우 소중한 시간을 허비해 버렸다는 사실을 깨닫는……. 그런 사람, 요즘 일본에 많잖아."

자학적으로 말하는 마야를 향해 고개를 끄덕였다.

"그래, 확실히 많지. 뚜렷한 '미련'이 아니라 무위로 보낸 인생에 대한 후회에서 오는 애매한 '미련'. 지금까지의 시대에서는 잘 안 보이던 거지."

"이 나라 말인데, 굉장히 안전하고 쾌적하단 말이지. 물론 그건 멋지지만 그 덕분이라고나 할까, 때문이라고나 할까, 사람의 '죽음'

을 접할 기회가 엄청나게 적어. 자신이 언젠가는 죽을 거라는 사실을 잊을 정도로……."

"……죽는 것을 두려워해서 인간이 거기에서 눈을 피하려고 하는 건 너무나도 자연스러운 거야. 다만 아무리 눈을 피하더라도 인간은 맘속 깊은 곳에서는 잊으면 안 돼. 자신들이 한정된 시간을 살고 있다는 걸 말이지."

"'죽음'을 잊지 말고 살라는 건가……. '메멘토 모리'라는 거로구나. 나도 좀 더 일찍 깨달았더라면 지박령 같은 게 안 되었을지도 모르는데."

힘없는 목소리로 중얼거리는 마야에게 건넬 말을 찾을 수가 없었다.

"그래도 지금은 엄청 충실하게 살고 있어."

마야는 브러시를 손에 쥐더니 내 검고 부드러운 털을 빗기 시작했다.

"이렇게, 일시적이긴 하지만 되살아나서 까망이를 도울 수도 있잖아."

"앗, 맞다. 가시와무라 마치코에 대해서는 뭔가 알아낸 게 있어?"

중요한 걸 생각해 낸 나는 고개를 들고 마야를 봤다. 마야는 고개를 좌우로 저었다.

"오늘 사우스 제약에 문의해 봤어. 그랬더니 2개월 전인 올해 4월 8일부터 무단결근하고 있다더라고. 뭐랄까…… 행방불명이 된 것 같아."

행방불명? 깜짝 놀란 나는 목구멍에서 끙하는 소리를 내 버렸다.

비밀 연구에 관여되어 있던 마지막 한 사람까지 모습을 감췄다는 건가?

"나, 좀 더 알아볼 생각이긴 한데, 이거 설마……."

굳은 표정으로 중얼거리는 마야에게 고개를 끄덕였다.

"응, 어쩌면 가시와무라 마치코라는 여자도 숨을 거뒀을 가능성은 있지."

마야는 두통이라도 느끼는 듯이 머리를 눌렀다.

"어휴, 정말 알 수가 없네. 그 '지하 연구실'에 관련된 사람은 하나 둘씩 사라지고, 나는 누군가가 노리고 있을지도 모르고."

"아니, 노려지고 있다고는 한정할 수 없지. 방금 전 형사도 지나가 던 길에 그랬을 가능성이 높다고 말했잖아."

나는 마야를 크게 불안하게 만들지 않기 위해 마음에도 없는 말을 했다. 그러나 마야는 힘없이 고개를 좌우로 저었다.

"그렇지만 요전에도 치일 뻔했는걸."

"우연일지도 모르잖아."

"……요전에 방을 정리하다가 이런 걸 발견했어."

마야는 어두운 얼굴로 책상 서랍을 열더니 그 안에서 한 손에 쏙 들어올 정도의 검고 울퉁불퉁한 직방체 기기를 꺼냈다. 끝에 뭔가 작은 금속제 돌기가 있었다.

"뭐야, 그게?"

내가 묻자, 마야는 기기의 옆면에 있는 버튼을 눌렀다. 그 순간 비비빗 하는 소리와 함께 금속 돌기 사이에 전기 충격이 흘렀다. 깜짝 놀란 나는 그 자리에서 점프해서는 공중에서 몸을 한 바퀴 돌렸다.

"스턴건이야. 이걸 가져다 대면 남자라도 마비가 와서 움직이지 못하게 돼. 호신용 무기지."

어떻게든 발부터 착지해 몸을 굽히고 경계하는 나에게 마야는 떨 떠름하다는 표정으로 어깨를 으쓱해 보였다.

"왜 그런 게……."

"맞아, 나도 왜 '시라키 마야'가 이런 걸 가지고 있는지 알 수가 없었어. 그래도 그녀가 누군가에게 노려지고 있고, 그걸 눈치 챘다고 한다면 이걸 가지고 있는 것도 납득할 수 있잖아."

마야는 스턴건을 서랍에 돌려놓고는 대신 브러시를 손에 들고 다시 내 털을 빗기 시작했다.

"있지, '시라키 마야'가 사고가 났을 때 범인을 봤다든가 누군가 자신을 노리고 있다는 걸 알고 있었을 가능성은 없었을까."

계속 브러싱을 하면서 마야가 중얼거렸다.

"글쎄, 가능성은 있을 수도 있지……."

"그럼 말인데, 이 아이의 기억을 내가 볼 수는 없어?"

"기억을 본다고?"

의미를 파악하지 못하고 내가 되물었다.

"그러니까 이 아이의 기억이라는 건 뇌 안에 있을 거 아니야. 그럼 지금 이 몸을 사용하고 있는 나라면 그 기억을 보는 게 가능하지 않을까?"

빌려 쓰고 있는 몸의 기억을 본다. 그런 게 가능할까? 지금까지 다른 사람의 몸에 혼이 들어간 것을 본 적조차 없었기 때문에 그게 가능한지 어떤지 나도 알 수가 없었다.

뭐, 확실히 기억은 뇌와 혼, 양쪽에 새겨져 간다. 고위의 영적 존재인 내가 약간 간섭해서 뇌에 자극을 준다면, 거기에 축적되어 있는 메모리를 혼에 역류시키는 것도 가능할지 몰랐다. 그래도…….

나는 앞발 털을 정리하면서, 여러모로 시뮬레이션을 해 봤다.

"어때? 할 수 있어? 안 돼?"

마야가 엄청나게 골똘히 생각하는 표정으로 바짝 다가섰다.

"아마도 가능은 할 거라고 생각해. 다만…… 한 가지 문제가 있어."

"문제라니 뭐?"

"그 몸의 뇌에 새겨진 기억과 네 혼에 새겨진 기억은 전혀 다른 거란 말이지. 다시 말해, 뇌의 메모리를 네 혼에 흘려 넣었을 때, 너는 '시라키 마야'의 20여 년치에 해당하는 기억을 한 번에 맞게 되지. 아마도 그건 엄청난 고통을 수반하는 일이 될 거야."

"……고통이라니 어느 정도?"

"그건 아무도 몰라. 그런 일은 지금까지 한 사람이 없으니까. 최악의 경우…… 혼이 붕괴해 버릴지도 몰라."

나는 정직하게 전했다. 마야의 표정이 굳었다.

뭐, 이 정도로 겁을 줬으니 마야도 그만두겠지. 나는 몸을 비틀어서 꼬리털을 핥기 시작했다. 드라이어 온풍을 맞은 탓에 조금 털의 볼륨이 늘어나 있었다. 스마트한 외견을 킵하기 위해서는 좀 더 핥아서 정리를 해야겠군.

"……해 줘."

마야가 나지막이 속삭였다. 나는 "냐!?" 하는 소리를 냈다.

"이 아이의 기억을 나한테 보여 줘. 고통스러운 건 참을 테니까."

마야는 굳은 표정을 지은 채 나를 똑바로 쳐다봤다.

"아까 얘기 안 듣고 있었어? 최악의 경우……."

"내가 붕괴할지도 모른다고. 그래도 어디까지나 그건 최악의 경우잖아."

"무슨 일이 벌어질지 아무도 모른다고. 왜 네가 그런 리스크를 짊어져야 하는 거지?"

나는 약간 고개를 갸웃했다.

"……이 아이를 돕고 싶어."

마야는 자신의 가슴에 손을 얹고 느린 어조로 얘기를 시작했다.

"이 아이는 차에 치였을 때 분명 무서운 경험을 했을 거야. 그러니까 자신의 껍데기 안으로 숨어 버렸을 거라고 봐. 그리고 요전에 누군가가 다시 나를…… 이 아이를 치려고 했어. 범인을 알아내지 못하는 한 이 아이는 위험하고, 자신의 껍데기 바깥으로 안 나올지도 몰라."

……분명 그럴지도 몰랐다.

"그러니까 아무리 위험한 다리를 건너더라도 이 아이를 돕고 싶어. 몸을 빌려준 데 대한 사례라는 것도 있지만, 그 이상으로 이 아이를 도와준다면 나는 내가 존재했던 의미를 발견할 수 있을 것 같아."

마야의 얼굴에는 결의가 넘치고 있었다. 그건 지금까지 내가 '길잡이'로서 봐 온 순직자나 사지를 향해 가는 전사, 자신의 신념을 위해 목숨을 건 자들이 짓는 표정과 닮아 있었다.

"자신이 존재했던 의미……."

마야의 박력에 압도된 채 그 말을 곱씹었다.

"나는 이미 죽은 데다 내가 누구였는지조차 모르지만, 이 아이는 달라. 이 아이에겐 미래가 있어. 그 미래를 지킬 수 있다면 나는 내가 태어난 의미를 찾을 수 있을지도 몰라. 이미 죽은 뒤니까 조금 늦었지만 말이야."

마야는 익살부리듯이 말하고는 조금 슬픈 듯 미소 지었다.

"'시라키 마야'를 지키기 위해서는 자신이 소멸할 리스크를 짊어지는 것도 꺼리지 않겠다. 그렇게 말하고 있는 거지?"

내 질문에 마야는 순간의 주저도 없이 고개를 끄덕였다.

"부탁이야, 까망아. 해 줘."

나는 마야의 눈앞에 앉아서 그 눈을 바라봤다. 마야가 시선을 피하는 일은 없었다.

"……후회는 없나?"

"응, 절대로."

"……알겠어. 해 볼게. 그래도, 몇 번이고 말해 두지만, 내 '일'은 너 같은 지박령을 '우리 주인님'의 곁으로 보내는 거야. 어떤 일이 있더라도 널 소멸시켜서는 안 돼. 만약 위험하다고 판단한다면 곧장 스톱할 거야. 그걸로 됐지?"

마야는 크게 숨을 뱉더니, 세게 고개를 끄덕였다.

"응, 그걸로 됐어. 고마워, 까망아. 그럼, 지금 당장…… 해 줘."

마야는 입가에 힘을 주었다. 그 표정을 보고 나는 각오를 다졌다.

마야가 여기까지 결의를 다지고 있는 것이다. 나를 까마귀로부터 구해 주고, 잠자리와 먹을거리를 주고, 화장실 청소를 해 주고, 매일 브러싱을 해 준 은인이. 내 프라이드를 걸고 마야를 소멸시키는 일 없이 '시라키 마야'의 기억을 보게 해 주지.

"간다, 마야."

나는 언령을 날리고는, 고위 영적 존재로서의 능력을 풀로 동원해 '시라키 마야'의 뇌에 간섭을 시작했다. 대뇌에 축적되어 있던 메모리가 지금 그 몸을 사용하고 있는 혼으로 흘러들기 시작했다.

마야는 "윽!?" 하고 신음 소리를 내더니 표정을 일그러뜨렸다. 밀 려드는 기억의 격류에 노출되기 시작된 것이리라. 그 이마에 비지 땀이 맺혔다.

"아악!"

다음 순간, 마야는 양손으로 머리를 감싸 쥐고 그 자리에 웅크리고 앉았다. 몸이 조금씩 떨리기 시작했다.

안 되려나? 역시 지나치게 무모한 도박이었던 건가?

나는 뇌에 간섭을 멈추려고 했다. 그때, 마야는 내 얼굴 앞으로 손을 뻗었다.

"계속해……. 괜찮으니까 계속해. ……부탁이야."

핏줄이 선 눈으로 나를 바라보면서 마야는 목소리를 쥐어짰다.

나는 망설이면서도 기억을 계속 흘려보냈다.

앞으로 조금만, 조금만 더 버티면 모든 기억의 다운로드가 끝난다. 부디 그때까지 무사히 있어 줘. 마야를 바라보면서 나는 필사적으로 기도했다.

영원처럼 느껴지는 수십 초가 지나고 모든 기억이 혼에 새겨졌다. 나는 당장 뇌에 간섭을 멈췄다. 동시에 몸을 떨고 있던 마야가 그 자리에 무너져 내렸다.

"마야!"

나는 마야에게 달려가서는 부드러운 뺨을 발 젤리로 눌러 봤다. 그러나 마야는 눈꺼풀을 내리깐 채로 미동조차 하지 않았다.

실패해 버린 걸까? 역시 부하를 견디지 못하고, 마야는 소멸해 버린 걸까?

"웅냐아, 웅냐아, 웅냐아."

나는 소리를 내면서 마야의 몸을 앞발로 필사적으로 누르기 시작했다. 불안과 후회가 내 작은 가슴속에 소용돌이 치고 있었다.

"……아파."

"냐?"

들려온 미약한 목소리에 나는 귀를 푸드득 움직이고는 앞발의 움직임을 멈췄다. 시선을 얼굴 쪽으로 향하여 보니 마야가 실눈을 뜨고 있었다.

"마야!" "냐아!"

언령과 울음소리가 겹치고 말았다.

"까망아, 너무 흥분해서 발톱이 나와 있잖아. 끝이 찔려서 아파."

마야는 힘없이 미소 지었다. 내 앞발을 보니 확실히 어느샌가 예리한 발톱이 나와 있었다.

"앗, 미안."

내가 황급히 발톱을 집어넣자, 마야는 천천히 몸을 일으키더니 눈언저리를 누르면서 고개를 저었다.

"각오는 하고 있었지만, 상상 이상으로 대단하던걸……. 정말로 가루가 되어 버리는 줄 알았어……."

마야는 침대에 등을 기대려고 했다.

"그래서 어땠어? '시라키 마야'를 친 범인이 누군지 알아냈어?"

내가 묻자 마야는 천천히 고개를 좌우로 저었다.

"아니…… 못 알아냈어. 이 아이, 치여서 날아간 순간에 의식을 잃어버린 것 같더라고. 강변을 걷고 있었는데, 뒤에서 엔진 소리가 가까워져 왔다는 것까지밖에 기억이 없었어. ……1년도 더 전에, 때때로 모르는 사람이 쫓아 왔었는지 그때 스턴건을 샀는데, 최근엔 그런 일도 없었어서 가지고 다니지 않았던 것 같아."

"그렇구나……."

꼬리가 축 늘어지고 말았다. 이 정도의 리스크를 감수했는데도 불구하고 결국 수확은 없는 건가…….

"아쉽지만 별수 없지……."

마야는 한 손으로 얼굴을 덮더니 천장을 올려다봤다.

"그렇게 실망하지 않……."

나는 거기서 언령을 끊고는 눈을 부릅떴다. 순간, 내가 보고 있는 게 이해가 되지 않았다. 나는 오른쪽 앞발로 눈을 비볐다. 그러나 눈 앞의 광경이 변하는 일은 없었다.

천장을 올려다보면서 마야는 웃고 있었다. 한 손으로 얼굴을 덮고 있었지만, 그 작은 손을 통해 들여다보이는 마야의 얼굴에는 웃음이 떠 있었다.

마음속 깊은 곳에서부터 즐거워하는 듯하면서도 어두운 그림자가 드리워진 웃음이.

"마, 마야……."

내가 쭈뼛쭈뼛 언령으로 말을 걸자, 마야의 얼굴에서 썰물처럼 웃음이 사라져 갔다.

"응? 까망아, 무슨 일 있어?"

마야는 순식간에 가라앉은 표정으로 돌아왔다.

"아, 아니. 아무것도 아니야."

방금 본 건 뭐였지? 말로 할 수 없는 불안이 온몸의 세포를 덮쳤다. 그런 내 코끝에 마야는 손가락을 들이밀었다. 본능적으로 나는 그 냄새를 맡았다. 우유처럼 부드러운 향기가 약간이나마 불안을 희석시켜 주었다.

분명 마야는 그 정도의 리스크를 짊어졌는데도 불구하고 아무런 수확도 없다는 사실에 절망해 웃기밖에 할 수 없던 거겠지. 그래, 그런 게 분명해.

나는 필사적으로 내 자신을 달래고는 마야의 손끝을 할짝할짝 핥았다.

"여전히, 까망이의 혀는 까끌까끌하구나. 좀 간지러워."

마야는 다른 쪽 손으로 내 귀 뒤를 긁어 주었다.

"야생의 사냥감을 잡았을 때엔 이 혀의 까끌까끌한 걸로 사냥감의 피부를 벗겨서 고기를 먹는 거야."

마야가 사료를 주는 덕분에 아직 그런 경험은 없지만, 요전에 길고양이가 그렇게 쥐를 먹는 것을 보았다.

"그, 그렇구나……. 별로 알고 싶지 않았는걸, 그 정보……. 그래서 까망이는 지금부터 어떻게 할 거야?"

마야는 입술 끝을 당기더니 홱 손가락을 내뺐다.

"응? 어떻게 하느냐니, 슬슬 밤 사료 시간이니까 그걸 먹을까 하고……."

"그거 말고 아쿠쓰 가즈야 말이야. 뭔가 아까 인간 같은 건 아무것도 모르는 바보라는 둥, 대단한 척 말했었잖아. 그렇다면 '저주의 타투' 같은 건 정말로 존재하는 거야?"

나는 사실을 말했을 뿐이지, 딱히 대단한 척 말하진 않았는데?

"글쎄, 내가 아는 한 그런 건 없는데 말이지. 그저 나도 인간 같은 것보다는 훨씬 고위의 존재라고는 하지만, 세계의 모든 걸 알고 있는 건 아니라서……."

"역시나 대단한 척이야……."

나지막이 중얼거리는 마야의 목소리가 들리지 않는 척하면서 나는 얘기를 계속했다.

"뭐, 가능성으로서는 그 '저주'의 존재를 지나치게 믿은 탓에 실제로 몸에 변화가 일어났다는 거겠지. 인간의 정신과 육체는 밀접하게 연결되어 있으니까. 아쿠쓰 가즈야의 '저주'가 그런 류의 것일지도 모른다는 가능성은 없지도 않지."

"'저주의 타투'를 새겼다는 암시를 걸었고, 그로 인해서 정신적으로 이상해졌다는 거? 그래도……."

"그래, 그래도 아쿠쓰 가즈야는 사우스 제약에서 난고 준타로, 그리고 고이즈미 사야카의 여동생인 가시와무라 마치코와 함께 '저주를 풀기 위한 연구'를 하고 있었다고 말했지. 그걸 생각하면 '저주'가 자기암시에서 오는 거라고는 생각하기 어렵지."

"고이즈미 부부와 난고 준타로는 살해당했고, 아쿠쓰 가즈야와 가시와무라 마치코는 행방불명…… 대체 그 연구실에서 뭐가 행해지고 있던 거지? '저주를 풀기 위한 연구'란 게 대체 뭐야?"

마야는 고개를 갸웃거렸다.

"적어도 지하 연구실에 연쇄 살인사건의 힌트가 숨겨져 있는 건 분명해. 그러니 오늘 밤에라도……."

"거기를 조사하는 거야?"

마야의 말에 나는 고개를 끄덕였다.

"응. 지하 연구실에서 뭐가 벌어지고 있었는지를 안다면, 사쿠라이 도모미를 구원할 계기가 될지도 모르고, 이 동네에서 연달아 벌어지는 이상한 사건의 범인을 찾을 수 있을지도 몰라. 게다가 쓰바키바시 다리에서 지박령이 되어 버린 고이즈미 사야카를 '미련'에서 해방시킬 수 있을지도. 그러니, 오늘 밤에 거기에 몰래 숨어들어 볼 생각이야."

"그럼 나도 같이 가 줄게."

마야의 말에 나는 눈을 부라렸다.

"아니, 거기엔 뭐가 있을지 몰라서 위험하니까……. 그게 아니더라도 마야는 누군가에게 노려지고 있을지도 모르고……."

"그래도 지하에 있는 연구실에 가는 거잖아. 거기에 가는 길에 문 같은 거 있지 않을까? 까망이의 몸으로는 좀 무거운 문이면 못 열 거 아니야."

아픈 곳을 찔려, 나는 뺨 주변 근육을 당겨 간신히 표정을 유지했다.

분명히 4킬로그램이 채 안 되는 이 몸은 가볍긴 해도 힘이 없었다. 최근에는 손잡이에 들러붙어서 돌린다는 방법을 익힌 덕분에 마음만 먹으면 이 방의 문 정도는 열 수 있었지만, 조금 무거운 문이라면 벅찼다.

"그렇지만 위험할지도……."

"괜찮아. 제대로 경계하고 있는 데다가 만일 무슨 일이 생길 것을 대비해서 이것도 가저갈 거니까."

마야는 다시 서랍에서 꺼낸 스턴건을 얼굴 앞으로 들어 올렸다.

"있잖아, 까망아. 나, 내가 누구인지조차 몰라서 계속 불안했단 말이야. 왜 내가 이 동네에서 방황하고 있는지, 왜 내가 존재하고 있는지 알 수가 없었어. 그래도 아까도 말했듯이 까망이한테 협력하고 있으면 내가 여기에 있는 이유를 알 것 같은 기분이 들어. 그러니까 부탁해."

마야는 나를 끌어안더니 얼굴 앞으로 가져갔다. 나와 마야의 코 끝이 살짝 닿았다.

자신이 존재하는 이유를 모른다라. 분명 그건 무서운 일이겠지. '길잡이'라는 임무를 위해 창조된 우리들과는 달리 인간은 처음부터 무언가를 위해 존재하는 게 아니었다. 주어진 짧은 일생 속에서 자신의 존재 이유를 필사적으로 찾아가야만 하는 것이다. 그리고 마야는 지금 자신의 존재 이유를 차츰 찾아가고 있었다.

한번은 '미련'에 얽매인 지박령이 되었던 마야에게 이건 마지막 찬스인지도 몰랐다.

"알았어. 그럼 오늘 한밤중 둘이서⋯⋯가 아니라 한 사람과 한 마리서 그 지하 연구실에 숨어 들어가자."

"응!"

마야는 내 몸을 내려놓고는 힘차게 고개를 끄덕였다.

"그럼 어쨌든⋯⋯."

"어쨌든, 뭐?"

마야는 몸을 앞으로 숙였다.

"배가 고프니까 슬슬 저녁 사료를 줬으면 하는데."

마야는 말없이 차가운 시선을 보냈다.

"마야, 괜찮아?"

나는 뒤에서 걸어오는 마야에게 말을 걸었다. 마야는 회중전등으로 발치를 비추면서 잡초가 무성한 정원을 나아가고 있었다. 담의 그늘에 가려진 이 정원은 가로등 불빛도 충분히 닿지 않아 꽤나 어두웠다. 뭐, 그래도 고양이인 내 눈에는 충분한 밝기였지만 인간의 눈으로는 발밑도 거의 보이지 않을 테지.

"괘, 괜찮아."

그렇게 말한 순간, 마야는 무언가에 채여서 크게 밸런스를 잃었다. 작은 비명을 지르며 어떻게든 넘어지지 않고 버틴 마야를 보면서 나는 한숨을 쉬었다. 역시 마야를 데리고 온 건 실수였을지도 몰랐다. 2개월 이상이나 혼수상태였던 마야의 체력은 아직 충분히 회복되지 않은 것이다.

가까스로 마야와 나는 옛 난고 저택의 정원에 있는 헛간 앞까지 도착했다.

"그럼, 열게……."

마야는 긴장이 감도는 목소리로 말하더니 미닫이문을 옆으로 열었다. 문 너머를 들여다본 나는 "냐." 하고 소리를 냈다. 거기에는 지하로 이어지는 계단이 크게 입을 벌리고 있었다.

"역시 여기에 '비밀 통로'가 있었던 거야."

추리가 틀리지 않았음을 확인하고 나는 만족했다.

"여기, 스위치가 있는데."

주저주저하며 헛간에 들어선 마야가 중얼거리면서 문 옆에 있던 스위치를 켰다. 계단에 불이 밝혀졌다. 밝은 빛에 나는 눈을 가늘게 떴다.

"꽤나 깊군."

완만하게 오른쪽으로 커브를 그리며 안으로 이어진 계단을 나는 경계하면서 내려가기 시작했다. 마야도 내 뒤를 따라 왔다. 서른 개 정도 내려가자 막다른 길에 무거워 보이는 철제문이 보였다. 그 옆에는 번호를 입력하는 보드가 보였다.

이런, 아무래도 자물쇠가 걸려 있는 것 같군. 문 앞까지 온 나는 보드를 올려다보면서 "냐아." 하고 울었다.

"이 문 너머가 '지하 연구실'이야?"

쫓아온 마야가 보드를 쿡쿡 찌르면서 중얼거렸다. 손끝이 보드에 닿을 때마다 전자음이 삐삐 울렸다.

"아무래도 그렇겠지. 그래도 문에 자물쇠가 걸려 있어서는 어떻게 할 수가 없겠어."

나는 고개를 숙이면서 주위를 관찰했다. 연구실에 들어갈 수는 없어도 무언가 힌트가 될 만한 것은 없을까. 주변을 둘러본 나는 어떤 사실을 깨달았다.

"⋯⋯이 계단, 꽤 먼지가 쌓여 있는데, 발자국이 남아 있네."

"응? 우리 발자국 아니야?"

"아니, 그거 말고 다른 발자국. 적어도 최근에 누군가가 이 계단을 다녀간 모양이야."

나는 바닥에 얼굴을 가져가 댔다. 문 앞에서 누군가가 우왕좌왕 했던 흔적이 남아 있었다.

"그거, 설마하니 아쿠쓰 가즈야가……."

마야가 목소리를 죽였다.

"그럴 가능성은 있지. 혹은, 고이즈미 사야카의 여동생인 가시와무라 마치코라는 여성이라든지, 아니면 제삼자라든지……."

언령으로 중얼거리고 있자니 눈앞의 문이 천천히 옆으로 열렸다.

"웅냐?"

나는 눈을 깜빡이면서 시선을 들었다. 입을 반쯤 연 마야가 문에 손을 올리고는 열고 있었다.

"어? 어떻게 록을 해제한 거야?"

"뭐랄까, 시험 삼아 힘을 줘 봤는데 그냥 열렸어. 처음부터 자물쇠 같은 건 안 걸려 있었던 것 같아."

마야는 김빠진다는 표정을 지었다.

문이 잠겨 있지 않았다? 비밀 연구실인데?

어떻게 된 일이지? 설마 발자국을 남긴 인물이 일부러 열어 놓은 건가? 하지만 그렇다고 하더라도 왜?

의문이 두개골을 채워 갔다. 뭐가 뭔지 알 수가 없었다.

"까망아, 안 들어갈 거야?"

마야의 말에 나는 정신을 차렸다. 그래, 문이 열려 있던 이유는 나중에 생각하면 돼. 지금은 이 연구실에서 뭐가 행해지고 있었는지를 찾는 게 중요했다.

"가자."

나는 경계를 늦추지 않고, 천천히 문 너머로 나아갔다.

"불 켤게."

마야가 문 옆에 있던 스위치를 누르자, 실내가 형광등의 흰 빛으로 채워졌다. 눈부심에 눈을 가늘게 뜨면서 방 안을 둘러봤다.

그곳은 다다미 스무 장 정도 스페이스의 연구실이었다. 방 중심을 가로지르듯이 놓인 거대한 연구용 책상에는 원심분리기였나 하는 이름의 기기나 현미경, 그리고 비커나 플라스크 같은 게 몇 개인가 놓여 있었다. 방 안에는 와인셀러 같은 것도 있었다. 분명 저것은 미생물을 배양하는 장치였을 것이다.

우측 벽을 따라 놓여 있는 책장에는 대량의 전문서적 같은 서적이 즐비하게 꽂혀 있었고, 반대로 왼쪽 벽에는 마우스용 케이지가 쌓여…….

……마우스? ……쥐?

본능이 꿈틀거려서 나는 타박타박 케이지 앞으로 이동해 안을 들여다봤다. 그러나 안은 전부 텅 비어 있었다. 나는 미간을 좁히고는 케이지를 탕탕 두드려서 해소할 길 없는 수렵 본능을 발산시켰다.

"뭐랄까…… '나 연구실이오.' 하고 대놓고 말하는 분위기네."

방 안으로 들어온 마야는 두리번두리번 주변을 둘러보고는 방구석에 놓여 있던 컴퓨터의 전원을 켰다.

"여기서 뭐가 행해지고 있었는지 알아봐야지. 마야는 그 컴퓨터를 조사해 줄래."

"응, 알겠어."

마야는 컴퓨터 책상 앞 의자에 걸터앉더니 타닥거리며 키보드를 두드리기 시작했다.

으음, 저 컴퓨터라는 기기는 생각한 것 이상으로 편리한 것 같군. 앞으로 지상에서 '일'을 할 때에는 나도 사용법을 마스터해 두는 게 좋으려나? 고양이는 컴퓨터랑 친하다는 얘기도 들은 적이 있고.

그런 생각을 하면서 거대한 실험용 책상 위로 뛰어 올랐다. 풍겨 오는 다양한 약품 냄새에 얼굴을 찌푸리면서, 거기에 놓여 있는 종이를 들여다봤다. 영문으로 쓰인 논문인 것 같았다. 나는 여기 일본을 담당하기 전에는 잉글랜드에서 '길잡이'를 했던 적이 있었다. 영어라면 식은 죽 먹기다.

나는 앞발 젤리로 종이를 넘겨 갔다. 거기에 쓰여 있는 내용을 읽어 갈수록 종이를 넘기는 앞발의 움직임은 속도가 빨라져 갔다.

설마하니……. 나는 책상 위에 놓인 논문에 차례차례로 눈길을 줬다. 그것들의 논문 테마는 거의 비슷했다. 머릿속에 한 가지 아이디어가 떠올랐다.

고개를 든 나는 책장으로 시선을 향했다. 거기에 수납되어 있는 서적의 책등을 본 순간 확신했다. 가설이 옳다는 것을.

"마야……."

나는 못마땅한 얼굴로 컴퓨터를 만지작거리는 마야에게 언령을 날렸다.

"뭐야, 까망아? 아직 딱히 뭔가 찾아낸 건 없는데……."

뒤돌아본 마야의 손에는 흰 스틱형 물체가 쥐어져 있었다.

"뭘 쥐고 있는 거야?"

"응, 이거 말이야? USB라는 건데. 컴퓨터 안에 들어 있는 데이터를 여기로 옮기는 거야. 이러면 여기서 무슨 연구를 했는지를 나중에 집 컴퓨터로 천천히 알아볼 수 있잖아."

"그럴 필요는 없을지도 몰라."

내가 언령을 날리자 마야는 고개를 갸웃했다.

"응? 무슨 말이야?"

"'저주'의 정체를 알아냈어."

나는 가슴을 펴고는 마야에게 윙크했다.

5

발톱으로 하수관을 꽉 쥐면서 한 발 한 발 3층까지 올라간 뒤 약간 열린 창문 틈새로 몸을 날렸다. 내가 한 일이지만 한눈에 반할 것 같은 바디 컨트롤이다. 이미 완전히 고양이 몸을 통제하고 있었다.

나는 창틀에서 뛰어내려 카펫 위에 착지했다. 부드러운 발 젤리가 착지음을 완전히 흡수해 줬다.

그러면 그녀는 있으려나? 나는 고개를 들었다. 야행성 동물인 고양이의 눈은 창문에서 약하게 비춰 들어오는 달빛만으로도 충분히 방 안을 꿰뚫어 볼 수가 있었다.

있다! 꼬리가 바짝 섰다. 수 미터 앞에 있는 침대에 사쿠라이 도모미가 자고 있었다.

마야와 '지하 연구실'에 숨어들어 갔던 그다음 날 심야, 나는 사쿠라이 도모미의 방에 숨어 들어왔다. 맨션이 있는 곳은 도모미의 기억을 들여다봤을 때 확인했었고, 도모미에게 암시를 걸어 둔 덕분에 창문이 약간 열려 있어, 여기까지 오는 건 어려운 일이 아니었다.

나는 카펫 위를 걸어가서는 폴짝 점프해 침대에 올라서서 도모미의 얼굴을 들여다봤다. 코끝을 찌르는 '부취'가 스쳤다. 요전에 만났을 때보다 냄새가 강해진 것 같은 기분이 들었다.

설마하니 그날 내가 간섭한 탓에 아쿠쓰 가즈야와의 추억을 생생하게 떠올려서 더욱 '미련'이 강해진 걸지도 몰랐다.

만약 그렇다면 미안한 짓을 했군.

내가 마음속으로 사죄하자, 약간 벌어진 도모미의 입술에서 "가즈야……"라는 중얼거림이 새어 나왔다.

아무래도 아쿠쓰 가즈야의 꿈을 꾸고 있는 것 같았다. 딱 좋다. 그렇다면 그 꿈에 살짝 들어가 보도록 하지.

그렇게 되면 꿈속에서 돌아왔을 때, 그녀에게 감도는 '부취'는 사라져 있으려나?

창문이 열려 있어 조금 추웠기 때문에, 나는 식빵 굽는 자세 대신, 머리맡에서 몸을 둥글게 말고는(속칭 '냥모나이트'라고 불리는 자세다.) 도모미와 정신을 싱크로시키기 시작했다.

눈을 뜨니 나는 전과 같이 도모미의 침대 머리맡에서 냥모나이트 자세를 취하고 있었다.

순간, 꿈으로 침입하는 데 실패한 건가 생각했다. 하지만 잘 보니 그렇지 않았다.

방의 형광등이 켜져 있었고, 침대에 누워 있을 터인 도모미가 카펫 위에 주저앉아 있었다. 그리고 도모미의 시선은 현관문에 쏠려 있었다.

아아, 이건 아쿠쓰 가즈야와 헤어진 날의 광경인가.

나는 침대에서 내려와서는 고개를 푹 숙이고 있는 도모미의 발에 발 젤리를 가져다 댔다.

"언제까지 그러고 있을 생각이야?"

도모미는 몸을 움찔 떨더니 눈을 크게 뜨고 나를 봤다. 또다시 "고양이가 말을 하네?"라고 호들갑을 피우려나? 매번 설명하기 귀찮은데옹.

"……아아, 그런가. 이건 꿈이구나. 꿈이라면 고양이가 말을 해도 이상할 게 없지."

도모미는 훗 하고 힘없는 웃음을 지었다. 오, 이럼 얘기가 빠르군.

"너, 요전에 가즈야네 아파트 앞에서 만났던 고양이지?"

도모미는 내 머리를 쓰다듬으려고 손을 뻗어 왔다. 그대로라면 도모미의 손이 그냥 통과해 버리고 말기 때문에 황급히 정신을 집중시켜 이 세계에서의 실체를 구성했다. 도모미의 손은 제대로 내 이마에 닿았다.

"그래, 맞아. 네 '미련'을 해결하기 위해 꿈에 침입해 왔지."

"미련?"

도모미는 의심스럽다는 듯이 되물었다.

"그래, 간단히 말하면 네가 연인을 잃고, 그것과 동시에 미래를 잃어버린 거 말이야."

내 말에 도모미의 표정이 굳었다.

"……네가 뭘 안다고 하는 말이야."

손을 뒤로 내뺀 도모미는 굳은 목소리로 말했다. ……좀 더 쓰다듬어 줬으면 했는데.

"나는 뭐든 알고 있어. 난치병에 걸린 너를 아쿠쓰 가즈야가 구해준 것도, 아쿠쓰가 '저주의 타투'를 한 뒤로 변한 것도, 그리고 마지막으로 네게 심한 말을 남기고 모습을 감춘 것도."

"너…… 대체 뭐야……?"

도모미는 미간을 찌푸리더니 나에게서 조금 몸을 멀리 띄웠다.

"내가 뭐인지는 아무래도 상관없잖아. 네 꿈속이니까 네가 좋을 대로 해석하면 돼. 그보다 중요한 건 네가 진실을 아는 거라고."

"진실……? 그런 건…… 알고 있다고."

도모미는 입술을 악물고 나를 노려봤다.

"알고 있다고?"

"그래. 마지막에 그가 내뱉고 간 말이 전부 사실인걸. 가즈야는 처음부터 나 따윈 사랑하지 않았어. 그냥 놀이에 지나지 않았을 뿐이야. 그리고 내가 결혼 얘기를 꺼냈으니까, 이젠 발을 뺄 때가 됐다고 생각하고 버렸지. 너무 씹어서 단맛이 다 빠진 껌을 버리듯 말이야."

도모미는 오른손으로 눈가를 덮었다.

도모미에게 다가선 나는 그 넓적다리에 앞발을 딛고 바로 아래에서 도모미의 얼굴을 들여다봤다.

"정말로 그럴까?"

"……무슨 말을 하는 거야. 다르게 생각할 수가 없잖아. 상식적으로 생각하라고."

도모미는 나한테서 도망치듯이 등을 돌렸다.

"상식? 그런 거에 사로잡혀 있다간 모처럼 눈앞에 있는 진실을 놓친다고. 좀 더 머리를 플렉시블하게 쓰라고."

나는 더욱 몸을 내밀어서 도모미와 눈을 맞췄다.

"……달리 어떤 해석이 가능하다는 건데?"

도모미의 어조에 약간이나마, 정말로 약간이었지만 기대의 빛이 섞여 들었다.

"아쿠쓰가 말했었잖아. 타투를 한 탓에 '저주'에 걸렸다고. 그리고 너도 마음속으로는 의심하고 있었을 거야. 연인이 변해 버린 건 사실 '저주' 때문은 아니었을까 하고."

"그, 그건……. 분명 그런 생각도 했었어. 그도 그럴 게, 분명히 그 타투를 하고 아프리카에서 돌아온 이후로, 가즈야는 변했으니까. 그래도 '저주' 같은 건 상식적으로 있을 리가……."

"하아악!"

다시 '상식적'이라는 말을 입에 올린 도모미를 향해 위협하는 소리를 냈다. 도모미의 얼굴이 공포로 일그러졌다.

"몇 번이나 말해야 알아듣겠냐. '상식'이라는 건 일단 잊어버려."

"뭐, 뭐야. 그럼, 정말로 '저주'가 있다는 거야? 그 타투 때문에 저주를 받아서, 그래서 가즈야가 변했다는 거야?"

"그래, 그 말대로야."

나는 즉답했다.

"그리고 아쿠쓰 가즈야는 그 '저주'를 풀기 위해, 사우스 제약 비밀 연구실에서 필사적으로 연구를 하고 있었지. 본인이 말했던 대로 말이야."

"그, 그래도 사우스 제약은 평범한 제약회사잖아. 그런 곳에서 저주를 푼다는 그런 미신적인 연구를 한다니……."

"미신적이지 않았다고 한다면?"

"미신적이지 않았다고? 그건 무슨 뜻이야?"

도모미는 미간을 좁혔다.

"다시 말해 그 '저주'라는 게 과학적으로 해명할 수 있고, 더 나아가 치료할 수 있는 가능성이 있는 거였다면 어떻겠냐는 말이야."

"과학적으로 설명할 수 있고…… 치료할 수 있는 저주……?"

도모미는 망연자실해서 중얼거렸다.

"그래. 아쿠쓰가 '저주'에 대해 말했던 걸 생각해 보라고. 아프리카의 마을에서는 그 저주로 어린아이를 포함해 많은 인간이 죽었다고 했지. 그 저주는 부모에게서 자식으로 이어진다고 여겨졌어. 타투를 함으로써 가즈야는 그 저주를 받았다. 그리고 가즈야는 절대로 너를 저주에 걸리지 않게 하겠다고 맹세했지."

내가 담담히 사실을 늘어놓자, 도모미는 갑자기 내 양 앞발을 잡았다.

발 젤리를 만지는 건 별로 좋아하지 않는데…….

"뭐야, 그 '저주'라는 게? 알고 있다면 알려 줘! 부탁이니까!"

쉰 목소리로 말하는 도모미를 향해 고개를 끄덕이고는 천천히 입에 올렸다. 아쿠쓰 가즈야와 사쿠라이 도모미의 인생을 뒤틀리게 만든 '저주'의 정체를.

"HIV야."

"……에이치아이브이?"

도모미는 서투른 배우가 대본을 단조롭게 읽어 내리는 것 같은 평평한 어조로 중얼거렸다.

"그래, HIV. 인간 면역 결핍 바이러스야."

"그거 설마하니……."

"그래, 에이즈의 원인이 되는 바이러스야."

내가 대답하자 도모미는 갈라진 목소리로 "……에이즈."라고 중얼거렸다. 아무래도 갑자기 부딪힌 새로운 정보에 머리가 따라가지 못하는 것 같았다.

뭐, 아무럼 어때. 설명해 나가는 도중에 알게 되겠지.

"HIV에 감염되어 그대로 치료하지 않으면, 수년 후에는 후천성 면역 부전증후군, 다시 말해 에이즈가 발병하게 되지. 그렇게 되면 몸의 면역 기능이 파괴되어 다양한 미생물에 의한 감염증이 발생해 목숨을 잃게 돼."

나는 HIV에 대한 지식을 이야기해 나갔다. 반복하지만 '길잡이'라는 인간의 죽음과 관계된 직업상 병에 대해서는 꽤나 자세히 알고 있었다.

도움을 요청하는 것처럼 시선을 움직이는 도모미에게 계속 얘기했다.

"아프리카는 이 HIV가 퍼져 있어서 커다란 사회문제가 되고 있어."

예전에 아프리카에서 '길잡이'를 했던 적도 있었다. 그때 에이즈로 목숨을 잃은 사람들의 혼을 셀 수도 없이 '우리 주인님'의 곁으로 안내했었다.

"그럼 가즈야가 자원봉사로 갔던 마을에서…… 많은 사람이 '저주'로 죽었다는 건."

"그래, HIV 감염이 퍼져 있어서 많은 주민이 에이즈로 목숨을 잃었던 거겠지. HIV는 모자감염도 일으키는 바이러스야. '저주'가 부모에게서 자식으로 옮겨 간다는, 많은 아이들이 '저주'로 인해 목숨을 잃는다는 말과도 일치하지. 아마도 그 마을에서는 HIV가 감염증이라는 '상식'은 없고, 부모에게서 자식으로 이어지는 '저주'라고 취급했겠지. 그렇기 때문에 가즈야는 그 표현을 쓴 거야."

"그, 그래도, 왜 가즈야가 HIV에 감염된 거야? 분명, HIV는 그렇게 간단히는 감염되지 않잖아……."

조금은 혼란스러움이 가라앉았는지, 도모미는 적확한 질문을 입에 올렸다.

"분명히 HIV는 감염자와 그냥 접촉하더라도 감염되는 일은 없어.

감염 원인으로 가장 많이 꼽히는 게 성교에 의한 거지."

도모미의 표정이 일그러졌다.

"……설마하니."

"가즈야가 감염자와 섹스를 해서 HIV에 감염되었을지도 모른다고 생각하는 건가?"

내가 비웃듯이 말하자, 도모미는 입을 굳게 닫았다.

"뭐, 그럴 가능성도 제로는 아닐지도 모르지만 나는 일단 틀렸다고 생각해. 너도 좀 더 연인을 믿어 주라고."

"그럼, 그럼 왜…… 가즈야는 감염이 된 건데?"

도모미는 갈라지는 목소리를 쥐어짰다. 나는 그 자리에서 일어서는 오른쪽 앞발의 발톱을 하나 꺼냈다.

"본인이 말했잖아. 기억 못 하는 건가? 그가 어떻게 해서 '저주를 받았'는지."

내가 하는 말을 듣고 도모미는 크게 숨을 들이쉬었다. 반쯤 열린 입에서 그 말이 새어 나왔다.

"……타투."

"댓츠 라이트!"

나는 박수라도 치는 것처럼, 양 앞발을 맞댔다. 퐁 하는 김빠진 소리가 났다.

"HIV가 감염되는 원인으로 바늘에 찔린 사고에 의한 게 있어. 의료 종사자가 HIV에 오염된 주사기 바늘을 실수로 자기한테 찔러 버리는 일로 인해 감염되는 거지. 그리고 타투를 할 때엔 바늘을 사용하지."

"그 바늘이……."

"그래, 아쿠쓰는 방문했던 마을 촌장의 권유로 그 마을 조각사에게 타투를 받았지. 분명 그때 사용된 바늘이 HIV에 오염되어 있던 거야. 바이러스에 대한 지식이 없으면, 바늘을 살균하지도 않을 테니 말이야."

"그래서 '저주의 타투'라고……."

도모미는 한 손으로 입가를 눌렀다.

"확실히 타투를 한 뒤로 연락해 올 때에 아쿠쓰는 몸 상태가 좋지 못한 모습이었겠지. 아마도 그건 HIV에 감염되었기 때문일 거야. 처음에 HIV에 감염되면 발열과 전신 권태감 등의 증상이 나타나지. 그때 아쿠쓰는 깨달았을 거야. 자신이 HIV에 감염되었을지도 모른다고. 에이즈로 많은 사람이 죽는 걸 봐 왔으니까 그것도 당연하지. 그래서 귀국해서 너와 만났을 때, 상태가 이상했던 거야."

"정말로 그런 거야? 네가 하는 말은 틀림없는 거야?"

도모미는 양손으로 내 얼굴을 쥐었다.

"틀림없을 거라고 생각해. 그 증거로, 귀국 후 아쿠쓰 가즈야는 너와 섹스를 하려고 하지 않았지. 이유는 알겠지. HIV는 성행위로 감염되기 때문이야. 물론 콘돔을 사용하면 꽤나 높은 확률로 예방이 가능하지만 그렇다고 해도 완전히 막지는 못하니까."

내 설명을 들을 도모미는 내 얼굴을 쥐고 있던 양손을 털썩하고 내렸다.

"왜!? 왜 말해 주지 않았던 거야?"

슬프게 중얼거리면서, 도모미는 현관문을 봤다. 그날 밤 가즈야가 나선 문을.

"분명 아쿠쓰 가즈야는 겁이 났던 거야. 너한테 거절당하는 게."

나는 가늘게 떨리는 도모미의 손을 발 젤리로 만졌다.

"거절당한다고?"

"그래. HIV 감염증은 편견이 많은 병이지. 일상적인 접촉으로는 다른 사람에게 감염될 리스크는 거의 없는데도 감염자는 무지에서 오는 차별에 노출돼 괴로워하는 경우가 적지 않아. 병이 있다고 밝히는 건 그렇게 간단한 일이 아니라고."

"그래도 나는 괜찮았다고! 뭐든 받아들일 수 있었단 말이야. 그렇지만 분명 HIV라는 게 약만 먹으면 몇십 년이고 에이즈에 안 걸리는 거잖아? 나는 그 사람이랑 함께 있는 것만으로도 만족스러웠단 말이야."

도모미는 쉰 목소리를 냈다.

"응, 네 말대로야. 너처럼 이해심이 있는 레이디에게라면 모든 것을 설명했어야겠지. 아마도 그도 언젠가는 밝혀서 너와 함께 살아갈 생각이었을 거야. ……그래도 분명 문제가 있던 거야."

"문제? 대체 뭐가 문제였다는 거야?"

"그가 중증의 알레르기 체질이었다는 사실이지. HIV 감염자는 바이러스 증식을 억제하는 약을 여러 종류 복용하면서 에이즈가 발병하는 것을 수십 년간 막을 수가 있어. 그래도 그런 약에 알레르기 반응을 일으키면 계속해서 약을 먹을 수가 없어지지."

도모미는 숨을 삼켰다. 그런 도모미의 앞에서 나는 담담히 설명을 이어 나갔다.

"아프리카에서 돌아와서 한 달 정도, 아쿠쓰는 모습을 감추고 PTSD 치료를 받았다고 말했었지. 분명 그 기간에 전문 병원에서 검진을 받고 자신이 HIV에 감염되었다는 사실, 그리고 발병을 억제하는 약의 대부분에 알레르기 반응이 있다는 사실을 알게 된 거야. 약을 먹지 않으면 수년 내에 에이즈가 발병해 목숨을 잃게 될 가능성이 있지. 실제로 그로부터 수년 동안 그는 자주 심각한 두드러기가 났었지? HIV 약은 여러 종류가 있으니까 그중에 먹을 수 있는 것만이라도 내복해 왔는데, 시간이 지날수록 그 약들에도 알레르기 반응이 일어나게 된 걸지도 몰라."

"그러면, 가즈야가 말했던 '저주에 목숨을 잃게 된다'는 말은."

"그래, 그 말 그대로의 뜻이었어. 그대로라면 그는 아프리카의 마을에서 '저주'로 취급당하던 HIV 감염에 의해 목숨을 잃게 될 거니까. 그것도 네게 밝히지 못한 이유였겠지. 연인이 앞으로 몇 년밖에 못 산다는 사실을 알게 되면 네가 괴로워할 테니까."

"그런……"

도모미는 양손으로 입을 눌렀다.

"그랬기 때문에야말로 아쿠쓰 가즈야는 최후의 희망에 모든 걸 건 거야. 사우스 제약에서 행해지고 있던 '저주를 풀기 위한 연구', 다시 말해 HIV 신약 연구에 말이지."

나는 어젯밤 몰래 숨어든 연구실을 떠올렸다. 그 방의 책상에 놓여 있던 대량의 논문, 그리고 책장에 꽂혀 있던 문헌, 그것들의 대부분은 HIV와 그 치료에 관련돼 기록된 것들이었다.

"그럼 도쿄 제약회사에 취직을 그만두고 사우스 제약의 연구원이 된 것은 그 때문이야?"

"그래, 자기 자신에게도 쓸 수 있는 약을 개발하기 위해서였어. 아쿠쓰는 사우스 제약에서 필사적으로 HIV 신약을 만들려고 하고 있었지. 그 약만 완성한다면 너와 평생을 함께할 수 있을지도 모르니까. 그렇게 생각했었을 거야."

"그런데……."

도모미의 표정이 일그러졌다.

"그래, 그런데 잘 안 되었던 거지. 실험 자체가 성공하지 못한 건지, 그 약에도 알레르기 반응이 나온 건지, 그렇지 않으면 성공한 약을 복용하지 못하게 된 건지. 사우스 제약 회장에게 격노한 걸 보면 맨 마지막 설이 가장 유력하려나. 뭐, 어찌되었든 아쿠쓰는 실패했어. 그래서 절망한 그는 유일하게 마음을 기댈 수 있는 네 방으로 온 거야."

도모미는 말없이 내 말에 귀를 기울이고 있었다. 나는 혀로 입 주변을 핥았다. 지금부터 전할 말은 분명 도모미에게는 괴로운 사실이겠지. 하지만 그래도 그녀는 진실을 알아야만 한다. 그렇지 않고서는 분명 앞으로 나아가지 못할 테니까.

"절망해서 자포자기 상태가 된 그에게 너는 이렇게 말했지. '아이를 낳아서 가족이 되어 살아가고 싶다.' 그래도 그건 그한테는 할수 없던 일이야. 아이를 낳으려고 했다간 네게 HIV를 감염시켜 버릴 리스크가 있었으니까. 그리고 자신은 앞으로 수년 이내에 에이즈가 발병해 목숨을 잃을 가능성이 높았으니까. 그래서…… 그는 결단한 거야. 연인의 행복을 위해 자신은 사라지자고."

입을 누른 도모미의 양손 틈새로 비명 같은 소리가 희미하게 새어 나왔다. 그런 그녀를 향해 나는 담담히 진실을 전해 갔다. 지독하게 잔혹한 진실을.

"만일 사실을 얘기한다면 네가 필사적으로 자신을 지탱하려고 할 거라는 걸, 아쿠쓰는 알고 있던 거야. 그래도 그건 그가 원하는 게 아니었어. 그는 네가 행복해지길 바랐어. 설령 네 곁에 함께 있는 게 자신이 아닌 다른 남자이더라도 말이지. 그래서 네게 심한 말을 쏟아 부었지. 그렇게 해서 네가 자기한테서 떨어져, 새로운 미래를 짜낼 수 있다고 생각했으니까."

나는 거기서 말을 멈추고 눈물로 촉촉해진 도모미의 눈을 들여다봤다.

"아쿠쓰 가즈야의 이해 불가능한 행동. 그건 모두, 너에 대한 사랑에서 나온 것들이었어."

그 말을 입에 올린 순간, 주위가 새까매졌다.

"나나나!?"

갑자기 벌어진 일에 나는 패닉에 빠졌다. 정신을 차려보니 어느샌가 발아래 카펫이 딱딱한 콘크리트로 변해 있었다.

나는 두리번거리며 주위를 둘러봤다. 그곳은 밤의 옥상이었다. 도모미가 가즈야의 고백을 받아들인 이과동 옥상. 하늘에는 무수히 많은 별이 반짝이고 있었다. 그러나 주위의 광경은 내게 조금 생기가 없는 것처럼 보였다.

옥상 끝에 있는 도모미를 발견하고 가까이 다가갔다. 도모미는 다소 낮은 철책에 손을 얹고 있었다.

"……가즈야는 계속 나를 배려해 주고 있던 거네."

야경을 먼 곳을 보는 눈으로 바라보면서, 도모미는 작은 목소리로 중얼거렸다.

"그래, 그랬지. 아쿠쓰 가즈야의 기분은 처음부터 끝까지 변하지 않았어. 모든 건 너를 사랑해서, 행복하게 만들어 주기 위해서였어."

"마지막 날 밤, 나는 가즈야를 지탱해 주고 싶었어. 그랬는데 결과적으로 가즈야를 궁지로 몰아넣었어……."

"그럴지도 모르지. 그래도 그건 어디까지나 결과론이지. 네가 스스로를 책망할 필요 따위 없어."

나는 도모미에게 말을 걸었다. 어설프게 후회가 남아서는 모처럼 진실을 알았는데도 '부취'가 사라지지 않을지도 몰랐다.

"……내가 원했던 미래는 가즈야와 함께하는 미래였어. 아이가 생기지 않아도 상관없었고, 짧은 시간이라도 상관없었으니까 가즈야랑 같이 살고 싶었어. 그랬는데 왜……."

"분명 아쿠쓰 가즈야는 냉정한 판단을 내리지 못하는 상태였을 거야. 별거 아닌 호기심 때문에 HIV에 걸려서 너와의 미래가 엉망진

320

창이 되어 버렸지. 그 죄책감이 그의 행동의 원동력이 된 거야. 그래서 신약을 개발해서 너와의 미래를 되찾기 위해서는 어떤 짓이라도 하겠다고 결심하고 있던 거야."

그래…… 어떤 무서운 짓이라도.

도모미는 입술을 악물더니 야경을 내려다봤다. 마치 가즈야의 모습을 찾고 있는 것처럼.

"있지…… 가즈야 지금 어디에 있어?"

"글쎄, 그건 모르겠는데. 그래도 적어도 아쿠쓰 가즈야는 두 번 다시 네 앞에 모습을 나타내는 일은 없을 거야. 그리고 너도 그를 찾아서는 안 되고."

만일 그를 찾는다면 도모미는 무서운 사실을 알게 될지도 몰랐다. 그렇게 된다면 그녀는 더욱 더 괴로워하게 되리라.

"이대로라면 가즈야는……."

"그래, HIV 치료를 받지 않는다면 언제 에이즈가 발병하더라도 이상할 게 없지. 그런 아쿠쓰 가즈야가 모든 걸 버리면서까지 바랐던 일, 그건 네가 행복해지는 거였어."

"그래도 나는 그를 잊을 수가 없어……."

"잊을 필요는 없어. 너는 줄곧 기억을 해야지. 너를 절망에서 구원해 준, 지지해 준 남자를. 그 위에, 앞을 보고 인생을 걸어간다면 그는 네 가슴속에서 계속해 살아가는 게 된다고."

나는 내가 입에 올린 갈잖은 대사에 가려움증을 느껴 뒷발로 벅벅 목덜미를 긁었다.

도모미는 입술을 악물었다. 그 눈에서는 눈물이 멈출 줄 모르고 흘러넘치고 있었다.

그 자리에 주저앉은 나는 도모미의 오열을 들으면서 어딘지 칙칙한 별이 뜬 하늘을 바라봤다. 시간이 천천히 흘러갔다.

체감으로 수십 분 정도 지났을 때, 어느샌가 오열이 들려오지 않게 된 것을 알아챘다. 보아하니 도모미는 짧게 숨을 토해 내면서 젖은 눈가를 닦고 있었다.

도모미는 양손을 크게 펼치더니 천천히 하늘을 올려다봤다.

"가즈야…… 고마워……."

도모미의 입술에서 온갖 상념이 담긴 감사의 말이 흘러 나왔다. 그 순간, 어딘가 칙칙해 보이던 별이 단번에 반짝임을 더했다.

무수히 많은 별들이 반짝거리는 밤하늘, 그건 도모미의 기억 속에서 봤던 별이 빛나던 하늘 그 자체였다.

도모미는 눈을 가늘게 뜨고 하늘을 계속해 올려다봤다. 거기에서 소중한 연인과의 추억을 보고 있는 것이 틀림없으리라.

나는 도모미에게서 떨어져 옥상 한가운데 부근에서 냥모나이트 자세를 취하고 눈꺼풀을 감았다.

아쿠쓰 가즈야가 마지막까지 자신을 사랑해 줬다는 사실을 알았으니, 도모미는 분명 앞을 향해 걸어갈 수 있겠지. 그와의 메모리를 가슴에 품은 채로.

그러기 위해 그녀는 가장 사랑했던 애인과의 결별을, 이제 막 극복하려고 하고 있었다.

여기서부터는 그녀의 문제였다. 이제 내가 더 참견할 게 아니었다.

나는 천천히 도모미의 꿈에서 이스케이프를 개시했다. 이 세계에서의 내 존재가 천천히 희석되어 갔다.

눈을 뜨자 나는 도모미의 방 침대 위에 있었다.

크게 하품을 하고 코를 움찔움찔 움직였다.

도모미의 꿈에 침입하기 전에 달달한 '부취'가 감돌던 방은 민트 같은 맑고 차가운 향으로 가득 차 있었다. 나는 가슴 한가득 공기를 들이마셨다.

도모미는 극복해 낸 것이다.

앞으로도 슬픔은 계속 남아 있겠지. 그래도 그 슬픔과 행복한 추억을 가슴에 안은 채로, 그녀는 자신의 미래를 활짝 열어 나갈 수 있을 것이다. 아쿠쓰 가즈야가 가리켜 준 미래를.

자, 그러면 나는 슬슬 떠나가 보실까나. 나는 침대에서 내려와서는 카펫 위를 가로질러, 창틀로 점프했다.

살짝 열린 창문 틈새로 몸을 미끄러뜨리기 전에 뒤돌아서 침대 위의 도모미를 봤다. 감긴 그 눈에서 눈물이 넘쳐 흘러 떨어졌다.

뺨을 타고 흐르는 그 방울은 창문에서 비쳐 들어오는 달빛을 반사해 반짝반짝 빛나고 있었다.

마야의 방으로 돌아가기 위해 가로등과 달빛이 비추는 길을 터벅터벅 걸어갔다. 사쿠라이 도모미를 '미련'에서 해방시키는 일에는 성공했으나 기분은 무거웠다.

오늘, 꿈속에서 도모미에겐 알리지 않았던, 아니, 알릴 수가 없었던 사실이 있었다.

역시 아쿠쓰 가즈야야말로 그 '지하 연구실'에 관련된 사람들의 목숨을 빼앗은 살인자일 가능성이 높다는 사실.

'지하 연구실'에서는 HIV에 듣는 신약 연구가 행해지고 있었다. HIV에 감염되었지만, 알레르기 때문에 치료를 받지 못한 아쿠쓰 가즈야에게는 그 연구의 완성이야말로 최후의 희망이었다. 가장 사랑하는 애인과 함께 살아간다는 미래를 손에 넣기 위한, 최후의 희망.

그러나 그가 생각했던 대로 일은 진척되지 않았다. 모습을 감추기 직전, 아쿠쓰가 도모미에게 말했던 내용으로 생각하건대, 적어도 연구는 완성됐을 가능성이 높았다. 그래도 그는 그 수혜를 볼 수 없었다. 아마도 연구 동료 사이에서 의견 대립이라도 있었던 거겠지. 아직 인간에게 투여할 수 있을 정도로 연구가 진행되지 않았을 지도 모른다.

그러고 보니, 고이즈미 사야카는 아쿠쓰에게 "인체실험 같은 건할 수 없어!"라고 말했다는 듯했다. 어쩌면 그건 자신의 몸을 사용해 실험했으면 한다는 아쿠쓰의 바람이 너무 위험하다고 고이즈미 사야카가 거부했던 걸지도 몰랐다.

올해 4월 초, 아쿠쓰 가즈야가 도모미에게 이별을 고하고 모습을 감춘 것과 같은 시기에 난고 준타로가 살해당해 가방에서 무언가를 도난당했다.

아쿠쓰 가즈야가 난고를 죽이고 그가 가지고 있던 실험 데이터를 훔쳤다. 나는 그렇게 생각하고 있었다. 아직까지도 소재가 파악되지 않는 가시와무라 마치코라는 여자도 이미 아쿠쓰의 손에 걸려들었을지도 모른다.

나는 근처에 있던 벽돌담에 뛰어 올라서는 그 위를 걸으며 계속 생각했다.

이미 연인과의 미래를 포기한 아쿠쓰 가즈야가 사람을 죽이면서까지 연구 데이터를 훔쳐내서 HIV를 치료하려고 한다는 것은 이치에 맞지 않았다. 그러나 모든 걸 잃어버린 아쿠쓰는 이미 제대로 된 판단을 할 수 없게 되었는지도 몰랐다.

1년 반 전에 고이즈미 부부의 목숨을 빼앗은 것도 분명 아쿠쓰 가즈야였겠지. 고이즈미 사야카와 연구에 대해 대립한 아쿠쓰는 자신의 목적을 위해 고이즈미 사야카를 살해해서 남편인 고이즈미 아키요시에게 그 죄를 뒤집어씌웠다. '비밀 연구'에 고이즈미 부부와 함께 관련되어 있던 아쿠쓰만이 그런 짓을 할 수 있었을 터다.

지금 아쿠쓰 가즈야는 어디에 있는 걸까? 2개월 이상이나 모습을 감추고 있다는 걸 보면, 이미 이 동네에는 없는 거겠지. 그렇게 된다면 이젠 나나 마야만으로는 찾을 방법이 없었다.

당분간은 우선 우리들이 해야 하는 것은 행방불명이 되었다는 가시와무라 마치코를 찾는 것이다. 고이즈미 사야카의 여동생이자, 마지막까지 그 '지하 연구실'에서 행해졌던 연구에 관여됐던 인물. 가시와무라 마치코를 찾아내서 그 기억을 읽어 내는 게 가능해진다면 이 사건의 세부 내용을 더욱 더 알 수 있게 될 것이다. ……만일 가시와무라 마치코가 아직 살아 있을 때의 얘기다만.

나는 문득 고개를 들고 귀를 파닥거렸다. 멀리서 새된 소리가 들려왔다. 이건 분명 소방차인가 하는 화재를 진압하기 위한 차의 사이렌 소리였을 것이다.

내가 벽돌담 위에 멈춰서 있노라니, 소리는 점점 커져 갔다. 수십 초 후, 바로 옆의 길로 새빨갛고 거대한 차가 여러 대 줄지어 달려갔다.

아무래도 이 근처에서 화재가 난 것 같았다. 나는 담 옆에 있던 커다란 나무로 뛰어 옮겨 가서는 그 몸통에 발톱을 세우고 슬렁슬렁 올라갔다. 나무의 꼭대기까지 올라가자 그다지 멀지 않은 곳에서 불길이 솟는 게 보였다.

오, 꽤나 화려하게 불타고 있네.

나무에서 내려와 다시 벽돌담으로 뛰어 옮겨간 나는 불길이 보였던 방향을 향해 달리기 시작했다.

지상에 온 이후로 화재를 보는 건 처음이었다. 모처럼이니 조금 견학해 보도록 하지.

머리를 스친 '호기심이 고양이를 죽인다'는 불길한 말을 떨쳐 내면서 계속해 발걸음을 옮겼다. 수분간 계속해 달린 끝에 조금 위화감을 느끼기 시작했다.

이 주변은 이전에도 온 적이 있었다. 그 위화감은 목적지에 다가갈수록 점점 더 강해졌다.

틀림없었다. 여기는 사우스 제약 바로 근처였다.

가슴에 기분 나쁜 예감이 끓어오르기 시작할 무렵, 소방대원들이 내뱉는 고함이 들리기 시작했다.

벽돌담 위에서 발걸음을 멈춘 나는 바로 옆에 있던 3층짜리 민가로 뛰어 옮겨가서는 그 옥상 위로 올라갔다. 수십 미터 앞에 불길을 뿜는 건물이 보였다.

……거짓말.

나는 멍하게 그 자리에 멈춰 섰다.

화염을 뿜으며 활활 타오르는 건물. 그것은 예전에 난고 준타로와 그 가족이 살고 있던 집. 그 '지하 연구실'이 있는 집이었다.

연구실로 이어지는 입구를 감추고 있던 헛간은 무너져 내려, 지하로 이어지는 계단에서 불이 뿜어져 나오고 있었다. 그 광경은 화염으로 된 뱀이 지하에서 기어 나오고 있는 것 같았다.

열기가 밤바람을 타고 얼굴에 불어왔다. 그러나 나는 그 자리에서 움직일 수가 없었다.

제4장

혼의 페르소나

1

"있지, 역시 그 화재, 우연이 아니지?"

"아마도 아닐 거야. 불길이 말도 안 되는 기세로 뿜어져 나오고 있었어. 분명 가솔린이나 뭔가를 뿌린 다음에 불을 붙인 거야."

침대 위에서 식빵 굽는 자세로 앉은 나는 의자에 걸터앉은 마야를 향해 언령을 날렸다. 사쿠라이 도모미를 '미련'에서 해방시킨 다음 날 저녁 무렵, 간밤에 있던 일을 마야에게 설명해 주고 있었다.

"그럼 역시 아쿠쓰 가즈야가 불을 지른 걸까."

마야의 표정이 굳었다.

"······모르겠지만, 그럴 가능성은 높다고 생각해."

"그래도 왜 방화 같은 걸 할 필요가 있던 건데?"

"여러 가지 생각할 수가 있지. 거기서 행해지고 있던 연구를 감추기 위해. 자신이 그 연구실에 관련돼 있었다는 흔적을 없애기 위해.

혹은…… 이유 같은 건 없을지도 몰라."

"이유가 없다고?"

마야는 미간을 찌푸렸다.

"그래, 아쿠쓰는 정말로 바라던 걸 잃어버렸으니까. 이제 모든 게 어떻게 되든 상관없다고 생각할지도."

"자포자기 상태가 됐다는 말이야?"

"어디까지나 그럴 가능성이 있다는 거지만. 그것보다 문제는……."

"우리들이 숨어든 다음 날에 방화가 일어났다는 거지."

"그래, 그거야."

나는 고개를 끄덕였다. 우리들이 숨어든 직후에 방화가 됐다. 이건 우연이라고 생각할 수 없었다.

"설마 누군가가 우리들을 감시하고 있는 걸까?"

마야의 표정은 불안으로 일그러졌다.

"우리들이 감시당하고 있다고 생각하기보다는 그 '지하 연구실'이 감시되고 있다고 생각하는 게 좋지 않으려나. 봐 봐, 우리들이 거기에 가기 전에도 누군가가 다녀간 흔적이 있었잖아."

"그래도 나 요전에 치일 뻔하기도 했고……. 혹시 내 행동이 계속해서 감시당하고 있었는지도 모르잖아."

확실히 그렇다. 마야가 누군가에게 노려지고 있다는 게 이 사건과 무언가 관계가 있는 걸까?

지금 마야가 몸을 빌리고 있는 '시라키 마야'라는 인물은 누구에게 뺑소니를 당했던 걸까? 아쿠쓰 가즈야는 어디에 숨어 있는 걸까? 누가 왜 '지하 연구실'에 방화를 한 걸까?

알 수 없는 일이 너무 많아서 머리가 아파 왔다.

나는 창밖을 내다봤다. 석양이 바깥 풍경을 붉게 물들이고 있었다.

아아, 슬슬 가야겠군…….

나는 아무 말 없이 창틀로 올라서고는 창문 틈새로 앞발 발톱을 들이밀어 열었다.

"어라? 까망아, 밖에 나가는 거야? 설마 뭔가 알아낸 거야? 뭔가를 알아보러 간다든가?"

마야가 기대가 담긴 목소리로 물었다. 나는 뒤를 돌아서서는 고개를 좌우로 저었다.

"아니, 슬슬 외곽 지역에서 고양이 집회가 있어. 최근 별로 얼굴을 비추지 않았으니까, 오늘은 오랜만에 참가하려고 생각해서."

정기적으로 참가하지 않으면 왠지 모르게 얼굴을 내밀기 껄끄러워지는 것이었다.

"아, 그렇구나. ……다녀와."

불만스럽게 입을 삐죽거리는 마야에게 가볍게 앞발을 들어 보이고는 창문을 통해 뛰어 내렸다.

사건 등에 대해 생각하면서 걷다 보니 나는 목적 장소, 이 동네 근처 고양이 모임 장소가 되어 있는 공터에 도착했다. 낮게 잡초가 자라난 공터 구석에, 이미 열 마리 이상의 고양이들이 모여서 둥글게 몸을 말고 석양을 맞거나, 털 정리를 하거나, 서로 나아나아 하면서 말을 주고받거나 제각각의 행동을 하고 있었다.

나는 집단 옆에 다가서서는 잡초 위에 앉아 자랑스럽게 여기는 검은 털을 정리하면서 모여 있는 고양이들을 바라보기 시작했다. 대부분은 길고양이였으나, 개중에는 나와 마찬가지로 목걸이를 하고 있는 고양이도 있었다.

원래 고양이란 꽤나 영역 의식이 강한 생물이라(참고로 내 영역은 마야의 집 부지 안이었다.) 서로 그다지 접촉하지 않는다. 다른 고양이의 영역을 지나갈 뿐일지라도 위협당하는 일이 있을 정도다. 하지만 누구의 영역도 아닌 완충지대가 되어 있는 이곳에서는 바로 옆에 다른 고양이가 있더라도 신경 쓰지 않았다. 이런 집회가 매일같이 여기에서는 열리고 있었다.

정직하게 말하자면 이 모임에 무슨 의미가 있는 건지 나 스스로도 잘 알 수가 없었다. 딱히 보스가 있어서 지시를 내리는 것도 아니었고, 고양이끼리 정보 교환을 하는 것도 아니었다. 그저 왠지 모르게 이 장소에 있는 것뿐이었다.

그래도 여기에 오면 왠지 모르게 안정이 된단 말이지. 분명 이 몸의 본능이겠지.

다만 내가 이 집회에 참가하고 있는 건 단순히 본능에 따르고 있기 때문만은 아니었다.

내 옆에 삼색고양이가 다가왔다. 지금까지 이 집회장에서 만난 적이 없는 고양이였다. 그녀는(삼색고양이는 기본적으로 암컷이다.) 내게 다가오더니 "먀아먀아." 하고 울음소리를 냈다. 아마도 내가 있는 이 장소를 양보해 줬으면 하는 거일 터였다. 이 위치는 잡초도 적고, 석양도 충분히 맞을 수 있는 가장 좋은 자리였다.

뭐, 나는 신사니까 레이디에게 흔쾌히 장소를 양보할 수 있다고. 그래도 그 대신이라고 하기엔 뭣 하지만 잠깐 기억을 들여다봐도 괜찮으려나.

그녀와 시선을 맞춘 나는 "웅냐아." 하고 크게 울고는 그 정신에 간섭했다. 그녀는 신기하다는 듯 고개를 갸웃거렸다.

인간 이외의 동물에게도 당연히 육체 안에 혼이 존재했다. 나는 이 집회에 모이는 고양이들의 혼에 간섭해서는 그 기억을 읽어 내고 있었다. 동네 고양이가 모이는 이 장소에서 그러고 있으면, 이 동네 일을 여러 모로 알 수가 있어 편리했다.

인간처럼 까다로운 일을 구시렁구시렁 생각하는 생물과는 달리 고양이의 혼은 솔직하고 간섭하기 쉬웠다. 분명 본능의 욕구에 따라 내키는 대로, 그러나 온 힘을 다해서 살고 있기 때문이리라.

사실 이게 당연한 거고 인간이 이상한 거겠지. 삼색고양이의 기억을 뒤지면서 나는 입꼬리를 올렸다.

인간 이외의 생물의 혼은 육체가 생명을 다하면 우리들 '길잡이'가 인도하지 않더라도 알아서 '우리 주인님'의 곁으로 향한다. 우왕좌왕 지상을 헤맨다든가, '미련'에 얽매여 지박령이 되는 건 인간의 혼 정도다.

분명 인간 이외의 동물은 매일매일 생명을 유지하고 자손을 남기는 것만을 생각하면서 필사적으로 살고 있으니까, 혼이 헤맬 일이 없는 거겠지. 그에 비해 인간은 진화해서 안전한 환경을 만들어 낸 탓인지, 그렇게 진지하게 매일을 살아가는 일을 쉽게 잊어버리곤 했다.

이 지구상에서 유일하게 자신들에게 언젠가는 '죽음'이 찾아올 것이라는 사실을 알고 있는 생물이, 그걸 모르는 생물들보다도 태만하게 살다가 사후에 '미련'에 얽매인다. 이 무슨 얄궂은 일인가.

그런 생각을 하면서 나는 삼색고양이의 기억을 계속해 뒤졌다. 아무래도 그녀의 영역은 꽤나 마을 외곽, 이 동네 중심을 흐르는 그 강의 원류인 못 주변인 것 같았다. 여기에서는 5킬로미터 정도는 떨어져 있다. 지금까지 만난 적이 없는 게 당연했다.

그 주변을 영역으로 삼고 있는 고양이의 기억은 들여다본 적이 없었던지라 꽤나 신선했다. 아무래도 못 주변은 울창한 숲이 되어 있어서 그다지 인간이 접근하지 않는 탓에 길고양이가 나름대로 서식하고 있는 것 같았다.

"웅냐!?"

그녀의 기억을 더듬고 있다가 나도 모르게 새된 소리를 냈다. 그녀의 몸이 움찔하고 떨렸다. 깜짝 놀란 탓에 내 간섭에서 깨 버린 것 같았다.

이런, 실수했군. 그녀의 기억 속에서 말도 안 되는 걸 발견한 탓에 나도 모르게 흥분해 버렸다.

"나, 나아오."

나는 삼색고양이가 도망치지 않게 (고양이 사이임에도 불구하고) 어르는 소리를 냈다. 그녀는 다소 경계를 하면서도 나와 시선을 맞춰

췄다. 나는 안도하면서 다시금 그녀의 혼과 싱크로해서 그 기억을 들여다봤다.

머릿속에 영상이 떴다. 그건 차였다. 울창한 숲속을 나아가는 빨갛고 작은 차. 번호판은 떼어져 있었다.

이건 마야를 친 차는 아니었을까? 분명 마야를 친 차는 빨간 소형차로, 강 상류를 향해 달려가 행방을 알 수 없게 되었을 터다.

내 상상을 뒷받침하듯이 그 차의 보닛은 약간 찌그러져 있었다. 분명 마야가 부딪혔을 때 생긴 거겠지. 고양이의 낮은 시점에서 본 광경이라서 아쉽게도 운전하고 있는 인물의 얼굴까지는 보이지 않았다.

이 기억이 맨 처음에 보였던 걸로 봐서는 삼색고양이에게 꽤나 임팩트 있는 사건이었으리라. 평소엔 차 같은 게 결코 다닐 리가 없을 테니, 뭐, 당연한 일이다.

그때 그녀는 혼란을 느꼈던 건지, 꽤나 산만하고 도중에 끊기기도 하는 기억 영상 속에서 차는 못을 향해 나아갔다.

뇌리에 떠오르는 영상에 순간 노이즈가 들어왔다. 다시 영상이 되살아났을 때, 거기에 보인 건 못에 삼켜져 가는 자동차의 모습이었다. 그 바로 옆에는 '위험! 못에 다가가지 말 것!'이라고 쓰인 간판이 보였다.

차가 보이지 않게 되자 나는 삼색고양이의 혼에 대한 간섭을 멈췄다. 그녀는 두세 번 정도 신기하다는 듯이 눈을 깜빡이고는 "냐아오, 냐아오." 하고 자리를 비켜 달라고 재촉했다. 나는 그 자리에서 이동했다. 삼색고양이는 내가 앉아 있던 곳에 자리를 잡고는 기분 좋다는 듯이 실눈을 뜨면서 저녁 햇살을 맞기 시작했다.

나는 걸으면서 지금 본 광경을 떠올렸다. 그건 아마도 시라키 마야가 치인 날의 광경이겠지. 경찰이 차를 발견하지 못하는 것도 당연한 일이다. 못 안에 잠겨 있었으니까.

하지만 번호판을 뗀 차로 치고는 곧장 그 차를 못에 빠트리다니, 역시 시라키 마야의 뺑소니는 분명한 계획적 범행이다. 대체 누가 그런 짓을 했다는 걸까? 애초에 왜 시라키 마야는 노려지고 있는 걸까.

나는 일어서서 천천히 공터를 빠져나왔다. 뭐니뭐니해도 이건 시라키 마야가 습격당한 사건을 풀기 위한 커다란 단서다. 못에서 차를 건져 올려서 그게 누구 것인지를 알아내면 범인에게 크게 다가설 수 있겠지.

얼른 집으로 돌아가서 앞으로 어떻게 할지 마야와 얘기하도록 하자. 나는 마야의 집을 향해 달려 나갔다.

10여 분이 지나 집에 돌아온 나는 외출할 때와 마찬가지로 약간 열려 있는 창문을 통해 마야의 방으로 뛰어 들어왔다.

"마야, 마야, 큰일이야. 널 친 차가 어디에 있는지 알아냈어!"

책상 앞에 앉아 컴퓨터 화면을 바라보고 있는 마야에게 나는 언령을 날렸다. 그러나 마야는 반응하지 않았다. 마치 내 언령이 들리지 않는 것처럼.

"……마야? 듣고 있어?"

나는 책상에 뛰어 올라서는 마야의 얼굴 앞으로 이동해 주의를 끌려고 했다.

"까망아…… 그거……. 인터넷 지역 뉴스에 그게……."

마야는 나를, 아니 내 뒤에 있는 디스플레이를 떨리는 손으로 가리켰다.

"나?"

나는 고개를 돌려 디스플레이에 표시된 문자를 눈으로 좇았다. 그 내용이 차츰 머릿속에 들어올수록 온몸의 털이 거꾸로 서 갔다.

6월 27일 이른 아침, 세이메이 대학 구내에서 대학 관계자로부터 대량의 피가 흩뿌려져 있다는 신고가 들어와 경찰이 현장에 출동, 약학부에서 교편을 쥐고 있는 미네기시 마코토 교수(58세)의 교수실에서 대량의 혈흔이 발견됐다. 미네기시 교수의 행방은 파악되지 않고 있으며, 경찰은 미네기시 교수가 모종의 사건에 휘말렸다고 보고 수사에 나섰다.

"이거 설마……."

갈라진 목소리로 마야가 중얼거렸다. 나는 화면을 바라본 채로 멍하게 언령을 내뱉었다.

"아쿠쏘 가즈야가…… 미네기시까지 죽였다고……?"

2

후문 철책 밑을 허리를 굽혀 빠져나가 캠퍼스 안으로 들어온 나는 몸을 낮추고 달려갔다. 도중에 여학생이 내 귀여운 모습을 보고 환성을 지르기도 했으나, 지금은 그녀들에게 쓰다듬을 받을 여유는 없었다.

그럼, 어디 부근이었더라? 요전엔 내 발로 왔던 게 아닌지라, 조금 장소가 파악이 안 됐다. 캠퍼스 안을 달리면서 좌우를 둘러봤다.

여기다! 목적한 장소를 발견한 나는 방향을 전환해 그쪽으로 향했다. 정면 100미터 정도 앞에 있는 건물 주변을 노란색 폴리스라인이 둘러싸고 있었으며, 제복을 입은 경찰관과 형사 같은 남자들이 모여 있었다.

인도를 내달려 간 나는 건물에 근접했을 때 바로 옆이 있는 수풀에 들어가 이번엔 천천히 건물에 접근했다. 건물이 정면으로 보이는 위치에 있는 수풀까지 왔을 때 그곳에 몸을 숨겼다.

그곳은 며칠 전, 구즈미를 조종해서 미네기시 마코토에게 얘기를 들었던 교원동이었다.

미네기시가 대량의 혈흔을 남기고 모습을 감췄다는 뉴스를 알게 된 다음 날, 보다 자세한 정보를 알아보기 위해 아침 일찍부터 사건 현장인 이곳에 왔다.

시라키 마야를 친 차가 못에 빠져 있는 건에 대해서는 그 사고의 정보를 모으고 있다는 번호로 마야가 전화해 경찰에 제보했다. 어제 본 삼색고양이의 기억으로만 판단하자면 그 일대는 차뿐만 아니라 인도에도 거의 사람이 드나들지 않는 장소일 것이다. 차가 다닌 흔적이 발견되면 금방 정보가 사실이라는 것을 알고 못 바닥에서 차를 견인해 줄 것이다.

시라키 마야 건에 대해서는 그 차로부터 여러 가지 사실을 알게 될 것이다. 거꾸로 말하자면 차가 견인될 때까지 할 수 있는 건 없었다. 지금은 우선 미네기시 건에 대해서 알아봐야 했다.

그나저나 그 녀석은 여기에 있으려나?

나는 수풀에 숨은 채로 건물 입구를 계속해 바라봤다. 정신없이 경찰 관계자들이 드나들고 있었지만 찾는 인물은 좀처럼 보이질 않았다.

역시 미네기시는 아쿠쓰 가즈야에게 습격을 당한 걸까? 장기전을 각오한 나는 수풀 속에서 식빵 굽는 자세로 앉으며 생각했다. 그 가능성은 높은 것 같았다.

아마도 아쿠쓰는 HIV 신약의 데이터를 손에 넣기 위해, 그 '지하 연구실'에 관련된 인물들을 살해하고 있었다. 그래도 미네기시는 그 '지하 연구실'과는 관계가 없을 터였다. 그런데도 아쿠쓰가 미네기시를 덮칠 필요성이 있던 걸까?

……설마 미네기시도 그 연구에 일조하고 있던 걸까?

고이즈미 부부, 아쿠쓰, 그리고 고이즈미 사야카의 여동생인 가시와무라 마치코. 그 '지하 연구실'의 연구원이었던 네 사람은 학생시절 미네기시를 사사했다. 연구에 대해 어드바이스 정도는 했을 가능성이 높았다.

　다시 말해 아쿠쓰는 '지하 연구실'에 관련돼 있던 모든 사람의 입을 막아 거기서 행해지고 있던 연구를 어둠 속에 묻어 버릴 작정인 걸까? 분명 그렇게 생각하면 그 지하실에 불을 지른 것도 납득할 수 있었다. 그러나 연인과의 미래를 포기한 아쿠쓰가 왜 그런 짓을 할 필요가 있는 거지?

　……정말로 방화와 미네기시 습격은 아쿠쓰 가즈야가 한 짓일까?

　문득 나는 그 전제조건에 의문을 가졌다. 분명히 아쿠쓰 가즈야가 가장 의심스러운 것은 틀림없었다. 고이즈미 부부와 난고 준타로를 살해한 것은 아쿠쓰일 가능성이 높으리라. 그래도 혹시 방화나 미네기시를 습격한 것은 다른 인물이지는 않을까?

　내 머릿속에 한 사람의 이름이 떠올랐다.

　가시와무라 마치코. 고이즈미 사야카의 여동생으로 '지하 연구실'에서 연구에 관계돼 있던 인물.

　도모미의 기억 속에서 가즈야가 "그 녀석들, 나한테서 데이터를 숨겨 버렸어."라고 말했던 것으로 보아, 나는 가시와무라 마치코라는 인물이 아쿠쓰에게 습격을 당해 모습을 감추었다고 생각하고 있었다. 하지만 설마 그 반대였던 것은 아닐까?

　모종의 이유로 언니가 아쿠쓰에게 살해당한 건 아닐까 의심한 마치코는 그 '지하 연구실'의 일원이 되어 함께 연구를 하면서 아쿠쓰를 조사했다. 그리고 언니를 죽인 게 아쿠쓰라고 확신한 그녀는 복수를 해내고, 그 뒤 자신과 아쿠쓰의 접점인 지하 연구실의 흔적을 없애는 데 팔을 걷어붙이고 있는 것이다.

나는 내 상상에 한기를 느꼈다. 돌아봐서 확인하지 않더라도 꼬리가 부풀어 올라 있는 걸 알 수 있었다.

만일 방금 상상이 옳다면 아쿠쓰가 완전히 모습을 감추고 있는 것도 납득할 수 있었다. 이미 가시와무라 마치코의 손에 의해 살해당했을 터니까…….

다음 순간, 건물에서 나온 남자를 보고 나는 "냐냐냐!" 하고 소리를 질렀다.

구즈미 준, 요전에 내가 조종한 형사가 중년 남자와 나란히 걷고 있었다.

역시 이 사건 수사에 참가하고 있던 건가. 예측이 맞아떨어진 나는 꼬리를 바짝 세웠다.

구즈미와 중년 남자(아마도 구즈미와 짝이 된 형사겠지.)는 무언가 말을 하면서 이쪽으로 다가왔다. 나는 수풀 속에서 숨을 죽이고 타이밍을 노렸다.

중년 남자는 구즈미에게 "잠깐 기다리고 있어."라고 말하고는 조금 떨어진 곳에 서 있는 제복 경찰관에게 다가갔다.

찬스다! 나는 심심한 듯 멀거니 서 있는 구즈미의 등을 향해 "웅냐아." 하고 말을 걸었다. 구즈미가 뒤를 돌아서 내 쪽을 봤다. 그 순간, 수풀에서 얼굴만 내민 나는 구즈미와 시선을 맞추고 그 혼에 간섭했다. 구즈미의 몸이 작게 떨리더니 금세 그 눈이 텅 비었다.

여전히 정말로 컨트롤하기 쉬운 혼이란 말이지. 모든 사람들이 전부 이 정도로 단순하면 편할 텐데 말이야.

"미네기시 마코토는 살해당한 건가?"

터덜터덜 불안정한 발걸음으로 수풀 바로 앞까지 다가온 구즈미에게 언령을 날렸다.

"……그래, 그럴 가능성이 높아."

"시체가 발견된 건가?"

"아니, 시체는 아직 발견되지 않았어. 다만 미네기시 교수실 안에는 싸운 흔적이 있고, 혈액이 대량으로 흩뿌려져 있었어. 다 합치면 2리터를 넘는다는 것 같아. 이 정도로 대량으로 출혈을 일으켰으면 살아 있을 가능성은 낮다는 게 검시관의 견해야."

"……그건 틀림없이 미네기시의 피인가."

"혈액형은 일치했어. 혹시 몰라서 미네기시의 형제로부터 DNA를 제공받아 혈액이 미네기시 본인의 것인지를 조사하고 있지만 그럴 가능성이 높은 거 같아."

적어도 미네기시가 누군가에게 습격당했다는 것은 틀림없다는 건가. 나는 입 주위를 핥아 촉촉하게 만들고는 가장 알고 싶었던 것을 물었다.

"그럼 범인이 누군지는 짐작이 가고 있어?"

"그래, 아쿠쓰 가즈야야. 어제 세워진 수사본부에서도 아쿠쓰 가즈야를 범인이라고 생각하고 뒤를 쫓고 있어."

시원스럽게 대답한 구즈미의 앞에서 나는 눈을 부릅떴다.

"그건 틀림없는 건가?"

"유류품으로 발견된 미네기시 교수의 휴대전화에 그제 밤 아쿠쓰 가즈야에게서 '단둘이 만나고 싶습니다.'라는 메시지가 와 있었어."

"아쿠쓰 가즈야로부터 메시지?"

"그래. 우리 쪽에서도 조사해 봤는데, 틀림없이 아쿠쓰 가즈야의 스마트폰에서 발신된 메시지였어. 이 근처의 기지국을 경유한 걸 보면 대학 근처에서 보낸 것 같아. 지금은 전원이 꺼져 있어서 어디에 있는지는 알 수가 없어."

"다시 말해, 아쿠쓰 가즈야는 이 동네에 있다는 건가?"

"그럴 거야. 이미 중요 참고인으로서 수배가 내려져 있어. 그저 아직 발견이 되지 않았을 뿐이야."

역시 미네기시는 아쿠쓰 가즈야의 습격을 받은 건가. 아니, 그렇다고 한정할 수도 없다. 단순히 아쿠쓰 가즈야의 스마트폰에서 메일이 보내졌다는 것뿐이다. 다른 사람이 사용했을 가능성은 있다. 그래도…….

지나치게 많이 뇌를 썼는지 두통이 일었다.

애초에 왜 범인은 미네기시의 시체를 방치하지 않았을까? 아니, 설마하니 시체가 없다는 건 미네기시는 아직 살아 있는 게 아닐까? 대량의 출혈을 하면서도 어떻게든 범인에게서 도망쳐 어딘가에 숨어서…….

그때 나는 시계의 구석에 위화감을 느끼고 고개를 들었다. 그러나 뻥 뚫린 푸른 하늘이 펼쳐져 있을 뿐으로 특별히 이상은 없었다.

기분 탓? ……아니, 아니야.

나는 육체의 눈이 아니라 영적인 눈에 초점을 맞췄다. 조금 떨어진 곳, 먼 상공에 희미하게 빛 덩어리가 보였다. 그 너머로는 그 10층짜리 이과동이 보였다.

저건 틀림없이 지박령이다. 그것도 아직 빛이 꽤나 센 것을 보면 얼마 전에, 적어도 수개월 이내에 육체에서 나온 혼이다.

"어어이, 거기 있는 혼!"

나는 먼 곳을 떠도는 혼을 향해 언령을 걸었다. 혼이 크게 흔들리는 게 보였다. 나를 눈치 챈 것 같았다. 조금씩 나한테서 멀어지는 걸 보면 경계하고 있는 중이리라.

"경계하지 않아도 돼. 좀 묻고 싶은 게 있을 뿐이야. 혹시 너, 아쿠쓰 가즈야에게 살해당하지 않았나."

내가 아쿠쓰 가즈야라는 이름을 언령으로 뱉은 순간, 혼이 동요한 듯이 점멸하기 시작했다.

아아, 역시 그런 건가…….

"너는 미네기시 마코토의 혼이지. 알려 줘. 그제 밤 거기서 무슨 일이 있었는지."

내가 다시금 언령으로 말을 걸자, 혼은 움찔하고 떨더니 도망치듯 나한테서 멀어져 갔다.

"나……."

내가 당황해서 다음 언령을 날리기도 전에, 혼은 점점 멀어지더니 이윽고는 이과동 안으로 사라져 버렸다. 내가 '우리 주인님'의 길으로 가라는 설득이라도 하리라고 생각한 걸까.

하지만 '아쿠쓰 가즈야'와 '미네기시 마코토'라는 이름에 강하게 반응한 것을 보면 방금 전의 지박령은 거의 틀림없이 아쿠쓰에게 살해당한 미네기시의 혼일 터였다.

동기는 모르겠지만, 아쿠쓰는 아직 이 동네 어딘가에 숨어, 사람을 계속해 죽이고 있었다.

아쿠쓰가 체포돼 벌을 받으면 적어도 방금 본 미네기시 마코토의 혼과 쓰바키바시에 얽매여 있는 고이즈미 사야카의 혼은 '미련'에서 해방되겠지. 게다가 이 이상 아쿠쓰의 손에 의해 목숨을 빼앗겨 지박령이 될 사람이 늘어날 일도 없어질 것이다.

그럼 앞으로 어떻게 한다?

다시 고양이 집회에 참가해 모조리 기억을 들여다볼까? 어쩌면 아쿠쓰가 잠복한 곳을 우연히 본 고양이가 있을지도 몰랐다. 아니, 그건 지나치게 확률이 낮은가.

아쿠쓰는 경찰이 쫓고 있었다. 그들은 대량의 인원을 동원해서 아쿠쓰를 찾아내겠지. 아쿠쓰의 수색은 경찰에게 맡기는 게 옳을 것이다. 그것보다 내가 해야 할 일은……

"맞다, 가시와무라 마치코에 대해서는 뭔가 인포메이션이 없나?"

나는 구즈미에게 물었다.

그래, 가시와무라 마치코다. 경찰은 아직 가시와무라 마치코와 아쿠쓰 가즈야의 관계에 대해서는 모를 터. 나와 마야는 그녀의 수색에 전력을 다해야 할 것이다. ……만일 그녀가 아직 아쿠쓰 가즈야의 손에 걸리지 않았다는 전제하의 얘기다만.

"가시와무라…… 마치코……?"

구즈미는 뚝뚝 끊어지듯이 그 이름을 입에 올렸다.

"뭐야, 모르는 거야? 고이즈미 사야카가 살해당했던 사건을 담당했으면서. 그녀의 여동생이라고."

"고이즈미 사야카의 여동생? 그녀라면……."

"어이, 구즈미. 뭐 하고 있어?"

구즈미의 등 뒤에서 남자의 걸쭉한 목소리가 울렸다. 나는 황급히 수풀에서 내밀고 있던 고개를 집어넣었다. 그와 동시에 내 간섭에서 벗어난 구즈미가 두리번거리며 좌우를 둘러보기 시작했다.

"앗, 야마다 씨. 무슨 일 있었나요?"

"'무슨 일 있었나요?'라니. 멍하게 우뚝 서서는. 자, 얼른 학생들한테 정보를 수집하러 가자고."

중년의 형사는 구즈미에게 다가오더니 그 머리를 가볍게 쳤다.

"앗, 넵."

구즈미는 고개를 으쓱이더니, 중년 형사를 따라 멀어져 갔다. 나는 작게 혀를 찼다. 때마침 훼방꾼이 나타났군.

뭐, 상관없어. 그래도 꽤 많은 걸 알아냈으니까. 어쨌든 마야의 방으로 돌아갈까나.

아쿠쓰 가즈야는 완전히 폭주하고 있다. 그가 어디로 향하고 있는지 전혀 알 수가 없었다. 그저 분명한 것은 이 사건이 끝에 다다르고 있다는 사실이었다.

경찰도 마침내 아쿠쓰를 찾기 시작했다. 그 수색망에서 아쿠쓰가 완벽하게 도망치는 것은 어렵겠지.

이 사건이 어떤 결말을 맞을지는 알 수 없었다. 그러나 아쿠쓰는 곧 자신이 저지른 죄의 대가를 치르게 될 것이며, 고이즈미 사야카와 미네기시 마코토의 혼은 '미련'에서 해방될 것이다. 분명 그럴 것이다…….

왠지 가슴속에 칠흑 같은 불안이 끓어올랐다. 한기를 느낀 나는 크게 몸을 떨었다.

음침한 수풀 속에 오래 있던 탓인지 몸이 싸늘하게 식어 버렸다. 빨리 돌아가자.

나는 수풀 속을 내달렸다. 왠지 발이 평소보다 무겁게 느껴졌다.

3

"그럼, 역시 아쿠쓰 가즈야가 미네기시라는 교수까지 죽였다는 거야?"

"그래, 그럴 거라고 생각해."

나는 카펫 위에 누우면서, 눈을 칩뜨고 침대에 걸터앉은 마야를 봤다. 대학에서 돌아온 나는 오후 낮잠을 끝내고 저녁 사료를 먹은 뒤 마야와 정보 교환을 하고 있었다.

"왜 그런 짓을 할 필요가 있는 건데? 그게, 아쿠쓰 가즈야의 목적은 '지하 연구실'에서 행해지고 있던 연구의 자료를 손에 넣어서 그걸 사용해 자신을 치료하는 거잖아?"

"나도 잘 모르겠어. 4월 초까지 아쿠쓰는 '연인과의 미래'를 위해 서라면 뭐든 하겠다는 상태였다고 생각해. 그래도 지금의 아쿠쓰는 그 목적을 잃어버린 상태야. 그런데 은사일 터인 미네기시까지 살해하다니 이유를 알 수가 없어. 지금의 아쿠쓰는 그 '비밀 연구'의 흔적을 모두 다 지우려고 하는 것 같은 기분이 들어."

"흔적을 전부…… 말인가."

마야는 천장 주변을 눈으로 훑었다.

"응? 왜 그래?"

"……혹시나일지도 모르지만 아쿠쓰 가즈야의 목적을 알아낸 것도 같아."

나는 몸을 일으키려고 했다. 그러나 왜인지 다리에 힘이 들어가지 않아서 그 자리에서 비틀거리고 말았다.

"왜 그래, 까망아. 괜찮니?"

"아냐, 아무것도 아니야. 조금 밸런스를 잃은 것뿐이야. 그것보다 아쿠쓰 가즈야의 목적이란 게 뭐야?"

"돈……이 아닐까 생각해."

"돈?"

예상외의 말에 나는 고개를 갸웃했다.

"그래, 만약에 '지하 연구실'에서 정말로 HIV 신약이 완성됐더라면 그거 엄청난 일이잖아. 전 세계 제약회사가 거금을 들어서라도 손에 넣고 싶어 한 거라고 생각하지 않을까?"

"……다시 말해, 아쿠쓰는 연구 결과를 팔아서 거금을 손에 넣기 위해 관계자를 죽이고 연구 흔적을 지우고 있다는 거야!?"

너무나도 엉뚱한 얘기에 나는 현기증을 느꼈다.

"물론 메인은 그 연구 성과에 기반해서 빨리 약을 만들어 받아서 그걸로 자신의 HIV를 치료하는 거라고 생각해. 그래도 그것만이라면 연구실에 방화를 한다든가, 미네기시 교수를 죽일 필요 따윈 없잖아. 분명 연인과 헤어진 아쿠쓰 가즈야에겐, 이젠 돈밖에 목적이 없어진 걸 거야. 1년 반 전에 이미 사람을 죽인 적도 있고, ……돈을 위해서라면 뭐든 하는 사람이 되어 버린 건 아닐까."

마야의 목소리가 점점 낮아져갔다.

"백 보 양보해서 자신의 목숨을 위해서라든가 연인과의 미래를 위해서 사람을 죽이는 건 이해할 수 없는 것도 아니야. 그래도 돈 따위를 위해서 사람을 죽인단 말이야?"

"세상에는 거금을 위해서라면 뭐든 하는 사람도 엄청나게 많아."

미간을 찌푸린 마야는 고개를 좌우로 저었다. 확실히 듣고 보면 '길잡이'를 하고 있을 때, 금전과 관련된 트러블로 살해당한 인간을 어느 정도는 봐 온 것 같기도 했다.

"뭐, 이런 바보 같은 얘기가 다 있어. 돈 따위를 위해서 다른 사람을 상처입히고 자신의 혼을 더럽히다니. 언젠가 인간은 죽는다고. 그때 아무리 거금을 갖고 있었다고 하더라도 아무런 의미도 없잖아."

"그래도 엄청 많은 돈을 갖고 있으면 여러 가지로 할 수 있는 것들이 있잖아."

"맛있는 걸 먹거나, 쾌적한 곳에 살거나, 용모가 좋은 이성과 성적 관계를 맺는다든가 그런 거 말이야? 바보 같군. 전부, 생물로서 목숨의 위험을 회피하고, 자손을 남기기 위해서 육체에 인풋된 욕구, 말하자면 프로그래밍에 지나지 않는 거 아냐. 그런 욕구는 미생물이라도 가지고 있다고. 너희들 인간은 이 지구상에서 가장 복잡한 뇌와 혼을 부여받은 존재잖아. 그런데도 육체의 욕구를 채우기 위해 그런 짓을……."

현기증이 더욱 심해져서 나는 그 자리에 털썩 쓰러졌다.

"까망아!? 왜 그래?"

"아니, 좀 흥분해서 현기증이……."

그렇게 언령을 뱉고 일어선 순간, 위에서 식도로 뜨거운 게 차올랐다. 나는 몸을 크게 휘며 여러 차례 구역질을 했다. 입에서 갈색 물체가 토해져 나왔다. 방금 먹은 사료였다.

마야가 크게 눈을 뜨고는, 내게 달려와서 등을 쓸어 주었다.

"괜찮아, 까망아!?"

"괜찮아. 나는 고양이야. 고양이가 토하는 건 일상적인 일이잖아."

"그래도, 평소에 토하는 건 헤어볼이잖아. 오늘이랑은 다르잖아. 게다가 몸이 엄청 뜨겁다고!?"

"……고양이는 인간보다 체온이 높다고."

나는 사고가 정리되지 않는 머리를 흔들었다.

"그게 아니라, 평소의 까망보다 체온이 높아. 있지, 까망아, 혹시 몸 상태 안 좋은 거 아니야?"

몸 상태? 그러고 보니 구즈미로부터 얘기를 들었을 즈음부터 왠지 모르게 몸이 이상했다.

"지금은 조금 현기증이 나고, 몸에 힘이 안 들어가고 왠지 모르게 엄청 춥지만 괜찮아."

"괜찮지 않아! 그거, 분명히 아픈 거라고. 요전에 추운데 비에 젖고 그러니까."

마야는 표정을 일그러뜨리면서 벽시계에 시선을 향했다.

"이런, 이 시간이면 동물병원 문 닫았을 텐데⋯⋯."

'동물병원'이라는 단어를 들은 순간 본능적인 공포가 내 온몸을 꿰뚫었다. 대체 왤까? 그 탓인지, 온몸이 가늘게 떨리기 시작했다.

아니, 이건 동물병원에 대한 공포 때문이 아니었다. 왜인지 냉장고 안에라도 처박힌 것처럼 추웠다.

"⋯⋯까망아⋯⋯ 떨고 있잖아."

"⋯⋯추워. 엄청나게 추워."

부들부들 온몸을 떨면서 나는 카펫 위에서 식빵 굽는 자세를 취했다. 조금 몸 상태가 나빠진 것만으로도 이런 고통을 맛보지 않으면 안 된다니, 역시 육체라는 건 불편한 것이다.

그때 몸 전체가 폭신하고 부드러운 것에 감싸였다. 내 몸이 카펫에서 떨어져 갔다.

돌아보니 마야가 내 몸을 수건으로 감싸고 들어 올리고 있었다.

나는 추욱 사지의 힘을 빼고 그대로 몸을 맡겼다. 마야는 나를 품에 안은 채 침대에 눕더니 이불을 덮었다.

"이렇게 하면 조금 편해져?"

마야는 이불에 얼굴을 집어넣더니 내 얼굴을 들여다봤다.

"그래, 엄청 편해. ……따뜻해."

나는 실눈을 뜨고는 "냐아." 하고 울었다. 수건을 통해 전해져 오는 마야의 체온이 기분 좋았다. 어느샌가 구역감과 현기증이 사라져 있었다.

"그래, 다행이다."

안도의 숨을 뱉은 마야는 나와 시선을 맞췄다.

"있지, 까망아……."

"응? 뭔데, 마야."

"확실히 인간은 말이야, 자신의 욕구를 위해 다른 사람을 상처입히거나 하는 더러운 면이 있긴 해. 그래도 말이야, 그런 더러운 면만 있는 게 아니라 상냥한 부분도 있어."

마야의 말을 들으면서 지상에 내려온 이후의 경험을 떠올렸다.

난고 준타로는 살해당했는데도 불구하고 범인이 벌을 받는 것보다도, 아내의 고뇌를 없애는 것을 바라고 있었다.

센자키 류타는 범죄에 맞서는 것에 인생 전부를 쏟았다.

그 아쿠쓰 가즈야마저도 연인의 보다 나은 미래를 위해서라면 자신을 희생하려고 했다.

분명히 인간에겐 그런 고귀한 면도 있었다.

구역질이 난 정도의 잔혹함이나 잔인함과, 감동할 정도의 상냥함과 고상함, 그 양면을 내포하는 존재. 정말로 인간이란 잘 알 수가 없었다.

나는 마야의 따뜻함에 안기면서 멍한 머리로 계속해 생각했다.

'길잡이'를 하고 있었을 때의 내게는 인간이란 '화물'에 지나지 않았다. 그러나 이렇게 고양이의 몸을 얻어 곁에서 지내 보니 분명히 인간은 상당히 재미있는 존재였다. 그런 사실을 알게 된 것만으로도 지상에 내려온 보람이 있었는지도 몰랐다.

……지상에 내려온 보람이 있었다니. 나는 쓴웃음을 지었다.

그렇게 지상에서의 임무를 뚜렷한 이유도 없이 괜히 싫어하며 어서 '길잡이'로 돌아가고 싶어 하던 내가 이런 생각을 다 하다니……. 왜 이렇게 된 건지 그 원인은 알고 있었다.

나는 수건 속에서 꿈틀꿈틀 몸을 움직여 이불에서 얼굴만 내밀었다.

"왜 그래, 까망아? 괴로워?"

마야가 불안하다는 듯이 미간을 찌푸렸다.

"아니, 그렇지 않아. 아까보다 훨씬 몸 상태는 좋아."

마야다. 지상에 강림한 이래 계속해 나와 함께 있으며, 내게 매일 사료를 주고, 브러싱을 해 주고, 머리를 쓰다듬어 주고, 화장실을 청소해 주고, 때때로 회까지 주는 동거인. 그녀와 함께 보낸 시간이 인간에 대한 내 견해를 바꾸어 줬다.

"……있지, 마야."

나는 마야에게 언령을 날렸다.

"응? 뭔데?"

마야는 부드럽게 미소를 지었다.

"지금까지, 고마웠어."

"잠깐, 왜 그래 갑자기? 아파서 약한 소리 하는 거야? 괜찮아, 죽거나 하지 않을 테니까."

"아니, 마야가 없었더라면 나는 지상에서 살아남지 못했을 테고, 여기서의 일도 제대로 하지 못했을 거야."

마야와 생활함으로써 인간이라는 불가사의한 존재에 대해 조금은 이해할 수 있었기 때문에야말로 나는 난고 준타로, 센자키 류타, 그리고 사쿠라이 도모미를 구할 수가 있었다.

"그런 거, 친구라면 당연한 거 아냐."

"친구?"

"그래, 나랑 까망이는 친구잖아."

친구, 아아, 이 관계가 '친구'라는 것인가. '길잡이' 사이에도 상대를(이를테면 언덕 위에서 개가 되어 있는 그 등을) '친구'라고 부르는 일은 있었다. 그래도, 그건 어디까지나 '자주 얘기를 하는 동료' 이상의 것이 아니었다.

진정한 '친구'란 이렇게 서로를 배려해 주고 마음이 통하는 관계라는 건가.

새로운 발견에 왜인지 마음속이 따뜻해졌다.

차츰 눈꺼풀이 무거워졌다.

"……좀 자도 될까."

"응, 푹 자."

눈을 감은 나는 마야의 체온에 안기며 천천히 잠에 빠져들었다.

"냐오오오옹!"

건강이란 멋진 거야!

몸 상태가 악화된 뒤로 나흘이 지난 아침 녘, 사료를 다 먹고 창가에 선 나는 우렁차게 울었다. 꼬박 사흘을 쉰 덕분에 몸 상태는 완전히 회복되어 있었다. 그 덕분에 사료도 평소보다 맛있게 느껴졌다. 정말로 행복한 기분이었다.

"까망아, 무리하면 안 돼. 감기가 도지면 다시 동물병원에 가게 될 테니까."

"……도, 동물병원."

그 단어를 들은 순간, 꼬리가 부왁 하고 부풀었다. 공포의 기억에 온몸이 가늘게 떨리기 시작했다.

3일 전, 아침 일찍 마야는 나를 동물병원이라는 지옥에 데리고 갔다. 많은 개와 고양이의 비명으로 가득한 그 공간에 도착한 나는 마야가 들고 있는 이동장 안에서 몸을 작게 말고 계속해 떨고 있었다.(마야 왈 '말 그대로 빌려온 고양이* 같았다'는 듯했다.)

30분 정도 지나자 작은 방으로 운반된 내 온몸을 수의사라는 이름의 악마의 수하가 뒤적거리고, 금속제 기기를 가져다 대는 것도 모자라 비인도적이게도 등에 바늘을 꽂아 이상한 액체까지 주입했다.

---

* 借りてきた猫. 평소와는 달리 이상할 정도로 얌전한 모습을 지칭하는 관용구.

내가 건강해진 것을 보고 마야는 조금 전 "치료가 효과가 있었나 보네." 하고 말했다. 그러나 몸 상태가 좋아진 것은 분명 그렇지 않으면 다시 그곳에 끌려갈 거라는 공포로 몸이 활성화되었기 때문은 아닐지 생각했다.

"괘, 괜찮아. 오늘은 정말로 몸 상태가 좋다고. 다시 지금이라도 밖으로 나가서 사건 조사를 할 수⋯⋯."

거기까지 말했을 즈음 붕 하고 몸이 뜨는 감각이 들어 휘청거렸다.

"봐, 비틀비틀거리고 있잖아. 역시 아직 완전히 낫지 않았다고."

"그, 그런가⋯⋯? 왠지 굉장히 해피한 기분인데 말이지."

"분명 병이 나은 지 얼마 안 돼서 체력이 떨어져 있는 걸 거야. 적어도 오늘 하루는 푹 몸을 쉬어 둬. 다시 아프면 걱정되니까."

그렇게 말하면 반론할 수가 없었다.

"⋯⋯알겠어. 오늘은 얌전히 있을게."

나는 내닫이창의 창틀에서 식빵 굽는 자세로 앉아, 찬란하게 쏟아지는 햇빛을 털에 쬐이며 바깥을 바라봤다.

요 3일 동안, 경찰은 어느 정도 아쿠쓰 가즈야를 뒤쫓았을까? 어쩌면 벌써 구속했을 가능성도 있었다. 그렇다면 가장 좋겠지만.

어떻게든 가시와무라 마치코에 대해 알아볼 작정이었지만, 몸 상태가 엉망이 되었던 탓에 최근 3일 동안 움직일 수가 없었다. 마야도 내 간병을 하느라 대부분의 시간을 방에 있었다. 완전히 뒤처지고 있었다. 이미 우리들이 가시와무라 마치코를 찾아내더라도 그 전에 경찰이 아쿠쓰 가즈야를 발견했을 가능성이 높았다.

오늘은 하루 쉬고 내일 다시 구즈미를 만나서 수사 상황을 확인해 보자. 그래서 아직 아쿠쓰 가즈야가 잡히지 않았다면 다시금 본격적으로 움직이기로 하자. 나는 앞으로의 행동을 머릿속으로 시뮬레이트했다.

마야는 책상 앞에 앉더니 노트북을 열고 타닥타닥 키보드를 두드리기 시작했다. 느긋하게 시간이 흘러갔다.

햇볕의 따뜻함도 더불어서 괜스레 눈꺼풀이 무거워졌다. 왠지 지금까지 겪은 적 없을 정도로 잠이 왔다. 크게 하품을 하고 눈을 감았다.

꾸벅꾸벅하고 있던 나는 어떤 소리가 들려 실눈을 떴다.

어느샌가 스웨터 차림으로 갈아입은 마야가 스프링코트와 작은 가방을 손에 쥐고 있었다.

"어라? 어디 외출해?"

내가 크게 꾸벅거리며 말하자, 마야는 내게 다가와서 머리를 쓰다듬어 주었다.

"응, 좀 볼일이 있어서."

"조심해야 해. 뭐, 이런 대낮이라면 괜찮을 거라고 생각하지만 혹시 모르니까 인적이 드문 길은 가지 말고. 그리고 꼭 스턴건 가지고 가."

내가 골골 목울대를 울리면서 언령을 날리자, 마야는 키득하고 작게 웃었다.

"괜찮아, 바짝 주의하고 있으니까. 까망이는 뭔가 아빠 같네. 그럼…… 다녀오겠습니다."

"다녀와."

나는 지금이라도 낙하할 것 같은 눈꺼풀을 필사적으로 올리면서 마야를 배웅했다. 마야는 문을 열었을 때 움직임을 멈췄다.

"있지, 까망아."

마야는 돌아보지 않고 말을 걸어왔다.

"응? 뭔데?"

"고마워. ……지금까지의 일, 전부 고마워."

천천히 중얼거린 마야의 목소리는 왜인지 조금 떨리고 있는 것처럼 들렸다. 내 쪽을 향해 등을 보이고 있는 터라 마야가 어떤 표정을 짓고 있는지는 알 수가 없었다.

내가 "무슨 일이야?"라고 질문하기 전에, 마야는 무언가를 내치려는 듯 고개를 젓더니 방에서 나갔다. 문이 닫히는 소리가 고막을 흔들었다.

대체 왜 그러는 거지? 왠지 모르게 마야의 태도가 이상했던 것 같은 기분이 들었다.

고개를 갸웃한 나는 크게 하품을 했다.

뭐, 상관없어. 돌아오면 그때 얘기하면 되지.

여느 때와는 달리 강렬한 수마가 머리 구석에 끓어오른 위화감을 흘려보냈다. 나는 다시금 눈꺼풀을 감고 수마에 몸을 맡겼다.

……뭔가 말소리가 들렸다.

의식이 떠오르기 시작했다. 나는 천천히 눈을 떴다. 석양이 창문에서 쏟아져 들어와 내 몸을 비추고 있었다.

벌써 저녁인가……? 이렇게 숙면을 취해 버리다니, 역시 막 회복한 직후라 몸이 휴식을 필요로 한 건가?

나는 앞발을 있는 힘껏 앞으로 뻗어 온몸을 스트레치하며 붉게 물든 방 안을 둘러봤다. 거기에 마야의 모습은 없었다.

아직 안 돌아온 건가. 나는 앞발을 핥으면서 고개를 갸웃거렸다. 그때 바깥에서 말소리가 들려왔다. 아무래도 이 목소리 때문에 잠에서 깬 것 같았다. 나는 약간 열려 있는 창문으로 얼굴을 내밀었다. 현관 앞에 남자 두 명이 서서 마야의 어머니와 무슨 얘기를 하고 있었다.

"냐!?"

나는 깜짝 놀라 소리를 지르고는 그 자리에서 작게 점프했다. 거기에 알고 있는 남자가 있었다. 아니, 알고 있는 정도가 아니었다. 요전에 내가 조종한 적이 있는 남자다.

관할서 형사이기도 한 구즈미가 팀으로 움직이는 형사와 둘이서 현관 앞에 서서 마야의 어머니와 얼굴을 마주 보고 있었다. 마야의 어머니는 현관문을 열고 두 사람을 집 안으로 들였다.

세 사람의 모습이 보이지 않게 됐는데도, 나는 그 자리에서 움직일 수가 없었다.

왜 구즈미가 이 집에 온 거지?

설마 요전에 내게 조종당한 걸 눈치 채고 날 체포하러……. 아니 아니, 그런 말도 안 되는 일이 있을 리가 없었다.

이상한 상상이 떠오를 정도로 과열된 머리를 필사적으로 쿨다운

시키면서 나는 구즈미가 이 집에 온 이유를 계속해 생각했다.

마야가 뺑소니를 당한 건 때문인가? 그렇다고 하더라도 왜 구즈미지? 구즈미는 미네기시 살인 용의로 아쿠쓰 가즈야를 쫓고 있는 게 아니었나?

생각하면 할수록 가슴속에서 정체불명의 불안이 계속해 부풀어만 갔다.

나는 창틀에서 카펫으로 뛰어내리려고 했다. 그때 다시 가벼운 부유감을 느끼고 발을 헛디뎠다.

"냐냐아!?"

창틀에서 미끄러져 떨어진 나는 황급히 공중에서 자세를 잡고는 바로 옆에 있는 책상 서랍의 손잡이를 잡으려고 했다. 제대로 오른쪽 앞발이 걸린 덕에 얼굴부터 카펫에 낙하하는 일은 피할 수 있었다.

내 체중이 실린 탓에 서랍이 기세 좋게 열려 안에서 몇 개의 봉투와 병이 떨어졌다.

아아, 이런……. 손잡이를 놓고 착지한 나는 망연자실했다. 그건 내 먹을거리가 들어있는 서랍이었다. 사료와 간식 봉투 같은 게 흩어져 있었다. 이대로는 내가 간식을 훔쳐 먹으려고 했다고 생각할 것이다.

그래도 이 몸으로는 정리하는 것도 어려운데……. 사료 봉투를 앞발로 누르고 있던 나는 봉투 옆에 떨어져 있는 작은 병을 보고 눈을 깜빡였다. 거기에는 '개다래 분말'이라고 쓰여 있었다.

개다래? 고양이가 섭취하면 기분이 좋아진다는 그건가? 그래도 그런 걸 마야한테서 받은 적은……. 나는 앞발로 병을 굴렸다. 뒷면에 '주의! 고양이에 따라서는 비틀거리거나, 과도하게 흥분하거나, 장시간 수면을 취하는 경우가 있습니다. 소량부터 급여해 주세요.'라고 쓰여 있었다.

어라? 비틀거리거나, 흥분하거나, 장시간 수면……? 그거 오늘 내 증상 같은데……. 미간을 찌푸리고 그 병을 바라보고 있던 나는 정신을 차리고 고개를 들었다.

맞다, 지금 이런 걸 하고 있을 때가 아니야! 구즈미가 뭘 하러 이 집에 왔는가를 알아봐야지! 나는 카펫 위를 달려 문손잡이에 달려들었다. 레버형 손잡이는 내 체중으로 돌아가더니, 천천히 문이 움직였다. 약간 열린 틈새로 몸을 미끄러트려서 2층 복도로 나온 나는 옆방 앞으로 달려서 빠져나가고는 계단을 내려가 1층 거실로 향했다.

거실에 들어서자 마야의 어머니가 소파에 앉은 두 형사 앞에 커피 컵을 놓고 있었다.

"어머, 까망아. 또 왔니?"

마야의 어머니는 눈을 깜빡였으나, 나를 내쫓으려 하지는 않았다.

"까망아, 지금부터 형사님들이랑 중요한 얘기를 할 거니까 방해하면 안 된다."

한 손으로 쟁반을 든 마야의 어머니는 내 머리를 가볍게 쓰다듬었다.

나는 OK라는 의미로 "미야아앙." 하고 울었다. 처음부터 방해할 생각 따윈 없었다. 어머니보다도 더 내 쪽에서 형사들의 얘기를 듣고 싶으니까.

"죄송합니다. 모처럼 오셨는데 마야가 자리를 비워서요. 전화도 했는데, 휴대전화 전원도 꺼 둔 모양이에요."

쟁반을 정리한 뒤, 마야의 어머니는 형사들 맞은편 소파에 걸터앉았다.

"아뇨, 신경 쓰지 마십시오. 저희가 갑자기 들른 거니까요. 그건 그렇고 정말로 오랜만에 찾아 뵈어 뭐라 드릴 말씀이 없네요."

구즈미가 깊이 고개를 숙였다. 마야의 어머니는 슬픈 듯이 미소를 짓더니 희미하게 턱을 잡아 당겼다.

격조했다고? 구즈미와 마야의 어머니는 아는 사이란 말인가? 점점 어떻게 되어 가는 건지 알 수가 없었다.

"그래서 오늘은 어떤 일이신가요?"

"마야 씨가 뺑소니당한 사건과 관련해 새로운 정보를 알게 돼서요. 알려 드리려 왔습니다."

마야 어머니의 질문에 구즈미는 예의바르게 대답했다.

아아, 역시 뺑소니 사건에 대한 거였나. 나는 작게 안도의 숨을 뱉었다. 왜 아쿠쓰를 쫓고 있을 터인 구즈미 팀이 그걸 전하러 왔는지는 모르겠지만, 뺑소니 건과 관련해 경찰이 알려 주러 오는 것 자체는 이상할 게 없었다.

분명 그 못을 수색해서, 마야를 친 차를 발견했겠지.

"요전에 마을 외곽의 못에 마야 씨를 친 것과 비슷한 차가 가라앉아 있다는 익명의 목격 정보가 들어왔습니다. 그 정보에 기초해 못 주변을 수색했는데 확실히 못을 향해 차가 나아갔다는 흔적이 있었던지라, 수색을 해서 못 바닥에서 빨간 소형차를 발견했습니다. 마야 씨를 친 차가 분명하다고 생각됩니다."

구즈미는 느린 어조로 말했다.

"……그건 누구 차였죠? 마야를 치고 달아난 범인은 알아냈나요?"

구즈미의 설명을 들은 어머니는 굳은 목소리로 물었다.

"네, 알아냈습니다."

구즈미는 젠체하듯 거기서 말을 끊더니, 크게 숨을 쉰 다음 그 인물의 이름을 입에 올렸다.

"아쿠쓰 가즈야라는 인물의 차였습니다."

너무 놀란 탓에 "냐!?" 하고 작은 소리가 새어 나왔다.

아쿠쓰 가즈야가 마야를 치고 달아났다고!? 어떻게 된 일이야!?

무언가 사건을 일으키고 초조하게 도망치고 있던 아쿠쓰 가즈야가 우연히 마야를 쳐 버렸다는 건가?

머릿속에서 억지로 맞춰 봤으나 그 상상은 다음 대화에서 곧장 박살이 났다.

"아쿠쓰 가즈야는 알고 계시죠?"

구즈미의 말에 마야의 어머니는 순간 숨을 삼키더니 고통을 참는 듯한 표정으로 고개를 끄덕였다.

"네…… 알고 있습니다."

왜 마야의 어머니가 아쿠쓰 가즈야에 대해서 알고 있는 거지!? 나는 눈을 크게 떴다.

"다시 말해 아쿠쓰 군이 마야를 뺑소니치고 차를 가라앉힌 다음에, 어딘가로 도망쳤다는 건가요?"

마야의 어머니는 약한 목소리로 중얼거렸다.

"어머님, 저희들은 어떤 사건으로 아쿠쓰 가즈야의 행방을 뒤쫓고 있었습니다."

그때까지 묵묵히 있던 중년 형사가 낮고 불분명한 목소리로 얘기하기 시작했다.

"사건……요?"

"예, 바로 며칠 전에 일어난 대학교수 실종 사건입니다. 아마도 거기에 아쿠쓰 가즈야가 관련돼 있을 거라고 생각했습니다. 그래서 어제 아침, 못 바닥에서 아쿠쓰 가즈야의 차가 발견되고 그게 2개월도 더 전에 뺑소니에 쓰였다는 것을 들었을 때엔 지금 어머님께서 생각하시는 것과 같은 생각을 했습니다. 2개월 전에 아쿠쓰 가즈야는 마야 씨를 치고 달아나서 차를 연못에 빠뜨려 증거 은멸을 시도한 뒤 어디론가 도망쳤다고 말이죠. 그래도…… 그게 아니었습니다."

"아니었다고 하시면……?"

"못에서 끌어올린 차 운전석에 시체가 있었습니다. 남자 시체가."

"시체……."

어머니의 목구멍에서 작은 신음 소리가 새어 나왔다.

"못에 2개월 이상이나 빠져 있던 탓에 물고기나 새우, 게 등한테 뜯어 먹혀 있어서 거의 백골화가 되어 있어서 사인은 아직 확실히 모르는 것 같습니다."

생생한 설명에 마야 어머니의 뺨이 굳었다. 그런 걸 신경 쓰는 기색조차 없이 중년 형사는 말을 이어 나갔다.

"그런데 방금 전 치아를 치료한 흔적을 보고 신원이 판명됐습니다. 그 시체는…… 아쿠쓰 가즈야의 것이었습니다."

마야의 어머니는 입가에 손을 얹고 말을 잃었다. 그러나 내가 받은 충격은 그에 비할 것이 못 됐다.

……아쿠쓰 가즈야가 죽었다고? ……2개월도 더 전에?

그럴 리가 없어! 그런 건 말도 안 돼!

그렇다면 누가 그 '지하 연구실'에 방화를 하고 미네기시를 덮쳤다는 거지?

나흘 전에 쓰러졌을 때보다 더 심한 현기증이 덮쳐 왔다.

"그, 그렇다면 아쿠쓰 군은……."

마야의 어머니가 떨리는 목소리로 중얼거렸다. 이번엔 구즈미가 입을 열었다.

"고의인지 과실인지는 모르겠습니다만 아쿠쓰 가즈야가 마야 씨를 친 다음, 못까지 가서 차에 탄 채로 그대로 물에 빠져서 자살을 했다고 저희들은 보고 있습니다. 아쿠쓰는 뭐라고 할까요…… 꽤나 낫기 힘든 병에 걸려서 남은 목숨이 짧았다는 조사 결과가 나왔습니다. 그래서 자포자기 상태가 되어 있던 건 아닐까 생각합니다."

분명히 연인과의 미래를 잃어버린 아쿠쓰가 스스로 목숨을 끊으려고 하는 것은 이해 못 하는 것도 아니었다. 그래도 그 전에 아쿠쓰는 난고 준타로를 살해하고 실험 데이터를 훔쳤을 것이다. 그런 짓을 한 직후에 자살 따윌 할까? 그게 아니라면 실험 데이터는 결국 손에 넣지 못하여 절망을 했다는 건가?

뭔가 이상해…….

"기다려 주세요. 뺑소니가 고의인지 어떤지 모른다니, 마야는 같은 대학을 졸업하고 그것도 같은 회사에서 일하던 동료에게 우연히 치었다고 말하는 건가요?"

새된 목소리로 마야의 어머니가 소리를 지른 순간, 나는 더욱 더 혼란의 바다 속으로 끌려 들어갔다.

아쿠쓰가 마야의 동료? 무슨 말을 하는 거야. 분명 마야는 은행에서 일했을 터인데…….

"어머님, 진정하세요. 저희들도 우연이라고는 생각하지 않습니다. 그저 아쿠쓰 가즈야가 무얼 생각하고 있었는지, 저희들도 전혀 알 수가 없습니다."

중년 형사는 자기 어깨를 주무르면서 한숨 섞인 투로 말했다.

"정직하게 말씀드리자면 시체의 신원이 확인되기 전까지는 1년 반 전 사건에도 아쿠쓰 가즈야가 관련돼 있을 가능성도 생각하고 있었습니다."

"사야카 사건 말인가요!?"

마야의 어머니는 새된 목소리를 내면서 소파에서 일어섰다.

나는 귀를 의심했다. 지금 마야의 어머니가 뭐라고 말한 거지?

사야카? 사야카 사건? 1년 반 전 사건?

……설마!?

벼락을 맞은 듯한 충격이 머리끝에서 꼬리 끝까지 꿰뚫었다. 생각하기도 전에 나는 발 젤리로 바닥을 차고 달려 나가고 있었다. 플로어링에 발을 잡혀 옆으로 미끄러지면서도 복도를 전력으로 질주해 온몸의 탄력을 사용해 계단을 두 개씩 올라가면서 목적지 앞에서 급정지했다. 너무 기세가 붙어 앞으로 고꾸라지면서도, 어떻게든 힘을 주어 밸런스를 유지한 나는 눈앞에 있는 문을 올려다봤다.

마야의 방문이 아니라 그 옆에 있는 방. 마야의 어머니가 "……지금은 아무도 없단다."라고 중얼거렸던 방.

내 작은 가슴 속에서 심장이 격렬하게 고동쳤다. 여기까지 달려와서 그런 게 아니었다. 이 문 너머에 있는 걸 보는 게 겁이 나서였다.

만약 내 상상이 맞는다면…….

나는 침을 삼키고 아까 마야의 방에서 했던 것처럼 손잡이로 뛰어 매달려서는 문을 열었다. 착지한 나는 한 발 한 발 천천히 움직이면서 열린 틈새로 들어갔다.

안에는 다다미 여덟 장 정도 크기의 공간이 펼쳐져 있었다. 책상, 침대, 책장과 놓여 있는 가구는 마야 방과 크게 다르지 않았으나, 전체적으로 시크한 색조의 것이 많았고, 차분한 분위기를 자아내고 있었다.

점프해서 책상 위에 올라선 나는 거기에 세워져 있는 액자를 발견했다. 사진 속에는 두 여성이 웃는 얼굴로 나란히 서 있었다. 한 명은 만면에 웃음을 짓고 있는 마야였다. 그리고 마야의 옆에는 늘씬한 스타일의, 검은 머리를 단발로 자른 여성이 부드럽게 미소 짓고 있었다.

이 레이디야말로 이 방의 주인일 것이다. 그리고 그녀는 아마……

나는 고개를 돌려 방 안을 둘러봤다. 저녁놀로 붉게 물든 방 벽에 액자가 걸려 있었다. 그 안에 끼워져 있는 종이에는 크게 '졸업증서'라고 쓰여 있었다. 거기에 쓰여 있는 이름을 보고 나는 절망했다.

'시라키 사야카.'

그 문자가 내 망막에 각인됐다.

이 방에는 시라키 사야카라는 여성이 살고 있었다. 그리고 시라키 사야카는 그 뒤 고이즈미 아키요시와 결혼해…… 고이즈미 사야카가 된 것이다.

여기는 1년 반 전에 쓰바키바시 위에서 살해당한 고이즈미 사야카가 사용하던 방이다. 그리고 마야야말로, 아쿠쓰 가즈야의 차에 치여 혼수상태에 빠져 있던 '시라키 마야'야말로 뜻을 가지고 목숨을 잃은 언니의 뒤를 이어 사우스 제약에 들어가 그 '지하 연구실'에서 HIV 신약 연구를 하고 있던 여동생이었다.

'가시와무라 마치코'라는 인물 따위는 애초에 존재하지 않았던 것이다. 나는 줄곧 찾아 헤매던 '고이즈미 사야카'의 여동생과 함께 살고 있었다. 대체 이게 무슨 얼빠진 일이란 말인가.

센자키의 노트에 왜 고이즈미 사야카의 여동생으로 '가시와무라 마치코'라는 이름이 쓰여 있었던 걸까. 지금 생각해 보면 그 이유는 심플했다.

언덕 위 호스피스에서 센자키의 노트를 손에 넣었을 때, 마야는 그걸 가지고 화장실에 갔다. 그때 손을 쓴 것이리라.

'시라키 마야'에 조금 문자를 더하면 '가시와무라 마치코'로 만들
수 있다.* 그렇게 해서 마야는 존재하지 않는 인물을 내게 있다고 믿
게 만들어 놓고, 지금 자신이 사용하고 있는 몸이 고이즈미 사야카
의 여동생이라는 사실을 숨기는 데 성공했다. 센자키가 꽤나 악필
이었던 탓에 문자에 변형이 가해졌다는 사실을 알 수 없었다.

마야는 분명히 알고 있었을 것이다. '시라키 마야'가 고이즈미 사
야카의 여동생이자, 사우스 제약의 사원이라는 사실을. 방을 조사하
면서 신분증이나 사진 같은 걸 보거나, 부모님과 얘기를 하면 금방
알아냈을 것이다. 그런데도 마야는 내게 그것을 숨겼다.

왜 그런 짓을……?

아직 알 수 없는 일 투성이였으나, 단 한 가지 확실한 게 있었다.
마야는, 저 '시라키 마야'의 몸을 사용하고 있는 혼은 기억상실 같
은 걸 겪고 있는 게 아니었다.

마야는 처음부터 모든 걸 계산하고 움직이고 있었다. 이제 와 생
각해 보면 내가 난고 준타로와 센자키 류타의 지박령의 '미련'을 해
결한 것도 마야가 그들이 있는 장소로 안내해 줬기 때문이었다.

마야는 나를 컨트롤해서 그 '지하 연구실'에 관련된 일련의 사건
을 조사하게 만든 것이다.

……그래도 왜 그런 짓을?

---

* 시라키 마야(白木麻矢), 가시와무라 마치코(柏村摩智子).

나는 숨을 짧게 토해 내고 끓어오를 것 같은 뇌세포를 필사적으로 쿨다운시키면서 상황을 정리했다.

지금 가장 중요한 것은 마야가, 즉 '시라키 마야'의 몸을 쓰고 있는 그 혼이 누구냐는 사실이었다. 모든 걸 계산한 뒤에 행동한 것을 보아서는 틀림없이 '지하 연구실'의 관계자였다. 그중에서 조건에 맞는 인물은…….

응? 그녀……?

온몸의 털이 거꾸로 섰다.

왜 나는 마야를 여자일 거라고 단정하고 있는 거지!? 언령에는 인간의 목소리처럼 남녀의 차이는 없다. 내가 마야를 생전에 여자의 혼이었을 거라고 생각한 것은 그 말투 때문이었다. 그래도 처음부터 속일 생각이었더라면 말투 정도는 얼마든지 바꿀 수 있었다.

설마 '시라키 마야'의 몸에 들어가 있는 혼은 생전에 남자였던 것은 아닐까? 그렇다고 한다면 단 한 명, 조건에 딱 들어맞는 인물이 있었다.

그래, 단 한 명.

"마야가…… 아쿠쓰 가즈야?"

누구에게랄 것도 없이 언령을 내뱉은 순간, 발밑이 무너져 내려 허공에 내던져진 것 같은 기분이 들었다.

지금 '시라키 마야'의 몸을 쓰고 있는 게 아쿠쓰 가즈야라고 생각한다면 모든 게 설명 가능했다.

나는 멍하게 천장을 바라보면서 생각했다.

그 '지하 연구실'에서는 HIV 신약이 완성돼 있었다. 아쿠쓰는 그걸 자기만의 것으로 만들어, 자신의 HIV를 치료하는 것과 함께 그 연구 자료를 팔아서 막대한 돈을 손에 넣으려고 하고 있었다. 연인과의 미래를 포기한 아쿠쓰에겐, 그 정도밖엔 살아갈 목적이 없어졌으니까.

그리고 아쿠쓰는 난고 준타로를 살해해서 연구 자료를 손에 넣었다. 그러나 난고는 만약의 경우를 대비하여 시라키 마야와 자료를 나눠서 가지고 있었다. 그 사실을 안 아쿠쓰는 시라키 마야를 차로 쳐서 남은 자료를 빼앗으려고 했다. 그렇지만 아마도 시라키 마야는 자료를 갖고 다니지 않았을 것이다. 결국 아쿠쓰는 자기를 치료하고 거금을 얻기 위해 필요한 자료를 손에 넣지 못했다.

절망한 아쿠쓰는 차에 탄 채 못에 들어가 스스로 목숨을 끊었다. 그리고 그 혼은 강한 '미련'에 의해 지상에 얽매여 마지막 자료를 갖고 있을 터인 혼수상태에 빠져 있는 시라키 마야 곁을 맴돌고 있었다. 그러던 와중에 내가 나타난 것이다.

언령으로 소리치며 까마귀에게 쫓기고 있는 날 도와준 아쿠쓰의 혼은 기억상실을 위장한 것도 모자라 시라키 마야의 몸을 사용해 되살아나게 해 달라고 내게 부탁했다. 여자인 척을 한 것은 분명 그러는 편이 시라키 마야의 몸에 넣어 줄 가능성이 높아질 거라 생각했기 때문이겠지.

그리고…… 나는 감쪽같이 속아 넘어가 아쿠쓰 가즈야를 되살리고 말았다.

2개월 만에 몸을 얻은 아쿠쓰는 '시라키 마야'의 몸과 이름을 빌려 다시금 연구 자료를 손에 넣으려고 움직이기 시작했다.

아앗, 맞다! 나는 그 자리에 엎드리고는 두 앞발로 머리를 감쌌다.

나는 부탁을 받고 '시라키 마야'의 기억을, 그 몸을 사용하고 있는 혼에 다운로드해 버렸다. 아쿠쓰가 손에 넣지 못한 나머지 연구 자료가 있는 곳을 '시라키 마야'는 알고 있을 터였다. 그것이야말로 마야의, 아쿠쓰의 목적이었다고 생각한다면 전부 납득이 됐다.

'시라키 마야'의 기억을 얻은 아쿠쓰는 나와 함께 그 '지하 연구실'에 갔다.

그러고 보면 그때 왜 연구실 문이 잠겨 있지 않은 건지 의아하게 생각했다. 하지만 그럴 것도 아닌 게, '시라키 마야'의 기억에서 비밀번호를 알아낸 아쿠쓰가 내게 들키지 않게 자물쇠를 푼 것이다.

연구실 바깥에 있던 누군가가 찾아왔던 흔적, 그건 '시라키 마야'의 기억을 다운로드받기 전에 아쿠쓰가 연구실로 침입하는 걸 시도했다가 실패한 흔적이었겠지.

그리고 그 연구실 컴퓨터에서 목적한 자료를 훔쳐낸 아쿠쓰는 마지막 마무리로 거기서 행해졌던 연구 흔적 지우기에 팔을 걷어붙였다. 연구실에 불을 지르고 연구에 대해서 어렴풋이 알고 있던 미네기시를 살해한 것이다.

나는 푹 고개를 떨궜다.

전부 나 때문이다. 내가 가벼운 마음으로 이제 막 만난 혼을 시라키 마야의 몸에 넣어 버린 탓에…… 그런 경솔한 행동을 하지 않았더라면 적어도 미네기시 마코토가 살해당하는 일은 없었을 것이다.

몸을 찢는 것 같은 자책감이 나를 괴롭혔다.

마야가, 아니, 아쿠쓰가 더는 이 집에 돌아오는 일은 없겠지. 필요한 연구 자료는 전부 손에 넣었다. 남은 건 그 데이터를 어딘가의 회사에 팔아 거금을 손에 넣는 것뿐이다. 도망치는 걸 들키지 않기 위해 내 아침 사료에 개다래를 섞어서 이렇게 저녁나절까지 자게 만든 것이다.

그 몸 깊숙한 곳에 잠들어 있는 '시라키 마야' 본인의 혼이 눈을 뜨면 잠시 세들어 살고 있을 뿐인 아쿠쓰의 혼은 쫓겨날 것이다. 그래도 자신을 죽인 인간의 혼이 몸에 들어와 있으니 '시라키 마야'의 혼은 계속해 몸 깊은 곳에서 잠을 잘지도 몰랐다. 그렇게 되면 아쿠쓰는 계속해 그 몸을 사용할 수 있게 된다. 육체가 수명을 다할 때까지.

……어떻게 해야 하지?

나는 얼굴을 덮고 있던 앞발을 풀었다. 시야에 고이즈미 사야카와 시라키 마야가 찍힌 사진이 훅 들어왔다. 만면에 웃음을 짓는 시라키 마야를 보고, 이 지상에 내려온 이후로의 추억이 머릿속에 떠올랐다.

마야……. 나를 까마귀에게서 구해 주고, 나와 함께 생활하고, 내 뒤치다꺼리를 해 주고, 나를 '친구'라고 말해 준 사람. 내게 보여 준 그 상냥한 미소는 전부 가짜였던 걸까? 그 페르소나의 뒤편에서 나를 비웃고 있던 걸까?

나는 눈앞의 액자를 향해 솜방망이를 계속 날렸다. 발 젤리에 맞고 튕겨 날아간 액자는 바닥에 떨어져 마른 소리를 냈다.

나는 절레절레 고개를 좌우로 저었다. 화풀이를 하고 있을 때가 아니야. 어떻게든 해서 마야를, 아쿠쓰 가즈야의 뒤를 쫓아야 해. '시라키 마야'의 몸에 혼을 넣은 장본인인 나라면 억지로 그 혼을 몸에서 빼내는 것도 가능하리라. 그렇게 하면 적어도 그 몸을 계속해 아쿠쓰 가즈야가 쓰는 일은 없어질 것이다.

'시라키 마야'만이라도 어떻게든 구한다. 그게 내가 할 수 있는 유일한 속죄였다. 그래도 대체 어떻게 해서…….

마야가 이 집을 나선지 이미 수 시간이 지나 있었다. 마야가 어디로 갔는지 내겐 알 방도가 없었다.

아아, 난 왜 고양이 따위가 되어 버린 걸까. 내가 개였더라면 경찰견처럼 냄새를 맡아 마야의 뒤를 쫓을 수도 있었을 텐데.

응? 개……?

"개, 있지!"

나는 책상에서 크게 점프해서 내닫이창의 창가에 착지했다. 유리창을 통해 저 멀리 높직한 언덕이 보였다.

4

"왜 내가 이런 짓을 해야만 하는 거야……."

아스팔트 땅바닥에 코끝을 댄 레오가 언령으로 툴툴거리며 중얼거렸다. 나는 그런 그의 주변을 뛰어 다녔다.

"너 때문에 내가 이런 모습이 됐단 말이야. 그 배상이라고. 그런 것보다도 빨리."

네 시간 정도 전, 집을 뛰쳐나온 나는 일직선으로, 동네 외곽에 있는 언덕 위로 향했다. 고양이 발로는 다소 꽤나 떨어진 거리를 필사적으로 달려서 거기에 선 호스피스에 도착한 나는 정원에서 엎드려 있는 레오를 발견하고는 마야의 추적을 의뢰했다.

고양이도 인간에 비하면 훨씬 뛰어난 코를 갖고 있었지만, 개의 후각은 그것을 한참 초월한다는 것 같았다. 냄새를 쫓아 마야가 어디로 갔는지를 찾아내는 게 가능할지도 몰랐다.

레오는 처음엔 귀찮다는 듯이 떨떠름해했으나, 필사적으로 부탁하는 내 모습을 보고 중대한 사태라고 깨달았는지 결국에는 추적을 해 주기로 받아들여 주었다. 그렇게 해서 레오와 함께 마야의 집으로 돌아간 나는 추적을 개시했다. 그러나 레오의 추적 속도는 내가 기대하는 것보다도 훨씬 슬로했다.

"집을 나서서 대체 몇 시간이나 걸리는 거야. 아직 못 찾은 거야? 서둘러 달라고."

나는 코를 킁킁거리면서 거북이가 나아가는 것 같은 속도로 전진해 가는 레오를 언령으로 재촉했다.

"말도 안 되는 소리 하지 마. 이것도 필사적으로 노력하고 있는 거라고. 나는 경찰견처럼 전문적으로 훈련을 받지도 않았어. 그리고 뛰어다니는 것 좀 그만해. 정신이 산만해져."

374

고개를 든 레오는 불만스럽다는 듯 나를 노려봤다.

"알아. 알고 있다고. 네가 온 힘을 다해서 해 주고 있다는 건. 그래도…… 가능한 한 서둘러 줬으면 좋겠어."

확실히 그의 집중력을 흩어서는 안 됐다. 나는 고개를 숙이고 꼬리를 늘어뜨렸다.

레오는 다시 지면에 코끝을 가져다 대면서 곁눈질로 날 봤다.

"마야라고 했나? 그 여성은 네 친구였잖아. 왜 그녀의 뒤를 쫓고 있는 거야? 그녀랑 뭔가 있었어?"

"……너하고는 관계없는 일이야."

그래, 이건 내 문제였다. 자신의 실책은 스스로 속죄해야만 했다.

"먼저 지상에 내려온 선배로서 충고해 두지. 그렇게 혼자서……홀로 골똘히 생각하지 않는 게 좋아. 뭔가 어려운 일이 있으면, 친구와 상담하거나……."

"나한텐 친구 같은 건 없어! 내버려 두라고!"

가슴에 가득 차 있는 검은 감정을 언령에 실어 레오에게 내던졌다. 그는 순간 눈을 크게 뜨더니 작게 한숨을 쉬고 추적을 재개해 주었다.

힘을 빌려주고 있는 상대를 향해 화풀이를 해 버리다니……. 가차없이 자기혐오가 덮쳐 왔다.

나와 레오는 언령을 주고받는 일 없이 앞으로 나아갔다. 그러던 중 주위 풍경이 왠지 모르게 낯익어 갔다.

여기는 설마하니…….

내 상상은 길모퉁이를 돌아선 순간 수십 미터 앞에 있는 것을 보고 확신으로 변했다. 세이메이 대학의 뒷문이었다.

곧장 철책모양 문에 다가선 레오는 커다란 몸을 힘겹게 쪼그라뜨리며 그 아래를 빠져나갔다. 그 뒤를 이어 문 밑으로 빠져나와 캠퍼스 안으로 들어온 나는 두리번거리며 주위를 둘러봤다.

마야가 이 캠퍼스 안에? 대체 왜?

의문으로 멍하게 서 있는 나를 곁눈질하며 레오는 앞으로 나아갔다. 냄새가 강해졌는지 그 속도는 차츰 빨라졌다.

"⋯⋯여기로군."

몇 분인가 캠퍼스 내를 걸었을 즈음, 레오는 한 동의 건물 입구에서 발을 멈추고 수십 분 만에 언령을 날렸다.

"여기에⋯⋯."

나는 고개를 젖히고 그 높은 건물을 올려다보면서 언령으로 중얼거렸다. 그건 본 적이 있는 건물이었다. 세이메이대학 이과동. 사쿠라이 도모미가 옥상에서 아쿠쓰 가즈야의 고백을 받아들인 장소.

왜 이런 곳에⋯⋯? 고개를 갸웃거리면서도 나는 마음 한구석에서 왠지 모르게 납득하고 있었다. 아쿠쓰에게 이곳은 특별한 장소일터. 마야의 정체가 아쿠쓰라면, 여기에서 무언가 중대한 것을 하려고 하는 것도 이상하지 않았다.

"고마워, 덕분에 살았어."

나는 감사를 표하고는 건물에 다가섰다.

"응? 이제 됐어?"

"응, 여기서부터는 내 문제이니까. 너는 언덕 위로 돌아가도 상관없어."

"······그런가. 그럼, 그렇게 하도록 하지."

레오는 작게 콧방귀를 뀌더니 몸을 돌려 멀어져 갔다.

그렇다. 이건 내 문제였다. 어떤 위험이 있을지도 모르는데, 관계없는 그까지 휘말리게 할 수는 없었다. 나 혼자서 결말을 지어야지.

정면 현관 앞까지 온 나는 주위를 둘러봤다. 이 문에는 자물쇠가 걸려 있지 않을 터였으나, 이걸 열기에는 내 힘이 너무 약했다. 나는 건물 주변을 걷기 시작했다.

있다! 건물 측면, 수 미터 높이에 있는 작은 창문이 열려 있었다. 나는 그 옆에 설치된 하수관을 기어올라서는 열린 작은 창문으로 뛰어 들었다. 착지한 곳은 어둑한 계단이었다. 나는 고개를 들고 옥상을 향해 달려 나갔다.

가볍게 숨이 차오를 때, 옥상으로 이어지는 문이 보이기 시작했다. 사쿠라이 도모미의 기억 속에서 봤을 때엔 닫혀 있던 안쪽으로 열리는 문이 지금은 열려 있었다.

나는 눈을 가늘게 떴다. 손잡이에 밧줄이 휘감겨 있었다. 게다가 문 위쪽에는 낯선 플레이트 같은 게 달려 있었다.

저건 대체 뭐지? 순간 불길한 예감이 가슴을 스쳤으나 발길을 멈출 수가 없었다. 정말로 이 옥상에 마아가 있는 건지 1초라도, 한순간이라도 빨리 확인하고 싶었다.

나는 열린 문을 향해 크게 점프했다.

"웅냐!?"

옥상으로 뛰쳐나간 나는 황급히 급제동을 걸었다. 문 바깥은 마치 동물원 우리처럼 사방이 철책으로 둘러싸여 있었다. 올려다보니 상부도 철책으로 덮여 있었다.

사쿠라이 도모미의 기억 속에서 이런 것은 없었을 터였다. 정면의 철책은 문 모양으로 열리는 구조로 되어 있었으나 거기엔 커다란 돈주머니 모양의 자물쇠가 걸려 있었다.

나는 눈을 깜빡이면서, 철책의 문 모양으로 되어 있는 부분에 다가섰다. 거기를 잠그고 있는 돈주머니 모양의 자물쇠는 회전식 숫자판을 맞추는 타입이었다.

이 철책이라면 인간이 드나들기엔 좁겠지만, 내 몸이라면 충분히 빠져나갈 수가…….

"까망아!?"

철책을 발 젤리로 만지고 있던 나는 갑자기 들려온 목소리에 몸을 떨었다. 처음에는 소리가 들려온 쪽으로 귀를 향했고, 그다음 고개를 돌려 그곳을 봤다.

계단실 그림자에 숨어 있듯이 마야가 서 있었다. 그 손에는 밧줄이 쥐어져 있었다.

마야의 얼굴을 본 순간, 나는 움직일 수 없어졌다. 밀려드는 혼돈스러운 감정의 파도가 내 사고를 얼려 버렸다.

"……왜 까망이가? ……어떻게 여기를 알아낸 거야?"

멍하게 중얼거리는 마야를 보면서 나는 심호흡을 반복했다. 폭풍

우가 몰아치는 것 같던 가슴속이 조금씩 잦아들어 갔다. 나는 철책 틈새를 빠져나가서는 천천히 마야의 앞으로 이동했다.

"나를…… 속이고 있었지?"

나는 마야의 눈을 보면서 언령을 날렸다. 마야의 표정에 동요의 빛이 서렸다.

"무, 무슨 말을……."

마야의 목소리가 달아올랐다.

"너는 기억상실 같은 게 아니었어! 처음부터 '시라키 마야'가 고이 즈미 사야카의 여동생이고, 그 '지하 연구실'의 연구원이라는 걸 알 고 있었어. 그래도 그걸 나한테 알리고 싶지 않아서 '가시와무라 마 치코' 따위의 가공인물을 만들어 낸 거야."

감정이 격앙돼 언령이 빨라졌다. 마야는 입술을 굳게 다문 채로 아무 말도 하지 않았다.

"누군가에게 치일 뻔했다는 것도 거짓말이지. 전부 다 연극이었던 거야. 그리고 나를 속이고 '시라키 마야'의 기억을 손에 넣은 너는 그 '지하 연구실'에서 목적한 것을 손에 넣었지. '시라키 마야'가 숨 기고 있던 HIV 신약 자료를. 그렇지!?"

언령을 다 쏟아낸 나는 거친 숨을 내쉬었다. 심장이 고동치는 소 리가 고막까지 흔들었다.

여기까지 왔지만 나는 아직도 희미하게 희망을 가지고 있었다. 내 상상이 모두 틀렸다는 희망을. 마야가 "그건 아니야."라고 말해 준 것이란 희망을.

긴장으로 온몸을 가늘게 떨면서 마야의 대답을 기다렸다.

"까망아…… 나는……."

"하아아악!"

한 발 앞으로 내민 마야를 향해 위협하는 소리를 냈다. 마야는 움찔하고 몸을 떨었다.

"가까이 오지 마! 오늘, 나한테 개다래를 먹여서 그 틈에 모습을 숨기려고 했겠지? 그 자리에서 대답해. 그렇지 않으면 너를 그 몸에서 빼내 버릴 거야. 위협이 아니야."

나와 마야는 수 미터의 거리를 두고 서로를 바라봤다. 먼저 눈을 피한 건 마야였다. 마야는 고개를 숙이고는 힘없는 목소리로 말했다.

"……미안해. ……네 말대로야."

절망이 마음을 검게 물들여 갔다. 전부 내 착각일지도 모른다는 헛된 희망이 산산조각이 났다.

"맨 처음 까망이를 만났을 때엔 어떻게 하면 목적을 달성할 수 있을지밖에 생각을 안 하고 있어서 나도 모르게 거짓말을 해 버렸어. 너랑 같이 지내는 동안에 몇 번이고 사실을 말하려고 했는데, 내가 하려는 일을 반대할 거라고 생각하니까…… 겁이 나서……. 그리고 까망이를 위험한 일에 휘말리게 하고 싶지 않았어. 그래서 개다래를……. 이건, 내가 스스로 해결해야 할 문제니까."

마야는 셔츠의 소매를 양손으로 쥐면서 말하고는 촉촉한 눈으로 눈을 칩뜨고 날 봤다. 그 모습은 부모님에게 꾸짖음을 당하는 어린아이 같았다.

속이 빤히 들여다보였다. 이제 와서 그런 태도에 속아 넘어갈까 보냐!

"반대를 한다고? 당연하지. '지하 연구실'에 방화를 하고 미네기시 마코토를 죽이는 일 따위에 내가 찬성할 거라고 생각한 거야!?"

나는 몸을 낮추고 자세를 잡았다. 이제 이 이상 얘기할 건 없었다. 한 시라도 빨리 마야를, 아니, 아쿠쓰 가즈야를 '시라키 마야'의 몸에서 빼내 버리자.

"뭐……!? 잠깐 기다려. 나는 그런 짓 안 했어!"

고개를 번쩍 든 마야는 고개를 좌우로 저었다.

"이제 와서 속이려 들어도 소용없어. 이젠 전부 다 알고 있으니까. 아쿠쓰 가즈야!"

"아쿠쓰…… 가즈야?"

마야는 뚝뚝 끊어지는 말투로 그 이름을 입에 올렸다.

"그래, 마야, 네 정체는 아쿠쓰 가즈야야!"

"아, 아냐! 나는 아쿠쓰 가즈야가 아니야! 까망아, 오해야!"

"그 여자 같은 말투도 집어 치워. 이젠 안 속는다고. 뭐니 뭐니 해도 너는, 그 몸에서 나와야 해."

"부탁해, 까망아, 얘기를 들어 봐!"

"닥쳐!"

나는 언령으로 외치고는 정신을 집중시켜 마야와 시선을 맞췄다. 그 순간 마야의 표정이 일그러졌다. 마야는 이를 악물면서 내 간섭을 건너 내려고 했다.

쓸데없는 저항하지 말고 빨리 그 몸에서 나가! 나는 더욱더 혼에 대한 간섭을 강화했다.

"안 돼……. 지금은 안 돼……. 나는…… 아쿠쓰 가즈야가."

마야는 고개를 젓더니 목 깊은 곳에서 목소리를 짜냈다.

하여간 깨끗이 체념을 못 하는군.

"그만둬. 아쿠쓰 가즈야가 아니라면, 넌 누구라는 건데."

조금만 더 하면 '시라키 마야'의 몸에서 아쿠쓰의 혼을 제거할 수 있다. 나는 더욱 간섭을 강화했다.

"나, 나는……."

모기가 우는 소리로 중얼거리더니, 마야는 무너져 내리듯 그 자리에 무릎을 꿇었다. 그때, 마야가 힘없이 고개를 들고 나를 봤다. 구원을 요청하는 것 같은 시선에 꿰뚫려 나도 모르게 혼에 대한 간섭을 약화해 버렸다. 그 순간을 놓치지 않고, 마야는 크게 숨을 들이쉬었다.

"나는 아쿠쓰 가즈야가 아니야! 나는 사야카! 고이즈미 사야카야!"

"고이즈미…… 사야카?"

마야가 내뱉은 예상외의 말에 나는 "냐!?" 하고 새된 소리를 내 버렸다.

"그래. 나는 1년 반 전에 다리 위에서 찔려 살해당한 고이즈미 사야카라고!"

거친 숨을 쉬면서 마야는 필사적으로 내게 말을 걸어왔다.

"그, 그건 거짓말이야! 나는 쓰바키바시에서 지박령이 되어 있는 고이즈미 사야카의 혼을 봤다고. 또 속이려 드는 거지."

"그건 내가 아니야. 아마 그 사람……. 내 남편인 고이즈미 아키요시의 혼일 거야."

나는 숨을 삼켰다. 분명히 그 다리에 있는 지박령은 스스로 고이즈미 사야카라고 이름을 밝히지 않았다. '고이즈미 사야카'라는 이름이 나오자 격렬하게 반응했기 때문에 그녀의 혼이겠거니 생각했을 뿐이다.

고이즈미 아키요시가 정말로 사랑했던 아내가 살해당한 장소에서 지박령이 되어 있는 거였다고? 확실히 이치엔 맞았다.

"네, 네가 고이즈미 사야카라면 왜 여동생의 몸에 들어가려고 생각한 거야?"

나는 혼란스러워하면서 언령을 날렸다.

"이 아이를 지키기 위해서. ……전부 그걸 위해서 한 거야."

마야는 비틀비틀 일어서면서 애기하기 시작했다.

"그날 밤, '지하 연구실'에서 돌아오던 도중…… 나는 뒤에서 누군가에게 찔렸어. 범인이 누구인지도 모르는 채 다리 위에서 쓰레기처럼 버려져서……. 아직 해야만 할 일들도 있었는데……. 그래서 나는 까망이가 말하는 '미련'에 얽매여 정처도 없이 동네를 헤매기 시작했어. 소문으로 아키요시도 죽었다는 애기를 들었지. 곧 나를 죽인 범인에게 살해당했다고 생각했지만 어떻게 할 수도 없었지. 아키요시도 나랑 마찬가지로 방황하고 있을지도 모른다고 생각하고 찾아다녔지만 결국 찾지 못했어. 그 다리 근처에는 다가갈 수가 없었거든. 그곳만큼은 무서워서…….”

아아, 센자키의 기억을 본 다음에 쓰바키바시 다리가 있는 곳까지 내가 가려고 했을 때 마야가 창백한 얼굴을 하고 거절한 것도 그런 이유 때문이었나…….

아니, 기다려. 아직 마야가 고이즈미 사야카라고 정해진 건 아니야. 아쿠쓰 가즈야가 나를 속이려고 있을 가능성도 아직 충분히 있어.

나는 경계를 늦추지 않고 마야의 말에 귀를 기울였다.

“아키요시는 이미 성불했으리라고 생각하고 있었어. 그리고 반 년 정도 전부터 나는 집 근처를 중심으로 떠다니고 있었고, 슬슬 성불해도 괜찮으려나 하고 생각하고 있었어. 살해당해서 범인도 모르는 채인 것은 억울했지만, 여동생이 내 연구를 이어받아서 완성시켜 줄 것 같았으니까 그걸 다 지켜보면 끝을 내고, 아키요시가 먼저 가 있는 장소에 가려고 생각하고 있었어. 그런데 그런 때에 여동생이 차에 치여 의식불명이 되었어…….”

마야는 표정을 일그러뜨리더니 얘기를 계속했다.

“단순한 뺑소니가 아니란 걸 금방 깨달았어. 분명 나를 죽인 범인이 여동생도 죽이려고 했을 거라고. 여동생이 살아 있다는 걸 알면 범인은 분명 다시 죽이려 들 거라고. 어떻게든 해서라도 지켜야 한다고. 그렇게 생각한 나는 다시 동네를 헤매기 시작했어. 그러다가 난고 회장까지 돌아가셨다는 사실을 알게 됐어. 그리고 사건을 쫓고 있던 형사님이 사우스 제약에서 지박령이 되어 있다는 것도. 그런 때에 까망이, 네가 나타난 거야…….”

“……그렇다면, 왜 처음 만났을 때, 그런 말을 하지 않은 거야.”

나는 스윽 실눈을 떴다.

“그게, 까망이가 그 ‘길잡이’의 동료라고 말하니까……. ‘길잡이’는 내가 이러쿵저러쿵 설명을 해도 전혀 귀를 기울여 주지 않고 ‘우리 주인님의 곁으로 가.’라고 말할 뿐이잖아. 그래서 까망이도 그럴 거라고 생각해서…….”

나는 변명하듯이 말하는 마야를 규탄할 수 없었다. 확실히 그때 사정을 물었다고 하더라도 ‘그건 내게 맡기고, 너는 우리 주인님의 곁으로 가도록 해.’라고 내뱉었을 테니까.

그때의 내겐 인간이 다른 사람을 생각하는 마음 따위, 전혀 이해할 수가 없었으니까.

“이 몸에 들어와 되살아나서도 나는 너를 계속해 이용했어……. 난고 회장이라든지 센자키 형사의 혼의 ‘미련’을 너를 시켜서 풀게 한 다음 정보를 얻어 나를 죽이고 여동생을 친 범인을 찾고 있었어. ……미안해.”

힘없이 고개를 숙이는 마야를 나는 올려다봤다. 옥상에 부는 차가운 바람이 내 검은 털을 흩트려 놓았다.

‘시라키 마야’의 몸에 들어가 있는 것은 고이즈미 사야카인가 아니면 아쿠쓰 가즈야인가. 갈등과 망설임이 머릿속을 채웠다. 어떻게 해야 하지? 어떻게 하면 판단할 수 있을까?

뭔가 힌트는 없을까? 최근 수 주 동안 마야와 지냈던 날들을 되돌려 생각해 봤다. 그 순간 가슴속이 따뜻해졌다. 나는 크게 눈을 떴다.

……아아, 그런가. 힌트 같은 건 얼마든 있었잖아.

나는 숨을 쉬고는 마야를 향해 언령을 날렸다.

"마야, 아니…… 사야카. 나야말로 미안. 이상한 의심을 품어서."

마야라고 이름을 대고 있던 혼, 고이즈미 사야카는 크게 눈을 떴다.

"내 말을…… 믿어 주는 거야?"

"하지만 우린 '친구'잖아. 친구란 서로를 믿어 주는 거잖아."

나를 향해 있던 부드러운 눈길. 머리를 쓰다듬어 주었던 따뜻한 손. 그리고 병에 걸린 나를 마음 깊은 곳에서부터 걱정해 주던 모습. 지금까지 수 주 동안, 함께 지내 온 경험의 모든 게 지금의 이야기가 진실이라고 내게 확신을 주었다.

이건 합리적인 판단이 아닐지도 몰랐다. 모든 게 나를 신뢰하게 만들기 위한 연기라는 가능성조차도 부정은 할 수 없을 터였다. 그래도 시라키 마야의 몸에 들어가 있는 게 아쿠쓰 가즈야라는 의심은 이미 내 머릿속에서 완전히 사라져 있었다.

이 지상에 내려왔을 무렵의 나라면 분명 사야카를 마음속 깊은 곳에서부터 신용하지는 못했을 것이다. 레오가 예언했던 대로 인간과, 사야카와 접촉하고 있는 동안에 나는 변해 갔던 거겠지.

이 변화가 좋은 것인지 어떤지 나로서는 판단할 수 없었다. 그래도 사야카의 말을 믿을 수 있는 게 사야카와의 사이에 보이지 않는 연을 느낄 수 있는 게, 왜인지 기뻤다.

"……나를 용서해 줄 거야?"

사야카는 나를 내려다보면서 떨리는 목소리로 물었다. 나는 사야카의 발치에 뺨을 비볐다.

"글쎄다. 이번에 또 회 사 오면 용서해 줄게."

"사 올게! 이게 끝나면 까망이가 못 먹을 정도로 잔뜩 살 테니까!"

사야카는 무릎을 꿇더니 아플 정도로 세게 내 몸을 끌어안았다. 나는 힘을 빼고 사야카의 따뜻함에 안겼다.

몇 분인가 꼬옥 껴안은 뒤, 사야카는 천천히 나를 옥상에 내려놓았다. 나는 사야카의 얼굴을 올려다봤다.

"그럼, 새삼스레 하는 말이지만 알려 줄래? 사야카는 왜 여기에 온 거야. 여기서 뭘 할 생각인 거야?"

"그런 것보다 까망이는 빨리 여기서 도망가. 여기는 위험하니까."

미소 짓고 있던 사야카의 표정이 어두워졌다. 나는 크게 꼬리를 좌우로 흔들었다.

"무슨 말을 하는 거야! 위험하면 사야카를 혼자 내버려 둘 수 있을 리가 없잖아. 사야카는 내 '친구'니까! 나도 여기 남을 테니까, 뭘 할 생각인지 알려 줘."

"……정말이니?"

사야카의 질문에 나는 크게 고개를 끄덕였다. 분명히 합리적으로 생각한다면, 내가 여기서 위험을 감수할 필요는 없을지도 몰랐다. 그래도 사야카를 두고 혼자서 도망치는 건 지금의 나로서는 절대로 할 수 없었다.

수 초, 촉촉한 눈길로 나를 바라보던 사야카는 표정을 다잡더니 바로 옆에 있는 철책을 만졌다.

"범인을 유인해서 여기에 가둘 생각이야."

"범인을 유인해 낸다고?"

"이 철책, 지난해에 설치된 거야. 심야에 이 옥상에 숨어 들어와서 몰래 데이트를 하거나 술판을 벌이는 학생이 늘어나서 문에 자물쇠를 걸자는 제안이 나왔어. 그래도 그렇게 하면 천문학부가 관측하는 데 지장이 생긴다는 얘기가 나오니까, 이렇게 해서 하늘 관찰은 가능하게 감옥 같은 걸 만들어서 자물쇠를 채우게 됐거든."

"아아, 그런가. 그래서 사쿠라이 도모미의 기억에서는 이런 게 없었던 거로군. 그래도 사야카는 어떻게 철책 바깥으로 나간 거야?"

"철책의 문을 잠그고 있는 건 번호식 돈주머니 모양 자물쇠잖아. 끝에서부터 번호를 맞춰서 연 사람이 있었거든. 그래서 이과 교원들밖에 모르던 열쇠 번호가 극히 일부 학생들한테 알려졌던 거야."

"……그중 한 명이 시라키 마야였다는 건가."

"그래, 까망이가 마야의 기억을 꺼내 줬을 때 이 철책에 대해서도, 자물쇠 번호도 알게 됐어. 그래서 여기에 범인을 가두는 걸 생각해 냈지."

사야카는 계단실의 문을 가리켰다.

"저기에 간이식 자물쇠를 달아 놨어. 이 밧줄을 당겨서 계단실 문을 닫으면 달려 있는 자물쇠가 잠겨서 문은 자동적으로 잠겨. 즉석에서 감옥이 완성되는 거지."

사야카는 떨어뜨렸던 밧줄을 주워 다시금 손에 쥐었다.

"거기에 범인을 가둬서 어떻게 할 생각이지?"

"물론 경찰에 넘길 거야. 그래도 그 전에 자료를 돌려받을 거야."
낮은 목소리로 사야카는 말했다.

"자료?"

"그래, 범인이 난고 회장에게서 훔친 자료. 그거랑 내가 그 지하
연구실에서 가져나온 자료를 합치면 연구 자료는 전부 모이게 돼.
그걸 세계에 발표하는 거야. 그렇게 하면 나랑 마야가 몰래 품고 있
던 간절한 소원은 달성할 수 있게 되는 거지."

사야카는 밧줄을 쥔 채 쪼그려 앉더니 가방 안에서 노트북과 스
턴건을 꺼냈다.

*"자, 잠깐 기다려. 간절한 소원이란 게 뭐야? 좀 더 자세히 설명을
해 줘. 그 자료라는 건 HIV 신약에 대한 거였잖아."*

혼란스러워하는 내가 고개를 갸웃거리자 사야카의 표정에 어두
운 그림자가 드리웠다.

"내가 학생 때 자원봉사로 돌아다녔던 아프리카 지역에서는 많
은 사람이 에이즈로 목숨을 잃고 있었어. 어른뿐만 아니라 아이들
도 여럿……. 요즘 세상에서 HIV는 약만 잘 먹으면 수십 년은 발병
을 억제할 수 있는 병이란 말이야. 그래도 그 사람들은 돈이 없어서
약을 살 수가 없어. 그런 문제를 없애기 위해 여러 가지 활동이 행
해지고 있지만, 아직 완전히 부족한 셈이지."

사야카의 말에 열기가 오르기 시작했다.

"그런 광경을 봐 왔으니까 대학원에서는 HIV 치료약 연구를 했어. 딱히 엄청 우수한 연구자였던 건 아니지만 미네기시 교수가 열심히 지도해 줘서 연구에 몰두할 수가 있었어. 그리고 우연히, 정말로 우연히 HIV 신약의 힌트가 될지도 모르는 물질을 발견했어. 림프구의 표면에 있는 단백질에 결합하는 물질. 그게 결합되어 있는 림프구에는 HIV가 감염되지 않는다는 걸 알았어. 그것도 꽤나 저렴하게 만들 수가 있던 거야."

"그게 '지하 연구실'에서 하고 있던 실험이었구나."

내 질문에 사야카는 고개를 끄덕였다.

"미네기시 교수가 알고 지내던 난고 회장에게 나를 소개해 주었어. 그즈음, 막 사장직을 퇴임한 난고 회장은 예전처럼 연구를 하고 싶다고 생각하고 있었지. 그리고 얘기를 들어 준 그 사람은 내 생각에 동의를 표해 왔어. 나랑 아키요시를 둘 다 고용해 줘서 그 '지하 연구실'에서 함께 연구를 시작한 거야."

"왜 굳이 숨어서 연구를 한 거지. 그런 멋진 연구라면 대대적으로 하면 좋잖아."

내가 이어서 질문을 던지자 사야카는 슬픈 듯이 고개를 좌우로 저었다.

"나는 가능한 한 많은 HIV 감염자에게 약을 주고 싶었어. 그러니까 가능한 한 저렴하게 제공할 수 있는 약을 만들고 싶었거든. 그러기 위해서는 특허료를 얹고 싶지 않았어."

"특허료?"

잘 모르는 단어에, 나는 "냐?" 하고 소리를 냈다.

"약을 개발하는 데에는 보통 엄청난 돈이 들어가거든. 그 개발비를 회수하기 위해서 다른 회사가 그 약을 만들어서 팔 때, 개발한 회사는 '특허료'라는 돈을 받는 구조로 되어 있는 거야. 하지만 그만큼 약 가격은 비싸지지."

"또 돈 문제인 건가."

나는 고개를 좌우로 저었다.

"그래, 돈 문제야. 난고 회장과 우리들은 약이 완성되면 그걸 전 세계에 공개해서 특허료를 받지 않을 계획이었어. 그렇게 하면 약 가격을 낮게 억누를 수 있으니까. 그래도 그건 사우스 제약에 있어서는 막대한 이익을 잃어버리는 일이 되는 거지. 사우스 제약은 충분히 커졌고 경영도 양호하니까 이제는 온 세상의 도움이 되고 싶다고 난고 회장은 생각했지만, 그런 걸 회사 주주들한테 걸리면 큰일이 날 게 뻔하잖아."

"주주? 뭐야, 그건?"

잇따라서 잘 모르는 단어가 나왔다.

"별로 신경 쓰지 마. 회사가 돈을 벌면 이득을 보는 사람들을 말하는 거야. 그래서 난고 회장한테서 적당한 보직을 받은 우리들은 '지하 연구실'에서 연구를 이어 나가면서 어느 정도 연구가 진척됐을 즈음에 그걸 발표하려고 했어."

"신약이 완성됐다는 건가?"

"아니. 완전히 완성된 건 아니더라도, 기본적인 이론만이라도 밝표하자는 데 의견이 모였거든. 그 이론을 기본으로 다른 사람이 획기적인 발견을 할 가능성도 있었으니까."

"그렇게 하면 너희들끼리 약을 개발해서 약을 저렴하게 제공한다는 최초의 계획에서는 엇나가는 게 아닌가?"

내가 묻자 사야카는 고개를 끄덕였다.

"응, 분명히 그렇긴 하지만, 그때엔 연구가 좀 꽉 막혀 있었거든. 역시나 숨어서 하는 연구이다 보니 들일 수 있는 비용도 설비도 충분하지 않았으니까. 난고 회장과도 상의해서 이대로 약이 완성되지 않을 바에는 기본 이론을 공개하여 좀 더 큰 기관에서라도 연구해주는 쪽이 나을지도 모르겠다고 그때엔 그렇게 생각했어. 특허료가 얹어지더라도 지금까지의 항HIV 약보다는 꽤나 저렴하게 만들 수 있는 건 틀림없었으니까."

"……그래도 그 발표는 할 수가 없었던 거지. 네가…… 고이즈미 사야카가 살해당했으니까."

"그래, 여기서부터는 마야의 기억인데, 내가 죽은 것 때문에 발표는 할 수가 없게 된 거야. 그리고 아키요시 역시 나를 죽인 혐의가 씌워진 것도 모자라 살해당했지. 그래서 난고 회장은 사건 이후 엄청나게 신중해졌어. 다른 제약회사의 그림자에 겁을 먹었지."

"다른 제약회사?"

"아까도 말했잖아. 그 연구를 독점할 수 있으면 막대한 이익을 올릴 가능성이 있다고. 그래서 어딘가의 제약회사가 우리 연구를 발표 전에 빼앗기 위해 나를 죽이고, 그 죄를 아키요시한테 뒤집어 씌웠을지도 모른다고. 난고 회장은 그렇게 의심한 거야."

"그런 게 있을 수도 있어?"

내가 깜빡깜빡 눈을 계속 깜빡이자, 마야는 괴롭다는 듯이 미간에 주름을 잡았다.

"일반적으로 생각하면 있을 법하지 않지. 그래도 한번에 연구원두 사람이 이상한 죽음을 맞았단 말이야. 모든 게 의심스럽고 무서워지는 것도 당연하잖아. 그래서 연구를 완성시키고 나서 한번에 세상에 발표하는 걸로 방침을 세웠지. 난고 회장은 이전부터 나를따라서 종종 '지하 연구실'에 왔던 마야를 새로운 연구 멤버로 더해연구를 진척시켰어. 완성이 다가오자 자료를 분할해서 자신과 마야가 따로따로 관리하도록 했다. 누군가가 자료를 빼앗기더라도 괜찮도록. 그리고 이윽고 연구 결과를 발표할 수 있는 단계까지 왔어. 그런데……"

"난고 준타로는 살해당하고, 자료를 빼앗겼지."

내가 그 뒤의 말을 잇자 사야카는 천천히 고개를 끄덕였다.

"그래, 난고 회장의 자료는 빼앗겼지. 그래도 마야가 숨기고 있던나머지 자료 반은 내가 그 '지하 연구실'에서 빼냈어. 범인은 이 데이터가 갖고 싶어서 못 견딜 거야. 그러니까 이걸 미끼로 범인을 유인해서, 거꾸로 그 쪽이 가지고 있는 자료를 빼앗을 거야."

사야카는 가볍게 뺨에 홍조를 띠며 말하고는 주머니 안에서 작은직방체의 기기를 꺼냈다. '지하 연구실'에 갔을 때 사야카가 손에쥐고 있던 것이다. 분명 USB라고 했었나?

사야카의 말을 들은 것으로, 사건의 전모가 보이기 시작했다. 그러나 계획대로 사태가 진행될까? 대체 사야카는······.

"잠깐 기다려. 대체 사야카는 누구를 범인이라고 생각하는 거야?"

"아쿠쓰······ 아쿠쓰 가즈야야. 그 녀석이 나, 아키요시, 그리고 난고 회장을 죽이고, 마야를 차로 치었다고."

아, 역시 그런가. 사야카는 아직 아쿠쓰의 시체가 끌어 올려진 걸 모르지.

"사야카, 아쿠쓰는······."

"내 책임이야······. 내가 아쿠쓰를 그 '지하 연구실'에 끌어들였어. 대학 졸업 전 아프리카 자원봉사 활동에서 돌아온 아쿠쓰가, 학생 때 내가 HIV 치료약 연구를 하고 있어서였는지 '어딘가 HIV 신약 연구를 하는 회사는 없나요?'라고 상담을 해 왔어. 나는 아프리카의 실태를 보고 온 그가 나랑 같은 기분을 갖게 됐다고 생각해서 난고 회장과 이야기를 해서 연구 조수로 고용했지. 그것 때문에 모든 게 잘못됐어. 설마 아쿠쓰가 HIV에 감염돼 있을 줄은 생각도 못했다고!"

사야카는 양손 주먹을 꽉 쥐었다.

"내가 처음에 연구를 발표한다고 했을 때, 그는 엄청나게 반대했어. 어딘가에서 HIV 환자를 찾아와서는 아직 미완성인 약을 투여해야만 한다고 말하는 거야. 아직 그 시점에서는 사람에 대한 안전성이 전혀 확립되어 있지 않으니까, 그런 인체실험 같은 건 할 수 없다고 거절하고 그를 연구에서 배제시키려고 했어. 지금 생각해 보면 아쿠쓰는 자신한테 투여할 생각이었던 거겠지."

아아, 과연. 인체실험 운운하는 건 그런 흐름에서 나온 건가.

"올해 들어 연구가 최종 단계에 진입해 난고 회장과 마야가 자료를 전 세계에 발표할 준비를 하기 시작했을 때에도 아쿠쓰는 반대하면서 회장에게 들러붙었지. 그는 사우스 제약에서 임상 시험을 해보려고 했던 거야. 그렇게 하면 자기도 그 치료 효과를 시험해 볼 수 있을 거라고 생각했던 거지. 그래도 아쿠쓰가 HIV에 감염돼 있다는 사실을 모르는 난고 회장은 그걸 받아들여 주지 않았어. 최근 성장하고 있다고는 하지만 그 정도로 자본력이 없는 사우스 제약에서는 대규모 치료 임상 시험 같은 걸 할 여유는 없었고, 그걸 한다면 특허를 취하지 않고 약을 저렴하게 판다는 최초의 계획이 파탄 날 테니까. 그래서 아쿠쓰의 태도에 불신감을 가진 난고 회장은 중요한 데이터를 그로부터 숨기게 됐지."

사야카의 표정이 점점 험해져 갔다.

"올해 4월, 연구를 얼추 끝내고 남은 일은 자료를 세계에 발표하는 것뿐인 단계에 왔을 때, 난고 회장이 돌아가셨어. 곧이어 난고 회장이 살해당했을 가능성을 생각한 마야는 '지하 연구실'에 가서는 문 비밀번호를 바꾸고 자기만 들어갈 수 있게 한 다음 거기에 USB를 감췄어. 그리고 어떻게든 난고 회장이 가지고 있던 자료를 찾아내려고 뒤지기 시작했어. 하지만……."

"그로부터 며칠 지나지 않아 자기도 차에 치여 의식불명이 되었다는 거로군."

"그래. 모든 건 아쿠쓰 가즈야가 연구 자료를 훔치려고 한 짓이야."

나는 분노로 뺨을 붉히는 사야카의 얼굴을 올려다봤다.

"……아쿠쓰 가즈야가 범인인 건 틀림없나?"

"분명 틀림없어! 처음엔 나도 믿을 수가 없었어. 아끼던 후배가 이런 짓을 하다니. 그래도 까망이가 아키요시가 죽은 상황을 해명해 줬을 때 아쿠쓰가 의심스럽다는 생각을 했어. 아쿠쓰가 HIV에 감염됐다는 사실을 알고, 그 의심은 더욱 강해졌지. 그리고 마야의 기억을 봤을 때 확신했어. 아쿠쓰 가즈야가 모든 일의 범인이라고."

"어째서 그렇게 단언할 수 있지?"

"요전에 치였을 때 일은 아무것도 기억하지 못한다고 했는데, 그거 거짓말이야. 마야는 치이기 직전에 뒤를 돌았는데, 순간적이지만 차를 봤어. 구형의 빨간 소형차. 그건 아쿠쓰가 타고 다니던 차야. 절대로 틀릴 리가 없어! 그는 마야를 친 다음에 자신의 차를 못에 빠뜨려서 증거 인멸을 한 거라고."

그때의 여동생의 기억이 플래시백 되었는지 사야카는 가슴을 눌렀다. 그런 사야카의 얼굴을 나는 정면으로 바라봤다.

"사야카, 진정하고 들어. ……아쿠쓰 가즈야는 이미 죽었어."

"……뭐?"

내 말의 의미를 이해하지 못했는지, 사야카는 멍한 소리를 냈다.

"못에서 차를 건져 냈다고 방금 구즈미가 통보하러 왔어. 분명히 그게 시라키 마야를 친 아쿠쓰 가즈야의 차인 건 틀림없었어."

"그럼……."

사야카가 무언가를 말하려고 했으나, 나는 오른쪽 앞발을 들어 그걸 제지했다.

"얘긴 그걸로 끝이 아니야. 그 차 안에서 백골화된 시체가 발견됐어. 그리고 이빨 모양을 대조해 본 결과, 아쿠쓰 가즈야의 시체라고 확인됐어."

"뭐!? 그런 일이 있을 리가……"

아연실색하면서, 사야카는 고개를 가늘게 좌우로 저었다.

"아마도, 아쿠쓰는 연구 자료를 뺏기 위해서 시라키 마야를 쳤겠지. 그래도 연구 자료를 손에 넣지 못해 절망한 아쿠쓰 가즈야는 그 뒤 즉시 차에 탄 채로 못에 빠져서 목숨을 끊었어."

"그럼 '지하 연구실'에 불을 지르거나, 미네기시 교수님을 죽인 건……?"

두통이라도 왔는지 사야카는 한 손으로 이마를 눌렀다.

"모르겠어. 전혀 모르겠어."

나는 고개를 천천히 좌우로 저었다. 묵직한 침묵이 주변을 채우기 시작했다. 사야카는 크게 고개를 저었다.

"역시 그럴 리가 없어. 아쿠쓰는 분명히 살아 있을 거야. 그게 말이지 내가 무료 메일 어드레스를 가지고 아쿠쓰의 휴대전화 어드레스로 메시지를 보냈단 말이야. 남은 자료가 갖고 싶으면, 당신이 갖고 있는 데이터를 오늘 밤 이 옥상으로 가지고 오라고. 그랬더니 '알겠음. 다만 주변에 경찰이 있으면 내가 가진 데이터는 파괴한다.'라고 회신이 왔단 말이야."

아쿠쓰가 회신을 했다고? 그러고 보니 미네기시가 실종되기 직전에 아쿠쓰의 휴대전화에서 미네기시에게 메시지가 보내졌다고 구즈미가 말했다.

누군가가 아쿠쓰의 휴대전화를 사용하고 있다는 건가? 그게 아니라면 아쿠쓰는 정말로 살아 있는 건가?

"차 안의 시체는 이빨 치료 흔적만으로 확인한 거잖아. 어쩌면 그 자료가 개조된 걸지도 모르잖아. 미리 다른 사람에게 아쿠쓰 가즈야의 이름으로 치료를 받게 했다든지……."

꽤 어렵긴 하지만 그 가능성도 제로는 아닐 것 같은 기분이 들었다. 그렇다고 한다면…….

생각에 푹 빠져 있던 내 귀가 움찔하고 움직였다. 사야카도 고개를 번쩍 들고 계단실 쪽을 봤다. 희미하게지만 발소리가 들려왔다. 계단을 올라오는 발소리가.

사야카는 손목시계에 시선을 떨어뜨리고는 나를 향해 속삭이듯 말했다.

"오전 0시. ……약속한 시간이야."

나는 꿀꺽 침을 삼켰다. 이미 아쿠쓰 가즈야의 생사에 관해 생각하더라도 방법이 없었다. 금방 그 대답이 나올 터였으니.

나와 사야카는 계단실의 그늘에서 숨을 죽이고 출입구에 시선을 계속해 쏟고 있었다. 발걸음 소리는 점점 더 커졌다. 이윽고 사람 그림자가 나타났다. 코트를 걸친 꽤나 장신. 그 얼굴은 마스크와 선글라스로 덮여 있어서 누구인지 확인할 수가 없었다. 어깨에는 자그

마한 등산용 배낭이 걸쳐져 있었다.

남자는 계단실을 나서더니 천천히 주위를 둘러봤다. 그 순간 사야카는 손에 쥐고 있던 밧줄을 힘껏 당겼다. 계단실의 문이 쾅 닫히더니, 그것과 동시에 간이 자물쇠가 철컹하는 소리가 나면서 문이 잠겼다. 즉석에서 감옥이 완성됐다.

감옥 안에 갇힌 남자는 천천히 이쪽을 돌아봤다.

"……오랜만이야, 가즈야."

계단실 그늘에서 나온 사야카의 목소리는 떨리고 있었다. 눈앞에 자신을 죽였을지도 모르는 남자가 있었다. 동요하는 것도 당연한 일이다.

사야카는 밧줄을 놓고 가방에서 스턴건을 꺼내들었다.

"너는 이제 그 감옥에서 못 나와. 얌전히 난고 회장한테서 빼앗은 연구 자료를 넘겨. 이상한 움직임을 보이면 이 스턴건으로 얌전히 만들 거야. 연구 자료만 넘긴다면 간이 자물쇠 번호를 알려 주지."

사야카는 어디까지나 남자가 아쿠쓰라는 전제하에 얘기를 이어 나갔다.

"자료를 건네주면 정말로 그 녀석을 봐 줄 생각이야!?"

깜짝 놀란 나는 사야카에게만 들리게 언령을 날렸다. 사야카는 곁눈질로 날 보더니 작게 고개를 좌우로 저었다.

아아, 이게 블러프라는 건가. 자료를 무사히 손에 넣으면 여기로 경찰을 부를 생각인 거겠지.

그런데 그게 그렇게 잘 될까? 만일 저 남자가 아쿠쓰 가즈야라고 한다면 간단히 자료를 넘겨줄 리가 없었다. 그걸 위해서 몇 명이나 되는 사람들의 목숨을 빼앗았으니까.

나는 긴장으로 몸이 굳어 가면서 남자의 행동을 지켜봤다. 남자는 어깨에 걸치고 있던 배낭을 땅바닥에 놓고는 그 안으로 손을 넣었다. 사야카는 스턴건의 전극을 남자에게 향했다.

"천천히야. 천천히 배낭에서 손을 꺼내!"

사야카의 지시대로 천천히 배낭에서 빠져나온 남자의 손에는 작은 기기가 쥐어져 있었다. USB였다.

"그걸 이쪽으로 던져. 내용물을 확인한 다음 간이 자물쇠 번호 알려 줄 테니까, 경찰이 오기 전에 어디론가 사라져서 두 번 다시 내 앞에 나타나지 마."

사야카는 손바닥을 위로 향하고 왼손을 내밀었다. 남자는 거의 주저하지도 않고, USB를 사야카를 향해 던졌다. 사야카는 그걸 캐치했다.

······이상하다. 아무리 뭐라 해도 너무 순조로운걸. 저 남자가 아쿠쓰 가즈야라면 그렇게 간단히 자료를 넘길 리가 없었다.

형언할 수 없는 불안감이 가슴속에서 부풀어 갔다. 설마하니 나는 무언가 커다란 착각을 하고 있는 건 아닐까?

USB를 받아든 사야카는 청바지 주머니에서 자신의 USB도 꺼내더니, 바닥에 놓아두었던 노트북으로 달려들었다.

"까망아, 아쿠쓰를 감시하고 있어! 이상한 움직임을 보이면 알려 줘."

사야카는 옥상에 정좌를 하고 컴퓨터에 찰싹 붙어 조작하면서 내게 말했다.

　남자가 나를 보고 선글라스 너머로 시선을 보냈다. 선글라스 너머로 보이는 남자의 눈썹이 미묘하게 올라갔다. 고양이에게 감시를 부탁하다니 이상하게 생각하고 있는 거겠지.

　나는 그 순간, 남자의 혼에 대한 간섭을 시험해 봤다. 구즈미처럼 간단히는 안 되겠지만 만약 이 남자를 제대로 통제하에 놓을 수 있다면 안전하게 사태를 진행시킬 수가 있었다. 선글라스 너머로라도 시선만 제대로 맞춘다면…….

　"웅냐아!"

　다음 순간, 나는 비명을 지르며 뒤로 펄쩍 뛰었다. 착지에 실패해 옆으로 눕듯이 착지하고는 다시금 몸의 반동을 이용해 크게 공중에 떴다. 옆에서 봤더라면 꽤나 코믹한 움직임이었으리라.

　남자에게서 멀리 거리를 뗀 곳에서, 나는 몸을 낮추고 "하아악!" 하고 위협하는 소리를 냈다.

　혼에 대한 간섭을 시도한 순간, 무언가 검고 부글부글 끓는 것처럼 뜨거운 게 역류해 왔다. 조금 더 싱크로를 시도했었다간 위험할 뻔했다.

　이 남자…… 혼이 말도 안 되게 더러워져 있었다. 고위 영적 존재인 나조차 집어삼킬 정도로.

　지금까지의 인생에서 대체 무슨 짓을 해 온 걸까?

　적어도 눈앞에 선 남자가 일련의 사건의 범인이라는 것은 더 이상 의심할 여지가 없었다.

"까망아, 왜 그래? 괜찮아!?"

"응, 괜찮아. 그보다 빨리."

나는 사야카를 재촉했다. 이렇게까지 혼이 더럽혀져 있는 남자가 이대로 묵묵히 있을 거라고는 도저히 생각되지 않았다.

사야카는 고개를 끄덕이고는 컴퓨터 옆에 USB 두 개를 꽂은 뒤 눈을 크게 뜨고 키보드를 두드리기 시작했다. 차츰 그 얼굴에 환희의 표정이 떠올랐다.

"진짜야! 틀림없어, 난고 회장이 가지고 있던 자료야!"

사야카는 양 주먹을 꽉 쥐었다.

진짜? 뭔가 속셈이 있으라고 생각했던 내 걱정은 기우였던 건가?

"남은 건 이 자료를 메일에 첨부해서 전 세계 학자들에게 보내는 것뿐······."

흥분으로 뺨을 붉게 물들이면서 컴퓨터 조작을 계속하던 사야카는 크게 손을 휘둘러 올리더니 한층 더 세게 키보드를 내리쳤다. 그 순간, 썰물이 빠져나가듯 사야카의 얼굴에서 미소가 사라졌다.

"왜? 왜 안 보내지는 거지? 왜 권외 지역으로 되어 있지!?"

사야카는 몇 번이고 손끝을 키보드에 두드려 댔다.

"······이것 때문이지."

처음으로 남자가 목소리를 냈다. 마스크 너머의 불분명한 낮은 목소리. 그 목소리는 사쿠라이 도모미의 기억 속에서 들었던 아쿠쓰 가즈야의 것과는 분명히 달랐다.

남자는 배낭 안에서 휴대용 무선 통신기 같은 기기를 꺼내더니 옥상에 놓았다.

"전파 방해 장치. 이게 작동하고 있는 한 이 주변은 와이어리스 인터넷 회선도 휴대전화도 쓸 수 없어."

"다, 당신…… 누구야……?"

사야카도 남자가 아쿠쓰 가즈야가 아니라는 사실을 깨달은 것 같았다. 표정이 점점 굳어 갔다.

"모르겠는 건가?"

남자는 조롱하듯이 말하고는 가볍게 어깨를 떨었다.

"누구라도 좋으니까 빨리 그 기기를 멈춰. 그렇지 않으면 경찰 부를 거야."

사야카가 떨리는 목소리로 외쳤다.

"경찰? 휴대전화도 못 쓰는데 어떻게?"

"여, 여기에서 큰 소리를 내면 알아챌지도 모르잖아. 미네기시 교수님 사건으로 교원동에 경찰이 대기하고 있을 거라고."

"여기에서 교원동까지는 꽤나 거리가 있지. 알아줄까?"

"계속 외치고 있으면 언젠가는 알아챌 거야. 당신은 거기에서 못 나올 테니까."

사야카는 거칠게 숨을 쉬면서 고함을 쳤다. 남자는 천천히 철책의 문 모양이 되어 있는 부분에 다가서더니, 그곳을 잠그고 있는 돈주머니 모양의 자물쇠를 손에 쥐었다.

"무, 무슨……"

사야카가 떨리는 목소리를 쥐어 짠 순간, 딸깍하는 소리와 함께 자물쇠가 열렸다. 사야카의 목에서 작은 비명이 새어 나왔다. 남자는 문을 열더니, 감옥에서 나왔다.

"왜? 왜 저 녀석이 자물쇠 번호를 알고 있는 거야!?"

나는 당황해서 사야카의 발치에 바짝 다가서서 언령을 날렸다.

"모르겠어. 알고 있을 리가 없는데……."

노트북을 가슴에 품으면서 사야카는 뒷걸음질을 쳤다. 남자는 천천히 다가오더니 수 미터 거리를 두고 멈춰 섰다.

"뭐야, 마야. 아직도 모르겠나? 언제나 하는 말이지만 자네는 주의력이 산만한 구석이 있다니까. 연구자로서는 큰 결점이야."

남자는 억누른 목소리로 웃었다. 그 목소리는 어딘가 들어 본 기억이 있었다. 필사적으로 기억을 더듬던 나는 옆에 선 사야카의 몸이 가늘게 떨리고 있는 것을 느꼈다.

"거짓말…… 그럴 리가……."

사야카가 고개를 좌우로 젓자, 남자는 모자를 벗었다. 백발이 섞인 머리카락이 드러났다. 이어서 남자는 마스크와 선글라스도 벗었다. 그 밑에서 나타난 얼굴을 보고, 나는 멍하게 입을 벌렸다.

"여어, 마야. 오랜만."

남자는, 세이메이 대학 약학부 교수인 미네기시 마코토는 마치 아침 인사라도 하는 것처럼 가벼운 어조로 말했다.

분명히 이 대학의 교원인 미네기시라면 돈주머니 모양의 자물쇠 번호를 알고 있어도 이상할 게 없었다. 그래도 왜…….

"왜, 왜 미네기시 교수님이……? 아쿠쓰에게 살해당하신 게……."

한 손으로 입을 누르면서 사야카는 내가 생각한 것과 동일한 의문을 입에 올렸다. 미네기시는 비웃는 듯이 코웃음을 쳤다.

"아니아니, 그 반대지. 내가 아쿠쓰를 죽였지."

말도 안 되게 시원스럽게 내뱉어진 충격적인 사실에 나와 사야카는 동시에 숨을 들이켰다. 그런 우리들을 보면서 미네기시는 입술의 양 끝을 올렸다.

"아직도 모르겠어? 정말로 자네는 상상력이 없군. 전부 내가 죽인 거야. 아쿠쓰도 난고 회장도 고이즈미 아키요시도, 그리고…… 자네 언니도 말이야."

사야카는 목 깊은 곳에서 신음소리를 내면서 가슴을 내리 눌렀다. 1년 반 전에 찔린 심장 부근을.

나는 요전에 이과동 근처에서 봤던 지박령을 생각하고는 얼굴을 찌푸렸다. 그건 미네기시의 혼 따위가 아니었다. 분명 그것이야말로 아쿠쓰 가즈야의 혼이었을 것이다. 미네기시에게 살해당한 아쿠쓰는 연인과의 추억의 장소인 그 이과동에서 지박령이 되어 있던 건가.

"왜, 왜 그런 짓을……."

사야카의 목소리는 힘이 없고 갈라져 있었다.

"왜? 자네 언니가 내 연구를 훔쳤기 때문이지. 나는 내 연구를 되찾은 것에 지나지 않아."

미네기시의 얼굴이 험상궂어졌다.

"거짓말이에요! 저는 교수님의 연구를 훔치는 짓 따위 하지 않았어요!"

사야카는 갈라지는 목소리로 외쳤다. 미네기시는 의아하다는 듯이 미간을 찌푸렸다.

"자네 얘기가 아닐세. 자네 언니, 사야카 얘기야. 림프구 표면의 단백질에 들러붙어서 HIV 감염을 저해하는 물질을 만들어 낼 수 있을지도 모른다. 그 아이디어는 내가 오랫동안 생각했던 거야. 그녀는 그 아이디어를 훔친 거야."

"그건 전 세계 누구라도 생각할 수 있던 아이디어잖아요. 그 물질을 찾으려고 했던 연구자라면 얼마든지 있어요! 분명히 우연일지는 몰라도 그 물질을 찾아낸 건 저예요. 당신 따위가 아니라고!"

흥분한 사야카가 물고 늘어지듯이 말하자 미네기시의 표정이 일그러졌다.

"닥쳐! 나는 오랫동안 그 물질을 찾아왔단 말이다! 어디까지나 내 연구가 있었기 때문에 그 물질이 발견될 수 있던 거야! 그걸 그 여자는 자기 공훈인 것처럼 발표하려 들어서."

미네기시는 거친 목소리로 말하고는 바로 옆에 있던 철책에 주먹을 꽂았다. 쾅하는 무거운 소리가 옥상에 울려 퍼졌다.

"그런 이유로…… 그런 이유로 날 죽였다는 거야?"

사야카는 다시 가슴을 누르면서, 신음하듯이 물었다.

"자네를 죽였다고? 아까부터 무슨 말을 하는 거야? 마야, 알고 있나? 자네 언니는 뻔뻔하게도 우리 연구실의 연구로서 논문을 제출하고 싶다고 말을 꺼내더군."

"그건 사우스 제약에서의 연구라고 하면 특허 같은 여러 가지 문제가 걸릴 거라고 생각해서……. 그래서 업무 외적으로 연구했다고 하고 싶었을 뿐인데……."

고통스럽게 사야카가 말하자, 미네기시는 크게 혀를 찼다.

"자네 언니도 그런 얘길 너저분하게 하더군. 그래도 말이지, 나는 알고 있었어. 그 여자는 나를 바보로 만들고 싶었던 거야. 그 획기적인 논문의 주저자로서 자신의 이름을 올리고, 그리고 내 이름을 공저자로 뒤에 올림으로써 자기가 나보다 위라는 걸 보이려고 했던 말이야!"

나는 입을 반쯤 벌리고 미네기시의 이야기를 듣고 있었다. 줄줄 주절거리고 있었지만, 요약해서 말하자면 제자의 성공을 시기했을 뿐이었다. 기껏 그 정도를 가지고 "자식처럼 생각하고 있다"던 제자의 목숨을 빼앗다니, 엄청나게 꼬인 자존심이 아닐 수 없었다.

미네기시는 흥분을 가라앉히기 위해서인지 크게 숨을 뱉더니 하늘을 올려다봤다. 그 얼굴에 차츰 황홀한 표정이 떠올랐다.

"자네 언니를 찔렀을 때의 일은 어제 일처럼 선명하게 떠올릴 수 있다네. 며칠이나 계획을 다듬고 완벽하게 수행했지. 완벽한 계획이었어……. 그 손에 남은 감촉……."

기억을 반추하면서 기분 나쁘게 미소 짓는 미네기시에게 나는 구역감까지 느꼈다.

"왜, 아키요시까지……."

사야카의 얼굴은 핏기가 가서 창백해져 있다.

"아아, 아키요시 말인가. 별수 없잖나, 희생양이 필요했으니까. 아
키요시 군은 최적이었지. 얼마 전에 부부 명의로 생명보험에 들었
다는 얘기를 들은 데다가 나를 진심으로 신뢰하고 성격이 단순해서
조종하기 쉬웠으니까. 그를 범인으로 몰아세우기로 결정한 뒤로 사
전에 여러 모로 준비를 했네. 부부 관계가 꽤나 위기에 처해 있다는
소문을 흘린다든지. 예상대로 그는 경찰의 의심을 샀지. 거기서 내
가 상담에 나섰다네."

미네기시는 득의양양하게 얘기를 계속했다. 분명 비틀린 자존심
으로 넘쳐나는 이 남자는 이 1년 반 동안 자신이 범한 완전범죄를
누군가에게 자랑하고 싶어서 못 견뎠을 것이다. 그 혀는 마치 기름
칠을 한 것처럼 미끄러웠다.

"우선은 그에게, 아쿠쓰가 사야카를 죽인 범인이라고 생각하게
만들었다네. 아쿠쓰와 사야카가 연구 때문에 다퉜다는 건 그도 알
고 있었으니까. 사건 당일에 아쿠쓰에게서 '말도 안 되는 짓을 했
다'는 연락이 왔다고 거짓말을 불어넣으니 재미있을 정도로 단순하
게 믿어 주더군. 그다음엔 자기 아내의 원수를 갚으려는 아키요시
에게 지하 연구실과 연구동이 연결돼 있다는 것을 이용한 알리바이
공작을 제안했지. 아무런 의심도 없이 따라 주더군. 엄청나게 사야
카를 사랑했던 거겠지. 내가 사야카를 죽인 범인이라는 것도 모르
고 말이야."

미네기시는 마음속 깊숙이 즐겁다는 듯 말했다. 분노 탓인지, 파
랗게 질려 있던 사야카의 얼굴에 혈기가 돌아오기 시작했다. 지금

이라도 미네기시에게 달려들 것만 같았다.

환갑이 다 되었다고는 하지만, 미네기시는 남자이고 체격도 좋았다. 아무리 스턴건을 가지고 있다고 하더라도 아직 충분히는 체력이 돌아오지 않은 사야카가 이길 확률은 적었다.

"사야카, 진정해. 진정하고 틈새를 찾아내."

내가 언령으로 달랬다. 사야카는 피가 맺힐 정도로 세게 입술을 악물고는 약간 턱을 당겼다.

"……그 '지하 연구실'에 대해 알고 계셨던 거군요."

사야카는 낮은 목소리로 중얼거렸다.

"응? 그래, 원래 거기가 난고 회장의 개인 실험실이었다는 건 알고 있었겠지. 나는 그때 같이 연구했던 동료라고. 당연히 알고 있지. 참고로 거기서 새로운 항HIV 약 연구를 하고 있다는 건 아쿠쓰와 난고 회장 두 사람에게서 들었네. 그들은 아키요시 이상으로 내게 전폭적인 신뢰를 보내 주고 있었으니 말이야."

미네기시는 득의양양하게 미소 지으며 말을 이었다.

"그날, 아쿠쓰가 자신의 집에 없다는 건 알고 있었네. 그즈음 그는 주말에 언제나 애인 집에 머물렀으니까. 아쿠쓰의 아파트에 들이닥쳐서 우격다짐으로라도 자백시키려고 생각했던 아키요시는 실망해서 지하 연구실을 경유해 사우스 제약 연구동으로 돌아왔지. 그걸 내가……."

미네기시는 세운 엄지손가락을 목에 대고는 한일자로 자르는 듯한 동작을 취했다. 사야카는 굳게 눈을 감고 고개를 돌렸다.

"사야카, 뭔가 방법을 생각해 볼게. 그러니 시간을 벌어 줘. 미네기시가 좀 더 떠들게 해."

사야카는 당장이라도 울 것 같은 얼굴을 향해 보였다. 이 이상, 미네기시의 이야기를 듣는 게 고통이겠지. 그 기분은 아플 정도로 잘 알았다. 그래도 지금은 무엇보다도, 생각할 시간이 필요했다.

"나를…… 아니, 언니를 죽인 뒤에도 당신은 언니의 연구 결과를 자신의 이름으로 발표하거나 하지는 않았잖아요. 그건 왜 그런 거죠?"

필사적으로 사야카가 질문을 입에 올리자 미네기시는 입술의 한쪽 끝을 올렸다.

"당연한 거 아닌가. 그런 짓을 한다면 당연히 자네나 난고 회장이 클레임을 걸겠지. 자칫 잘못했다간 사야카 살해와 관련해 내게 의심의 눈길이 쏠릴지도 몰라. 그래서 나는 명예보다도 실리를 취하기로 했지."

"실리를 취한다고?"

사야카는 미간을 찌푸리고는 그 말을 되풀이했다. 미네기시는 양손을 펼치더니 어깨를 으쓱해 보였다.

"정말로 통찰력이 없군그래. 돈일세, 돈. 그 연구는 막대한 이익을 낳지. 수십 억을 들이더라도 그 연구를 갖고 싶어 하는 제약회사는 얼마든지 있을 터. 그래서 나는 계속 기다리고 있었던 걸세. 난고 회장과 자네가 팔 수 있는 수준이 될 때까지 연구를 완성시키기를. 실험 진척 상황은 아쿠쓰에게서 적절히 들어오고 있었네. 그리고 올해 3월, 이윽고 실험이 완성됐다는 걸 아쿠쓰가 알려 주었네."

"……그런 아쿠쓰까지 죽인 건가요?"

"그래, 그날 심야에 갑자기 내게 찾아오더니 알려 주더군. 자신이 HIV에 걸려 있고, 그 때문에 애인과 헤어졌다는 걸. 그리고 신약은 완성됐는데도 사우스 제약에서는 임상 시험을 않고 세계에 신약 정보를 공개할 생각이라고 말이지. 거기까지 정보를 얻어 냈으면, 이제 그한테 볼일은 없잖은가. 그뿐인가, 그를 살려 뒀다가는 이후 내 계획에 지장이 생길 가능성이 높지. 그래서 그를 위로하면서 의자에 앉히고는 등 뒤에서 밧줄로 목을 졸랐던 걸세. 뭐, 어떤 의미로는 그를 고통에서 구원해 줬다고도 할 수 있겠지."

미네기시는 익살스럽게 말했다. 아쿠쓰는 마지막까지 사쿠라이 도모미에게도 말하지 않았던 자신의 HIV 감염을 미네기시에겐 밝혔던 건가. 대체 얼마나 신뢰하고 있던 걸까. 그러나 이 남자는, 그 신뢰를 역으로 이용했다.

"그 뒤의 계획이라는 건 난고 회장과…… 나를 죽이는 거였나요?"

사야카가 필사적으로 질문을 거듭하자 미네기시는 대단히 자연스럽게 "그래, 그렇지." 하고 고개를 끄덕였다.

"아쿠쓰 군의 애기로는 실험 자료를 난고 회장과 자네가 둘로 나누어 몸에서 떼지 않고 갖고 있다는 것 같았으니까. 그래서 우선 난고 회장의 가방에서 자료를 빼앗은 뒤, 숨겨 둔 아쿠쓰의 차로 자네를 쳤다네. 그런데 자네가 자료를 가지고 있지 않은 걸 알았을 때 초조했다고. 그대로 자네가 죽으면 걸코 자료가 손에 들어오지 않을지도 몰랐으니. 그래서 그 자리에서 떠난 뒤에 구급차를 불렀지. 감사해야 할 일 아닌가."

"가, 감사……?"

사야카는 분노 때문인지 말문이 막히더니 주먹을 쥐고 한 발 앞으로 내딛었다. 그러나 미네기시의 혀가 움직임을 멈추는 일은 없었다.

"그 뒤 곧장 아쿠쓰의 차는 그의 시체와 함께 못에 빠뜨렸지. 자네를 친 다음에 자살한 것처럼 보이게 하기 위해서 말일세. 이걸로 필요시엔 차째 그가 발견되게 해서 희생양으로 만들 수가 있지."

미네기시가 말하는 사건의 전모는 모든 게 용의주도했고 지극히도 합리적이었다. 인간성이 전혀 느껴지지 않을 정도로…….

"자네가 의식을 되찾는 걸 계속 기다리고 있었어. 자료를 숨긴 곳은 예상이 되었지. 그 지하 연구실이었잖은가. 자네가 의식이 없는 동안 몇 번인가 침입을 시도해 봤지만 비밀번호가 바뀌어서 들어갈 수가 없었어. 그래서 입구에 몰래 카메라를 설치해서 의식이 되돌아온 자네가 그 연구실에 돌아오길 기다리고 있었어. 길었다고, 요 두 달 반은. 그래도 의식을 되찾은 자네는 예상대로 그 연구실로 돌아왔지."

"……방화를 한 것도 교수님인가요?"

"그래, 자네가 데이터를 가지고 나오면, 그 방은 볼 일이 없으니 말이야. 거꾸로 그 방의 자료를 누군가가 본다면 내가 팔려고 했던 자료가 그곳에서 연구되고 있던 것이란 게 알려질 가능성도 있지.

리스크는 조금이라도 줄여야 하지 않겠나."

"그럼 당신이 아쿠쓰에게 습격당한 것처럼 보이게 한 건……?"

사야카가 그 질문을 입에 올리자 처음으로 미네기시의 표정이 일그러졌다.

"……서두를 필요가 있었어. 오늘 자네의 초대에 응한 것도 그 탓이야. 원래대로라면 좀 더 천천히 일을 진행해 나갈 생각이었어. 그런데 며칠 전, 갑자기 형사가 찾아와서는 아쿠쓰와 사우스 제약과 내 관계에 대해 꼬치꼬치 캐묻더군."

내 귀가 움찔하고 움직였다. 내가 구즈미를 조종해서 얘기를 들으러 갔던 때의 일이다.

"묻는 투를 봐서는 그저 아쿠쓰가 실종됐기 때문이 아니었어. 그 형사는 틀림없이 나를 의심하고 있었어. 사건에 대해서 뭔가를 느낀 거야."

아니야! 나도 모르게 언령으로 외칠 뻔했다. 나는 그때 미네기시를 의심하고 있지 않았다.

만약 내가 얘기를 들으러 가지 않았더라면 이런 위험한 상황에 처하지 않지는 않았을까……. 후회가 가슴을 불태웠다.

"그래서 예정대로 아쿠쓰를 희생양으로 만들고 모습을 감추기로 했지. 그렇게 하면 일시적으로 수사를 혼란시켜 내게서 의심의 눈을 거두게 만들 수가 있으니까. 그 사이에 자네로부터 자료를 빼앗으면 되는 거야. 아쿠쓰의 휴대전화는 내가 보관하고 있었으니 말이야. 대학 근처에서 잠시 동안만 전원을 켜서 교수실에 뒀던 내 휴대전화로 메일을 보냈지. 그런 뒤 교수실에 돌아온 나는 내 정맥에 링거 바늘을 꽂아서 500밀리리터 정도 되는 혈액을 빼서 방에 흩뿌렸다네. 나머지 혈액은 최근 몇 개월 동안 미리 빼서 보관해 뒀던 거야. 제대로 검사를 한다면 언젠가는 그 사실도 들통날지도 모르지만 그 자리에서 뽑은 피도 섞여 있으니까 적어도 시간은 벌 수 있지."

득의양양하게 계속 이야기를 하던 미네기시도 과연 지쳤는지 크게 숨을 토하고는 빈정거리는 웃음을 지었다.

"하지만 자네에게서 연락이 와서 정말이지 놀랐다고. 뭐, 내 계획대로 난고 회장을 죽인 범인은 아쿠쓰라고 생각하고 있던 것 같지만 말이야. 아쿠쓰가 도망 다니고 있는 것처럼 보이게 하기 위해서 일부러 옆에 있는 현에 가서 휴대전화 전원을 켰더니 자네로부터 메일이 와 있더군. 이쪽에서 마중 나갈 계획이었는데 수고를 덜어 줬어. ……그럼 이제 더 알고 싶은 건 없겠지. 그 데이터를 넘기게."

미네기시는 사야카를 향해 손을 뻗었다.

"이 자료를 손에 넣어서 어떻게 하려는 거죠? 그렇게 실종되어 버렸으니 그냥 대학으로 돌아갈 수도 없잖아요!"

사야카는 컴퓨터를 등 뒤로 숨기면서 외쳤다.

"당연하잖아. 이대로 돌아가면 아무리 둔감한 경찰이라도 나를 의심할 걸세. 이제 나는 '미네기시 마코토'로 돌아갈 생각은 없어."

"무, 무슨……?"

"모든 준비는 되어 있다고. 어떤 해외 제약회사에 그 자료를 넘기면 그 대신 내 해외 비밀 계좌로 거금이 들어오게 돼 있네. 돈이 손에 들어오는 대로 새로운 호적을 사서 얼굴도 바꿀 생각이야. 물론 그 수단은 이미 마련돼 있지. 남은 건 평생을 놀면서 지내는 일뿐이라고. 돈만 있으면 이 세상에서 못 하는 게 없지. 이런 출세도 못하는 지방 대학의 교수보다는 훨씬 더 유의미한 생활이 기다리고 있다고."

미네기시는 표정을 풀었다. 분명 앞으로의 인생을 상상하고 있는 거겠지.

"이제 곧 경찰이 올 거야!"

갑자기 사야카가 큰 소리를 질렀다. 이완돼 있던 미네기시의 얼굴이 순식간에 굳었다.

"……무슨 말을 하는 거지?"

"혼자서 범인을 상대하다니, 그런 위험한 짓을 할 리가 없잖아요. 경찰에는 미리 연락을 해 뒀어요. 이 건물은 감시당하고 있다고요. 내가 신호를 주면 금방 달려올 거예요."

블러프다. 사야카는 그런 짓을 하지 않았다. 그래도 만약 미네기시가 지금 얘기를 믿는다면 당황해서 도망치려고 할 가능성도 있었다.

미네기시는 고개를 숙이고 입가에 손을 댔다.

믿은 건가? 그렇게 생각한 순간, 입을 누른 손가락 사이로 어두운 웃음소리가 새어 나오기 시작했다.

"자네는 절대로 경찰엔 연락하지 않았어. 그렇게 못 하게 하려고 경찰을 개입시키면 자료를 파괴하겠다고 내가 메시지로 위협했으니까. 사야카와 자네가 필사적으로 완성시킨 연구, 그걸 잃어버릴 리스크를 자네는 절대로 범하지 않을 걸세. 만일 내가 틀렸다면 지금 당장 신호를 줘서 경찰을 부르면 되지 않겠나."

확신에 찬 어조로 말하는 미네기시 앞에서 사야카는 입을 다물었다. 완전히 미네기시가 승기를 잡고 있었다.

"포기하고 자료를 넘기시게. 내가 유일하게 걱정하고 있던 건 자네가 여기에 자네가 갖고 있는 자료를 가지고 오지 않는 가능성이 었어. 그 경우, 귀찮아지니 말일세. 자네를 납치해서 괴롭힌 후에 자료가 있는 곳을 알려 달라고 해야 할 필요가 있었으니. 그래도 그렇게 되지 않아서 다행이야. 내가 감옥에 갇힌 척을 하면서 내가 가진 자료를 넘겨주니 그 자리에서 자기 것과 맞춰 봐서 진짜인지 확인해 주었지."

처음에 감옥에 갇힌 척을 한 것까지 계산했다는 건가. 미네기시의 앞을 보는 능력에 한기까지 느꼈다.

"……까망아."

사야카는 거의 입도 움직이지 않고, 작은 목소리로 중얼거렸다. 인간보다 훨씬 더 민감한 내 귀는 그 소리를 들었다.

"뭐야? 뭔가 좋은 방법이라도 생각났어?"

내가 언령을 날리자 사야카는 곁눈질로 철책 안쪽에 있는 방해전파를 발생시키고 있는 장치를 봤다.

"까망이라면 철책 사이를 지나다닐 수 있지. 들키지 않게 저 장치의 전원을 꺼 줘."

"그건 가능할지도 모르지만…… 그런 짓을 해도 자료를 보낼 수 있을 뿐이지, 네가 위험한 건 변함이 없잖아."

나는 미간에 주름을 잡았다.

"자료를 전송하면 저 녀석으로서는 더 이상 자료를 의미가 없어져 버려. 그렇게 하면 도망칠지도 몰라."

"그럴 리가 없어. 너는 미네기시가 한 짓을 전부 알고 있잖아. 녀석은 반드시 널 죽일 생각이야!"

"응, 그렇겠지. 알고 있어. 그래도 그에 대해서는 '비장의 수법'이 있지. 나는 괜찮아. 그러니 부탁해. 저 장치의 전원을 꺼 줘."

비장의 수법이 있다고? 정말일까? 정말로 이 상황을 뛰어넘을 수 있는 방법 같은 게 있는 걸까?

"뭘 중얼중얼 혼잣말을 하는 거야."

미네기시가 의심스럽다는 듯이 실눈을 떴다.

"됐으니까 그 컴퓨터를 넘기게. 얌전히 넘기면 위해를 가하지 않겠다고 약속하지."

뭘 위해를 가하지 않아. 반드시 죽일 생각인 주제에. 내가 미간의 주름을 더욱 깊이 잡고 있자니, 사야카가 내게 눈짓을 주었다.

……별수 없군, 할 수밖에.

"저, 정말로 아무 짓도 안 한다고 약속해 주실 건가요? 이걸 건네드리면 저를 죽이거나 하지 않으실 건가요?"

사야카는 떨리는 목소리로 말하면서 등 뒤에 숨겼던 컴퓨터를 다시 가슴 앞으로 가져왔다. 연기를 해서 미네기시의 신경을 쏠게 만들어 나에게 주의가 가지 않게 할 생각인 것이다.

나는 미네기시에게 들키지 않게 사야카의 발치에서 천천히 이동하고는 철책 틈새로 몸을 미끄러뜨렸다. 바로 눈앞에 전파방해장치가 놓여 있었다.

어떻게 하는 거지? 어떻게 해야 전원을 끌 수 있는 거지? 초조해하면서 장치를 관찰했다. 그 측면에 '전원'이라고 쓰인 버튼이 있었다.

이거다!

"냐!"

나는 작게 기합 소리를 내고는, 양 앞발 사이에 끼워 넣듯이 장치에 발 젤리를 갖다 댔다. 버튼이 눌린 순간, 삐이잇 하고 큰 소리가 울렸다. 분명 전원이 꺼진 소리겠지.

"뭐야!? 고양이!?"

그 소리에 그제야 내 행동을 눈치 챈 미네기시가 놀란 표정을 지으며 나를 봤다. 그건 그렇겠지. 고양이가 노린 듯이(뭐랄까 실제로 노렸지만) 장치의 전원을 껐으니까.

"사야카! 지금이야!"

나는 언령으로 사야카를 향해 외쳤다. 사야카는 이를 악물더니, 키보드 버튼을 누르려고 했다. 버튼만 누르면 사야카와 마야 자매가 만들어 낸 자료는 전 세계에 확산돼 그녀들의 바람대로 사용될 수 있었다.

"장난치지 마아!"

사야카의 손끝이 키보드에 닿기 직전, 달려온 미네기시의 오른손이 사야카의 손에서 컴퓨터를 쳐서 떨어뜨렸다. 그러고 나서 미네기시는 잽싸게 손등으로 사야카의 뺨을 쳤다. 크게 날아간 사야카는 철책에 머리를 부딪쳐 힘없이 그 자리에 쓰러졌다.

"사야카!"

나는 황급히 사야카에게 언령을 날렸다. 그러나 사야카는 "으윽." 하는 신음만 낼 뿐 대답이 없었다.

생각하기도 전에 몸이 움직이고 있었다. 나는 전속력으로 철책 사이를 빠져나가서 사지에 있는 힘껏 힘을 실어 미네기시의 얼굴을 향해 점프했다. 오른쪽 앞발을 크게 휘둘러 올려 발톱을 꺼냈다.

그러나 발톱이 닿기 전에 미네기시는 마치 벌레 동작이라도 하듯이 대수롭지 않게 손바닥을 내게 세차게 내리쳤다. 시원스럽게 팅겨 나간 나는 철책에 격돌하고 사야카의 바로 옆에 낙하했다.

온몸이 찢겨져 나가는 것 같은 충격, 통증으로 호흡조차 할 수 없었다. 가까스로 고개를 든 내 눈이 코트 품에서 서바이벌 나이프를 꺼내는 미네기시의 모습을 포착했다.

아아, 이제 끝났어. 절망이 혈액을 타고 온몸의 세포를 침범했다.

미네기시는 자료를 손에 넣기 전에 사야카를 죽일 생각인 거겠지. 나는 그걸 멈출 수가 없었다.

난 왜 이렇게 무기력한 걸까.

"까망아……."

사야카가 힘없는 목소리로 중얼거렸다.

"들어줘. 부탁이 있어……."

"*사야카! 괜찮아!? 부탁이라니 뭔데!?*"

나는 필사적으로 언령을 날렸다. 아직 무언가 내가 할 수 있는 게 있을까?

"나를 이 몸에서, 마야의 몸에서 꺼내 줘."

고통에 얼굴을 일그러뜨리면서, 사야카는 말을 이어 나갔다.

"*꺼내 달라니……. 네가 그 몸에서 나오더라도, 미네기시는 '시라키 마야'의 몸을 죽일 거야. 아무런 의미도 없어.*"

설마하니 찔리는 고통을 느끼고 싶지 않아서 그런 말을 하는 걸까? 그래도 그런 짓을 하면 시라키 마야가 그 고통을 느끼게 될지도 몰랐다. 의식이 없다고는 해도 다른 사람에게 살해당한다는 고통은 혼에 새겨진다. 사야카가 그런 말을 하다니…….

역시 인간은 마지막의 마지막에는 자신의 생각밖에 하지 못하는 걸까? 사야카가 그런 말을 하는 걸 듣고 싶지 않았다.

그러나 내 예상은 다음에 사야카가 한 한마디로 배신당했다.

"나를 이 몸에서 꺼내서 그다음에 곧장 소멸시켜 줘."

"*뭐!?*"

말도 안 되는 제안에 나는 할 말을 잃었다.

"까망이, 전에 말했잖아. 마음만 먹으면 혼을 소멸시킬 수 있다고. 그렇게 하면 충격으로 주위의 인간이 반나절은 의식을 잃게 된다고."

분명 그 말대로다. 그래도…….

"그래도 그런 짓을 하면 사야카가……."

"나는 괜찮아. 부탁이니까 마야를 지켜 줘! 나는 그걸 위해서 되살아난 거니까!"

"괜찮다니, 소멸해 버린다고. 완전한 소멸, 아무것도 없어지고 만다고. 그런 짓을 '친구'가 할 수 있을 리가 없잖아!"

이게 사야카가 말했던 '비장의 수법'인가? 그러나 그런 짓이 가능할 리가 없었다.

나는 절레절레 고개를 좌우로 저었다. 사야카는 천천히 손을 뻗더니 내 머리를 쓰다듬어 주었다.

"미안해, 이런 괴로운 일 시켜서. 그래도 친구이기에 이런 부탁을 하는 거야. 이런 건 까망이한테밖에 부탁할 수 없는 거니까. 내가 마야를 지킨다는 마지막 일을 할 수 있게 해 줘. 그것만 할 수 있다면 나는 만족하니까."

사야카는 미소를 지었다. 요 몇 주 동안 늘 그래 왔던 것처럼.

이것밖에 없는 걸까? 나는 '친구'로서 사야카의 마지막 바람을 들어줄 수밖에 없는 걸까?

내가 망설이고 있는 와중에도 나이프를 든 미네기시는 괴롭히면서 즐기는 듯이 천천히 다가오고 있었다.

"그 고양이를 걱정하고 있는 건가? 괜찮아, 함께 죽여 주겠네."

그 얼굴에는 기분 나쁜 웃음이 떠올라 있었다. 혼이 더러워질 대로 더러워진 이 남자에겐 이미 인간을 죽이는 일이 쾌감일지도 몰랐다. 이대로라면 사야카는 질질 끌다가 죽임을 당할 수 있었다.

눈을 굳게 감고는 사야카의 혼을 육체에서 빼내기 위해 정신을 집중하려고 했다.

"……문을 열어."

갑자기 어디에선가 언령이 들려온 것 같은 기분이 들었다. 나는 황급히 눈을 뜨고 주위를 둘러봤다.

기분 탓인가?

"빨리 문을 열어!"

아니, 기분 탓 같은 게 아니었다. 이 언령은…….

"사야카, 계단실 문을 잠그고 있는 자물쇠 번호는?"

나는 일어서면서 사야카에게 언령을 날렸다.

"무, 무슨 말을 하는 거야, 그보다 빨리 나를 이 몸에서……."

"됐으니까 빨리!"

나는 언령으로 고함을 쳤다. 그 노기에 압도당했는지 사야카는 가볍게 몸을 돌리더니 "4, 416." 하고 중얼거렸다.

다음 순간, 나는 내달렸다. 철책을 빠져나가 온몸의 통증을 견디면서 계단실의 문에 달려 있는 간이식 자물쇠에 매달리고는 '4·1·6·Enter'라고 순서대로 눌렀다. 자물쇠가 풀리는 소리가 찰칵 울렸다. 자물쇠에서 손을 뗀 나는 이번엔 손잡이에 매달려 필사적으로 그걸 돌렸다. 문이 안쪽을 향해 천천히 열렸다.

"우워엉!"

무거운 포효가 울리는 것과 동시에 문에서 황금색 털을 가진 짐승이 뛰쳐나왔다. 그는 열려 있는 철책 문을 통해 옥상으로 나오더니 거기서 턴을 그리며, 눈을 크게 뜨고 멀거니 서 있던 미네기시에게 달려들었다.

황금색 짐승, 레오의 예리한 송곳니가 미네기시의 오른팔에 꽂혔다.

미네기시는 "으아아아?!" 하고 고통에 찬 소리를 지르더니 손에 쥐고 있던 나이프를 떨어뜨렸다.

"왜 네가 여기에? 언덕 위로 돌아갔던 게……?"

미네기시의 팔을 계속해 물고 있는 레오에게 언령을 날렸다.

"돌아가려고 했는데 도중에 되돌아왔어. 생각에 가득 찬 네 태도가 신경이 쓰여서 말이지."

"왜, 왜 일부러 그런 짓을……? 이건 내 일이고, 도와주더라도 네 실적이 되지는 않잖아."

"실적?"

미네기시에게 흔들어 뿌리쳐진 레오는 몇 걸음 뒷걸음질을 치고 태세를 정비하더니 이상하다는 듯이 언령을 날려왔다.

"실적 같은 건 관계없어. 동료를 돕는 데 이유 따윈 필요 없잖아."

"그런 합리적이지 못한…… 그런 거 마치……."

왠지 모르게 언령이 떨리고 말았다. 그저 그런 이유로 그가 위험을 무릅써 준다니…….

"마치 인간 같겠지. 나는 너보다 오랫동안 인간과 지내 왔으니 말이지. 이상한 영향을 받아 버렸다고."

살짝 입꼬리를 올리며 내게 눈짓을 주더니, 레오는 얼굴을 일그러뜨리고 팔을 누르고 있는 미네기시에게 다시금 덤벼들었다.

나보다 열 배는 체중이 더 나갈 대형견의 몸통박치기를 당한 미네기시는 레오와 함께 그 자리에서 공중제비를 돌았다.

"자, 이 남자는 어떻게든 발을 묶어 놓을 테니, 너는 네가 해야 할 일을 해."

미네기시를 말 타는 자세(아니, 개 타는 자세라고 해야 하나?)로 누르면서 레오는 언령을 날려 왔다.

해야 할 일. 내가 지금 해야 할 일.

"사야카!"

레오와 미네기시의 격투를 멍하게 바라보고 있는 사야카에게 나는 예리하게 언령을 날렸다. 사야카는 크게 몸을 떨더니 나를 봤다.

"지금이야! 지금 틈을 타서 자료를 송신하는 거야!"

사야카는 눈을 크게 뜨더니 수 미터 앞에 떨어진 컴퓨터를 향해 달려 나갔다.

컴퓨터를 손에 쥔 사야카는 다급한 손길로 키보드를 치기 시작했다. 미네기시가 내리쳐 떨어뜨린 충격 때문에 다시 설정을 해야만 할지도 몰랐다.

"그만둬! 장난치지 말라고!"

사야카의 행동을 알아챈 미네기시가 째지는 목소리로 외쳤다. 그러나 이를 드러낸 레오에게 가로막혀 일어설 수가 없었다.

왼손으로 컴퓨터를 쥔 사야카는 오른손으로 조작을 하면서 미네기시와 거리를 벌리듯이 뒷걸음질을 쳤다. 이윽고 사야카의 허리가 옥상 끝에 있는 펜스에 닿았다. 사야카는 얼굴을 찌푸리면서 키보드를 계속 두드렸다.

"비켜!"

미네기시는 고함을 치더니, 레오를 가볍게 발로 차서 날려 버렸다. 크게 채여 날아간 레오는 "깽!" 하는 한심한 소리를 내더니 바닥에 내던져졌다.

미네기시는 기듯이 떨어뜨린 나이프에 다가서서는 그걸 왼손에 쥐었다. 고개를 든 미네기시의 시선이 옥상 구석에 있는 사야카를 포착했다. 미네기시는 잇몸이 드러나도록 입술을 일그러뜨리더니 사야카를 향해 달려 나갔다.

"위험해!"

언령으로 외치는 것과 동시에 나는 콘크리트를 박찼다.

힘으로는 인간이나 대형견에 댈 게 못 되지만, 날렵함이라면 고양이 쪽이 훨씬 위다. 나는 단숨에 미네기시를 따라잡아서 허리 부근으로 뛰어 올라 몸을 기어올랐다. 사야카에게 모든 의식을 집중하고 있는지 미네기시는 나를 알아채지 못했다.

어깨 부근까지 기어 올라간 나는 있는 힘껏 점프해서 미네기시의 얼굴 앞으로 뛰쳐나왔다. 갑자기 눈앞에 떠오른 나를 보고 미네기시는 눈을 부릅떴다. 그 순간 등 뒤에서 탕 하고 한층 강하게 키보드를 두드리는 소리가 들렸다.

"됐다! 송신했다!"

사야카의 환희에 찬 목소리를 들으면서 나는 오른쪽 앞발을 크게 휘둘렀다.

너의 패배다.

마음속으로 미네기시에게 말을 걸며 오른쪽 앞발을 있는 힘껏 휘둘러 내리쳤다.

고양이 최대 무기인 예리한 발톱이 미네기시의 눈가를 똑바로 한 일자로 베었다. 확실한 반동이 발 젤리까지 전해져 왔다.

"으아아아!"

미네기시는 오른손으로 얼굴을 덮고 비명을 질렀다. 그러나 시각을 잃더라도 여전히 그 다리가 움직임을 멈추는 일은 없었다.

"사야카, 도망쳐!"

착지한 나는 뒤를 돌아보면서 사야카에게 언령을 날렸다. 컴퓨터에서 고개를 든 사야카는 나이프를 한 손에 들고 내달려오는 미네기시를 보고 작게 비명을 지르곤 곧장 옆으로 뛰었다. 내 발톱에 시각을 잃은 미네기시가 그 움직임에 반응하는 일은 없었다.

단 몇 초 전까지만 하더라도 사야카가 서 있던 공간에 미네기시는 있는 힘껏 왼손에 쥐고 있던 나이프를 찌르더니 여세를 몰아 허리를 펜스에 부딪쳤다.

미네기시의 몸은 균형을 크게 잃더니 허리를 지점으로 앞으로 기울어져 갔다. 나는 그 광경을 그저 바라볼 수밖에 없었다.

"아, 아, 아……."

통찰력이 좋은 미네기시는 시각을 빼앗겼더라도 자신이 지금 어떤 상태인지 알았겠지. 도움을 요청하듯이 뻗은 손은 허공을 쥐는 것밖에 할 수 없었다. 야지로베*처럼 천천히, 미네기시의 몸이 머리 쪽으로, 펜스의 바깥쪽으로 기울어져 갔다.

다음 순간, 결국 미네기시는 펜스 너머로 굴러 떨어져 지면까지 수십 미터 거리를 중력에 이끌려 갔다.

미네기시가 지른 절규가 작아지더니 무거운 소리가 울렸다.

"······*끝났군그래.*"

돌아보니 어느샌가 레오가 곁에 있었다.

"*응, 그러네.*"

나는 펜스 너머로 몸을 내밀고 아래를 내려다봤다. 지면에 수족이 이상한 방향으로 뒤틀린 미네기시의 몸이 보였다. 저 모습이면 아마도 즉사겠군.

"*저 남자에 대해서는 잘 모르겠지만 '우리 주인님'의 곁으로 갈 수 있을 거 같아?*"

"*아니······ 무리일 것 같아.*"

레오의 질문에 나는 고개를 좌우로 저었다. 기본적으로 인간이 죽으면 '길잡이'가 와서 '우리 주인님' 곁으로 인도하려고 한다. 그러나 극히 드물게 그게 불가능한 혼이 존재한다. 살아 있는 동안에 지나치게 더러워진 혼이다. 강한 더러움에 범해진 혼에게 '길잡이'는 접촉할 수가 없었다. 그렇다면 그런 혼들은 어떻게 되는가.

······'녀석들'이 처리하는 것이다.

* 막대 위 끝에 T형으로 가로대를 대고, 그 가로대 양끝에 추(錘)를 매달아 좌우가 균형을 이뤄 막대가 넘어지지 않도록 한 장난감의 하나.

나는 미네기시의 시체를 계속해 바라봤다. 이윽고 미네기시의 몸에서 혼이 떠올랐다.

그 혼은 추했다. 일반적인 혼은 광택이 있는 빛의 공처럼 보이지만, 미네기시의 혼 표면은 검은 점액 같은 물질로 덮여 미세하게 꿈틀거림을 반복했다.

이게 자신의 욕구만을 위해 사람을 계속해 죽여 온 인간의 혼인가. 내가 냉정하게 바라보는 가운데, 미네기시의 혼은 둥실둥실 쓰러져 있는 자신의 몸 주변을 떠돌기 시작했다. 아직 자신이 죽었다는 게 이해가 안 되는 거겠지.

그리고 '녀석들'이 나타났다.

쓰러져 있는 미네기시의 몸 아래에서 검은 촉수 같은 게 뻗어 나오기 시작했다. 나는 시선을 피하고자 하는 것을 필사적으로 참았다. 미네기시의 죽음에는 내게도 일말의 책임이 있었다. 내게는 이걸 배웅할 의무가 있었다.

촉수를 알아챘는지 미네기시의 혼이 도망치듯이 부상하려고 했다. 그러나 그 전에 촉수 하나가 재빠르게 움직여 미네기시의 혼에 꽂혔다. 미네기시의 혼이 크게 떨렸다. 혼에 통각은 없을 터이나 미네기시가 고통을 느끼고 있는 것은 틀림없었다.

꼬챙이에 꽂혀 움직이지 못하게 된 미네기시의 혼에 '녀석들'은 자비 없이 계속해 꽂혔다.

'녀석들'이 무엇인지 나는 자세히는 몰랐다. 저런 무서운 것에 대해서 알고 싶지도 않았다. 그저 더럽기 짝이 없는 혼을 처리해 주는 존재, 그것만 알고 있으면 충분했다.

미네기시에게 꽂힌 '녀석들'은 천천히 융합하더니 하나의 봉 형태가 되었다. 이윽고 그 선단 부분이 크게 아래쪽을 향해 열렸다. 그 모습은 버섯 같았다. 버섯의 삿갓 부분이 처지기 시작하더니 몸통 부분에 꽂혀 있는 혼을 완만한 움직임으로 삼키려 들었다. 미네기시의 혼은 도망치려고 하는 건지 부들부들 떨고 있었으나 꼬챙이에 찔린 상태로는 도망칠 수조차 없었다.

삿갓 부분이 미네기시의 혼을 천천히 삼켜 갔다. 순간, 단말마의 절규를 나는 들은 것 같은 기분이 들었다.

미네기시의 혼을 다 처리한 '녀석들'은 밤의 어둠 속에 녹아들듯이 사라져 갔다. 이윽고 시체만이 그 자리에 남겨졌다.

모든 걸 다 지켜본 나는 뒷걸음질을 치고는 바닥에 주저앉아 크게 숨을 토했다. 흥분한 탓에 잊고 있던 몸의 통증이 덮쳐 왔다. 그때, 갑자기 몸에 팔이 둘러졌다. 놀란 내가 돌아보니 바로 옆에 눈물을 흘리는 사야카의 얼굴이 있었다.

"까망아, 까망아, 까망아……."

나를 끌어안은 사야카는 작게 오열하면서 내 이름을 계속 불렀다. 나는 몸에서 힘을 뺐다.

"사야카, 자료는 보냈어?"

사야카는 끄덕끄덕 몇 번이고 고개를 끄덕이고는 내 등 털에 얼굴을 묻었다.

"자, 그럼 나는 슬슬 돌아간다. 너무 오랫동안 저택을 비워 둔 게 들통나면 간식 못 얻어먹게 되니까."

레오가 천천히 계단실을 향해 걷기 시작했다.

"레오!"

계단실의 문에 막 들어선 레오에게 나는 말을 걸었다. 레오는 걸음을 멈추고 이쪽을 돌아봤다.

"……고마워. 정말로 살았어."

"사례라면 다음번에 슈크림이라도 가지고 오라고."

입꼬리를 살짝 올리고는 레오는 문 안으로 사라졌다. 황금색 꼬리가 인사라도 하는 듯이 크게 좌우로 흔들렸다.

나는 사야카의 품 안에서 몸을 비틀어 돌아보고는 정좌하고 있는 사야카의 무릎을 양 앞발의 젤리로 비벼 댔다.

"그럼 사야카, 슬슬 돌아갈까. 우리 집으로."

사야카는 천천히 내 몸에 두르고 있던 팔을 풀더니 눈물로 젖은 얼굴에 미소를 띠었다. 언제나 내게 향해 주었던 미소를.

"응, 돌아가자. ……우리 집으로."

"사야카, 괜찮아?"

나는 옆을 걷는 사야카에게 말을 걸었다.

"응…… 괜찮아……."

사야카는 고개를 끄덕였으나 그 표정은 굳어 있었다.

세이메이 대학 이과동 옥상에서 미네기시 마코토와 대치한 지 벌써 2주가 지나 있었다. 이 2주 동안, 일련의 사건을 둘러싼 상황은 크게 바뀌어 있었다.

우선 살해당했을 것으로 추정됐던 미네기시가 이과동 옥상에서 추락사한 일로 인해, 경찰은 꽤나 혼란에 빠진 것 같았다. 물론 나와 사야카가 옥상에서 있었던 흔적을 지우고 집으로 돌아갔기 때문에 그 죽음에 '시라키 마야'가 관련돼 있다는 사실은 경찰에 알려져 있지 않았다.

더 나아가, 마야가 치였을 적의 일을 떠올렸다며 "차에 타고 있던 것은 미네기시 마코토였다. 미네기시는 나를 내려다보고 '자네도 언니 부부나 아쿠쓰와 마찬가지로 내 손에 죽을 걸세.'라고 말했다."고 증언했다. 그로 인해 경찰은 '미네기시 마코토가 고이즈미 부부와 아쿠쓰 가즈야의 살해범이며 자신의 죽음을 위장해 도망치려 했으나 도망칠 수 없음을 깨닫고 자살했다'는 방향으로 생각하기 시작한 것 같았다.

요전에 수사 상황을 설명하러 집에 왔던 구즈미는 "미네기시 마코토를 피의자 사망으로 송검한다"든가 뭐라고 말했었다. 자세한 건 잘 모르겠지만 사야카에게서 듣기로는 범인으로 추정되는 인물이 죽었으므로 좋게좋게 끝내겠다는 느낌인 것 같았다. 분명 그게 가장 좋은 거겠지.

사야카가 2주 전에 송신했던 연구 자료는 전 세계 연구자들로부터 커다란 반향을 얻고 있는 것 같았다. 사야카가 그 자료에 첨부한 "이걸로 저렴한 약을 만들어 빈곤으로 인해 치료를 받지 못하는 HIV 감염자를 가능한 한 구원해 주셨으면 합니다."라는 메시지에 많은 사람들이 감명을 받아 이미 몇몇 제약회사를 중심으로 프로젝트가 기획되었다는 것 같았다.

물론 누가 그 자료를 보냈는지 꽤 화제가 되고 있는 것 같았으나 사야카가 자기라고 밝히고 나서는 일은 없었다. 그걸로 된 거겠지. 이름을 드높이는 게 사야카의, 그리고 '시라키 마야'의 목적은 아니었을 테니까.

아, 그러고 보니 지난주 나는 사쿠라이 도모미의 혼에 다시 조금 간섭해서 그녀를 세이메이 대학 이과동 옥상으로 불러냈다.(물론 그 철책 문은 열어 두었다.) 거기를 떠돌고 있는 아쿠쓰 가즈야의 혼과 만나게 해 주기 위해서.

이미 아쿠쓰 가즈야의 사망을 알고 있던 도모미는 수 분간 옥상에서 엄청나게 슬프게 멀거니 서 있었다. 그러나 그녀를 알아챈 아쿠쓰 가즈야의 혼이 다가오자 도모미는 퍼뜩 고개를 들었다.

아쿠쓰의 혼은 도모미의 앞에서 밝게 빛나면서 떠다니고 있었다. 도모미는 마치 그 모습이 보이는 것처럼, 미소를 지으며 눈물을 흘리면서 무언가 혼을 향해 계속해 얘기했다. 나와 사야카는 계단실 안에서 그 모습을 조용히 지켜봤다.

수십 분 정도 도모미와 꼭 붙어 있은 뒤 아쿠쓰의 혼은 내 동업자(그 불쾌한 '길잡이'다.)에게 이끌려 천천히 하늘로 올라갔다. 도모미는 눈물로 젖은 눈으로 그 모습을 계속해 지켜보고 있었다.

이렇게 해서 지박령이 되어 있던 아쿠쓰를(살인범으로 의심해 버린 속죄의 의미도 담아서) '우리 주인님'의 곁으로 보내는 데 성공한 나와 사야카는 오늘, 다음으로 구해야 할 지박령의 곁으로 향하고 있었다.

그러나 그 장소에 다가갈수록 사야카의 발걸음은 무거워졌고 얼굴은 파랗게 질려 갔다.

정말로 괜찮은 걸까? 내가 불안감을 느끼고 있자 이윽고 목적지가 보였다.

쓰바키바시 다리. 1년 반 전, 사야카가 미네기시에 의해 살해당한 장소였다.

사야카의 발걸음이 멎었다. 내가 시선을 올리자 새파랗게 질린 사야카의 입술이 가늘게 떨리고 있었다.

자신이 무참히 살해당한 장소. 지박령이었을 때에도 절대로 가까이 오지 않았던 장소.

갑자기 등 뒤에서 찔려 쓰레기처럼 다리 밑으로 내던져진 기억이 사야카를 괴롭히고 있는 거겠지.

"사야카……. 무리하지 않아도 괜찮아. 만약에 정 힘들면……."

내가 언령으로 말을 걸자 사야카는 굳은 표정 그대로 고개를 좌우로 저었다.

"……저기에 그 사람의 혼이 지박령이 되어 있다는 거지."

"아아, 그래. 네 남편, 고이즈미 아키요시는 저기에 있어."

사야카는 눈을 꾹 감더니, 갑자기 자신의 뺨을 양손으로 잡아당겼다. 팡 하고 약간 기분 좋아지는 소리가 났다.

"까망아, 가자!"

사야카는 기합을 넣은 목소리로 말하고는 큰 보폭으로 쓰바키바시를 향해 걸어 나갔다. 나는 사야카의 옆을 걸었다.

쓰바키바시의 중앙 언저리까지 나아간 사야카는 주저주저하면서 난간에 손을 댔다.

"그러니까 그 사람은……."

거기까지 말하고 사야카는 말을 멈췄다.

나는 의식을 집중했다. 어느샌가 사야카의 눈앞에 혼이 떠다니고 있었다. 고이즈미 아키요시의 혼이. 요전에 봤을 땐 빛을 잃고 있던 그 혼은, 지금은 눈이 부실 정도로 빛나고 있었다. 분명 알아챈 거겠지. 시라키 마야의 몸 안에 아내의 혼이 들어있다는 것을.

혼이 보이지 않을 터인 사야카에게 나는 남편의 혼이 바로 눈앞에 있다는 것을 알리려고 했다. 그러나 그 전에 사야카가 떨리는 입술을 열었다.

"……저, 까망아. ……여기에 있는 거지. 그 사람…… 여기에 있지?"

사야카는 양손을 천천히 들더니 사랑스럽다는 듯 눈앞을 떠다니는 혼을 만졌다.

"응, 그래. 거기에 있어."

나는 쓴웃음을 지으며 언령을 날렸다. 하여간 난고 부부 때에도, 아쿠쓰 가즈야와 사쿠라이 도모미의 때도 그랬지만 왜 보이지 않을 터인 혼이 있는 걸 느끼는 거지.

뭐, 이게 인간끼리의 연이라는 걸까나? 역시 인간이란 신기한 존재다.

사야카는 이마를 남편의 혼에 가져다 댔다.

"……미안해, 아키요시. 계속 이런 곳에 홀로 내버려 둬서. 계속 나를 생각해 주고 있었는데……."

사야카는 눈을 감더니, 오열 섞인 어투로 사죄의 말을 입에 올렸다. 고이즈미 아키요시의 혼은 그런 아내를 위로하듯이 부드럽게 반복해 점멸했다.

……그럼, 슬슬 가 볼까나.

나는 몸을 돌리고는 천천히 걷기 시작했다. 지금부터는 부부 두 사람만의 시간이다. 훼방을 놓는 건 눈치 없는 짓이겠지. 게다가 지금부터 나는 중요한 일을 준비해야만 했다.

너무나도 중요한 일 준비를…….

나는 뒤를 돌아보는 일 없이 걷기 시작했다.

30분 정도 걸려서, 천천히 귀갓길을 걸어온 나는 언제나처럼 창문 틈새를 통해 시라키 마야의 방으로 들어왔다. 창가에서 내려와 카펫에 착지한 나는 고개를 돌려 방을 둘러봤다.

지상에 내려와서는 계속 이 방에 살고 있었다. 그래도 왜인지 오늘은 평소와 달라 보였다.

그때 등 뒤로 오싹한 감촉을 느낀 나는 미간에 힘을 주면서 정신을 집중했다. 응시를 하다 보니 천장 주변에 빛의 안개가 떠다니고 있었다. ……또 그 동업자인가.

"무슨 일이야. 방해되니까 나가 줘."

나는 짜증을 숨기지 않고 언령을 내뱉었다.

"무슨 일이냐니, 말본새하고는. 모처럼 부하의 모습을 보러 왔더니만."

돌아온 언령은 동업자의 것과는 달랐다. 나는 깜짝 놀라 "냐!?" 하는 소리를 냈다.

"보, 보스!?"

그래, 그곳에 있던 것은 나를 이 지상에 내려 보낸 상사였다.

"아아, 그래."

"왜, 왜 이런 곳에?"

"그러니까 모습을 보러 왔다고 하지 않았나. 꽤나 열심히 하고 있는 모양이던데. 지금도 또, 새로운 지박령을 '우리 주인님'의 곁으로 보낼 수 있는 상태로 만들지 않았나?"

고이즈미 아키요시의 혼을 말하는 거겠지. 나는 작게 고개를 끄덕였다.

"네 일 처리는 상상 이상이야. 단기간에 꽤나 많은 지박령의 '미련'을 해소했지."

거기까지 말하고 상사는 어딘가 즐겁다는 듯이 흔들렸다.

"그래서 말인데, 그 공적을 고려해 만일 자네가 희망한다면 곧장 '길잡이'로 되돌려줘도 될까 싶더군."

"정말인가요!?"

나는 나도 모르게 몸을 앞으로 내밀었다. 보스는 "그래, 정말이다."라고 언령을 뱉었다.

지금 당장 원래 직업으로, '길잡이'로 돌아갈 수 있다. 물론 당장 받아들여야 할 것이다. 그야말로 내 목표였으니까.

받아들여야 할 테지만……

"……거절하겠습니다."

나는 거의 망설임 없이 대답하고 있었다.

"호오. 그래도 되겠나?"

상사의 언령에서 놀람은 느껴지지 않았다. 마치 내가 거절할 것을 알고 있던 것처럼.

"네, 좀 더 지상에 있으면서 인간을 관찰해 보고자 합니다. 게다가 중요한 일이 있습니다."

"중요한 일이라. 그건 '우리 주인님'께 지시받은 것 이외의 일을 말하는 것인가? 자네 자신이 발견한?"

"네, 그렇습니다."

나는 크게 고개를 끄덕였다. '길잡이'로서, 혼을 인도하기 위한 존재로서만 만들어진 내가 스스로 '일'을 발견하다니 그런 짓은 원래 용서받을 리 없었다. 그래도 나는 이 일을 끝까지 수행하고 싶었다. 그게…….

"그게 제가 이 지상에 존재하는 이유인 듯한 기분이 들어서요."

내가 가슴을 펴고 언령을 날리자 상사는 만족스럽다는 듯 점멸했다.

"지상에 존재하는 이유라. 마치 인간 같은 말을 하는군. 좋아. 그 일인가 하는 걸 최선을 다해서 수행하도록 하게. '우리 주인님'의 종으로서 말이지."

"네!"

내가 크게 언령으로 대답하자 상사는 천천히 상승하기 시작했다.

"그럼, 수고하라고."

"아, 잠깐 기다려 주세요!"

내 부름에 상사는 상승을 멈췄다.

"응? 뭐지?"

"저, 부탁이 있어서요……. 가능하다면 그 막돼먹은 동업자가 아니라 보스가……."

"아, 알고 있네. 그녀는 내가 책임지고 안내하도록 하지."

내가 주저주저 언령을 날리자 상사는 곧장 받아들여 주었다. 나는 크게 안도의 숨을 내쉬었다.

"자, 그럼 나는 일단 사라지겠네. 그녀가 돌아오는 것 같으니까. 네게 귀중한 '친구'가."

익살맞은 언령을 남기고 상사는 천장으로 빨려 들어가 보이지 않게 되었다. 그걸 신호로 삼은 듯이 문이 열리고 사야카가 방으로 들어왔다.

"다녀왔어, 까망아."

사야카는 미소를 지었다. 아직 조금 충혈돼 있는 눈을 내게 향하면서.

"어서 와, 사야카."

나는 천천히 사야카에게 다가서서는 그 발치에 몸을 비볐다.

"까망아, 뜬금없긴 하지만…… 결심이 무뎌지기 전에 부탁해도 될까?"

사야카는 내 머리를 쓰다듬어 주었다. 나는 눈을 꾹 감고 고개를 끄덕였다.

"준비는 됐어?"

베갯머리에 선 나는 침대에 누운 사야카에게 말을 걸었다. 사야
카는 다소 긴장한 표정으로 끄덕였다.

"이 다음에 나, '우리 주인님'의 곁이라는 곳으로 가는 거지. 헤매
지 않으려나?"

긴장을 얼버무리려는 듯이 사야카는 말했다.

"괜찮아. 엄청나게 우수한 '길잡이'한테 부탁해 뒀으니까. 분명 사
야카를 멋지게 에스코트해 줄 거야. 그러니까 안심해."

"거기에 가면 나는 어떻게 되는 거야?"

사야카는 불안이 짙게 배어나오는 목소리로 물었다.

"걱정할 거 하나 없어. 사야카는 여기보다도 행복해질 거야. 내가
보증할게."

"그런가. 친구가 보증해 준다면 안심이네."

사야카의 표정이 약간 풀어졌다.

"있지, 까망아. 손 잡아도 돼?"

사야카는 가늘게 떨리는 손을 나를 향해 뻗어 왔다. 나는 그 위에
오른쪽 앞발을 얹었다.

"손이 아니라 앞발이지만 말이지."

"후후…… 발 젤리가 탱탱해서 기분 좋아."

사야카의 얼굴에 웃음이 떠올랐다. 그 손의 떨림이 멎었다. 사야
카는 내 눈을 똑바로 봤다.

"그럼 까망아. 부탁해."

"……응."

나는 사야카와 눈을 마주친 채로 천천히 정신을 집중했다.

"있지, 까망아. ······나, 까망이랑 만나서 정말로 좋았어. 까망이와 친구가 될 수 있어서 좋았어."

"아아, 나도 그랬어."

나는 입가에 힘을 주면서 말했다. 그렇지 않으면 울음소리가, 아니, 우는 소리가 새어 나올 것만 같았다.

"까망아······ 고마워······."

사야카가 눈을 감고 그렇게 중얼거린 순간, 시라키 마야의 몸에서 혼이 떠올랐다. 사야카의 혼이.

사야카의 혼은 이전에 봤을 때보다도 훨씬 더 아름다웠다. 그 표면은 핑크색으로 옅게 빛나고 있어 마치 보석을 보는 것 같았다.

"왠지 혼으로 돌아오는 거 엄청 오랜만인 것 같은 기분이 들어."

사야카는 여전히 유창하게 언령을 다루면서 내 주변을 천천히 날았다.

"더는 미련이 남는 일은 없지?"

나는 실눈을 뜨고 사야카의 혼을 바라보면서 언령을 날렸다.

"응. ······까망아, 마야를 잘 부탁해."

"그럼, 알고 있지. 이 육체가 명을 다할 때까지, 나는 곁에서 네 여동생을 계속해 지킬 거야. 그게, 내 '일'이니까."

그래, 내가 찾아낸 새로운 '일'.

"고마워. 그럼 나······ 갈게."

사야카는 천천히 다가오더니 내 코끝에 닿았다.

"사야카. 또 만나자."

"응…… 또 만나."

사야카는 그 언령을 남기고 창밖으로 나가 구름 한 점 없는 창공을 향해 천천히, 정말로 천천히 상승해 갔다.

나는 내닫이창의 창틀에 서서 사야카의 모습을 계속해 배웅했다. 그 모습이 보이지 않을 때까지 계속…….

"응……."

작은 목소리가 들려서 돌아봤다. 시라키 마야가 희미하게 몸을 움직이고 있었다.

나는 창가에서 침대로 뛰어가서는 마야의 두 팔을 발 젤리로 문질렀다. 마야는 천천히 눈을 떴다.

"웅냐아."

나는 울음소리를 내서 인사를 했다. 마야는 바로 곁에 있는 내 쪽을 향하더니 신기하다는 듯이 눈을 깜빡였다.

"왜 고양이가 이런 곳에……."

거기까지 말하더니 마야는 말을 멈추고 무언가를 생각해 내듯이 시선을 움직여 댔다.

"……언니."

작은 목소리로 중얼거린 순간, 마야의 눈동자에서 눈물이 넘쳐흘렀다.

나는 마야에게 다가서서 뺨을 타고 흐르는 눈물을 혀로 핥았다.

"후훗, 간지러워. 있지 너, 이름이 뭐니?"

마야는 부드럽게 미소 지으며 나의 머리를 쓰다듬어 주었다. 사야카가 언제나 해 줬듯이.

그럼 자기 소개를 하지. 내 이름은 까망.

네 상냥한 언니, 내 귀중한 친구에게 받은 소중한 이름이야.

나는 가슴을 펴고는 "나아." 하고 크게 울었다.

〈끝〉

옮긴이 | 김아영

대학에서 영어와 스웨덴어를 전공. 번역을 업으로 삼고 있으며, 옮긴 작품으로는 『K·N의 비극』, 『스웨덴 엄마의 말하기 수업』, 『마법사의 제자들』, 『이름 없는 나비는 아직 취하지 않아』, 『검은 고양이의 세레나데』, 『셜리 홈즈와 핏빛 우울』 등이 있다.

검은 고양이의 세레나데

1판 1쇄 찍음 2017년 8월 4일
1판 1쇄 펴냄 2017년 8월 11일

지은이 | 지넨 미키토
옮긴이 | 김아영
발행인 | 김세희
편집인 | 김준혁
책임편집 | 장은진
펴낸곳 | 황금가지

출판등록 | 2009. 10. 8 (제2009-000273호)
주소 | 06027 서울 강남구 도산대로 1길 62 강남출판문화센터 5층
전화 | 영업부 515-2000 편집부 3446-8774 팩시밀리 515-2007
홈페이지 | www.goldenbough.co.kr

도서 파본 등의 이유로 반송이 필요할 경우에는 구매처에서 교환하시고
출판사 교환이 필요할 경우에는 아래 주소로 반송 사유를 적어 도서와 함께 보내주세요.
06027 서울 강남구 도산대로 1길 62 강남출판문화센터 6층 민음인 마케팅부

한국어판 © ㈜민음인, 2017. Printed in Seoul, Korea

ISBN 979-11-5888-305-8 03830

㈜민음인은 민음사 출판 그룹의 자회사입니다.
황금가지는 ㈜민음인의 픽션 전문 출간 브랜드입니다.